Res Brandenberger

Louis.Brot.

Für die Frau meines Lebens.

Lektorat: Rolf Grossenbacher
Umschlaggestaltung und Satz: Res Brandenberger
Druck: CPI books GmbH, Leck

www.landverlag.ch
ISBN: 978-3-905980-21-9

Louis.Brot.

Roman.

400 Seiten.
Aus dem Kopf von
Res Brandenberger.

Landverlag

Ich ess dein Brot.
Ich sing mein Lied.

Ich ess mein Brot.
Ich sing dein Lied.

Ein.Leitung.

Nichts als Sand, so weit das Auge reicht, nichts als Sand, nichts als nichts. Im ersten Satz eines Buches muss alles darin sein, was später folgt, mindestens muss der Geist spürbar sein, der Esprit.

Nichts als Sand, so weit das Auge reicht, nichts als Sand, nichts als nichts. Dieser Satz verheisst Spannung, Abenteuer, verspricht eine Geschichte jenseits des Alltags.

Dass dieses Jenseits des Alltags im Emmental spielt, in einem Bauerndorf, macht nichts, auch in Trubschachen ist alles möglich. Und wenn der Bahnhofvorstand von Trubschachen von seinem Karl-May-Roman aufblickt und aus dem Regionalzug einen Fremden aussteigen sieht, dann ist auch da erst mal nichts als nichts.

Wenn aber dieser Fremde in Trubschachen Kleinklassenlehrer wird. Wenn er, dieser Paul Ammann, die Tochter des Bahnhofvorstands heiratet, die Lisa Leibundgut, die lange im Ausland war und nun hier eine Tierarztpraxis eröffnet hat. Wenn diese Lisa Leibundgut schwanger wird. Wenn niemand weiss, dass sie Zwillinge erwartet, nicht einmal sie selbst, weil die Herzen dieser Zwillinge im Eintakt schlagen. Wenn dann der erste zur Welt kommt und, bevor er einen Namen erhält, zur Überraschung aller, ein zweiter folgt. Wenn dieser Zweite den Namen Louis bekommt und somit der Erstgenannte wird. Und wenn der andere, der Erstgeborene, den Namen Leo erhält, dann ist die Geschichte angerichtet.

Dampf.Schiff.

Der Autor wird sich seinen Lesern gegenüber der grössten Offenheit befleissigen, er wird nichts vernebeln, keine Irrwege legen, er wird eine Geschichte erzählen, die ihren Ursprung in seinem Kopf hat. Zwar hat er sich die Geschichte ausgedacht, aber das ist nur ein Schein, vielmehr hat die Geschichte ein Eigenleben.

Wenn der Autor gemeint hat, er könne die Geschichte beliebig steuern, hat er sich getäuscht. Die Geschichte lässt keine Abweichungen zu, bestimmt ihre Richtung selbst. Sie ist ein Schiff, ein Dampfer. Wenn der Autor meint, er sei der Kapitän, der den Kurs bestimmt, ist das eine Illusion, allenfalls ist er der Steuermann, aber sein Kurs ist ihm vorgegeben.

Und wenn der Autor dann feststellt, dass seine Geschichte eine einzige im Seichten treibende süsse Schnulze ist, kommt das nicht daher, dass er die Ozeane der Epik, die Klippen der Tragik, die Meerengen der Dramatik, die Buchten der Poesie, die Küsten der Wortgewalt und die Fjorde des Tiefsinns nicht hätte ansteuern wollen.

Genug der Ausführungen und Metaphorik, nur noch ein Wort zum Fluss des Erzählens: Wo es dem Autor nützlich erscheint oder wo es ihm gefällt, wird er Erklärungen einstreuen. Damit aber gar nicht der Verdacht aufkommen kann, dass im Autor ein Klugscheisser steckt, der auch seinen Anteil an der Geschichte haben will, möge darauf hingewiesen sein, dass der Wahrheitsgehalt dieser Erklärungen niemals verbürgt ist: Mal sind sie erfunden, mal stammen sie aus unbestätigten Quellen und mal beruhen sie auf sogenannten Tatsachen. Diese Erklärungen dienen also nicht der Wissenserweiterung der Leser, sondern sie dienen der Geschichte.

Und noch etwas: Auch Menschen sind Schiffe. Jeder Mensch hat eine Bilanz: Seinen Stärken stehen seine Schwächen gegenüber. Wenn diese ein Gleichgewicht bilden, dann schwimmt das Schiff. Manche kennen nur ihre Stärken, manche kennen nur ihre Schwächen, so oder so haben diese Schiffe Schlagseite, sie schlingern.

Es geht darum, ein Bewusstsein für Gleichgewicht zu haben, vielleicht nicht in jedem Moment. Es geht darum, in Momenten der Schwäche auf die Stärken zugreifen zu können, und in Momenten der Stärke auch einen Hauch von Schwäche zu spüren.

I. BUCH

Bahn.Hof.

Trubschachen, Bahnhof, Mittwoch, 27. April 1988.
Wie es Louis' Vater ins Emmental verschlägt. Und wie die «Schächeler» – die Bewohner von Trubschachen – mit dieser Tatsache fertigwerden.

Nichts als Sand, so weit das Auge reicht, nichts als Sand, nichts als nichts.

Als er das Läuten der Bahnschranke beim Dorfeingang hört, klappt der Stationsvorstand Jakob Leibundgut das in Packpapier eingeschlagene Buch abrupt zu und schaut erschrocken auf die Uhr: «Herrgottdonner, schon 17.42!» Eilig setzt er seine rot-schwarze Dienstmütze auf, sammelt notdürftig seine Amtswürde, stürzt aus dem Stationsbüro und aufs Perron, um den 17.43er (Regionalzug SBB Nr. 1775, Lok Ae 4/4, 7 Wagen 2. Klasse, 1 Wagen 1. Klasse, 1 Gepäckwagen) abzufertigen. Noch nie ist er zu spät gekommen, noch jedes Mal stand er auf dem Perron, wenn ein Zug einfuhr, er, Jakob Leibundgut (23 Dienstjahre, 15 davon als Stationsvorstand von Trubschachen). Heute hat es gerade noch gereicht. «Dieser Schlaumeier, der Karl May», denkt er, «der wird mir noch mal zum Verhängnis.»

Der Zug hält, die üblichen zwölf Passagiere steigen aus, die meisten auf dem Heimweg von der Arbeit, von der Schule, vom Einkaufen, vom Arzt. Jakob Leibundgut will den Zug bereits freigeben, die Hand mit der Pfeife geht bereits zum Mund. Es ist die Ordonnanzpfeife SBB Nr. 23-4889/CF-57; die Handhabung der Pfeife sowie die Signale sind festgehalten im Regelwerk SBB QRX-12/88, Nov. 1957. Dass in diesem Handbuch der Erfinder dieses klassischen Musikinstruments mit keinem Wort erwähnt und gewürdigt wird, ist ein Skandal. Der Autor hofft, dass die Erwähnung dieses Missstandes an dieser Stelle zu einer Rehabilitierung und gebührenden Würdigung dieses bemerkenswerten Mannes – wenn es nicht gar eine Frau gewesen ist – führen wird, sei es, dass die Bundesbahnen selbst gegensteuern und das Handbuch entsprechend ergänzen werden, sei es, dass sich die Presse dieses Skandals annimmt.

Da taucht in der Tür von Wagen 2 ein letzter Passagier auf. Er bleibt auf dem obersten Tritt stehen, einen zusammengelegten Regenmantel über dem Arm und eine rosafarbene Reisetasche mit hellblauem Blumenmuster in der Hand, mit der andern Hand beschattet er die Augen, obwohl um diese Zeit die Sonne am Bahnhof Trubschachen schon lange nicht mehr scheint. Mit grosser Geste schaut er sich um, schaut links, dann rechts, wieder links. Was er sieht, scheint ihm zu gefallen, jedenfalls nickt er zufrieden, fährt aber fort, sich umzuschauen.

Der Stationsvorstand sieht dem Mann verblüfft zu, dann beendigt er die angefangene Handbewegung, steckt die Pfeife in den Mund und bläst Signal «cf lang f kurz»: Abfahrt in zehn Sekunden.

Der Mann schaut sich immer noch um wie ein Schauspieler in einem Film.

«Manno, entscheidet Euch, wollt Ihr aussteigen oder nicht? Wir haben nämlich einen Fahrplan einzuhalten!», ruft der Stationsvorstand.

Im Jahr 1987 trafen 93 Prozent aller SBB-Züge pünktlich an ihrem Zielbahnhof ein; unter «pünktlich» verstehen die SBB den Zeitraum von der geplanten Zugsankunft bis zum dritten Sprung des Minutenzeigers, haben doch die Schweizer Bahnhofsuhren die neckische Gewohnheit, dass sich der Minutenzeiger nicht kontinuierlich bewegt, sondern von Minute zu Minute hüpft, während der Sekundenzeiger mit der roten

Kelle seinen Lauf nach jeder Umdrehung einen Moment auf der Zwölf unterbricht.

Der Mann scheint aus einem Traum zu erwachen und steigt dann gemächlich und würdevoll die vier Stufen hinab, dreht sich um, erteilt dem Zug mit einer Handbewegung die Freigabe – worauf sich der prompt in Bewegung setzt – und wendet sich dem Stationsbüro zu.

Leibundgut kratzt sich unter der Mütze, zuckt die Achseln und folgt dem Mann zum Stationsbüro. Als er sieht, dass dieser einfach hineingeht, beschleunigt er seinen Schritt, eilt ihm nach, am Schluss rennt er beinahe. Das darf doch nicht wahr sein, das gibt es doch nicht, geht der Kerl einfach in sein Stationsbüro.

Drinnen hat der Mann seinen Regenmantel bereits über den Weichenhebel Nr. 5 gelegt und schaut sich auf dem Stellwerkspult den Streckenabschnittsplan Langnau–Trubschachen–Escholzmatt an. «Interessant», sagt er und fährt mit dem Finger der Strecke entlang.

«Nichts drücken!», ruft Leibundgut. «Was macht Ihr denn hier drinnen? Das ist verboten. Geht es denn noch. Geht sofort hier raus! Wenn Ihr etwas wollt, könnt Ihr euch dort drüben am Schalter anstellen. Der schliesst aber in sieben Minuten, Ihr beeilt euch besser etwas.» Leibundgut muss mal Luft holen. Er hat schon einen hochroten Kopf.

Der Mann hingegen bleibt ganz ruhig. «Schalter sind so unpersönlich», sagt er. «Durch kleine Löcher in einer Glasscheibe kann man doch kein Gespräch von Mann zu Mann führen. Das ist ja fast wie im Gefängnis. Als ob ich Ihr Anwalt wäre, der Sie im Gefängnis besucht. Das wollen Sie doch nicht. Also reden wir hier. Setzen Sie sich. Sehen Sie diese Reisetasche, das ist ein Problem, die gehört nämlich nicht mir.»

«Das sehe ich», sagt Leibundgut, «das ist doch eine Damentasche.»

«Genau», sagt der Mann, «meine ist nämlich hellblau mit rosafarbenen Blumen.» Er lacht. «Nein, meine ist eine braune Ledertasche. Aber da war diese Dame im Zug. Sie sass im gleichen Abteil wie ich. Wir haben uns unterhalten, gut unterhalten, als sie plötzlich merkte, dass sie in Bowil aussteigen sollte, mit einem Schrei ihre Tasche packte, zum Ausgang lief und aus dem soeben anfahrenden Zug sprang, echt artistisch, und mit hohen Absätzen und Kostüm und Hut, wirklich, hat mir gefallen. Bis ich gesehen habe, dass sie mit meiner Tasche ausgestiegen ist. Und da steh ich nun mit dieser unmöglichen Tasche und habe einen wichtigen Termin im Dorf. So wollte ich fragen, haben Sie hier Schliessfächer, wo ich diese Tasche einschliessen kann, bis ich wieder abreise?» Er lässt den Blick durch den Raum schweifen. «Ach, das gibt es natürlich nicht auf einem Kleinbahnhof, spielt keine Rolle», sagt er. «Kommst du halt mit», sagt er zur Tasche. Sein herumschweifender Blick macht nun Halt auf dem in Packpapier eingebundenen Buch.

Leibundgut wird es noch heisser, als ihm ohnehin schon ist. Nun ist er entlarvt.

Der Blick des Fremden leuchtet auf. Offenbar erkennt er das Buch am Format. Entweder ist das eine Bibel oder ein Karl May. Na, eine Bibel wird es wohl nicht sein, also ist es Karl May. «Welcher denn?», fragt er und öffnet ungeniert das Buch. «Unter Geiern», sagt er laut und dann: «Sand, so weit das Auge reicht nichts als Sand, der Geist des Llano Estacado im weissen Büffelfell.»

«Wo steckt er denn gerade, der Old Shatterhand?», fragt er.

Und da bricht der Widerstand von Jakob Leibundgut zusammen. «Old Shatterhand reitet in den Llano Estacado», sagt er.

Nun sah man Sand und überall Sand, nur zuweilen unterbrochen von einer Grasinsel. Über andere Stellen legten

Beifussarten einen grauen Mantel. So ging es weiter und weiter. Über zwei Stunden waren vergangen, seit die drei Reiter Helmers' Home verlassen hatten. Wenigstens fünfzehn englische Meilen hatten sie dabei zurückgelegt, und doch wollte es ihnen nicht gelingen, den Vorsprung, den der Verfolgte hatte, einzuholen. Da bemerkten sie einen dunklen Streifen, der sich von links her spitz in die sandige Ebene schob.

«Aha», sagt der Fremde, «dann trifft Old Shatterhand den Dick» «Nicht verraten, nichts verraten!», unterbricht ihn der Bahnhofvorstand, «ich will das selber lesen. Seid Ihr denn auch Karl-May-Leser?», fragt er den Fremden.

Der steckt zwei Finger in den Mund und lässt einen lang gezogenen, trillernden Pfiff hören.

Es ertönte keine Antwort. «Sie sind zu sehr überrascht», meinte er. «Also noch einmal!»

Der Fremde wiederholt den Pfiff, und kaum ist das geschehen,

so erklang eine laute Stimme: «Hallo! Was ist denn da los? Dieser Pfiff in dem einsamen Llano Estacado! Sollte es möglich sein? Old Shatterhand, Old Shatterhand!» – «Ja, er ist's!», rief eine andere jubelnde Stimme. «Geh voran! Ich komme auch. Er ist's!» Es prasselte in den Büschen und dann brachen die beiden Trapper hervor, Davy voran und Jemmy hinterher.

Sie eilen auf Jakob Leibundgut zu und umarmen ihn, einer von vorn, der andere von hinten.

«Halt, Boys, drückt mich nicht tot!»,

wehrt der Bahnhofvorstand sie von sich ab,

«ich will mich wohl gern umärmeln lassen, aber einzeln, einzeln, nicht von zwei solchen Bären, wie ihr seid, zu gleicher Zeit!»,

sagt er. Woher sind ihm diese Worte zugeflossen, was zitiert er da?

Der Bahnhofvorstand erwacht, schaut sich um. Er ist allein in seinem Stationsbüro, der Mann ist weg, die beiden Trapper sind weg, nur das Buch liegt noch da, aufgeschlagen auf Seite 423. Er liest laut vor sich hin:

«Aber wie kommen Sie denn auf den Gedanken zu pfeifen? Wussten Sie, dass wir da hinter dem Gebüsch steckten?» – «Jawohl. Ihr seid mir die richtigen Westmänner! Lasst euch beschleichen und beobachten, ohne das Geringste zu merken!» Jetzt war auch Eisenherz, der junge Komantsche, herbeigekommen und trat zwischen den Sträuchern hervor.

Leibundgut schaut sich vorsichtig um, aber da ist kein Indianer in seinem Stationsbüro. «Uff», stöhnt er. Dann lacht er auf, fährt sich mit der Hand übers Gesicht, reibt, reibt, bis er das Gefühl hat, wieder der echte Leibundgut zu sein. «Dieser Karl May», sagt er. Aber wo ist der Fremde? Er tritt aus dem Stationsbüro. Auf dem Perron ist niemand. Er geht zur Ecke. Auf der Bahnhofstrasse sieht er ihn davonschlendern, die Tasche unterm Arm, die Hände in den Hosentaschen geht er. «Leicht», denkt Leibundgut, «leicht wie ein Indianer. Aber Indianer haben die Hände nicht in den Hosentaschen, und Indianer pfeifen auch nicht.» Dass der Mann pfeift, hört er zwar nicht, aber man sieht es. Das sieht man auch von hinten. «Ein Westmann», denkt Leibundgut, «hier im Dorf», und ahnt nicht, dass er diesem Individuum schon bald wieder begegnen wird und dass das soeben die erste Begegnung mit seinem zukünftigen Schwiegersohn gewesen ist. Stattdessen wendet er sich um, geht zurück ins Stationsbüro, um bis Dienstschluss noch einige Seiten zu lesen.

Schul.Kommission.

Trubschachen, Dorfschulhaus, immer noch Mittwoch, 27. April 1988. Fortsetzung der Geschichte, wie es Louis' Vater ins Emmental verschlägt. Und wie die Schulkommission mit dieser Tatsache fertig wird.

Als das Schulkommissionsmitglied Jakob Leibundgut am Mittwoch, 27. April 1988, um 19.57 Uhr die Schulhaustür öffnet, um zur Sitzung zu kommen, ist er schon wieder ausser Atem, schwitzt, schimpft, weil er pressieren muss. Wenn in Trubschachen eine Sitzung für 20.00 Uhr angesetzt ist, beginnt sie um 19.55 Uhr, die Sitzung hat also schon begonnen. Schuld ist immer noch Karl May, immer noch steckt er im Llano Estacado, und immer noch verfolgt er die Llano-Geier. Langsam, so schnell er kann, steigt er die Treppe hinauf zum Oberstufenschulzimmer, wo die heutige Sitzung stattfindet, schnauft tief, um wieder zu Atem zu kommen, öffnet die Tür und schiebt sich in den Raum. Den Mann, der auf der Garderobebank vor dem Schulzimmer sitzt, hat er nicht bemerkt.

Im Schulzimmer sind sechs Pulte zu einem Rechteck zusammengeschoben, oben und unten ein Pult, an den Längsseiten je zwei Pulte. Oben sitzt der Schulkommissionspräsident Willy Bieri, der Dorfmetzger, gross, behäbig, weisse Haut mit roten Backen, rötliches Haar, Frisur mit Seitenscheitel und Koteletten.

«Wenn der Haarwuchs vor den Ohren schon so heisst, dann gehört es sich für einen Metzger auch, dem Ehre zu erweisen», pflegt er zu sagen. Und dass er diesem originellen Gedanken gefolgt ist, liegt nicht daran, dass er ein origineller Typ ist, der gerne Spleens hat. Im Gegenteil, originelle Gedanken kennt er gar nicht. Wenn er solchen begegnet, stutzt er, bleibt stehen wie ein Munikalb vor dem Metzger und macht dann einen weiten Bogen darum herum. Diesem Gedanken ist er gefolgt, weil er ganz ernsthaft glaubt, dass er mit diesen rötlichen Koteletten seinem Berufsstand Ehre erweist, und weil er hofft, mit diesen Koteletten den Umsatz in seiner Metzgerei zu steigern: «Was darf's denn sein?», pflegt er zu fragen und sich dabei über die Koteletten zu streichen. Und jedes Mal, wenn ein Kunde dann Koteletten verlangt, schreibt er das seinem Verkaufstalent zu. Nur einmal hat er daran gedacht, diese Koteletten abzuschneiden, abzurasieren; das war damals gewesen, als sie im Kino in Langnau «Spiel mir das Lied vom Tod» gespielt hatten, und als dieser Farmer gleich zu Beginn des Films abgeknallt wurde, einfach abgeknallt. Das hat ihn tief getroffen, weil dieser Farmer nämlich genau die gleichen Koteletten getragen hat wie er. Noch heute hat er ein Unbehagen tief drinnen, wenn er an diese Szene denkt. Jedes Mal aber siegt sein Geschäftssinn, und er lässt seine schönen Koteletten stehen, umso mehr, als sie doch so schön glänzen vom vielen Darüberstreichen mit den fettigen Fingern.

Seit sechs Jahren leitet er die Schulkommission. Warum er das tut, weiss er nicht so genau. Gern zur Schule ist er nie gegangen, aber ändern will er trotzdem gar nichts. Änderungen bringen Unruhe, und Unruhe stört die Leere in seinem Kopf. Dass er Schulkommissionspräsident geworden ist, liegt daran, dass er gehört hatte, dass der Dorfbäcker Präsident werden wolle, und das ging ihm dann doch zu weit. Der Bäcker hat etwas Aufmüpfiges und zudem eine Tätowierung auf dem Oberarm, eine Meerjungfrau. Und wenn er mit dem Bizeps zuckt, bewegt sie ihre Schwanzflosse. «Also, was habt ihr lieber, ein Stück hartes Brot oder einen Bitz saftige Hamme?», hatte er gefragt. Und war gewählt worden, einstimmig.

Neben ihm sitzt der Protokollführer, der Oberlehrer Albert Widmer, dünn, ein Strich, wie man so sagt, aber alle haben Angst vor ihm. Er weiss, was recht ist und unrecht, und er sagt es auch jedem, der es wissen muss. Er leitet den Kirchenchor, und da wagt keiner, einen falschen Ton zu singen, allerdings ziehen es einige vor, nur den Mund zu öffnen und zu schliessen, um jedes Risiko zu vermeiden. Was zur Folge hat, dass der Gesang des Kirchenchors so dünn tönt, wie ihr Dirigent aussieht. Pflichtbewusst sitzt er da neben Bieri, mit gespitztem Bleistift, und wartet darauf, dass es etwas zu notieren gibt.

An der linken Seite sitzt das Gewerbe: Der Bärenwirt Oskar Grunder, breit und imposant, wie es sich für einen Wirt gehört, mit wachen Augen, einem 360-Grad-Blick. Der Grunder sieht alles, sagt man von ihm, er hat auch Augen hinten. Aber erstaunlicherweise sagt man das nicht gehässig, eher bewundernd. Dem Grunder kann man nicht so schnell einen Bären aufbinden. Der Grunder war mal ein gefürchteter Hornusser, heute ist er ein gefürchteter Jasser.

Neben ihm sitzt der Johnny, eben der mit der Meerjungfrau, die hat er sich in Amerika machen lassen, der Johnny. Niemand sagt Herr Ambühl zu ihm, und schon gar niemand sagt Hans zu ihm, wie er eigentlich heisst, nicht einmal der Widmer getraut sich, Hans zu sagen. «Ju cän kol mi Tschonny», sagt Johnny zu jedem, und meint: «Du sagst Johnny zu mir und wir sind gute Freunde, oder du sagst etwas anderes zu mir und wir sind etwas anderes». Das hat aber noch keiner ausprobiert. Der Einzige, der sich getrauen würde, ist der Grunder, aber der hat so Spielchen nicht nötig; für den Johnny hat er extra amerikanisches Bier ins Sortiment aufgenommen. Dass Johnny in der Schulkommission sitzt, hat seinen Grund: Johnny möchte gerne, dass Englisch in der Schule vom ersten Schultag an unterrichtet wird; seit seiner

Wahl lässt er das Thema bei jeder Schulkommissionssitzung auf die Traktandenliste setzen, auch heute steht es da: Traktandum 9, es ist wie jedes Mal das letzte Traktandum, aber das kann den Johnny nicht verdriessen: «Englischunterricht ab der 1. Klasse, Antrag Johannes Ambühl» steht da an der Wandtafel – in Trubschachen gibt es drum keine gedruckte Traktandenliste, das brauchen wir nicht, wenn der Schulvorsteher und Schulkommissionssekretär Widmer das an die Wandtafel schreibt, dann reicht das für alle –, steht an der Wandtafel in starrer Lehrerschrift, in einer Schrift, die geradezu schreit vor Korrektheit. Wobei «Johannes» durchgestrichen ist. Darüber steht nun etwas krakelig «Johnny». Wie jedes Mal hat Johnny beim Betreten des Schulzimmers eine Kreide aus dem Hosensack gezogen. Nachdem er den Namen das erste Mal korrigiert hatte, liess der Widmer die Kreide bei der nächsten Sitzung im Lehrerpult verschwinden. Der Johnny hatte nur gleichmütig genickt, seitdem hat er bei jeder Sitzung seine eigene Kreide im Hosensack, auch heute. Und wie jedes Mal hat er einen Zettel dabei, auf dem er ein Beispiel notiert hat, das beweisen soll, warum der Englischunterricht wichtiger ist als alles andere in der Schule.

Neben Johnny, aber deutlich abgerückt, sitzt der Velohändler Sepp Reber. Die Hände vor sich auf dem Pult zeigen schwarze Fingerspitzen, Nägel mit schwarzen Rändern. «Was wollt ihr?», sagt er. «Ich mache saubere Arbeit. Wenn ich eine Kette öle, dann ist sie geölt. Und dass meine Hände sauber sind, kann ich gerne beweisen.» Dann zieht er ein sauberes weisses Taschentuch aus der Hose, legt es auf den Tisch und fährt mit dem dicken, von der Arbeit gefurchten und geschwärzten Zeigefinger über das weisse Linnen. «Nicht eine Spur», sagt er, steckt sich den dicken, von der Arbeit gefurchten und geschwärzten Zeigefinger in den Mund, dass er schön angefeuchtet ist, fährt wieder über das weisse Linnen: «Nicht eine Spur», und hebt das Taschentuch stolz in die Luft. «Wie ist es mit euch, wer von euch wagt es?»

Einmal hat den Beyeler Fritz, den Posthalter, der Teufel gestochen. Als er die Post schloss und zum Abendschoppen in den «Bären» ging, hatte er vorher noch stark und gründlich die Fingerspitzen der linken Hand aufs Stempelkissen gedrückt, auf das offizielle Stempelkissen für den offiziellen Briefstempel der Schweizerischen Post, Poststelle 3555 Trubschachen. Mit ebendieser Tinte, die von der Post nach geheimem Rezept hergestellt und ganz besonders wasserfest ist, deren Rezept von Generaldirektor zu Generaldirektor, von Ohr zu Ohr weitergegeben wird, hatte er seine Fingerspitzen eingefärbt. «Na, Hände gewaschen?», hatte er den Reber gefragt, als er sich neben diesen an den Stammtisch setzte, und dann: «Gib mal her», hatte er gesagt, als der Reber seinen Sauberkeitsbeweis geliefert hatte. Und ihm mit der rechten Hand das blendend weisse Tüchlein aus der Hand genommen, es auf den Tisch gelegt. «So, wollen wir doch mal schauen, ob meine Hände auch so sauber sind», hatte er gesagt, die linke Hand hinter dem Rücken hervorgenommen und war mit allen fünf Fingern über das Tuch gefahren, hatte dabei aber geflissentlich in eine andere Richtung geschaut, gewartet. Auf dem blütenweissen Taschentuch befanden sich fünf schwarze Streifen. Das Publikum hatte freudig entsetzt aufgestöhnt, geächzt. Nun würde es ein Spektakel absetzen, nun würde der Reber den Beyeler auseinandernehmen, in seine Einzelteile zerlegen. Schon hatte sich der Platz um die beiden etwas vergrössert, hatte sich gewissermassen ein Ring gebildet, in dem das Spektakel stattfinden konnte. Doch es war nichts dergleichen geschehen. Der Reber hatte das Tüchlein betrachtet, genickt. «Saubere Sache», hatte er gesagt, «einwandfrei.»

«Saubere Sache», hatte er ruhig, geradezu gleichmütig gesagt, fast etwas Freude hatte mitgeschwungen. Er hatte das Tüchlein sorgfältig, wie jedes Mal zuvor, zusammengefaltet und es dann eingesteckt. Dann hatte er sein Bier ausgetrunken, hatte bezahlt. «Bring dem Beyeler einen doppelten Bätzi», hatte er zur Serviertochter gesagt, «der schwitzt und ist etwas bleich, nicht dass er uns noch krank wird.» Hatte auch den Bätzi noch bezahlt, dem Beyeler auf die Schulter geklopft und war gegangen. Erst als er draussen war, hatte das Publikum sich wieder geregt. Auch der Beyeler hatte aufgeatmet und sich den Schweiss von der Stirn gewischt, dummerweise mit der linken Hand. Und diese Geste hatte seinem Ruf so nachhaltig geschadet, dass die Wirkung noch heute anhält. Immer noch gibt es Leute, die sich mit der Hand über das Gesicht fahren, wenn sie ihm im Dorf begegnen oder wenn sie zu ihm an den Schalter kommen, sodass er jedes Mal wieder im Spiegel prüfen muss, ob sein Gesicht immer noch oder wieder geschwärzt sei. Jedenfalls war bei der nächsten Wahl der Schulkommission der Reber gewählt worden und der Beyeler nicht. «Wir wollen doch nicht einen Neger in der Schulkommission», hatte einer im Dorf gesagt. Natürlich war es nicht nur das schwarze Gesicht, das ihm geschadet hatte.

Einige Wochen später hatte der «Blick», «*der* Blick», auf seiner Titelseite geschrieben: «Klebrige Post aus dem Emmental». Und weiter auf Seite 2: «Wie wir aus einer geheimen, aber sicheren Quelle wissen, sind seit einiger Zeit hier und da bei der Postzustellung zusammengeklebte Briefe aufgetaucht. Manchmal waren es nur einzelne Briefe, dann wieder waren es ganze Stapel von Dokumenten. Wie wir aus der gleichen geheimen, aber sicheren Quelle wissen, habe die Post diese Vorfälle intern untersucht. Dabei habe sie ihre Spur nach Trubschachen geführt, da alle diese Briefschaften den

Poststempel von Trubschachen getragen hätten. Und so habe der Verdacht – was habe näher gelegen – zur Bonbonfabrik Traber in Trubschachen geführt. Als man den Fabrikanten Otto H. Traber mit dem Phänomen der zusammengeklebten Briefe konfrontiert habe, sei dieser fuchsteufelswild geworden. Ob die Post seinen Ruf schädigen wolle, ob sie denke, nur weil bei ihnen Bonbons hergestellt würden, sei alles klebrig? Die Traber-Korrespondenz sei sauber, da lasse er nichts darauf kommen. Worauf die Postkommissäre mit hängenden Köpfen abgezogen seien. Schliesslich habe man dann doch herausgefunden, woher die zähe Klebrigkeit der Briefschaften stammte: Offensichtlich sei es der Poststempel selbst gewesen, der so klebrig gewesen sei. Als man in der Folge den Trubschacher Kanister mit der Stempelflüssigkeit untersucht habe, habe man festgestellt, dass die Tinte mit einem hohen Anteil von Gummi Arabicum versetzt worden sei sowie einem kleinen Anteil von Sika-Betonverzögerer. Diese auf den ersten Blick sinnlose und plumpe Mischung habe dazu geführt, dass die Stempelfarbe ihre Klebrigkeit erst zwölf Stunden nach dem Trocknen entwickelt habe.»

Jedenfalls hatte der Beyeler einen postinternen Verweis erhalten wegen «Verunreinigung von Posteigentum». Und einen Eintrag in seine Personalakte. Dass der Reber etwas damit zu tun haben könnte, war ihm nie in den Sinn gekommen, dazu reichte sein Kriminalverstand einfach nicht aus. Ein gewisser Verdacht war erst in ihm aufgestiegen, als ihn der Posthalter von Langnau mal gefragt hatte, warum eigentlich der Reber seine Briefe immer in Langnau aufgebe?

Das war der Schwarzbubenkrieg von Trubschachen, und gewonnen hatte eindeutig und mit K. o. der Velohändler Sepp Reber, ebender, der jetzt – womit wir endlich wieder zurück sind – an der Schulkommissionssitzung teilnimmt.

An der rechten Seite sitzen Fritz Wegmüller und Erwin Jegerlehner, beide Bauern, sie sind Nachbarn, der eine klein und schrötig, der andere gross und handfest, der eine bauert auf dem Rossmoos, der andere auf der Kuhweid. Ihre Höfe stehen einen Steinwurf voneinander entfernt. Es werden aber keine Steine geworfen, vielmehr sind die beiden Bauern unzertrennliche Gefährten. Schon in der Schule sassen sie immer nebeneinander. Beide haben zum gleichen Zeitpunkt den Hof von ihrem Vater übernommen und bauern seither gemeinsam, zwar jeder für sich und auf eigene Rechnung, aber alle Entscheide fällen sie gemeinsam. Sie beginnen am gleichen Tag mit Heuen und setzen die Kartoffeln am gleichen Tag. Sie sind sogar so weit gegangen, dass sie zwei Schwestern geheiratet haben: die Töchter des Schlossbauern von Schlosswil, Hanna und Margrit Lüthi. Diese führen seither das Zepter auf dem Rossmoos und der Kuhweid. Und sie tun das sehr erfolgreich. So wechseln sie sich mit dem Kochen ab; eine Woche lange wird auf dem Rossmoos gegessen und die nächste Woche auf der Kuhweid. Das erlaubt jeweils einer der Schwestern, sich um andere Sachen zu kümmern, sei es um Werke auf dem Hof, sei es um Geschäfte im Dorf. Wobei beide Schwestern gleichermassen viel und hohen Sachverstand beweisen.

Nun, in die Schulkommission wurden trotzdem die beiden Bauern gewählt. Frauen haben dort nichts zu suchen. Dass aber die beiden nur zusammen oder gar nicht gewählt werden konnten, war wiederum jedermann klar gewesen.

Auf der rechten Seite des Gevierts sitzen also die beiden Bauern, zwischen sich einen leeren Stuhl. Das ist Leibundguts Platz; niemand weiss, wie er zwischen die beiden zu sitzen gekommen ist, jedenfalls ist das sein Platz. Und die drei bilden eine geschlossene Front, gegen die nur schwer anzukommen ist, stimmen in den meisten Fällen gleich.

«Zwei Minuten Verspätung», reklamiert Schulkommissionspräsident Willy Bieri, «ist das jetzt nicht nur bei den Zügen so, sondern auch beim Personal der Bundesbahnen?»

Gelächter.

Jakob bekommt einen roten Kopf, will etwas sagen von faden Wienerli und Finger auf der Waage, schluckt die Bemerkung aber hinunter, denkt an Winnetou und begibt sich stumm und würdevoll an seinen Platz zwischen den beiden Bauern.

Beide klopfen ihm aufmunternd auf den Rücken, worauf er sich doch genötigt sieht, eine Erklärung abzugeben. «Also wisst ihr, da war heute dieser komische Kerl auf dem Zug, so einen Vogel habt ihr noch nicht geseh» «Später», ruft Bieri, «das kannst du ein andermal erzählen, wir wollen endlich beginnen. Die Sitzung ist eröffnet» – Pause, kramen in Papierstapeln – «hier habe ich das Protokoll vom letzten Mal» – Pause – «habt ihr es gelesen?» – Pause, kratzen am Ohr – «habt ihr Anmerkungen?» – Pause, kratzen am andern Ohr – «nein?» – Nase – «niemand?» – «gut, also, Protokoll, wird so genehmigt» – Kinn links – «hast du das notiert, Albert?» – ... – «gut, wir kommen also zu Traktandum 1» – Nase bohren – «‹Ansetzen der Heuferien›».

Alle Blicke richten sich auf Wegmüller und Jegerlehner, die sind schliesslich die Vertreter des Bauernstands. Und nun holt der Wegmüller bedächtig einen Zettel aus der Tasche, studiert ihn, als ob er ihn zum ersten Mal sähe, dreht ihn um, studiert auch noch die Rückseite.

«Also», sagt er dann, und zwischen jedes Wort legt er eine Denkpause, die so gross ist, wie der Heustock, den er sich zu machen wünscht, «nach dem Hundertjährigen Kalender ...» – «und nach dem Willen der Lüthi-Schwestern», murmelt eine Stimme dazwischen – «... nach dem

Hundertjährigen Kalender», wiederholt Wegmüller unbeirrt und fährt dann fort, «sollten die Heuferien dieses Jahr vom Mittwoch, 8. Juni bis Mittwoch, 15. Juni stattfinden, dann soll es trocken und warm sein.»

Bieri – kratzen, bohren hie und da – wartet, ob noch etwas kommt, es kommt nichts mehr, schaut in die Runde: bedächtiges Nicken rund um den Tisch. «So genehmigt und beschlossen», sagt Bieri und klopft mit der Faust auf den Tisch, zur Bekräftigung. Andernorts brauchen sie dazu ein Hämmerchen, aber nicht im Emmental, da genügt eine Faust allemal. Und erst jetzt schaut er zu Widmer, ob der Einwände gehabt hätte, was der aber klugerweise nicht hat oder zumindest nicht äussert. So viel hat er in seiner Zeit als Oberlehrer gelernt, dass das Bauern vor dem Schulen kommt.

«Traktandum 2 – ... – ‹Besetzung der Lehrerstelle an der Kleinklasse A für den unverhofft aus dem Amt geschiedenen Hans Burkhalter›».

«Geht es nicht noch amtlicher», murmelt Leibundgut laut, immer noch beleidigt wegen Bieris Bemerkung.

«Es kann halt nicht jeder schreiben wie der Karl May», grummelt Bieri zurück.

Und Leibundgut schweigt, «ist das jetzt gehauen oder gestochen?», fragt er sich.

«Nachfolge Hans Burkhalter», sagt Bieri und schaut sich grimmig um, ob es Einwände gibt.

Leibundgut denkt, sagt aber nichts.

«Gut, es hat sich ein Kandidat für die Stelle beworben. Er wartet wohl schon draussen, wir können also gleich schauen.»

«Hat er gute Zeugnisse?», fragt Leibundgut.

Bieri kratzt sich am Kopf. «Am Telefon haben wir nicht darüber gesprochen. Für eine Bewerbung hat es eben nicht mehr gereicht, die bringt er dann mit, und die Zeugnisse auch», hat er gesagt. «Er kommt aus Lanöfwil, war am Seminar Hofwil. Erwin, hol ihn herein, dann werden wir sehen, ob er hierher passt.»

Erwin steht schwerfällig auf, beugt sich nach vorne, nimmt die Arme zu Hilfe, stützt sich auf dem Pult auf und stemmt den schweren Oberkörper nach oben. Der Rest folgt. Er bringt die Beine in Stellung und steht nun tatsächlich. «Was habt ihr?», fragt er, «wenn ich sitze, sitze ich und wenn ich stehe, stehe ich, so ist das bei uns Brauch.» Und er wendet sich – Schultern drehen, der Kopf und der Rest des Körpers folgen mit etwas Verzögerung – zur Tür, öffnet sie und ruft in den Gang hinaus: «Ihr könnt hereinkommen!», schiebt nach einer Pause ein «Bitte» nach und wartet.

Niemand kommt.

Jegerlehner kratzt sich am Hals und geht hinaus in den Gang.

«Jegerlehner», denkt Leibundgut, «hätte im Wilden Westen keine Chance. Wie wollte der sich an ein Lagerfeuer anschleichen?» Der Jegerlehner ist zum Glück Bauer, Schnelligkeit braucht es da nicht.

Etwas Verstand, etwas Anstand, etwas Umstand und viel Bestand, kein Aufstand, kein Vorstand.

Woher stammt dieser unpassende Satz? Er weht durch den offenen Türspalt herein, kommt von draussen; von Jegerlehner kann er kaum stammen, wenn der allenfalls denkt, dann mit etwas Andacht, viel Bedacht, ohne Verdacht, wenn also nicht von Jegerlehner, dann vom andern, vom Kandidaten.

Jegerlehner kommt zurück, allein. «Wollt ihr das anschauen?», fragt er. «Kommt mal alle in den Gang.»

Grosses Stühleschieben, die Schulkommission begibt sich in corpore auf den Gang, das Schulhaus erzittert in seinen

Grundfesten. Schliesslich sprechen wir hier von einem Gesamtgewicht von 855 kg. Wenn man den Schulleiter Albert Widmer, 75 kg, abzieht, bleiben 780 kg für die 7 Personen der eigentlichen Schulkommission, im Durchschnitt also 111,4 kg.

Auf der Garderobenbank liegt ein Mann, schläft, ruhig, ein Lächeln auf den Lippen.

«Nein, eher auf der Stirn», denkt Leibundgut. «Den kenn ich, den Manno», sagt er, «das war eben der vom 17.43er.»

In diesem Moment schlägt der Mann die Augen auf. Als hätte er sie nur kurz geschlossen, betrachtet er die siebeneinhalb Kolosse, die auf ihn herabschauen.

Etwas Andacht, viel Bedacht, ohne Verdacht, noch so ein unsinniger Satz.

Der Mann streckt die Hand aus.

Leibundgut ist noch der Schnellste, packt sie. Soll er sie schütteln oder dem Mann auf die Beine helfen? Er schüttelt sie, sagt: «Leibundgut, Jakob.»

«Ach ja, der Bahnhofvorstand», sagt der Mann und springt auf die Beine, leicht wie eine Feder, obwohl auch er sicher um die neunzig Kilo wiegt, wie der erfahrene Schwingerblick von Leibundgut unaufgefordert mitteilt. «Fast etwas Old Shatterhand», noch ein unaufgeforderter Gedanke, Leibundgut wundert sich, springt auf die Beine und schüttelt nun einem nach dem andern die Hand, «Paul ‹Pool› Ammann.»

Die Schulkommission weicht vor so viel Energie unwillkürlich etwas zurück.

Paul Ammann kriegt Raum. «Das passierte mir schon immer in der Schule. Wenn es langweilig war, bin ich eingeschlafen», sagt er, «muss an diesen Räumen liegen, die sind imprägniert mit Mathematik und Grammatik und Geografie. Kennen Sie die Hauptstadt von Bolivien?», fragt er und schaut Bieri an.

Der kratzt sich am Kopf und schaut zu Widmer. «La Paz», sagt der, sonst nichts.

Leibundgut sagt: «Genau, ich muss mich auch immer zusammennehmen, wenn wir hier Sitzung haben, ich habe mir bloss noch nie gedacht, dass es an den Räumen liegen könnte.» Und schaut Bieri an, der kratzt sich noch immer am Kopf, die Sitzung ist nicht so, wie er es gewohnt ist, er muss zurückfinden zur Ordnung; «Bieri, Willy», sagt er und schüttelt dem Mann noch einmal die Hand, «wir gehen nun ins Schulzimmer zurück, dann geht die Sitzung ordentlich weiter.»

Als alle wieder sitzen, Bieri oben, neben sich Widmer mit dem Protokoll, an den Längsseiten die sechs Kommissionsmitglieder, unten Ammann, erwartungsvoll in die Runde schauend, sagt Bieri: «Herr Ammann, Ihr habt Euch beworben für die Stelle als Kleinklassenlehrer Oberstufe. Die Stelle ist im Moment unbesetzt. Ihr Vorgänger hat eines Tages erklärt, er habe nun genug gearbeitet. Die Schüler haben frei, weil kein Stellvertreter zu finden war. Ihr könnt also morgen anfangen, wenn Ihr wollt, das heisst», schiebt er noch nach, «wenn wir Euch wählen. Habt Ihr Zeugnisse und das Patent?»

«Das ist so eine Geschichte», sagt Ammann und schaut zu Leibundgut. «Heute im Zug war diese Dame. Sie sass im gleichen Abteil wie ich. Wir haben uns unterhalten, gut unterhalten, als sie plötzlich merkte, dass sie in Bowil aussteigen sollte, mit einem Schrei ihre Tasche packte, zum Ausgang lief und aus dem soeben anfahrenden Zug sprang. Echt artistisch, und mit hohen Absätzen und Kostüm und Hut, wirklich, hat mir gefallen. Bis ich gesehen habe, dass sie mit meiner Tasche ausgestiegen ist. Und in der Tasche waren alle meine Dokumente, die Zeugnisse, das Patent, der Pass, das Geld. Ich bin also im Moment ohne Papiere. Sozusagen nackt. Wie Gott mich geschaffen hat.»

«Ihr kommt aus Lanöfwil, wo liegt denn das?», fragt Jegerlehner.

«Genau, La Neuveville, Neuenstadt, das liegt am Bielersee.»

«Aha, Neuenstadt, ja, das kenne ich schon. Dort waren wir in der fünften Klasse auf der Schulreise, mit dem Schiff. Dann haben wir im See gebadet und die Schwäne gefüttert. Das war schön.»

«Ich komme aus La Neuveville, dort ist mein Vater Weinbauer. Dann war ich im Seminar Hofwil» – niemandem fällt diese offene Formulierung auf. «Dann habe ich mir die Welt angeschaut, und nun bin ich hier. Morgen kann ich anfangen, wenn Sie möchten. Im Moment habe ich allerdings nur diese Kleider hier und etwas Damenwäsche. Diese Tasche, wissen Sie, die Tasche dieser Dame, rosafarben mit hellblauem Blumenmuster. Wollen Sie sie sehen? Sie steht draussen. Und schlafen müsste ich auch irgendwo.»

«Schlafen kann er bei mir», sagt Grunder von der linken Tischseite. «Bei mir im ‹Bären› ist im Moment nicht viel los, und etwas Kleider werden sich auch finden lassen.»

Ammann steht auf, geht zu Grunder, schüttelt ihm die Hand. «Sehen Sie, eine Lösung gibt es immer.»

«Aber nur vierzehn Tage», sagt Grunder, «dann kommt der Füsilier-WK, dann brauche ich die Zimmer für die Herren Offiziere.»

«Kein Problem», sagt Ammann, «bis dann fliesst noch viel Wasser die Trub hinab.»

«Und die Ilfis auch», sagt Bieri, der auch wieder mal etwas sagen will.

«Gut, dann fange ich morgen an», sagt Ammann.

«Was braucht Ihr?», fragt Bieri.

«Schüler, sonst nichts», sagt Paul. «Die ersten Tage werden wir ein paar Aufwärmübungen machen, da trainieren wir noch ohne Ball, dann schauen wir weiter. Wir werden schon ein paar Schulbücher finden. Wenn etwas fehlt, weiss ich ja, wohin ich gehen muss. Ich habe Ihre Metzgerei gesehen, als ich durch das Dorf gegangen bin. Einen schönen Abend noch und auf Wiedersehen. Ich warte in der Gaststube auf Sie, Herr Grunder. Ich habe Lust auf ein kühles Bier.»

Und damit steht Ammann auf, geht zum Ausgang, ist schon bei der Tür, schon draussen, bis Bieri seine Amtsfloskeln hervorbröselt: «Herzlichen Dank, Herr Ammann. Dann fangt Ihr also morgen an. Den Papierkram erledigen wir später, in den nächsten Tagen einmal», und nach einer längeren Pause und Konsultation seines Handzettels: «Nächstes Traktandum ‹Neue Wandtafel für das Oberstufen-Schulzimmer›.»

«Beantrage Vertagung», wirft Leibundgut ein, «ich habe nämlich auch Durst bekommen.»

«Wer ist für Vertagung?», fragt Bieri ohne Widerstand, auch er hat offenbar Durst.

Alle Hände heben sich, nicht gerade forsch, aber doch etwas weniger bedächtig als sonst.

«Also, wir treffen uns im ‹Bären›», sagt Leibundgut, «ich zahle eine Runde. Der gefällt mir, der neue Lehrer. Zuerst am Bahnhof habe ich gedacht, das sei so ein Städter, aber mir scheint, er hat Hand und Fuss.»

«Für die Kleinklasse wird es wohl reichen», meint Jegerlehner.

«Was meinst du, Widmer?», fragt Bieri, «du bist doch der Schulvorsteher, du hast noch gar nichts gesagt.»

«Ich weiss nicht», sagt Widmer, «etwas an dem Mann gefällt mir nicht. Ich weiss nicht, was es ist, aber in der Probezeit werde ich das schon herausfinden. Ich behalte ihn im Auge.»

Bier.Glas.

Trubschachen, «Bären», immer noch Mittwoch, 27. April, dann vor allem Donnerstag, 28. April 1988.
Immer noch Fortsetzung der Geschichte, wie es Louis' Vater ins Emmental verschlägt. Und wie einige Schächeler mit dieser Tatsache ziemlich gut fertigwerden.

Als die Schulkommission – eigentlich müsste es *der* Schulkommission heissen, weil das ein rein männliches Gremium ist. Frauen haben da nichts zu suchen und schon gar nichts zu sagen, das wäre ja noch schöner. Wenn es dann mal soweit kommt, dann ist Matthäi am Letzten – als nun also der Schulkommission am Mittwoch, 27. April 1988 um 21.37 Uhr den «Bären» betritt, sieht er Paul Ammann am langen Seitentisch sitzen. Auf dem Tisch stehen neun Stangen, frisch gezapft.

«Prost, meine Herren, nehmen Sie Platz, wir wollen auf die Zukunft anstossen!» Und als die acht Männer endlich und umständlich Platz genommen haben, hebt er noch einmal sein Glas, wendet sich Bieri zu.

«Wenn es genehm ist, ich bin der Paul.»

Und Bieri hebt sein Glas, stösst mit Paul an. «Willy», sagt er, «soll gelten.»

Und nun macht Paul die Runde, stösst mit jedem Einzelnen an.

«Paul», sagt Paul.

«Fritz», sagt Fritz.

«Paul», sagt Paul.

«Erwin», sagt Erwin.

«Paul», sagt Paul.

«Oskar», sagt Oskar.

«Paul», sagt Paul.

«Nicht so schnell, junger Mann», sagt Herr Widmer, «Sie kennen die Regeln nicht. Wer bietet hier wem das Du an? Schliesslich bin ich Ihr Vorgesetzter und ich bin älter als Sie. Also ist es an mir», sagt Herr Widmer und schaut Herrn Ammann strafend an.

«Stimmt», sagt Herr Ammann, steht da, das Glas in der Hand, bewegt sich nicht, wartet.

«Auf was warten Sie? Ich habe Ihnen die Sache erklärt, und überhaupt, ich trinke gar kein Bier.»

«Einen Zweier Beaujolais für Herrn Widmer!», ruft Herr Ammann der Serviertochter zu, steht da und wartet, bis die Serviertochter den Zweier gebracht und eingeschenkt hat.

Herr Widmer nimmt das Glas. «Gesundheit», sagt er in die Runde. Nimmt einen Schluck. Blickt den dastehenden Herrn Ammann an. Fragt: «Auf was warten Sie?»

«Sie wollten mir doch das Du anbieten», erinnert ihn Herr Ammann und lächelt freundlich.

«Ich sage Ihnen dann, wenn es soweit ist», sagt Widmer unwirsch, «heute wird das nichts, vielleicht nach der Probezeit.»

Herr Ammann schaut ihn verdutzt an – oder muss es in diesem Fall entduzt heissen oder versiezt? Dann nimmt er einen Schluck.

«Prost», sagt er, dann setzt er seine Runde fort.

«Paul», sagt Paul, und eine kleine Ungewissheit schwingt mit.

«Sepp», sagt Sepp.

Und schon kehrt Pauls Unbekümmertheit zurück.

«Paul», sagt Paul.

«Johnny», sagt Hans.

Und «endlich», denkt Leibundgut.

«Paul», sagt Paul.

«Jakob», sagt Jakob. Fast hätte er «Old Shatterhand» gesagt oder «Charlie».

Und dann beginnt das legendäre Trinkgelage, von dem die Schächeler noch heute sprechen.

Die nächste Runde geht auf Jakob und die Schweizerischen Bundesbahnen. «Freunde, ich erhebe mein Glas und trinke auf das Mittel, das uns mit der grossen Welt verbindet und mit welchem heute und hier etwas Neues bei uns angekommen ist. Mögen die Züge weiter verkehren. Mögen sie das Gute bringen und das Schlechte mitnehmen. Ich habe gesprochen.»

«Soll gelten», tönt es von überall her, und dann werden die Gläser angesetzt und es wird getrunken, als sei die Zukunft der Bundesbahnen gefährdet. Und die meisten Gläser sind leer, als sie schwer auf den Tisch gestellt werden.

«Köbel», sagt einer, «dass du winken kannst, wissen wir. Und dass du schwingen kannst, wissen wir. Dass du auch sprechen kannst, das haben wir nicht gewusst.»

«Alles zu seiner Zeit», sagt Köbel. «Und heute ist eine gute Zeit», sagt er und blickt tief in sein leeres Bierglas.

Und da schaltet es, schaltet es bei allen, aber bei Erwin am schnellsten. «Christine», sagt er zur Kellnerin, «bring uns noch acht Bier», sagt er, «und einen Schoppen Beaujolais». Aber der Widmer winkt ab. Er hat genug getrunken. Er hat genug. Er steht auf. «Es ist schon spät», sagt er. Aber keiner von den andern versteht den Wink. «Es ist Zeit!», sagt er. Auch das versteht keiner. Und so geht er allein ab. Hinterlässt aber, merkwürdig genug, keine Lücke am langen Tisch.

Und jetzt bringt die Christine die acht Bier. Wo nötig werden die alten Gläser noch rasch geleert.

Dann hebt Erwin sein Glas und sagt bedächtig: «Ich erhebe mein Glas auf das Simmentaler Fleckvieh. Ich meine, auch die Simmentaler Kühe sind nicht von hier, kommen von weit her, aus dem Oberland. Und trotzdem sage ich, das sind die schönsten Kühe. Es ist also nicht alles schlecht, was von aussen kommt.»

Alle heben ihr Glas, nicken dem Erwin bedächtig zu. Dieser denkt an seine Bella. Der Fritz an seine Diana. Und der Willy fragt sich, ob man seinem Siedfleisch ansieht, von welcher Kuh es kommt. Dann legen alle ihre Stiernacken nach hinten und tränken sich mit dem Bier, laben sich, saufen, und langsam wird ihnen richtig wohl.

Die nächste Runde geht auf Kosten des Hauses. Und dann, zur Überraschung aller, spendiert der Bärenwirt gleich noch eine Runde. Er lässt ein Tablett mit acht zierlichen Kristallgläsern kommen, acht kleinen geschliffenen und reich verzierten Stielgläsern, und einer Flasche, ebenfalls aus Kristallglas und ebenfalls reich geschmückt, in der sich eine bernsteinfarbene Flüssigkeit befindet.

Geschickt durch lange Übung, aber trotzdem vorsichtig, schenkt er die kleinen Gläser voll, geht dann mit dem Tablett um den Tisch herum, geht von einem zum andern, ohne einen Tropfen zu verschütten. Und jede dieser Pranken nimmt eines der kleinen Gläser vorsichtig zwischen Daumen und Zeigfinger.

Und als alle ihr Glas haben, kehrt Grunder ans obere Tischende zurück, das letzte Glas in seiner Hand, hebt es ans Licht. «Mit diesem Aquavit», sagt er, «mit diesem Lebenswasser stosse ich aufs Leben an. Das Leben ist schön. Und ich stosse auch aufs Wasser an. Das Wasser ist klar.» Und er stösst mit seinem Nachbar zur Linken und dann mit seinem Nachbar zur Rechten an. Zweimal ertönt ein reiner heller Klang. Und dann stossen diese beiden mit ihren Nachbarn an, bis die Klangkette unten am Tisch bei Paul Ammann angekommen ist und mit zwei letzten feinen Tönen verklingt. «La vita è bella», sagt dieser, trinkt das Glas aus, kehrt es vorsichtig um und stellt es verkehrt auf den Tisch. «Also», sagt er, «also.»

«Also was?», fragt der Johnny.

«Also glaubt ihr oder glaubt ihr nicht, dass ich auf diesem Glasfuss, diesem Glasfüsschen, einen Kopfstand machen kann?»

«Das geht nicht», sagt Fritz, «das kann niemand. Nicht einmal einer vom Zirkus Knie. Dann kannst du das auch nicht.»

«Nie im Leben», stimmt der Sepp bei. Alle schütteln den Kopf.

«Da bin ich aber froh», sagt Paul, «dass wir uns einig sind. Sonst hätte ich das ausprobieren müssen.» Und er kehrt das Glas wieder um, steht auf, geht zum Buffet, flüstert der Christine etwas zu. Diese schaut zunächst stober, bringt aber wenig später ein Tablett mit acht Tassen und acht Wassergläsern.

«Die sind ja leer!», ruft einer. «Das ist jetzt falsch.»

Aber Paul zieht aus der geblümten Damentasche unter seinem Stuhl, aus dieser Tasche zieht er eine Flasche hervor und sagt: «Der stammt noch von meinem Grossvater, und der muss mit Verstand getrunken werden. Das ist jetzt genau richtig.» Dass er eine Flasche Schnaps seines Grossvaters aus der Tasche der fremden Dame von Bowil zaubern kann, fällt niemandem auf, nicht einmal ihm selbst.

Dann schenkt er ein, giesst einen mehr als Doppelten in jede Tasse und in jedes Wasserglas. Der Inhalt der Flasche reicht genau für die sechzehn Gefässe. Nimmt dann eine Tasse in die linke, ein Glas in die rechte Hand, wartet, bis es ihm alle gleichgetan haben. «Trinken wir auf die Vernunft und die Unvernunft, auf den Glauben und den Unglauben, auf den Sinn und den Unsinn», sagt er. Stösst mit sich selbst an, und trinkt zuerst die Tasse, dann das Glas leer. Die andern haben wacker Schritt gehalten. Und dieses neue Gleichgewicht von

Vernunft und Unvernunft, Anstand und Aufstand bekommt ihnen wohl.

Und das Trinken geht weiter. Die andern Gäste haben das Schlachtfeld längst verlassen. Sie aber trinken.

Willy trinkt auf die Indianer und führt vor, wie aus seiner Sicht ein Kriegstanz aussehen müsste. Und Jakob runzelt die Stirn und fragt sich, ob auch der Bieri heimlich Karl May liest.

Um vier Uhr liegen sich die Männer in den Armen und singen den «Trueberbub». So schön singen sie den «Trueberbub», dass einigen Mitgliedern des Schulkommissions die Tränen in die Augen steigen. Und weil es nun grad so schön ist, singen sie auch noch «Ds Vreneli ab em Guggisbärg». Und dann «Lueget, vo Bärg u Tal». Und nun sind sie also wirklich Brüder. Sie haben getrunken und gezecht. Sie haben geredet und die Welt in den Senkel gestellt. Und sie haben gesungen und gelacht.

«Frollein, noch eine Runde!», ruft der Johnny. Aber das Frollein ist nicht mehr da, hat sich längst schlafen gelegt. Und überhaupt, es dämmert bereits zu den Scheiben herein.

Früh.Zug.

Trubschachen, Bahnhof, Donnerstag, 28. April 1988. Erste Nacht nach Paul Ammanns Ankunft.
Götterdämmerung.

Um fünf Uhr früh marschiert der Schulkommission in corpore, dezimiert nur um ihren Protokollführer Albert Widmer, der sich bereits um 22.30 Uhr absentiert hat, ergänzt um die neue Lehrkraft Paul Ammann, zum Bahnhof, um den ersten Zug abzufertigen.

Als am Donnerstag, 28. April um 5.33 Uhr der Frühzug einfährt, stehen acht Männer in einer Reihe auf dem Perron vor dem Bahnhofsgebäude. Im ersten erkennt der Lokführer den Stationsvorstand, auf dem Kopf eine Biberfellmütze und in der Hand eine Flinte – das kann nicht sein, er reibt sich die Augen, er muss sich getäuscht haben –, dann folgt einer mit einem Feuerwehrhelm, einer mit einer Polizeimütze, einer mit einer Kochmütze und die restlichen mit aus Zeitungspapier gefalteten Mützen. Und ganz zuunterst in der Reihe steht ein junger Mann, die SBB-Stationsvorstehermütze schief auf dem Kopf, die Signalpfeife im Mund, die Kelle in der Hand. Und der Lokführer sieht verwundert, wie der Bahnhofvorstand dem Mann neben sich ein Zeichen gibt, dieser wiederum dem Mann neben sich und so fort, bis am Ende der Reihe eben dieser junge Mann in die Signalpfeife bläst und so etwas wie ein Abfahrtssignal gibt, dazu die Kelle schwenkt, als wolle er beim Hornussen einen Nouss abtun.

Der Lokführer wundert sich, fährt dann aber ordnungsgemäss ab, ist aber so verwundert, dass er froh sein muss, dass sein Zug auf Schienen fährt, weil er sonst womöglich auf Abwege geraten wäre. Schon in Escholzmatt, beim nächsten Halt, öffnet er das Schiebefenster in seinem Führerstand und fragt den dortigen Stationsvorsteher, ob er wisse, ob es seinem Amtsbruder in Trubschachen vielleicht nicht ganz gut gehe. Und als er in Schüpfheim seinen Gegenzug kreuzt, der dort schon auf ihn wartet, hält er, gegen die gängigen Vorschriften, seine Lok auf der Höhe der andern Lok an, schiebt wieder das Fenster auf, und als sein Kollege das Gleiche tut, erzählt er ihm, dem Bahnhofvorstand von Trubschachen spinne es, er solle dann aufpassen.

Inzwischen ist aber der Bahnhofvorstand Jakob wieder im Besitz seiner Berufsutensilien.

«Was steht an?», fragt Paul, als der Zug abgefahren ist.

«Melken», kommt es unisono von Erwin und Fritz.

«Freiwillige vor!», ruft Paul. Und in seltener Einigkeit macht der ganze Schulkommission einen Schritt nach vorne.

«Wir beginnen bei Erwin», erklärt Paul. «Dann nehmen wir die Milch mit, melken bei Fritz, bringen die Milch zur Käserei. Dann schauen wir weiter.»

Und damit setzt sich der Kommission in Marsch. Acht Männer unterwegs in wichtiger Mission. Ein schönes Bild.

«Was passiert mit den Zügen?», fragt Paul plötzlich.

Jakob kratzt sich am Kopf, dann am Hintern. «Die Züge, da muss wohl einer schauen», sagt er mit trauriger Stimme. «Ich hätte gern wieder mal eine Kuh gemolken», reicht einem nach dem andern die Hand, macht kehrt und steuert so ungefähr auf seinen Bahnhof zu.

Schon lange, spätestens aber hier drängt sich eine Frage auf. Wie kommt es, dass diese sieben Männer, alles gestandene Familienväter und Berufsleute, alle Emmentaler, zurückhaltend, bedacht, konservativ, misstrauisch allem Neuen gegenüber, alle Veränderungen mit grösster Vorsicht anschauend, wie kommt es, dass diese sieben Männer sich bereitwillig dem Diktat und dem anarchischen Blödsinn von Paul Ammann anschliessen? Dass sie, die Amtsträger, bereitwillig die Gefolgsleute dieses jungen Mannes werden? Was hat dieser Paul Ammann Besonderes an sich?

Es ist die unbändige gute Laune, die Ammann versprüht. Wo er steht und geht. Wo er liegt und fliegt. Wo er macht und lacht. Überall wird als Erstes diese gute Laune wahrgenommen. Es ist der Charme eines aufrichtigen Gemüts, das nichts aus Berechnung, sondern alles aus purer Lust, mindestens aber aus einem Gefühl heraus tut. Diese Aufrichtigkeit bezaubert. Nicht einmal ein gestandener Emmentaler Klotz ist dagegen immun. Auch nicht in Trubschachen.

Und so stellt der Schulkommission in corpore seinen guten Ruf aufs Spiel. Bald wird sich zeigen, dass dies keineswegs schädliche Auswirkungen hat. Im Gegenteil. Im Dorf wird er seither mehr respektiert als vorher. Hätten die Männer den Frühzug nackt abgefertigt, wären sie wohl unsterblich geworden. Übrigens wird das Abfertigen des Frühzugs zu einer allgemeinen Gewohnheit in Trubschachen. Wenn irgendwo eine Nacht lang gezecht wird, gibt es immer jemanden, der vorschlägt, zum krönenden Abschluss des Gelages den Frühzug abzufertigen. Und so taucht ab und zu ein lustiges Grüppchen am Bahnhof auf und errichtet vor dem Stationsgebäude eine schwankende Reihe. Zu diesem Ritual gehört es, dass jede Person eine Kopfbedeckung trägt. Erlaubt ist alles, am liebsten ausgefallen. Beliebt sind Salatbecken, alte Pfannen, Verkehrshüte, aufgeschnittene Fussbälle, Papierkörbe.

Als um 07.00 Uhr alle Kühe gefüttert und gemolken sind, als die Milch ordnungsgemäss in der Käserei abgeliefert ist, als also alles in bester Ordnung ist, versammelt Paul die Männer noch einmal um sich.

«Männer», sagt er, «nun beginnt der Ernst des Lebens. Heute ist mein erster Schultag.»

Schul.Bus.

Trubschachen, Dorf, Donnerstag, 28. April 1988. Ein Tag nach Paul Ammanns Ankunft.
Wie Paul seine Schüler um sich schart.

«Kann mir einer von euch ein Gefährt leihen, damit ich meine Schüler einsammeln kann?», fragt Paul. «Die wissen noch nichts von ihrem Glück und meinen, die Schule falle heute aus.»

«Komm mit», sagt Erwin, «du kannst meinen Einachser brauchen, das wird genügen, darauf hat es genug Platz für eine Kleinklasse.»

Wenn es Leser und Leserinnen gibt, die nicht wissen, was ein Einachser ist, so könnte man das kurz und bündig so erklären: Wenn man einen Traktor mit einem Einrad kreuzen würde, käme ungefähr ein Einachser heraus. Und wem dieses Bild nicht wirklich plastisch wird, soll sich einen Motor auf zwei Rädern vorstellen. Damit das Ganze fahrbar wird, wird es auf schlaue Art mit einem einachsigen Anhänger verbunden. Aus zwei halben Fahrzeugen wird ein Ganzes. Jedenfalls ist ein Einachser genau das Richtige für Paul Ammann.

«Wunderbar», sagt Paul. «Genauso habe ich mir meinen Einstand vorgestellt. Ich hole nur schnell den Rodel und eine Karte, dann kannst du mir zeigen, wo meine Schüler wohnen.»

Und keine zwanzig Minuten später fährt Paul mit dem roten Einachser auf den Dorfplatz, umrundet dreimal den Dorfbrunnen, sucht vergeblich die Hupe, mit der er seine Freude laut bezeugen könnte, hält an, studiert die Karte und fährt los. Beim Feuerwehrmagazin hält er an, öffnet das Tor, verschwindet darin und kehrt nach kaum einer Minute mit einem Horn zurück. Das Messing ist schon grün angelaufen.

Mit dem Ärmel versucht er, das Instrument blank zu reiben, bewirkt wenig bis gar nichts, nickt trotzdem zufrieden, springt auf seinen Einachser, schiebt den Regler auf schnelle Fahrt und tuckert dann mit 25 km/h auf der Dorfstrasse Richtung Bäregg, wo er seinen ersten Schüler abholen will. Als er von der Dorfstrasse in den Bäreggstalden abzweigt, bläst er eine Tonfolge ins Horn, die er für eine Fanfare hält, die auch Wirkung zeigt. Eine ganze Reihe von Bäreggstaldern taucht auf der Strasse auf. Und manches Fenster öffnet sich und zeigt ein fragendes Emmentaler Gesicht: aufgerissene Augen, offenen Mund.

«Wo brennt es?», fragt einer.

Und Paul sagt: «Bei Strübys, der Samuel sollte heute wieder zur Schule.»

Der Mann zeigt die Strasse hinauf: «Dort, bei dem Haus mit dem Taubenschlag, dort sind Strübys.»

Paul legt den Berggang ein, winkt mit der Hand, mit dem Arm, Dank und Gruss zugleich, und fährt die Strasse empor, hält vor dem Haus an, auf das der Mann gezeigt hat. «Wie sieht denn ein Taubenschlag aus?», fragt er sich. Von Tauben ist nichts zu sehen. «Die schlafen wohl noch», denkt er. So bläst er wieder die Fanfare. Tatsächlich fliegen auf dem Dach ein paar Tauben auf. Und als die Haustür aufgeht und ein kleines Mädchen herausschaut mit keckem Blick, neugierig, erfreut, ruft er über den Motorenlärm: «Wohnt hier der Samuel?»

«Das ist mein Bruder», sagt das Mädchen, «was willst du von ihm?»

«Er soll mitkommen, heute beginnt die Schule wieder.»

«Wart einen Moment, ich hole ihn», sagt das Mädchen und ist weg. «Ein flinkes Ding», denkt Paul und lächelt.

Und keine drei Minuten dauert es und das Kind erscheint wieder, dreht sich in der Tür um und zerrt mit beiden Händen an etwas, das im Türrahmen festzustecken scheint.

«Nun komm», ruft das Kind, «mach kein Theater, du sollst zur Schule, du darfst zur Schule, ich darf noch nicht!»

«Du kannst ja für mich gehen», sagt eine Stimme, etwas trotzig, etwas verstockt, aber auch etwas ängstlich.

«Ich komme mit», sagt das Mädchen, «damit du keine Angst hast.» Und nun kommt das Etwas, halb gezogen, nicht von der Kraft des Mädchens, sondern von dessen Willen. Ein grosser Bursche ist es, ein junger Seehund. Tapsig, verlegen und hilflos steht er da, schaut schräg, fast etwas blind auf den Mann, erblickt dann den Einachser. Ein Leuchten geht über sein Gesicht.

«Jegerlehners Einachser», sagt er, «dass du den brauchen darfst.»

«Kannst du fahren?», fragt Paul.

Und nun kommt Leben in das Etwas, es nickt, der Kopf schwenkt auf und ab, fast muss man Angst haben, dass er abfällt.

«Klar», sagt das Mädchen, «das kann doch jedes Kind.»

«Gut», sagt Paul zum Etwas, zu Samuel, zu seinem ersten Schüler: «Du bist der Chauffeur. Los geht's, wir haben noch eine ganze Kleinklasse einzusammeln. Wo wohnt der Nächste?»

Samuel gibt keine Antwort, sitzt nun aber schon im Eisenschalensitz des Einachsers, die eine Hand am Lenker, die andere am Regler.

«Soll ich dir helfen?», fragt das Mädchen, «ich heisse Annemarie, wie heisst du?»

«Paul», sagt Paul und nickt begeistert. «Genau, was ich brauche, munter, gewieft, unerschrocken und erst noch hübsch», ruft er, «gib deiner Mutter Bescheid, Annemarie, dann geht es los.»

Und nun steht sie auf der Ladefläche des Einachsers wie Lord Nelson auf Deck seines Admiralsschiffs, weist mit dem

Arm die Richtung und knufft ihren grossen Bruder kräftig in die Rippen, wenn er vom Kurs abzukommen droht.

Wie hier klar zu sehen ist, wiederholt sich die Metapher aus der Einleitung des Buchs, wieder nimmt ein Schiff Kurs auf hohe Ziele, auf Neuland, und das alles im Emmental, im tiefsten Binnenland.

Annemarie hat das Gefährt quer durch das Dorf gelenkt, hierhin und dorthin. Und nun sitzen sieben Schüler auf der Ladefläche des Einachsers. Neben Samuel, der immer noch das Gefährt steuert, sind es drei weitere Buben: Martin Streit, Thomas Aellig und Bänz Aeschlimann. Sodann drei Mädchen: Trudi Röthlisberger, Dora Jost und Margrit Liechti.

«Kurs Richtung Schulhaus!», ruft Paul.

Und Samuel, der noch nie gerne zur Schule gegangen ist, lenkt das Gefährt in diese Richtung, fährt auf den Schulhof und hält vor der Treppe zum Eingang an, strahlt.

«Absteigen!», befiehlt Paul. Und genauso, wie vorher der Schulkommission seinen Kommandos gefolgt ist, folgen auch diese Kleinklässler seinem Befehl.

In der Folge wird Paul dem Bauern Jegerlehner den Einachser abläschelen, eintauschen gegen ein Jahr tatkräftige Hilfe von sechzehn Händen, seinen eigenen und denjenigen seiner Schüler. Alle vierzehn Tage arbeiten sie einen ganzen Tag für den Jegerlehner. Dafür gehört der Einachser nun der Kleinklasse Trubschachen. Dies wird bezeugt dadurch, dass ein fürchterlicher grüner, feuerspeiender Drache auf die Motorhaube gemalt wird. Weiter wird an der vorderen Heustrebe eine Fahnenstange angebracht, an der eine schwarze Piratenflagge weht. Auch das Feuerhorn bleibt im Besitz der Kleinklasse. Die Feuerwehr hat nun eine elektrische Sirene. Dieser Übergang vom Feuerhorn zur Sirene ist übrigens im Amtsblatt publiziert worden, um weitere Missverständnisse zu vermeiden.

Von Woche zu Woche wechselnd hat nun ein Schüler das Amt des Klassenchauffeurs. Am Morgen macht er den Kehr im Dorf und sammelt alle Kleinklässler ein. Wenn dieses rasselnde Gefährt unter Horngebrüll durchs Dorf fährt, glaubt tatsächlich manch einer, ein feuerspeiender Drache sei in Anfahrt. Die Schüler der Normalklassen schauen neidisch auf das Gefährt. Versucht einer von ihnen aufzuspringen und ein Stück mitzufahren, wird er jeweils mit vereinten Kräften auf den Wagen gezerrt und erst wieder laufen gelassen, wenn er das ABC sauber rückwärts aufgesagt hat.

So weit ist es aber noch nicht. Paul Ammann steht mit seinen Schülern nun erstmals im Schulzimmer, vielmehr steht er vorne bei der Wandtafel, und die Schüler sitzen an ihren Pulten, schauen erwartungsvoll nach vorne, warten darauf, was nun kommt.

Und direkt neben Ammann steht Strübys Annemarie, unerschrocken und gewappnet für weitere Aufgaben. Dass es in diesen sieben Schädeln rumort, kann Ammann sehen, aber Misstrauen sieht er keines in ihren Blicken, das hat die Fahrt auf dem Einachser schon weggeweht.

«Also», sagt Paul.

Schwer.Kraft.

Trubschachen, Dorfschulhaus, Montag, 20. Juni 1988. Zwei Monate nach Paul Ammanns Ankunft.
Wie Paul Ammann es nicht anders versteht, als immer auf den Punkt zu kommen, und warum seine Schüler mit dieser Anforderung fertigwerden.

«Wer kann was gut?», fragt Paul eines Tages.

Keine Antwort.

«Die Frage war wohl etwas zu stark», denkt Paul und klopft sich an die Stirn. «Ruhig, ganz ruhig Paul», murmelt er und klopft sich aufmunternd auf die Schulter.

«Wer ist stark?», fragt er.

Drei Hände gehen hoch, Samuel, natürlich, aber auch Bänz und dann noch Dora.

«Schön», sagt Paul, «wer aber ist am stärksten?»

Und schon beginnt ein Kräftemessen. Zuerst kommt Gewichtheben: Samuel kann weitaus am meisten heben. Den Lehrerstuhl mit Paul packt er, als wäre es nichts, stemmt ihn gar über seinen Kopf, dass es Paul bald schwindlig wird. Beim Steinstossen gewinnt der Bänz. Aber nur deshalb, weil der Sämi Angst hatte, der Stein fliege hinten beim Schulhausplatz über den Zaun und treffe dann jemanden, der gerade dort vorbeiginge, weshalb er nur mit halber Kraft gestossen hat. Doch die Dora sagt: «Armdrücken, euch schlage ich beide im Armdrücken, jede Wette.» Und tatsächlich, als sie sich am Pult gegenüber sitzen, je den rechten Arm am Ellbogen aufgestützt und die Hände ineinander verschränkt, da legt die Dora zuerst Bänzes Arm um, einfach so. Dann tritt sie an gegen Sämi, dessen Arm doppelt so viel Umfang hat wie der ihre. Aber wie sie ihm an den aufragenden Armen vorbei fest und gerade in die Augen blickt, tief hinein, verlässt den Sämi jede Kraft. Und die Dora legt auch seinen Arm flach.

Drei Wettkämpfe, drei Sieger, es bleibt noch der direkte Vergleich: ein Ringkampf. Aber da sind sich die beiden Helden nun einig: «Gegen ein Mädchen kämpfe ich nicht, kommt nicht in Frage», sagen beide wie aus einem Mund.

«Siegerin nach Forfait. Dora ist die Stärkste.», sagt Paul.

Dora aber sagt ruhig und gelassen: «Der Sämi ist stärker, das ist schon klar, ich wollte euch Stöcken nur zeigen, dass wir Mädchen euch allemal bodigen können, wenn es nötig ist.»

«Gut», sagt Paul, «Dora hat gewonnen, aber Sämi ist der Starke, Dora ist die Gerechte. Und jetzt sage ich euch, warum ich mit euch über das reden will.»

«Über was?», fragt eine Stimme.

«Gute Frage», sagt Paul. «Über die Stärken und Schwächen, über gute und schlechte Eigenschaften, über nützliche und unnütze Fähigkeiten. Wisst ihr, es ist Zeit, dass wir uns klar werden, wer von uns was gut kann, schliesslich können wir nicht alle alles gleich gut. Wenn wir dann über uns Bescheid wissen, können wir die Aufgaben in der Klasse entsprechend verteilen, dann laufen die Dinge rund, und wir können uns an die Feinarbeit machen, herausfinden, wer sich wo noch verbessern kann, und können uns auch erlauben, ein bisschen Spass zu haben, ein schönes Leben zu führen.»

Leuchtende Augen.

«Und jetzt schauen wir mal, welche anderen nützlichen Eigenschaften es noch gibt ausser Stärke.»

«Schnelligkeit, Schlauheit, Geschicklichkeit, Mutigkeit.»

Mutigkeit? Müdigkeit? Kleinigkeit?

«Wer ist schnell? Wer ist geschickt?» Und jetzt geht es wild und durcheinander: «Wer ist? höflich Wer ist Wer ist charmant? Wer? schlau ist lieb??? Wer Wer ist ist lustig gross?

Wer ist klein?» Und jetzt mischWor sich endie teStim und die men und es wird ein stürmisches Meer, Wellen türmen sich auf, Gischt sprüht, es tost und tobt, es wogt und wonnt, es braust und rauscht, es: «Je schneller wie Himmel loben eine, je besser, schneller Sein Licht als der Blitz, schlauer als Lüthis Füdle, geschickt wie Wer ist mutig? mutig schlau wie wie Jemanden ein Elefant ein Löwe, Mut, ein Fuchs, Flink tut gut Scheffel ein Vogel wie ein RehKlug Eule Mit allen Wassern Löwe Weisheit gewaschen sein das Wasser Frei Ehrlich währt wie unter Kopf treffen den stellen in den Gross wie Die mit Löffeln wie ein gefressen haben Blind Maulwurf Auf einer reiten Hörig wie ein Luchs am längsten den Nagel Wer ist geduldig? auf den Stark wie ein Jemandem nicht reichen können Wann ist Geduld Erfolgswelle nützlich? Wer ist schön?» – «Trudi ist schön», sagt Thomas. Und wird rot. Margrit und Trudi kichern. Bänz sagt: «Du spinnst.» Aber Paul ruft: «Achtung Freunde, wir sind höflich zueinander und ehrlich, wenn es geht! Danke Thomas, du bist der Ehrliche.»

«Ich bin auch ehrlich», protestiert Bänz.

«Nein, du bist der Unhöfliche», sagt Paul, «niemand hat von dir verlangt, dass du den Geschmack von Thomas beurteilst. Aber wenn es schon gerade ruhig ist, wollen wir doch mal auf den Punkt kommen. Wir verteilen also mal die Aufgaben. Wer kann was übernehmen? Samuel ist stark und geduldig, er wird unser Verteidigungsminister. Thomas ist vorsichtig und ehrlich, er wird unser Finanzminister. Dora ist gerecht und ruhig, sie wird unsere Justizministerin. Martin ist charmant und schnell, er wird unser Aussenminister. Trudi ist neugierig und geschickt, sie wird unsere Spionageministerin. Margrit ist lieb und fürsorglich, sie wird unsere Innenministerin.»

«Wenn ich nicht stark sein kann, dann weiss ich nichts», sagt Bänz.

«Ich weiss, dass ich nichts weiss», sagt Paul, «das hat schon mal jemand gesagt, der sehr gescheit gewesen ist, also: Bänz ist gescheit und halbstark, er wird unser Bildungsminister. Ich aber und Annemarie, wir sind der Generalsekretär und die stellvertretende Generalsekretärin, wir unterstützen euch bei euren Aufgaben.»

«Aufgaben? Welchen Aufgaben?»

«Samuel beschützt uns vor Feinden, wilden Tieren, auch vor Dummheiten. Thomas verwaltet unsere Kasse, schaut, dass Geld hereinkommt und bezahlt, was nötig ist.»

«Aber der Thomas kann doch gar nicht rechnen», sagt Margrit, nicht spöttisch, sondern besorgt, nicht wegen des Geldes, sondern wegen Thomas.

«Macht nichts», sagt Paul, «umso besser, vielleicht werden wir so noch reich.»

Und so erhalten alle ihre Aufgabe: «Dora entscheidet, wenn wir uns nicht einig sind. Sie kann auch würfeln, wenn sie sich nicht sicher ist. Und sie macht den Plan für den Chauffeurdienst. Martin ist unser Bote und Unterhändler, er muss immer ein weisses Tuch im Sack haben. Er verhandelt. Er sorgt dafür, dass wir einen guten Ruf haben. Trudi sagt uns, was los ist, was die andern machen, was der Widmer macht. Bänz stellt uns jeden Montag drei schlaue Fragen, für die wir dann bis am nächsten Freitag eine Antwort finden müssen. Margrit sorgt für Frieden. Es macht nichts, wenn wir uns streiten, aber dann müssen wir wieder Frieden schliessen, dafür sorgt sie, das kann sie gut.»

Und so ist die Klasse nun eingerichtet und hat ihre Form gefunden. Und funktioniert dann in der Zukunft auch sehr gut, weil alle in ihrer Aufgabe aufgehen. Dabei lässt es Paul aber nicht sein, ein unruhiger Geist bleibt ein unruhiger Geist. Ab und zu macht er eine Rotationswoche. Dabei werden die

Aufgaben getauscht, und plötzlich ist der Thomas Aussen- und der Bänz Innenminister und Trudi macht die Finanzen, und am Ende der Woche sind alle froh, wenn sie wieder ihr Stammdepartement übernehmen können. Diese Wechselwochen sind so aufschlussreich für die Einzelnen und haben eine so gute Wirkung auf das Funktionieren des Ganzen, dass es eigentlich noch an ganz andern Orten gemacht werden könnte. Doch mehr davon zum rechten Zeitpunkt und am rechten Ort. Und das Thema ist eigentlich abgeschlossen. Aber doch noch nicht ganz, denn plötzlich fragt einer: «Warum bist du alles, Paul?»

«Was alles?»

«Einfach alles: gescheit, schlau, schnell, stark, charmant, ehrlich, neugierig, lustig, zufrieden.»

«Also, erstens bin ich der Paul», sagt Paul. Was eigentlich als Erklärung schon genügen würde. Da Paul aber mit einem Erstens begonnen hat, muss also zwingend ein Zweitens folgen, vielleicht sogar ein Drittens. Muss? Nicht bei Paul. Bei Paul muss gar nichts, da könnte ein Erstens auch eine Aufzählung bedeuten, die aus einem einzigen Punkt besteht. Paul ist es am wohlsten im Absurden und im Widersprüchlichen. «Zweitens, ich bin älter als ihr, ich hatte schon viel Zeit, Sachen herauszufinden. Ihr seid noch Küken, ihr müsst noch alles ausprobieren. Drittens, ich kann gut bluffen, da kommt dann vieles gratis dazu. Viertens, ich bin nicht alles, ich bin alles fast», sagt Paul, «fast ehrlich, fast schlau, fast schön. Zufrieden bin ich allerdings ganz», sagt er fünftens und letztens, «ganz und gar, das stimmt.»

Früh.Stück.

Mittwoch, 26. Oktober 1988. Ein halbes Jahr nach Paul Ammanns Ankunft in Trubschachen.
Wie Lisa nach einem Telefonanruf gut schläft und schön frühstückt und so bereit ist für eine entscheidende Wende in ihrem Leben.

Lisas Telefon läutet. Abends um elf Uhr ist das ungewöhnlich. Auf dem Land schlafen die Leute um diese Zeit, oder sie denken, dass die andern schlafen. Auch die Tiere sind hier auf dem Land eher tagsüber krank als nachts. Das Telefon ist nun schon beim fünften Klingeln angelangt. «Lisa Leibundgut», sagt sie den Hörer abnehmend.

«Guten Tag, hier spricht Paul Ammann, ich bin der Kleinklassenlehrer.»

«Diese Stimme», denkt Lisa, «diese Stimme, sexy, aber richtig, nicht so geschleckt geschmeidig sexy ...» – «Ich weiss», sagt sie plötzlich etwas atemlos, «von Ihnen habe ich schon gehört von meinem Vater, dem Bahnhofvorstand.»

«Ach, der Bahnhofvorstand», kommt es erfreut durch den Hörer, «und das Schulkommissionsmitglied und der Karl-May-Leser. Also freundliche Grüsse an den Herrn Vater und auch an Winnetou, falls Sie mit ihm ebenfalls bekannt sind. Ich wollte fragen, ob ich mit meiner Schulklasse bei Ihnen einen Praxisbesuch machen kann zum Thema ‹Haben Tiere Gefühle?›»

«Gerne», sagt Lisa. Zögern und Zaudern gibt es bei ihr nicht, auch nicht in schwierigen Momenten. «Das ist aber ein schwieriges Thema.»

«Wir behandeln nur schwierige Themen», sagt Ammann. «Dann komme ich morgen um neun Uhr, wenn das recht ist.»

«Wow», denkt Lisa, «noch ein Kurzentschlossener», sagt: «Gute Nacht», und legt auf.

Sieben Stunden später. Lisa erwacht lächelnd, öffnet die Augen noch nicht. Sie hat geträumt, keine Ahnung mehr was, aber es war ein schöner Traum. «Sechs Uhr», denkt sie, steht auf, geht zum Fenster, die Augen immer noch geschlossen, und hört sich das Vogelgezwitscher an. Auch die Vögel haben heute gute Laune, das hört sie. Es wird also ein schöner Tag werden. Immer noch die Augen geschlossen, spitzt sie den Mund, pfeift mit; «L'amour est un oiseau rebelle» aus Carmen pfeift sie und fügt sich damit nahtlos ins Vogelkonzert ein, geht dann unter die Dusche, lässt kaltes Wasser über sich laufen, bis es sie schüttelt vor Kälte, lächelt immer noch und geht nun nass und splitternackt zur Küche, setzt Kaffee auf, holt Speck und Eier aus dem Kühlschrank, auch Milch, stellt die Bratpfanne auf den Herd, wirft den Speck hinein und schlägt die Eier auf, schiebt zwei Scheiben Brot in den Toaster, schüttelt, während sie wartet, ihre Glieder, ihren Körper, ihren Kopf wie ein Hund, Wasser spritzt von ihrem dichten Haar in alle Richtungen, es zischt beim Kaffeetopf, es brutzelt in der Bratpfanne, es flunkert im Toaster. «Jetzt weiss ich endlich, woher der Ausdruck flunkern kommt», denkt sie, «genauso fühlt es sich an, wenn jemand flunkert, wie Wassertropfen auf den Glutdrähten eines Toasters.» Inzwischen riecht der Speck, wie er riechen muss, spiegeln die Eier, wie es sich gehört und die beiden Toasts haben ihren Hüpfer auch gemacht. Lisa giesst Kaffee ein, kalte Milch dazu, setzt in plötzlicher Lust den Krug mit der eiskalten Milch an den Mund und trinkt in grossen Zügen, schichtet Toast, Speck, Eier aufeinander und setzt sich nun mit nacktem Hintern auf das Taburett aus rohem Holz. «Es gibt kein besseres Gefühl als mit nacktem Hintern auf rohem Holz zu sitzen», denkt sie, «ob das in Trubschachen wohl ausser mir schon jemand gemerkt hat?»

Wieder einmal staunt Lisa darüber, dass sie nach Trubschachen zurückgekehrt ist. Das hätte sie nie gedacht, dass sie ihre Praxis bei diesen Holzköpfen eröffnen würde. Genau das hat sie aber getan, und wider Erwarten fühlt sie sich sehr wohl hier. Nicht, dass sie die Leute nun nicht mehr als Holzköpfe betrachtet. Je mehr sie von ihnen erfährt, umso mehr verstärkt sich dieser Eindruck. Das kann oft mühsam sein. Wenn ein solcher Knorz mit dem Schädel durch die Wand will, dann kann ihn kaum etwas davon abhalten. Auch wenn die Öffnung gleich daneben wäre. Wenn er nicht will, dann will er nicht.

Lisa hat aber schnell gelernt, damit umzugehen. Sie lacht einfach über so viel Starrsinn und denkt bei sich: «Wie der Muni, so der Herr», und dann passt alles sehr gut zusammen. Die misstrauischen Blicke, die ihr begegnen, nimmt sie schlicht nicht wahr. Auf ganz und gar unemmentalische Art geht sie durchs Leben, tut sie ihre Dinge, ohne links oder rechts zu schauen, weil sie sich gar nicht vorstellen kann, was andere denken könnten. Dabei kommt es schon mal vor, dass sie irgendwo die Nase anstösst, in etwas hineinrennt. Dann schüttelt sie innerlich und äusserlich den Kopf, wundert sich einen Augenblick und geht unbeirrt weiter ihres Weges.

Das muss das Erbe ihrer Mutter sein, sagen die Leute, vom Vater hat sie das nicht. Der Leibundgut steht mit beiden Füssen am Boden. Obwohl, man munkelt in der letzten Zeit, dass sich etwas verändert habe mit dem Leibundgut. Er sei nicht mehr wie früher. Das komme scheints vom Lesen, sagen die Leute, der lese doch jetzt immer Bücher, sogar bei der Arbeit, wenn das nur gut komme.

Rosen.Rot.

Trubschachen und andernorts, Sonntag, 10. Mai 1959. Vorher und nachher.
Wie Lisa aufgewachsen und die geworden ist, die sie heute ist.

Lisa wächst allein bei ihrem Vater auf, sie hat keine Geschwister, er hat keine Frau. Als sie drei Jahre alt ist, ziehen sie hierher. Vorher haben sie in Bern gelebt, daran hat Lisa aber keine Erinnerung.

Als kleines Kind ist Lisa sich sicher, dass ihre Mutter lebt. Sie ist nicht tot, sie ist einfach weg. Lisa wartet nicht auf den Moment, wenn sie zurückkommt, sie lebt nicht auf Vorrat. Schon als kleines Kind lebt sie im Moment, sie lebt gut mit ihrem Vater. Eines Tages wird die Mutter wiederkommen, Punkt. Bis dann geht es auch ohne.

Für die Schächeler ist dieser alleinerziehende Vater ein grosses Rätsel. Keiner von ihnen hat auch nur die kleinste Ahnung von seinem Vorleben. Aber fragen kann man ja nicht. Eine direkte Frage stellt man im Emmental nie. Und indirekte Fragen und Andeutungen perlen an Jakob Leibundgut einfach ab.

Um den Schächelern etwas zu verraten: Damals in Bern war Jakob Leibundgut in der Generaldirektion der Schweizerischen Bundesbahnen beschäftigt. Als Amtsvorsteher der Abteilung Extrazüge war er damals zuständig für die Bereitstellung von Extrazügen bei offiziellen Anlässen. Das war ein beliebtes Sprungbrett für einen Sprung nach ganz oben in die Teppichetage. Dass er auf diesen Posten gekommen war, hatte er seinen Kräften zu verdanken, er war nämlich damals ein Böser. Ein Böser ist man, wenn man zu den besten eidgenössischen Schwingern gehört, und Jakob Leibundgut hatte manchen Kranz gewonnen.

Sicher aber war er der beste Schwinger, den die Bundesbahnen jemals gehabt hatten. Und da der damalige Generaldirektor John Favre, ein kleines Männchen mit dicken Brillengläsern, ein grosser Schwingerfreund gewesen war – lange vor der Zeit des Sponsorings –, hatte er festgelegt, dass die SBB jedem dreifachen Kranzschwinger an eidgenössischen und kantonalen Verbandsschwingfesten ein Generalabonnement, 2. Klasse auf Lebenszeit ausstellen.

Diese auf den ersten Blick nicht besonders spektakuläre Massnahme war trotzdem folgenreich, sie bewirkte infolge der Zunahme des Passagiergewichts eine Abnahme der Lebenszeit der Sitzbänke in der zweiten Klasse um drei Tage. Dieser sich verschlechternde Kostenfaktor war einer der Gründe für die ansteigende Kostenentwicklung und die daraus resultierenden und wiederkehrenden Aufschläge bei den Tarifen der Bundesbahnen in den folgenden Jahren, und dies wiederum führte zu einer abnehmenden Zufriedenheit bei den Passagieren ausserhalb der Kranzschwingerkreise, was zu einer weiteren Reduktion der Lebenszeit der Sitzbänke von acht Tagen führte, was wiederum ... ein Teufelskreis.

Als besonderer Protegé des Generaldirektors hatte Leibundgut also die Extrazüge bereitstellen dürfen, sei es bei Besuchen von ausländischen Staatsoberhäuptern, sei es bei Reisen der frisch gewählten Bundesräte in ihren Heimatkanton, sei es für Sportdelegationen nach besonders erfolgreichen Anlässen.

Leibundgut hatte die Extrazüge nicht nur bereitzustellen, sondern auch persönlich zu begleiten. Zu diesem Zweck hatte er die Uniform eines Generalzugbegleiters zu tragen, und in dieser Funktion hatte er manchen Mächtigen der Welt kennengelernt.

Eines Tages aber hatte er sich um die frei gewordene Stelle des Bahnhofvorstands von Trubschachen beworben. Dieser berufliche Abstieg war erst nach einem langen administrativen Kleinkrieg bewilligt worden, und so war der Amtsvorsteher Leibundgut (Gehaltsklasse 37) als Bahnhofvorstand Leibundgut (Gehaltsklasse 24) mit seinem dreijährigen Kind nach Trubschachen gekommen, wo er sich seither erfolgreich gegen jede Beförderung gewehrt hatte.

Die Gründe für diesen Wechsel aber kannte niemand, weder seine Kolleginnen und Kollegen noch seine Vorgesetzten. Nicht einmal der Generaldirektor John Favre, der ihn in sein Büro zitiert hatte, um herauszufinden, was los war.

Mit fünf Jahren hat sich Lisa das Lesen beigebracht. Eines Tages, als ihr Vater in der Badewanne sitzt, stellt sie sich an den Badewannenrand, zeigt auf die breite Brust ihres Vaters, die aus dem Schaum aufragt, und buchstabiert: «F E D E R I C A.» Das steht dort geschrieben, auf der linken Brust, zusammen mit zwei gekreuzten Rosen. Dass das eine Tätowierung ist, weiss sie nicht, aber diese blaugraue Schrift auf der Haut strahlt etwas Geheimnisvolles aus, das Geheimnis ihrer Mutter, das spürt Lisa, mehr aber gibt sie nicht preis. Ihr Vater schweigt auch jetzt, auch in der Badewanne.

«Geh», sagt Jakob, «ich muss mich jetzt waschen, das ist nichts für Kinder.»

Im Alter von zwölf Jahren fällt Lisa ein Buch von Federica de Cesco in die Hände. Sofort erkennt sie den Zusammenhang mit der Tätowierung ihres Vaters: Ihre Mutter ist Federica de Cesco.

Sie liest das Buch, verschlingt es, liebt es. Im Klappentext liest sie, dass Federica mehrere Jahre bei den Tuareg gelebt hat, das muss damals gewesen sein, als sie ihren Mann und ihr Kind verlassen hat.

Lisas Gefühle sind eine Zeit lang ein wildes Durcheinander. Einerseits ist sie stolz auf ihre Mutter, andererseits wüsste sie doch gerne, warum diese einfach weggegangen ist. Sagen aber tut sie niemals etwas zu jemandem, nicht einmal zu ihrem Vater. Dass das im Dorf nicht gut ankommen würde, ist eh klar, und bei ihrem Vater spürt sie die Abschottung in diesem Punkt.

In der Volksbücherei Langnau sucht sie das Bücherregal Belletristik A–F, stellt sich vor den Buchstaben C und versucht, aus den Titeln, die dort eingereiht sind, eine Botschaft herauszulesen:

«Der rote Seidenschal»: In einer roten Seifenschale rührt ihr Vater jeden Tag Schaum an, um sich zu rasieren. Jeden Tag, wenn er fertig ist, wäscht er sie sorgfältig aus, trocknet sie sorgfältig ab, versorgt sie sorgfältig auf dem obersten Regal, wo sonst gar nichts steht, als sie, die rote Seifenschale. Das passt ganz genau.

«Streit um Kim» ist das nächste Buch: Steht natürlich für Streit um Mik, um mich, das ist noch klarer.

«Die Flut kommt», «Nach dem Monsun», eine Doppelbotschaft: Nach der Regenzeit kommt die Überflutung, nach dem Weinen brechen die Gefühle über einen herein. Also lieber nicht weinen. «Genau», denkt Lisa, «habe ich so gemacht. Gut, Lisa, well done.»

«Im Wind der Camargue», «Der Türkisvogel», «Frei wie die Sonne», eine Dreierkombination: Du wirst frei wie die Sonne, wenn du wie ein blauer Vogel im Winde schwebst. Damit kann Lisa nichts anfangen. Dafür mit den beiden nächsten Titeln:

«Ein Pferd für mich», «Was wisst ihr von uns?». Wieder nimmt sie einen Titel als Ich-Botschaft. Genau, das erkennt sie in diesem Moment: Sie braucht ein Pferd. Und versetzt sich auch gleich in ein solches hinein: Was wisst ihr von uns?

Das ist es, sie braucht ein Pferd, und sie muss alles wissen über Pferde.

Und so verlässt Lisa die Bibliothek, verlässt auch ihre Vielleicht-Mutter, lässt sie definitiv zurück und wendet sich etwas Neuem zu, den Pferden. Im Rucksack hat sie fünf dicke Sachbücher (Rayon Naturwissenschaften, Tiere, Register 5, Unterbereich Pferde) – fünf Bücher, das ist alles, das ist der ganze Bestand in diesem Bereich.

Zu Hause beginnt Lisa sogleich zu lesen, vertieft sich in die Bücher, in die Pferde, tief und tiefer. Dann, nach einigen Wochen ist sie bereit für «Ein Pferd für mich», nicht etwa das Buch, das interessiert sie nicht mehr, auch Federica interessiert sie nicht mehr. Wenn diese etwas von ihrer mutmasslichen Tochter möchte, könnte sie sich ja melden. Also nicht das Buch, sondern das Pferd: ein Pferd für mich. Hier im Emmental hat sie keine Chance, keiner würde ihr ein Pferd schenken, das weiss sie. Hier im Emmental werden Pferde nicht verschenkt. Und Geld hat sie ja nicht. Jakob um ein Pferd zu bitten, kommt ihr gar nicht in den Sinn. Seine Karl-May-Phase liegt noch in ferner Zukunft, sonst hätte er ihr vielleicht von sich aus einen schwarzen Hengst geschenkt. Also muss sie sich etwas einfallen lassen. Einen Moment lang prüft sie die Möglichkeit, ein Pferd zu stehlen, verwirft aber auch das umgehend. Schliesslich schreibt sie einen Brief:

Liebe Leute im Tierspital Bern

Falls es passieren sollte, dass jemand sein Pferd nicht mehr möchte, könnt Ihr mir das bitte mitteilen, ich nähme es dann gern, weil ich gern ein Pferd möchte. Es macht nichts, wenn es ein bisschen kaputt ist.
Bitte ruft an bei Jakob Leibundgut, Trubschachen, entweder im Bahnhofbüro oder bei ihm zu Hause. Das Pferd ist aber

nicht für ihn, es ist für mich, ich bin seine Tochter, zwölfjährig, und ich brauche ein Pferd. Falls es nicht pressiert, könnt Ihr auch schreiben an Lisa Leibundgut, Bahnhof Trubschachen.

Freundliche Grüsse
Ihre Lisa Leibundgut

Der Satz mit dem «kaputt» tönt in ihren Ohren etwas komisch, aber ihr fällt nichts Gescheiteres ein. Und so schickt sie den Brief ab und wartet auf Antwort.

Einige Tage kommt ein Brief. Lisa wird eingeladen ins Tierspital, vom Direktor persönlich, der sich dieses Wesen, das ein Pferd braucht, mal anschauen will. Und als sie dann am nächsten Mittwochnachmittag nach Bern reist – mit einem Freibillett für Familienangehörige –, und sie mit dem Bus ganz zuhinterst in die Länggasse fährt, und sie das Gefühl hat, sie habe sich schon recht weit von zu Hause entfernt, da passiert es zwar nicht, dass ihr jemand ein Pferd schenkt. «Die hier in Bern oben sind auch nicht besser als die Emmentaler», erklärt ihr der Direktor und bietet ihr stattdessen einen Job an als Pferdepflegeassistentin jeweils am Mittwoch- und am Samstagnachmittag: mittwochs misten und pflegen, samstags reiten oder ausführen.

Und seit diesem Tag hat Lisa gewusst, dass sie Tierärztin werden würde, und ist es auch geworden: vier Jahre Gymnasium, vier Jahre Studium in Bern, ein Jahr Assistenz in Paris, zwei Jahre Masterstudium in den USA. Dort hat sie auch ihr Repertoire erweitert: Kühe, Schafe, Schweine, Hunde, Katzen, Kaninchen, Meerschweinchen, Goldfische, Männer.

Und mit diesem umfassenden Wissen ist Lisa dann nach Trubschachen zurückgekehrt und hat auf dem Hof «Schönbrunnen» am 1. Januar 1986 ihre Praxis eröffnet. Das hat sich ergeben, als ihr Jakob geschrieben hat, der alte Röthlisberger gebe seine Praxis auf, suche einen Nachfolger, eine Nachfolgerin, und er habe gesagt, also der Lisa gebe er seine Praxis sofort. Wahrscheinlich würden die Bauern dann ihre Tiere extra krank machen, damit sie Lisa auf den Hof holen könnten. Und kurz entschlossen, wie sie ist und schon damals war, hat Lisa ihre Sachen gepackt und ist heimgekehrt.

Tier.Welt.

Trubschachen, Schönbrunnen, Donnerstag, 27. Oktober 1988. Ein halbes Jahr nach Paul Ammanns Ankunft.
Wie Lisa ihre Praxis betreibt.

Um 7.30 Uhr fährt Lisa mit ihrer blassbeigen Vespa an der Praxis vor; zwar wohnt sie nur über den Hof, trotzdem fährt sie mit der Vespa zur Arbeit – «Jeder Mensch hat das Recht auf einen Arbeitsweg», sagt sie –, steigt also jeden Morgen auf ihre Vespa, fährt eine Runde durchs Dorf und stoppt dann bei der Praxis, mit zerzaustem Haar; Helmpflicht kennt sie nicht, das hat der Dorfpolizist inzwischen auch kapiert. Sie steigt ab, springt die Stufen empor, zwei aufs Mal, voller Elan, der Tag kann beginnen, kann ihr nichts anhaben. Sie hat geschlafen, sie hat gefrühstückt, sie hat gefahren, sie stellt sich dem Tag.

In der Praxis besucht sie zuerst ihre stationären Patienten. Im gelben Raum mit den gemalten weissen Birkenstämmen liegt ein Sennenhund auf einem alten Perserteppich. Er hebt kaum den Kopf, schaut sie traurig an. Lisa winkt ihm zu, ruft ihn beim Namen: «Bläss!» Er wedelt kaum erkennbar mit dem Schwanz, hebt ein klein wenig die Ohren. Lisa ist zufrieden. Bläss hat Depressionen, die Behandlung braucht Zeit.

So ein Sennenhund, der wegen fehlender Autorität von den Kühen ausgelacht wird, hat es nicht leicht. Lisa geht weiter. Im blauen Zimmer mit den gemalten Wolken an den Wänden hausen einige Tauben, fast ohne Federn; beinahe nackt sitzen sie in einer Ecke. «Sie schämen sich», denkt Lisa. Den Federausfall hat sie behandelt, es dauert aber noch einige Tage, bis die Behandlung anschlägt. «Ich muss etwas tun, um sie abzulenken», denkt sie, «sonst werden sie nicht gesund. Wie gebe ich ihnen ihren Stolz zurück?» Sie verlässt das Praxisgebäude durch die Hintertür, gelangt in den Hof, überquert ihn und kommt zum offenen Stallgebäude mit den Boxen für die grossen Patienten. Zielstrebig geht Lisa auf die zweite Box zu. Ein heiseres Wiehern schlägt ihr entgegen, ein Gackern folgt. In der Box haust die alte Fanny, eine uralte Mähre.

Ein Bauer hat sie zu Lisa gebracht. «Sie isst nicht mehr, sie wird jeden Tag magerer», hat er gesagt, «schläfern Sie sie ein, sonst verhungert sie.» Lisa hat Verschiedenes ausprobiert, hat Lisa ins Maul, in die Ohren, in die Nüstern, in die Augen geschaut, hat schliesslich einen Brei von Haferflocken angerührt. Aber Fanny hat nur geschnaubt. Und Lisa hat «Aha!» gesagt, ihren Eiercognac geholt und einen Doppelten in den Brei gegeben. Und dann hat Fanny gegessen. Der Bauer aber ist hartnäckig geblieben. «Sicher gebe ich einer Mähre nicht Eiercognac», hat er gesagt, «schläfern Sie sie ein.»

Lisa aber hat Fanny nicht eingeschläfert. Seither ist sie Pensionärin in Lisas Praxis. Und seit ihr Lisa ein Huhn ins Stroh gesetzt hat, braucht es auch keinen Eiercognac mehr. Eines Morgens hatte Lisa zufällig beobachtet, wie die Mähre, als sie ein Gackern hörte, aufgeregt ihren Kopf durch die oben offene Stalltür steckte. «Aha», hatte sich Lisa gedacht, und eines der Hühner in Fannys Box gesetzt. Das Huhn hatte eine halbe Stunde gegackert, sich dann beruhigt. Seither lebte es zufrieden in Fannys Box. Und wenige Tage später hatte Lisa zuschauen können, wie Fanny ein frisch gelegtes Ei vorsichtig mit ihren weichen Lippen packte, den Kopf hob, ganz in den Nacken, das Ei vorsichtig zerdrückte und sich Eiweiss und Eigelb in den Rachen fliessen liess, dann vorsichtig die Schalen ausspuckte und sich die Lippen leckte.

Lisa will sich gerade etwas ausgiebiger mit Fanny unterhalten, als sie ein Knattern hört, ein Feuerhorn und lautes Gelächter. «Ach ja», sagt sie, «der Besuch der Kleinklasse», klopft dem Pferd aufmunternd auf die breite Halsfläche, nickt dem Huhn würdevoll zu, von Dame zu Dame, und begibt sich nach vorne, um den Besuch zu empfangen.

Mit.Gefühl.

Trubschachen, Schönbrunnen, Donnerstag, 27. Oktober 1988. Ein halbes Jahr nach Paul Ammanns Ankunft.
Wie der Besuch der Kleinklasse abläuft, und wie am Schluss alle wissen, ob Tiere Gefühle haben.

Schon fährt der berüchtigte Einachser auf den Hof, umrundet einmal die Linde und hält dann direkt vor Lisa. Der Fahrer lächelt, es ist eine Fahrerin, es ist Josts Dora. «Endstation», ruft sie, «alles aussteigen!» Nun rappelt es und zappelt, wenn auch mit emmentalischer Bedächtigkeit, gleichsam in Zeitlupe, dann löst sich das Durcheinander langsam auf.

Vor Lisa reihen sich vierzehn Augen auf, die sie erwartungsvoll anschauen, etwas links davon noch einmal zwei Augen. «Als ob ich die kennen würde», denkt Lisa, und möchte gern noch etwas tiefer eintauchen. Aber sie spürt ein Zupfen an ihrem Kittel.

«Ich bin die Annemarie, ich helfe Paul in der Schule», sagt eine kecke Stimme, «können wir nun zu deinen Tieren?»

Lisa streckt Annemarie die Hand hin. «Freut mich Annemarie», sagt sie, «ich bin die Lisa.» Und nun schüttelt sie einem nach dem andern die Hand; die meisten kennt sie, wie man sich halt kennt auf dem Land. Samuels Pranke ist wie ein Schraubstock, während Martins Hand sich wie ein Fisch anfühlt. Und nun achtet Lisa bei den weiteren Händen genau auf das Gefühl: Dora ist ein Baum, Margrit ist ein Vögelchen, Trudi eine Sonne, Thomas ein Wind und Bänz ein Hund.

Und nun noch die letzte Hand. «Ein Mann», denkt Lisa. «Endlich», denkt sie noch. «Warum ‹endlich›?», fragt sie sich, «warum denke ich ‹endlich›»?

«Ich bin der Paul, wo fangen wir an?»

«Wir gehen in die Scheune», sagt Lisa, «und lernen uns etwas kennen.»

«Wir beide oder wir alle», fragt Paul und lacht.

«Das wäre jetzt anzüglich», denkt Lisa, denkt im Konjunktiv, fragt sich, «warum denke ich im Konjunktiv?»

«Fertig», sagt sie und kehrt auf den Boden zurück. «Wir gehen alle in die Scheune», sagt sie, «ihr macht aus Strohballen einen grossen Kreis, wie eine Zirkusarena.»

Und keine drei Minuten geht es, oder sind es dreissig Minuten? Lisa weiss es nicht, es ist nicht wichtig, da sind die Strohballen angeordnet, alle sitzen im Kreis.

«Ob Tiere Gefühle haben, möchtet ihr wissen», sagt Lisa in den Kreis hinein. «Wer glaubt das?», fragt sie.

Fünf Hände schiessen empor: Samuel, Annemarie, Trudi, Bänz und Margrit.

«Wer glaubt das nicht?»

Andere vier Hände erheben sich: Martin, Dora, Thomas und Paul.

«Wow», sagt Lisa, «keine Unentschlossenen, keine Weiss-nicht.»

«Weiss-nicht haben wir abgeschafft», sagt Paul, «wir haben immer eine Meinung, wenn nötig können wir sie jederzeit ändern. Weiss-nicht ist Faulheit, die haben wir auch abgeschafft.»

«Wir fangen an», sagt Lisa. «Wir sind nun Tiere, jeweils alle das gleiche Tier, stellen uns vor, wie es sich anfühlen könnte, dieses Tier zu sein. Wir bewegen uns hier in diesem Kreis, wenn nötig, können wir ihn auch verlassen. Ich beginne, ich benenne zuerst ein Tier, das wir sind», sagt sie. «Nach einiger Zeit werde ich einem von euch mit der Hand über die Stirn fahren, dann kann der- oder diejenige ein neues Tier bestimmen, das wir dann alle sind, dann geht es so weiter, bis wir die Tiere von allen gemacht haben.»

Alle sind aufgestanden, stehen nun gespannt oder skeptisch oder neugierig im Kreis, warten auf den Anfang.

«Wir sind alle Kühe», sagt Lisa, «auch die Buben, alle Kühe.» Und sie senkt bedächtig den Kopf, schaut lange, trottet langsam um die andern herum, muht leise. Auch die andern fangen an herumzugehen. In den Köpfen raucht es, einige sind schon Kühe, andere glotzen zwar, aber eher ratlos. Lisa geht auf Thomas zu, muht ihn leise an, bis auch er ein zaghaftes, dann ein ernsthaftes Muh herausbringt, die Schultern absenkt. Es dauert noch einige Minuten, bis alle Kühe sind, doch schliesslich kehrt eine grosse Ruhe ein, eine Herde von Kühen in einem Grossraumstall. Fast reut es die Kuh Lisa, diesen Frieden zu stören, trotzdem geht sie nun zur Kuh Margrit, fährt ihr wie vereinbart mit der Hand über die Stirn.

«Wir sind alle Hühner!», ruft Margrit, und nach und nach werden aus den trägen Kühen eifrige Hühner, die mit staksigen Bewegungen durcheinandergehen, hier zuckt ein Hals vor und zurück, da plustert sich einer auf. Bald hocken mehrere Hühner in einer Ecke der Scheune, legen Eier, während andere picken und scharren.

In dieses eifrige Treiben ertönt die Stimme von Paul: «Wir sind Schnecken.» Die Hühner sind ratlos. Schnecken? Wie fühlt man sich als Schnecke? Dann sehen sie, wie Paul sich einrollt, sich ins Schneckenhaus zurückzieht. Auch sie ziehen sich zurück, alle Schnecken. Hier taucht ein Fühler auf, dort macht sich eine Schnecke auf ihren unbeirrbaren langen Weg, zieht eine schleimige Spur; als sie endlich am Ziel angekommen ist, fährt sie Samuel über die Stirn.

«Wir sind Tauben», sagt dieser. Dann folgen Bänzens Hunde, Trudis Eidechsen, Annemaries Schmetterlinge, Doras Elefanten, Martins Hechte, Thomas' Möwen.

Als alle wunschlos und frei in der Luft schweben, sich glücklich vom Wind tragen lassen, kühne Flugmanöver ausprobieren, klatscht Lisa in die Hände. «Wir sind Menschen!», ruft sie. Die Möwen landen, plumpsen herab, widerstrebend. Nur der Thomas schwebt weiter. «Ich kann fliegen!», ruft er, «endlich kann ich fliegen. So oft habe ich das schon geträumt.»

«Flieg nur noch einen Moment weiter», sagt Paul und gibt Lisa ein Zeichen, dass sie nur weiterfahren soll.

«Also», sagt Lisa, als alle im Kreis sitzen. Ausser Thomas, der schwebt inzwischen irgendwo hoch oben zwischen den Dachbalken. «Also, sagt mir doch, was ist es für ein Gefühl, wenn man eine Kuh ist?»

«Es ist schön langsam.»

«Es ist schön ruhig.»

«Es ist schön gemütlich.»

«Am schönsten ist es, wenn sich etwas wiederholt.»

«Es hat Nebel im Gehirn, schönen Nebel.»

«Und wenn man ein Huhn ist?»

«Wenn es hell ist, ist alles so spannend.»
«Und so aufregend.»
«Und so neu.»
«Da muss man dann etwas gackern.»
«Und dann muss man sich erholen.»
«Abschalten.»
«Im Dunkeln.»
«Möglichst nahe bei den andern.»
«Und die Schnecken?»
Lange Stille, lange Stille.
«Jede Schnecke hat immer nur einen Gedanken.»
«Davon ist der Kopf dann ganz voll.»
«Ich will über die Strasse.»
«Also gehe ich über die Strasse.»
«Fünf Stunden lang.»
«Und wenn ich drüben bin.»
«Stille.»
«Lange Stille.»
«Was ist ein Gefühl?», fragt Paul. «Welche Gefühle haben wir?»
«Wir haben Freude.»
«Wir haben Angst.»
«Wir haben Hunger.»
Gelächter.
«Aha. Ist Hunger ein Gefühl? Oder was ist es sonst? Was passiert noch im Kopf oben ausser Fühlen?»
«Denken.»
«Genau, Denken.»
«Ich denke, also bin ich», sagt Trudi, von weit her ist dieser Satz zu ihr gekommen.
«Ich esse, also bin ich», sagt Dora. Mit vollem Mund.
«Ich singe, also bin ich», singt Margrit.
«Ich fliege, also bin ich», ruft Thomas von hoch oben.

«Ich staune, also bin ich», staunt Lisa, sieht Paul an. «Von euch kann man lernen», sagt sie, «ihr habt die Barrieren abgeschafft.»

«Wir arbeiten daran», sagt Paul, «aber wir haben Vertrauen zueinander; das Vertrauen ist das Wichtigste. Und daran haben wir lange gearbeitet, daran arbeiten wir jeden Tag. Vertrauen ist Risiko. Wir haben damit begonnen, Risiken einzugehen. Wenn ich am Morgen in die Schule komme und frage: ‹Wollen wir heute arbeiten oder faulenzen?›, dann muss ich bereit sein, sowohl fürs Arbeiten wie fürs Faulenzen, sonst darf ich nicht so fragen. Wenn ich frage: ‹Was wollen wir heute tun?›, muss ich für alles bereit sein. Wir wollen an den Autosalon nach Genf, dann gehen wir an den Autosalon nach Genf. Warum nicht? Wir wollen auf den Mond, dann gehen wir auf den Mond. Wahrscheinlich nicht, aber wir versuchen es. Wirklich. Und wir wissen dann, warum das schwierig ist und warum wir das nicht geschafft haben. Und wir untersuchen auch noch, warum und woher der Wunsch gekommen ist. Und dann stelle ich die Frage wieder: ‹Was wollen wir heute tun?› Und jedes Mal, wenn ich die Frage wieder stelle, ist die Stimmung ein bisschen anders, schwingt etwas mehr mit, die Erfahrungen der vorherigen Fragen und Antworten. Das Risiko, das ich eingehe, schafft Vertrauen und erlaubt auch den Schülern, Risiken einzugehen. Und diese Risiken schaffen nicht nur Vertrauen, sondern auch Spannung. Bei uns ist es selten langweilig, allenfalls zur Erholung. Ab und zu müssen wir uns etwas erholen, dann langweilen wir uns ein bisschen ... aber», sagt er, «ich rede und rede, ich rede, also bin ich», sagt Paul. Und kehrt ins Hier und Jetzt zurück.

«Haben Tiere Gefühle?», fragt er in die Runde. Sieben Hände gehen hoch, zudem die Hand von Thomas unter dem Dach. Fast gerät ihr Flug ausser Kontrolle, doch sie fängt sich wieder, schwebt weiter, die stolze Möwe, und nun schaut die eigenwillige Schnecke der Reihe nach in die Gesichter im Kreis, und eigentlich würde es jetzt erst richtig anfangen, eigentlich könnten sie jetzt den Dingen so richtig auf den Grund gehen, wie Paul das liebt, jeden Gedanken, jede Idee einsammeln, abwägen, ausprobieren, verändern, umdenken. Aber nun sieht er in die Reihe der Gesichter im Kreis und sieht Gefühle und sieht die friedfertige Taube, den frohen Hund, die quirlige Eidechse, den leichtsinnigen Schmetterling, den feinfühligen Elefanten, den tollen Hecht, das fleissige Huhn und die liebreizende Kuh.

Und eigentlich möchte der Lehrer fragen: «Was geschieht zuerst?»

Und eigentlich würden die Schüler antworten: «Wir hören etwas oder wir sehen etwas.»

Und eigentlich kämen die Antworten dann dichter: «Riechen, schmecken, schnuppern, schlecken, horchen, fühlen – fühlen? Ja, auf der Haut, nicht im Herzen: warm oder kalt oder glatt oder scharf. Wie tasten? Ja, und auch Schmerz.»

Und eigentlich würden sie dann herausfinden, der Lehrer und die Schüler, dass alles in unseren Kopf kommt, durch verschiedene Eingänge. Überall kommen Dinge herein. Bei den Augen werden Bilder hereingetragen, bei den Ohren Töne. Also die Bilder gehen nicht in den Kopf, sie werden verwandelt in etwas, das im Kopf Platz hat.

Und eigentlich würde es dann so weitergehen, und so ginge es hin und her und auf und ab und durcheinander und miteinander und wäre unklar zuerst und würde klarer und klarer mit der Zeit.

Und eigentlich würde es dann zu einem Bild führen: Unser Kopf ist eine Fabrik. Ständig wird Material angeliefert, durch verschiedene Eingänge. An jedem Eingang steht eine Maschine, die das Material zu einer Kugel formt. Diese Kugeln sind unterschiedlich gross, jeder Eingang hat seine Kugelfarbe. Diese Kugeln werden gelagert oder direkt verarbeitet. An die Fabrik angebaut ist ein grosses Lager und eine kleinere geheimnisvolle Halle, die ebenfalls Kugeln produziert. Mitten im Kopf aber sind zwei ganz verschiedene Maschinen, die ständig Kugeln entgegennehmen und verarbeiten zu Formen. Die eine Maschine ist gross und kompliziert, sie stellt die Formen schrittweise her. Die andere Maschine ist klein, nimmt die Kugeln auf und spuckt sie sogleich als Form aus. Die vielfältig geformten Stücke gelangen in einen weiteren, lichterfüllten Saal; dort werden sie bemalt. Manche verlassen anschliessend die Fabrik sofort, andere kommen ins Lager.

Und eigentlich würde das dann zu einer Essenz führen:

1. Empfinden: Unsere Sinnesorgane nehmen Reize auf und verwandeln sie in einen formbaren Rohstoff. Neben den Wahrnehmungsrohstoffen gibt es auch noch Erinnerungs- und Vorstellungsrohstoffe.

2. und 3. Denken und Intuieren: Diese Rohstoffe werden verarbeitet; meistens sehen wir nur das Ende, die Einsicht (Sachverhalte, Sichtweisen, Gesetzmässigkeiten, Entscheidungen). Es gibt zwei verschiedene Verarbeitungsmaschinen: Das Denken beruht auf einer Reihe von begrifflichen Vergleichen, Beurteilungen, Schlussfolgerungen; es geschieht mit aktiver Hilfe des Verstands.
Beim Intuieren handelt es sich um ein ahnendes Erfassen ohne Einsatz des Verstands.

4. Fühlen: In unserem Kopf wird eine subjektive Beziehung hergestellt zwischen dem Ich und der Einsicht.

Und eigentlich würden sie dann alle und gemeinsam vergleichen: Ein Mensch hört etwas, sieht etwas, riecht etwas, schmeckt etwas. Er nimmt diesen Reiz als Empfindung auf, er verarbeitet ihn intuierend oder denkend zu einer Einsicht und er reagiert mit einem Gefühl, das sich vielleicht äussert als Schimpfen, als Lächeln oder als etwas ganz anderes. Ein Hund hört etwas, sieht etwas, riecht etwas. Er nimmt diesen Reiz als Empfindung auf, er verarbeitet ihn intuierend zu einer Einsicht und er reagiert mit einem Gefühl, mit Bellen, Zähnefletschen, Schwanzwedeln.

Und eigentlich würden sie dann herausfinden, dass Empfinden und Intuieren sowohl bei Mensch und Tier vorkommt, auch das Fühlen, dass aber das Denken bei Tieren fehlt.

Und eigentlich würden sie sich dann fragen, wozu das gut sei, sich über diese Abläufe im Kopf klar zu werden.

Und eigentlich würden sie dann merken, dass sie direkt auf die Frage nach Tugend und Sünde zusteuern, weil die Tiere zwar Gefühle haben wie Menschen, dass sie daraus aber keine moralischen Schlussfolgerungen ziehen, überhaupt keine Moral kennen, also auch keine Tugend und Sünde; es also völlig sinnlos ist, einem Schaf die sieben Todsünden vorzuhalten: Hochmut, Geiz, Wollust, Zorn, Völlerei, Neid, Faulheit. Und dass man auch mit der Forderung nach den sieben Tugenden aufläuft: Demut, Mildtätigkeit, Keuschheit, Geduld, Mässigung, Wohlwollen, Fleiss.

Und eigentlich würden sie sich dann erinnern an die Schulstunde, als sie über ihre Stärken gesprochen haben, und dann würde sich alles zum Kreis schliessen.

Und eigentlich hätten sie dann ziemlich alle Punkte des Lehrplans erfüllt, wenn auch nicht materiell, so doch ideell, und nicht nur das, sondern hätte jeder und jede für sich einen Schritt gemacht.

Und eigentlich wäre dies einer der magischen Momente, wie sich nur selten ergeben, ein kleiner Einbruch in den Alltag, ein Riss in der dumpfen Nebeldecke des Gewohnten.

Aber da ist diese liebreizende Kuh.

Und so fällt Paul vom Kurs ab, gerät in eine Untiefe, läuft auf, bleibt stecken, bedankt sich bei Lisa, geht ab, und mit ihm gehen seine Schüler, auch Thomas, der glücklich gelandet ist.

Atem.Los.

Wenig später, immer noch Donnerstag, 27. Oktober 1988. Immer noch ein halbes Jahr nach Paul Ammanns Ankunft in Trubschachen. Noch mehr Gefühle.

Er läutet an der Praxistür.

«Was ist?»

«Ich habe einen kranken Vogel.»

Sie macht eine Geste. Er geht an ihr vorbei in die Praxis hinein. Beim Schragen bleibt er stehen, dreht sich um.

«Wo ist der kranke Vogel?», fragt sie atemlos.

«Hier», sagt er und deutet auf seine Brust.

«Freimachen», sagt sie.

Einige Stunden später sind sie ein Paar. Und einige Tage später ist sie schwanger.

II. BUCH

Mutter.Tag.

Trubschachen, Schönbrunnen, Sonntag, 30. Juli 1989, zwei Uhr morgens.
Wie die Arbeit beim Gebären ungleich verteilt ist.

Paul schläft.

Lisa nicht.

Weit unten, tief innen spürt sie einen Schmerz, einen Schmerz, wie sie ihn noch nie empfunden hat. Dieser Schmerz ist nicht besonders stark, aber er lässt ahnen, dass da noch viel mehr ist, dass das nur ein Anfang ist.

Paul schläft.

Lisa nicht.

Sie spürt diesem Schmerz nach. «Es ist kein böser Schmerz», denkt sie, «dass es auch freundliche Schmerzen gibt, habe ich nicht gewusst.» Aber schon die nächste Welle lässt sie diesen Gedanken vergessen. Auch freundliche Schmerzen tun weh. Und da sie spürt, dass das der Anfang ist von etwas Grossem, etwas Grösserem als alles, was sie bisher erlebt hat, wird ihr, der Unerschrockenen, nun doch etwas bang. Sie blickt nach rechts.

Paul schläft.

Lisa nicht.

Sie wird ein Kind zur Welt bringen, ein neuer Mensch wird das Licht der Welt erblicken. Er wird wachsen, gross werden, wird ... oder ist es eine sie? Wird sie Bundesrätin werden oder Holzfällerin oder Dichterin? Sie freut sich, lächelt, zuckt zusammen, eine neue Schmerzwelle.

Paul schläft.

Lisa nicht.

Ob sie ihn wecken soll? Damit er sich auch freuen kann, damit sie die Zukunft gemeinsam ausmalen können?

Paul schläft.

Lisa nicht.

Noch mehr Schmerz. Und nun auch Druck im Unterleib. Es kommt, sie spürt es, es kommt. «Kommt es gleich jetzt?», fragt sich Lisa. In ihrem Kopf ist nur noch dieses Gefühl von etwas Kommendem, etwas Grossem. Alles andere hat keinen Platz mehr. Sie versinkt darin, stürzt ab. «Paul!», ruft sie, «Paul, wach auf, es kommt!» Und es fällt ihr, der ausgesprochenen und kategorischen Atheistin, nicht einmal auf, wie biblisch das klingt, so gefangen ist sie.

Und Paul setzt sich auf, öffnet die Augen, schaut sie an, ist hellwach, wie immer ohne Anlaufzeit. «Es kommt?», sagt er, «schön, ich freue mich», und er streicht ihr über den Bauch. Diese Geste, diese Berührung; auf einen Schlag setzt Lisas Denken wieder ein, steht ihr ihre Vernunft, ihr gesunder Menschenverstand und ihr umfangreiches medizinisches Wissen wieder zur Verfügung, sogar etwas Humor ist zurückgekehrt. «Hast du gut geschlafen?», fragt sie trocken.

«Ja, danke, ich schlafe immer gut», antwortet Paul, «je gefähr» «Ich weiss», sagt Lisa, «Winnetou. Aber sag mir, steht bei deinem Karl May auch etwas über das Kinderkriegen, das Gebär» «Also die Frau ist in ihrem Wigwam, betreut von den alten weisen Frauen des Stamms. Der Mann dagegen sitzt im Männerzelt mit seinen Kumpeln, raucht etwas Friedenspfeife und redet über dies und da» «Das ist aber etwas dürftig, hilft nicht wirklich weiter!», will Lisa hier lautstark einwenden, aber der Schmerz, eine Büffelherde davon, trampelt über sie, ein Bus davon überrollt sie, eine Welle davon schwappt über sie, eine Wolke davon hüllt sie ein, eine ...

Paul nimmt sie in die Arme, hält sie fest, drückt sie an sich. Und dieser Druck hilft, setzt dem Geschehen in ihr etwas entgegen.

Lisa atmet auf.

«Ich bin noch nie Vater geworden», sagt Paul. «Sag mir, was nun geschieht.»

«Ich bin noch nie Mutter geworden», sagt Lisa.

«Aber du weisst doch Bescheid», sagt Paul, «als Ärztin. Sag mir, wie das geht. In der Schule haben wir das nie gehabt. Ich muss das unbedingt mit meinen Kleinklässlern durchnehmen. Das ist wichtig, dass man weiss, wie das geht. Aber sag mir jetzt wenigstens das Wicht»«Die Geburt kündigt sich an durch die Eröffnungswehen», beginnt Lisa ihren Vortrag, «durch einen leicht blutigen Ausfluss, wenn sich der Schleimpfropf vom Muttermund löst und durch den Blasensprung, also durch das Platzen der Fruchtblase. Die Geburt bei einer Erstgebärenden dauert durchschnittlich dreizehn Stunden, sie läuft in drei Phasen ab, in der Eröffnungsphase kommen unregelmässige Wehen, ungefähr zwei bis drei Wehen in dreissig Minuten, Ziel dieser Wehen ist die Verkürzung des GebärmutterhaaaaEs kommt!», schreit Lisa, und kehrt aus der Theorie in die Praxis zurück. «Hol die Hebamme, mach schnell!»

Paul ist aufgesprungen, packt die nächstliegenden Kleidungsstücke, will sie überziehen, merkt dann, dass es Lisas Bluse und Strumpfhose sind. «Das wäre dann doch etwas spektakulär», sagt er, wühlt in dem Haufen von Bettwäsche und Kleidungsstücken, zieht endlich den blauen Marinepullover und die braune Manchesterhose hervor – «hab ich euch, ihr Hunde», sagt er –, steigt in beides hinein. «Unterhosen ziehe ich morgen wieder an, keine Zeit für Finessen», murmelt er, rennt hinaus auf den Hof, kommt gleich zurück und stürzt in die Küche.

Lisa hört Schubladen öffnen und schliessen, hört Schränke öffnen und schliessen, hört Kühlschrank öffnen und schliessen.

«Paul, willst du jetzt etwa frühstücken? Jetzt?!», ruft sie in die Küche hinaus; sie hält das durchaus für möglich in Pauls Weltbild.

«Ich suche die Autoschlüssel», ruft Paul zurück, «am Haken neben der Tür hängen sie nicht.»

Wieder hört Lisa, wie Dinge von hier nach dort fliegen.

«Das hat keinen Sinn», Pauls Kopf taucht kurz in der Schlafzimmertür auf, «so renne ich halt ins Dorf, ich bin gleich zurück, halte durch!»

«Aber die Hebamme hat kein Auto», sagt Lisa, «wie schaffst du sie hier hinauf?»

«Im schlimmsten Fall nehme ich den Einachser», sagt Pauls Kopf, nickt ihr zu und ist weg.

Als Paul auf den Hof hinausstürzt und losrennen will, hört er Wiehern, bestimmtes und entschlossenes Wiehern, dazwischen ein zustimmendes Gackern und zuletzt ein Wuff. Staunend sieht er, wie Fannys Kopf in der oben offenen Stalltür erscheint, den Riegel der unteren Tür packt und zurückschiebt und nun auf den Hof hinaustrabt. Auf ihrer Kruppe sitzt das Huhn, dahinter taucht Bläss auf, etwas im Maul tragend. Fanny bleibt vor ihm stehen, scharrt mit dem Huf, schnaubt. Bläss setzt sich, im Maul trägt er das Zaumzeug.

«Und du?», fragt Paul das Huhn, «was ist mit dir?», hat aber inzwischen schon Fanny das Zaumzeug über den Kopf gestreift. Nun schwingt er sich auf Fannys Rücken. Das hat er zwar noch nie zuvor gemacht: geritten, weiss aber aus seinen einschlägigen Büchern, wie das geht, greift also mit der linken Hand in Fannys Mähne, macht zwei kleine Schritte, wirft sein rechtes Bein hoch, den rechten Arm und den Oberkörper hinterher und landet tatsächlich auf dem Pferd.

Das erschrockene Huhn macht einen kleinen Hupf und setzt sich oben auf Fannys Kopf zwischen die Ohren.

Fanny hat schon kehrtgemacht und setzt sich in Bewegung, setzt sich in Trab, in einen sehr sanften Trab, wie Paul zu seiner Erleichterung feststellt. Seine Beine schliessen sich um Fannys Bauch, sein Körper nimmt den Rhythmus der Trabbewegung auf. Worauf Fanny noch einmal wiehert und ihren Gang weiter beschleunigt.

«Dritter Gang», murmelt Paul stolz.

Nun geht es so flott vorwärts, dass der nebenherrennende Bläss fast etwas ins Schnaufen kommt, und bald sind sie im Dorf. Fanny hält Kurs. Paul muss gar nichts tun, als auf dem Pferd zu bleiben. «Wer reitet so spät durch Nacht und Wind, es ist der Vater, er erwartet sein Kind», deklamiert er laut. Beim Haus des Fahrradhändlers, dort wohnt scheints die Hebamme, ruft er: «Brrrr!» und zieht versuchsweise etwas an den Zügeln. Fanny hält, hätte wohl auch sonst gehalten. Paul schwingt sich vom Pferd, er fällt nicht gerade herunter, aber das mit dem Schwingen braucht noch etwas Übung, verlässt also das Pferd, tritt an die Tür, klopft, «Frau Aebi!», ruft er, klopft.

Hinter der Tür entsteht Bewegung, dann geht sie auf. Vor Paul steht eine junge Frau in einer Allwetterjacke, in festen Schuhen, eine Ledertasche in der Hand.

«Ich suche die Hebamme», sagt Paul, «wohnt sie nicht hier?» In seiner Vorstellung ist eine Hebamme mindestens fünfzig Jahre alt.

«Ich bin die Hebamme», sagt die junge Frau, «Marianne Aebi heisse ich, wie geht es Lisa?»

«Sie bekommt das Kind», sagt Paul, «es pressiert», fragt dann aber doch: «Sie kennen mich und Lisa?»

«Sicher», sagt Marianne, «hier im Dorf kennt man sich. Sie sind halt noch etwas neu hier.»

«Also ich bin der Paul», sagt Paul.

«Freut mich», sagt Marianne. «Ich bin die Marianne.»

«Und du hast kein Auto?», fragt Paul.

«Das Auto ist nicht das Problem», sagt Marianne plötzlich verlegen, schüttelt diese Verlegenheit aber gleich wieder ab, lacht gleichmütig und sagt: «Ich bin dreimal durch die Prüfung geflogen, ich habe es nicht so mit der Technik.»

Paul lacht. «Da bin ich ja gerade richtig mit meinem Pferd. Darf ich bitten?» Er macht neben Fanny mit beiden Händen eine Schlaufe. Marianne versteht, stellt ihren Fuss in Pauls Hände, und nun hebt er sie hoch, dass sie sich bequem auf Fannys Rist setzen kann. Paul schaut sich um, führt Fanny nahe ans Haus. Dann steigt er auf den Fenstersims, und von dort klettert er hinter Marianne aufs Pferd. Er fasst links und rechts um Marianne herum, packt die Zügel, ruft: «Hü!», und Fanny macht sich auf den Heimweg.

«Fast wie die Bremer Stadtmusikanten», sagt Marianne und zeigt auf das Huhn und den Hund.

«Die Katze hat heute frei», meint Paul und lacht.

Und nun reiten sie durch die Nacht. Marianne spürt die Arme, zwischen welchen sie gehalten wird, spürt den Atem des Mannes in ihrem Nacken, fühlt sich geborgen, staunt, dass ihr so viel Nähe eines Mannes nichts ausmacht. «Im Gegenteil», geht es ihr durch den Kopf, «das könnte ich mir auch öfter gefallen lassen ...» – «Lisa», denkt sie, «es geht hier um Lisa.»

Und als ob auch Fanny das denken würde, beschleunigt das alte Pferd seinen Schritt noch etwas, auch wenn es jetzt tüchtig bergauf geht.

«Fanny, du bist ein toller Hecht», sagt Paul, «Chapeau!» Und nun taucht das Haus auf, Lisas Praxis, und Fanny hält am Eingang zur Wohnung. Paul ist schon am Boden, diesmal ging das Absteigen schon etwas eleganter, hilft nun Marianne vom Pferd.

Marianne betritt die Wohnung, wendet sich zum Schlafzimmer, dicht gefolgt von Paul.

«Lisa!», ruft er, «Lisa, wie geht es?»

Lisa liegt im Bett, bleich, aber allein, zum Glück. «Es kommt», sagt sie.

Und nun übernimmt Marianne. «Saubere Leintücher», sagt sie, «mindestens drei, und Frotteewäsche.» Dann begibt sie sich ins Badezimmer, zieht sich aus, wäscht sich gründlich Arme und Hände, auch das Gesicht, desinfiziert alles sorgfältig, zieht ihre Uniform an: weisse Hose, weisser Kittel. Die blonden Haare zu einem kurzen Rossschwanz gebunden, kommt sie zurück ins Schlafzimmer, wo Paul die Wäsche bereitgelegt hat.

«Paul, sauber duschen, saubere Kleidung!», befiehlt die Hebamme, «dann brauche ich dich hier.»

«Keine Friedenspfeife im Männerzelt», lacht Lisa, «ich brauche dich auch hier.»

Paul nickt nur, sagt für einmal gar nichts, verzieht sich. Kurz darauf hört man das Rauschen der Dusche, hört dann eine Stimme: «I'm singing in the rain, just singing ...», dann Gurgeln, Rauschen und zum Schluss «... just happy again.»

«Er muss sich Mut ansingen», sagt Lisa zu Marianne. Diese lächelt. «Zeig mal diesen Bauch», sagt sie, «sieht imponierend aus von weitem.» – «Fühlt sich auch so an», sagt Lisa, «ich platze gleich.»

Dann macht sich Marianne ein Bild von der Lage, hört mit dem Stethoskop den Bauch ab. «Potz Blitz!», sagt sie, «das tönt ja kräftig», dann untersucht sie den Muttermund, taucht überrascht wieder auf und sagt: «Wirklich, es kommt gleich.»

Und tatsächlich folgt nun Wehe auf Wehe. Lisa steht der Schmerz ins Gesicht geschrieben.

Es ist aber Paul, der, wenn auch frisch geduscht, immer kläglicher aussieht, daneben aber auch immer wütiger. «Verdammt», sagt er, «warum tut mir nichts weh? Schliesslich werde ich Vater. Etwas stimmt da nicht, das ist nicht gerecht, wenn ich das gewusst hätte.»

«Was hättest du getan, wenn du das gewusst hättest?» Mitten in ihrem Schmerz hat Lisa diesen unsinnigen Satz doch aufgenommen. «Was hättest du getan? Nicht mit mir geschlafen? Oder dein Schnäbi rechtzeitig herausgezogen? Oder beim lieben Gott eine Petition eingereicht? Oder was hättest du getan?», fragt sie aufgebracht über so viel Unvernunft.

«Wenn ich das gewusst hätte, liebe Lisa, hätte ich dir jeden Tag gehuldigt, dafür, dass du das aushalten musst.»

«Na, du kannst das ja nachholen», sagt Lisa trocken, «sagen wir die nächsten achtzehn Jahre, bis das Kind gross ist.»

«Können wir jetzt diese Geburt machen», fragt die Hebamme, «oder soll ich morgen wieder kommen?» Aber diese kleine Ablenkung hat gerade genug lang gedauert, dass das Kind seinen Kopf vorsichtig in die Welt hinaus, in die Welt hinein hat strecken können.

Ein tiefes Stöhnen von Lisa. Und nun rutscht es heraus. Die Hebamme empfängt es, hebt es hoch, schneidet geübt die Nabelschnur durch, schaut das Kind freundlich an. «Es atmet», sagt sie, «es ist gesund, es ist ein Bub, und es runzelt die Stirn. Das habe ich noch nie gesehen, es runzelt die Stirn.»

Paul strahlt.

Aber Lisa ächzt, stöhnt.

Paul ist schon bei ihr. «Lisa», fragt er, «was ist los?»

«Was ist?», fragt auch die Hebamme. «Kommt etwa schon die Nachgeburt?» Sie legt das Neugeborene in den bereitstehenden Korb, wischt sich die Hände ab, wendet sich

Lisa zu. Ich schaue mal nach. «Mein Gott!», ruft sie, «das ist ja gar nicht möglich, da kommt noch ein zweites Kind. Ich sehe seinen Kopf. Press Lisa, fest pressen!»

Paul ist ganz ruhig geworden, hält Lisa fest, streicht ihr über den Kopf, über die Arme, über den Bauch. «Noch eins», sagt er andächtig, «noch eines.» Es kommt. Der Kopf wird sichtbar, kommt heraus, bedeckt von einer glitschigen Masse. «Was ist?», fragt Paul beunruhigt.

«Das ist nur die Fruchtblase, die Eihaut», sagt Marianne, «das macht nichts, das ist eine Glückshaube, das ist ein gutes Omen, es besagt, dass das Kind für Geistesgrösse und Grossmütigkeit auserkoren ist. Solche Kinder haben oft übernatürliche Fähigkeiten, sie können ‹sehen›. – Da bist du ja.» Marianne hebt es heraus und hinein in die Welt, nabelt auch dieses Kind ab, zieht ihm sanft die Glückshaut vom Gesicht, gibt ihm einen Klaps. «Es lächelt», sagt sie, «es ist ein Bube», und gibt ihn Paul in die Arme.

«Er lächelt», sagt Paul. «Du lächelst. Du sollst Louis heissen, mein Sohn, du bist der Erstgenannte.»

Und dann geht er zum Korb hinüber und schaut auf den andern herab. «Und du sollst Leo heissen, mein Sohn, du bist der Erstgeborene. Ihr sollt ein Herz und eine Seele sein, das wünsche ich mir.»

Und indem er Louis in die Armbeuge des linken Arms verschiebt, greift er mit seiner grossen Hand unter Leos Kopf und Nacken und Rücken und hebt ihn sich auf den rechten Arm. «Als hätte er das schon tausendmal gemacht», denkt Marianne, «ein richtiger Vater», das sieht sie selten genug.

Paul ist inzwischen an Lisas Lager getreten.

«Ich huldige dir,
    du Schöne,
nie haben meine Augen schöner geschaut,

ich huldige dir,
    du Leichte,
nie hat mein Herz leichter geschlagen,
ich huldige dir,
    du Freie,
nie hat mein Geist freier gewirkt,
ich huldige dir.»

Und er reicht ihr zuerst Leo, den Erstgeborenen, dann Louis, den Erstgenannten, verschränkt die Arme über der Brust und verbeugt sich tief.

«Lisa», sagt er, «Lisa, dein will ich sein, so wahr und so lang ich lebe.»

Eltern.Schaft.

Trubschachen, Schönbrunnen, Samstag, 14. Oktober 1989. Die Zwillinge sind zweieinhalb Monate alt.
Wie Paul reden möchte, aber Lisa nicht.

«Lisa», sagt Paul eines Samstagmorgens, als Lisa gähnend am Morgentisch erscheint, wo Paul mitten zwischen Käse und Brot, Eiern und Speck in einem Buch über Ameisen blättert.

«Haben Ameisen Gefühle?», fällt ihm Lisa ins Wort und lächelt ihn an.

«Nein Lisa, im Ernst, ich muss dich etwas fragen.»

«Soso», sagt Lisa mit todernster Miene und setzt sich rittlings auf Pauls Schoss. «Was musst du denn im Ernst wissen?», fragt sie und schaut ihn weiter todernst an, wackelt dazu aber etwas mit dem Hintern.

Paul räuspert sich, gibt sich ganz seriös. «Du weisst ja», sagt er, «wir haben diese Zwillinge, diese beiden Kinder, also», sagt er und tippt ihr mit dem Zeigefinger auf die linke Brust, «wie ich schon gesagt habe, diese Zwillinge», und tippt ihr auf die rechte Brust.

«Tatsächlich Zwillinge?», fragt Lisa, «und sie sehen genau gleich aus, der eine wie der andere?», fragt sie und schwenkt ihr Dekolleté.

«Lisa», sagt Paul etwas später, als er neben Lisa im Bett liegt.

«Haben Körperteile Gefühle?», fällt ihm Lisa ins Wort und lächelt ihn an.

«Nein Lisa, im Ernst, ich muss dich etwas fragen. Wir haben diese Zwillinge, diese beiden Kinder, also», sagt er, und diesmal tippt er nirgendwohin, weil er wirklich und ernsthaft etwas sagen will. Und Lisa wackelt zwar auch jetzt mit dem Hintern, aber nur ganz leicht und ohne, dass Paul etwas davon bemerken könnte, sie muss einfach, es ist stärker als sie. Wenn jemand zu ihr «im Ernst» sagt, dann kann sie nicht anders.

«Wo sind sie denn überhaupt?», fragt sie, fragt sie erst jetzt.

«Du bist eine Rabenmutter», will Paul sagen, sagt es aber nicht, denn erstens will er jetzt ein ernsthaftes Gespräch führen, zweitens hat er inzwischen gelernt, dass Tiervergleiche bei Lisa nicht funktionieren. So wenig sie Allgemeinplätze bei Menschen liebt, so wenig schätzt sie Verallgemeinerungen bei Tiergattungen.

«Sie schlafen», sagt Paul, «du hast sie um fünf Uhr gestillt, nun schlafen sie wieder.»

«Um fünf Uhr?», fragt Lisa staunend, «ich habe sie gestillt? Ich muss wohl komplett stillblöd sein, dass ich nichts mehr davon weiss.»

«Du schläfst einfach zu gut, zu gern, zu tief», sagt Paul, «du merkst es gar nicht, wenn ich dir die Zwillinge ins Bett bringe, du stillst sie im Schlaf.»

Bei Ammann-Leibundguts hat es sich von der ersten Nacht an ergeben, eingeregelt, dass Paul nachts zuständig ist – Paul mit seiner Old-Shatterhand-Schlafmethode, dass er jederzeit, wenn er will, einschlafen kann und dass er im Augenblick hellwach ist, wenn sich die Zwillinge melden. Paul kümmert sich also um die Nacht, sodass Lisa weiterhin ihren tiefen und gesunden Schlaf hat, unterbrochen durch eine oder zwei Stillpausen, in welchen sie aber kaum erwacht. Dafür hat sie dann auch morgens genug Energie für den Tag, für die Zwillinge und für allerhand und alles andere.

«Aber sag mir, o Mutter meiner Kinder, wenn du dann mal wach bist, ist dir auch schon aufgefallen, dass es immer Louis ist, der weint? Leo weint nie. Der liegt da, schaut oder lächelt oder runzelt die Stirn.»

«Meistens runzelt er die Stirn», sagt Lisa, «aber weinen tut er eigentlich nie, das stimmt.»

«Aber weisst du», sagt Paul, «der Louis weint ja ab und zu oder er staunt oder er strahlt.»

«Meistens strahlt er», sagt Lisa.

«Manchmal, wenn Louis weint», fährt Paul fort, «dann ist er kaum zu trösten. Ich nehme ihn in den Arm, wiege ihn, aber er beruhigt sich nicht. Erst wenn ich den Leo auch in den Arm nehme, wird er ruhig.»

«Ob er die Nähe seines Bruders braucht?», fragt Lisa.

Paul scheint mit dieser Erklärung nicht zufrieden zu sein. «Gestern, als Louis in der Nacht weinte, habe ich, weil ich auf dieser Seite des Kinderbetts stand, zuerst den Leo auf den Arm genommen, und kaum hatte ich den Leo auf dem Arm, hat der Louis im Kinderbett aufgehört zu weinen.»

«Als ob er für ihn geweint hätte», sagt Lisa.

«Genau, das meine ich: Louis weint für Leo, aber Leo weint nicht für Louis.»

«Zwillinge haben halt stärkere Verbindungen als unsereins», sagt Lisa, zwickt Paul in die Nase, sagt laut: «Aua!», und reibt sich ihre eigene, fährt dann, wieder ernst werdend, fort: «Weisst du, Paul, ich finde die Zwillinge einfach prächtig, einfach und prächtig.»

Und damit ist das Gespräch beendet. Lisa wendet sich dem Alltag zu, dem Praktischen. Paul bleibt noch einen Moment liegen. Seufzt er? Jedenfalls schaut er nachdenklich zur Decke. Von Lisa ist also keine Hilfe zu erwarten, wenn er dem auf die Spur kommen will, was in seinem Geist herumgeistert ... hier und dort aneckt ... sein klares Denken stört ... und vor allem seine vollkommene Zufriedenheit. «Lisa, ich muss zuerst über Lisa nachdenken, dann über die Zwillinge, dann über Gott und die Welt.»

Zaun.Pfosten.

Trubschachen, Schönbrunnen-Napf-Schönbrunnen, Samstag, den 14. Oktober 1989. Die Zwillinge sind zweieinhalb Monate alt.
Wie Paul seinen Weg geht.

Und nun springt Paul aus dem Bett, eine kleine Dusche reicht: etwas Wasser ins Gesicht, etwas Wasser ans Gemächt, und rein in die Kleider, dann stürmt er in die Küche, wo Lisa inzwischen sein Frühstück verzehrt hat.

«Ich muss nachdenken», sagt Paul, «über dich, über die Zwillinge, über Gott und die Welt. Kann ich heute freimachen? Ich muss wandern, ich will auf den Napf.»

«Näher mein Gott zu dir», sagt Lisa, «geh nur, mich dünkt, dein Kopf raucht schon, geh, bevor wir die Feuerwehr im Haus haben.»

Paul hat schon seinen Rucksack, die Weste und die Mütze vom Haken hinter der Tür genommen. «Essen», sagt er, «was braucht der Mensch? Eine Flasche Wein, vom roten, eine Büchse Sardinen und Schwarzbrot», schon hat er vom Brot die Hälfte abgeschnitten, kramt er im grossen Schrank nach den Sardinen. «Hab ich euch», sagt er triumphierend. «Den Wein hole ich im Keller, bis nachher Lisa», sagt er, gibt ihr einen fetten Kuss in den Nacken, dass es Lisa durch Mark und Bein geht. «Bis immer», sagt Lisa, genau das denkt Lisa, «bis immer will ich mit diesem komischen Kerl sein.»

«Und vergiss die Kinder nicht», sagt Paul und ist draussen, rumpelt die Kellertreppe runter, taucht mit einer Flasche Côtes-du-Rhône wieder auf, hält sie gegen das Licht, nickt zufrieden, verstaut sie im Rucksack. Ob er das Sackmesser in der Tasche hat, muss er nicht prüfen; das hat er mit den Trubschacher Bauern gemeinsam – wahrscheinlich ist es das Einzige –, dass er sich nackt vorkommt, verloren, wenn er sein Taschenmesser nicht im Sack hat. Er packt den Stock, der neben der Haustür steht, und wandert los, pfeift sich ein Liedchen, wandert zum Hof hinaus, wendet sich auf der Strasse nach links und ist weg.

«Ich komme», sagt Paul entschlossen zum Berg, der nah in der Ferne vor ihm aufragt. Fast tönt es wie eine Drohung.

«Lisa», sagt Paul am Abend im Bett. «Ich bin tot», sagt er. «Meine Beine haben gekündigt, die wollen nicht mehr nachdenken, sagen sie, davon stehe nichts in ihrem Vertrag, sie haben gemeint, denken finde im Kopf statt. Ihr seid faule Hunde», sagt er zu seinen Beinen und blickt strafend zu ihnen hinunter. Sagt: «Weisst du, der Napf ist weit weg, und hoch ist er auch, ich habe also einen ganzen Haufen denken können. Von diesen Gedanken habe ich dem Weg entlang einen nach dem andern an einen Zaunpfosten gehängt, an jeden Zaunpfosten einen. Die Zaunpfosten haben gerade gereicht. Auf dem Napf oben habe ich den letzten ans Gipfelsignal geheftet, dann habe ich mich daneben ins Gras gelegt und mit leerem Kopf, mit absolut leerem Kopf in den Himmel hinaufgeschaut. Es gibt nichts Vergleichbares, du liegst dort, du siehst nichts, du hörst nichts, du denkst nichts, du ... wahrscheinlich würde ich jetzt noch dort liegen, wenn nicht dieser Adler genau in mein leeres Blickfeld geflogen wäre, genau über mir Kreise gezogen hätte, als wollte er etwas in den Himmel schreiben.»

«Ein Adler!», sagt Lisa staunend, «ein Adler.»

«Und auf dem Heimweg bin ich an allen Gedanken wieder vorbeigekommen. Manche hingen noch dort, manche hatte der Wind weggeweht, die waren wohl unwichtig. Die andern habe ich genommen und am passenden Ort versorgt. Nun habe ich aufgeräumt und bin wie neu. Im Kopf jedenfalls», sagt er und blickt zu den Beinen hinunter. «Ihr seid gute Beine», sagt er zu ihnen, «ihr stellt euren Mann und lasst ihn nicht im Stich. Gute Nacht», und küsst Lisa auf den Mund, schleckt sich vor Genuss die Lippen, dreht sich um und schläft.

Lisa empfindet mit ihren Lippen ebenfalls den Kuss nach. «Sardinen», sagt sie, «ich mag Sardinen, die auf dem Napf waren. Gute Nacht, Paul.» Sie weiss, dass er bereits schläft.

Und nun liegt Lisa da und blickt zur Decke. Auch sie denkt nichts, hört nichts, sieht nichts, ist einfach glücklich, ist glücklich einfach.

Hand.Werk.

Trubschachen, Schönbrunnen, Sonntag 15. Oktober 1989. Die Zwillinge sind zweieinhalb Monate alt.
Wie Paul eine neue Seite an seiner Frau entdeckt.

Am nächsten Morgen – ganz gegen seine Gewohnheit ist es bereits neun Uhr, denn auch und gerade am Sonntag steht er gern früh auf – wankt Paul in die Küche, setzt sich aber nicht an den Tisch, sondern legt sich auf die Küchenbank, auf die getrocknete Wäsche, die dort geduldig aufs Bügeln oder doch wenigstens aufs Zusammenlegen wartet und nun als Kopfkissen dient. «Lisa, ich kann nicht gehen, ich kann nicht stehen, wahrscheinlich kann ich nicht einmal sitzen.»

Lisa schaut zu ihm hinüber, besonders besorgt scheint sie nicht zu sein. «Ich schaue gleich», sagt sie, «wart einen Moment.» Sie legt Louis, den sie soeben auf dem Küchentisch gewickelt hat, mitten zwischen dem Gemüse fürs Mittagessen und dem ganzen Haufen von Sachen, die dort immer liegen – «das würde auch fast bis auf den Napf reichen, wenn ich auf jeden Zaunpfosten eines der Dinge legen würde», denkt Paul –, legt Lisa also Louis zurück in den Kinderwagen, wo Leo ruhig liegt und dem Geschehen mit wachen Augen folgt. Dann geht sie hinüber zur Bank, hebt Pauls Beine an, setzt sich und legt die beiden Füsse in ihren Schoss.

«Zeigt her eure Füsse», summt Lisa, nimmt den linken Fuss in ihre Hände und beginnt mit sanften kräftigen Bewegungen seine Fussballen zu reiben, streicht über seinen Spann, lässt keinen Zentimeter aus. Den ganzen Fuss massiert sie; bei den am meisten strapazierten Stellen an der Ferse aber fährt sie ganz fein, nur mit den Fingerspitzen, darüber, dass sich die Berührung nur ahnen lässt.

«Deine Hände», staunt Paul, «wo hast du das gelernt, Lisa? Das ist wunderbar. Mein Fuss», sagt er, «er lacht, er freut sich, ich glaube, er ist etwas in dich verliebt. Deine Hände, bis jetzt habe ich geglaubt, es sei die Liebe, wenn ich deine Hände spürte, aber es ist mehr als das, oder es ist etwas anderes? Genau», sagt er, denn er hat nun viel Platz in seinem Kopf, «wenn wir uns liebkosen, ist es die Liebe, sonst aber ist es Magie, deine Hände ...»

Lisa hört ihm ruhig zu, fast unberührt. Sie hat inzwischen den zweiten Fuss in Arbeit genommen, und nun geht es auch diesem schon viel besser. «Weisst du, Paul, man muss daraus keine grosse Sache machen, es ist nichts Magisches oder Übernatürliches, es ist ganz einfach: Du bist ein Mann des Wortes und ich bin eine Frau der Tat.» Und wendet sich ganz und gar dem Fuss zu, reibt und drückt, zieht und schiebt, kost und spannt, hält und ... bis der Fuss zur Ruhe kommt.

«Ich schaue nun nach den Tieren», sagt Lisa und geht ab.

«Da sind wir also ganz allein und verlassen», sagt Paul. Sagt das zu seinen Füssen, sagt es zu seinen Zwillingen, sagt es zur Wäsche und sagt es zur ganzen Unordnung auf dem Küchentisch, auf dem Buffet. «Ganz allein und verlassen», seufzt er glücklich, fühlt sich keineswegs allein und schon gar nicht verlassen, sagt es trotzdem nochmals, schliesslich ist er ein Mann des Wortes.

«Mit Lisa kann man also nicht reden, mit wem dann?», fragt er sich, steht auf – die Füsse protestieren kaum –, geht hinüber zum Küchentisch und setzt sich dort. «Das bin ich», sagt er zur Kaffeekanne, und stellt sie mitten auf die freie Fläche, die beim Wickeln der Zwillinge entstanden ist. «Du bist Lisa», er stellt die grüne Zuckerdose dicht an die Kanne. «Ihr seid die Zwillinge», Tasse und Tasse. Nun wird es schwieriger. «Du bist Jakob», sagt er zum Hammer, legt ihn in die

Nähe von Lisa. «Ihr seid die Lehrerkollegen», drei Löffel, «der Oberlehrer», ein Messer, «der Schulkommission», sechs Nägel. «Du bist der liebe Gott», sagt er zur Suppenschüssel, «und du bist der Pfarrer», sagt er zur Schöpfkelle. «Du bist die Marianne», zu einem rotbackigen Apfel.«Ihr seid meine Eltern», sagt er zu zwei Wäscheklammern. «Ihr seid alle andern aus meinem früheren Leben», sagt er zu den Brotkrumen auf dem Tisch.

«Rede ich mit dem Hammer? Das ist zwar konkret, aber vielleicht etwas grob. Rede ich mit der Suppenschüssel? Direkt? Oder indirekt über die Schöpfkelle? Das scheint mir unfassbar. Oder rede ich mit dem Apfel?»

«Das fühlt sich gut an, macht Gluscht», denkt Paul, nimmt den Apfel in die Hand und bekommt selbst etwas rote Backen, erinnert sich an den Ritt auf dem Pferd in jener Nacht vor zwei Monaten. «Paul, das ist gefährlich», sagt er zu sich. «Es hat schon einmal jemand von einem verbotenen Apfel gekostet. Paul, gehe in dich: Willst du mit Marianne reden, weil es interessant ist oder weil du denkst, du findest mit ihr Antworten? Weil ich mit ihr interessante Antworten finde», antwortet er, «weil sie gescheit ist, weil sie sich auskennt und weil sie hübsch ist. Bist du ein Casanova, Paul Ammann? Keineswegs», sagt er. «Ich bin der Mann, der die Frauen ernst nimmt, wie sie sind. Ich bin der Mann, der auch mit Frauen Freundschaft schliessen kann. Ich liebe meine Lisa, deshalb steht dem Kontakt mit Marianne nichts im Weg.» In diesem Moment fällt sein Auge auf einen Tennisball, der dort mitten in den Küchengerätschaften, Büromaterialien, Lebensmitteln und Werkzeugen liegt, woher auch immer, weder er noch Lisa spielen Tennis, niemand in Trubschachen spielt Tennis, noch nie hat er diesen gelben Filzball gesehen. Und plötzlich sagt er: «Du bist es!», setzt den Deckel der Kaffeekanne verkehrt herum auf und legt den Tennisball in die runde Vertiefung. Er erinnert sich an seinen alten Zeichnungslehrer im Seminar, Bernhard Hebeisen. «Ich spreche mit Bernhard Hebeisen», sagt er zu sich.

Drei Tage später ist es vollbracht: Paul hat seinen alten Lehrer besucht; einen Abend lang hat er mit ihm gesprochen über sich, über Gott und die Welt, über Lisa, über die Zwillinge. Und kehrt tatsächlich mit einer Idee zurück.

«Lisa, wir müssen die Buben taufen», sagt Paul, als er Lisa das nächste Mal begegnet, wiederum in der Küche.

«Aber du glaubst doch, wir glauben doch gar nicht an Gott», sagt Lisa, «wieso willst du dann die Buben taufen?»

«Also, erstens möchte ich gerne eine grosse Tafel ausrichten zu Ehren der Buben, das wird lustig, mit Ansprachen und Trinksprüchen. Und zweitens brauchen wir Götti und Gotte für sie, das ist wichtig für die Buben. Und drittens wichtig für mich, dass ich mit Leuten über die Buben reden kann.»

«Paul Ammann», sagt Lisa, «du hast einen Geheimplan, ich kann das riechen. Es riecht nach Aufstand, nach Umsturz, was hast du vor?»

«Ich werde zu Gevatter bitten», sagt Paul.

«Ich brauche einen schwarzen Anzug, Manchester, schwarze Schuhe, einen schwarzen Hut, und so werde ich zu Gevatter bitten. Für Leo bitte ich den Pfarrer zum Götti und die Marianne zur Gotte, für Louis bitte ich ...» – «nun kommt es», denkt Lisa, «Achtung, was kommt jetzt?» – «... die Kleinklasse zu Götti und die Annemarie Strüby zur Gotte. So ist das. Natürlich ist das nur meine Idee, Lisa», sagt er, «natürlich sollst du auch mitsprechen. Weisst du jemand anderes, jemand Besseres?», fragt er etwas bang, fast etwas scheu, schaut sie schräg von unten an.

Lisa, schnell wie immer – Zögern und Zaudern kennt sie immer noch nicht –, blickt ihren Paul an. «Du bist ein Vogel», sagt sie, «dass du ein Vogel bist, weiss ich schon seit dem Anfang. Der Pfarrer ist also der Götti. Wer tauft dann die Kinder, willst du das etwa selber tun?»

«Nie im Leben», ruft Paul froh und fröhlich, dass bereits über das Wie gesprochen wird. «Weisst du, das im Namen des Vaters und des Sohnes und des Heiligen Geistes braucht es für mich nicht, auch die Kirche braucht es nicht, es braucht die grosse Tafel mit den Ansprachen und den Trinksprüchen.»

«Ich weiss», sagt Lisa, «das gefällt mir auch.»

«Dann», fährt Paul fort, «steht der Pfarrer auf: ‹Liebe Gemeinde, wir sitzen hier am Festtisch von Leo und Louis, den Zwillingen, die dem lieben Paul Ammann und der schönen Lisa Leibundgut vom Himmel geschenkt worden sind, die auch uns geschenkt worden sind, und wir freuen uns, dass wir teilhaben dürfen am Glück dieser Fami›» «Dann», unterbricht ihn Lisa, «dann steht der Vater auf und spricht: ‹Liebe Freunde, ihr habt euch bereit erklärt, an einer Verschwörung teilzunehmen, und da es für eine Verschwörung auch einen Schwur braucht, so schwören wir feierlich: Wir alle, so wir hier stehen, wollen diesen hier, den Erstgenannten, Louis Leibundgut, und diesen hier, den Erstgeborenen, Leo Leibundgut, in ihrem Heranwachsen beistehen, nicht so, wie es sich gehört, sondern so, wie wir es für richtig und gut finden ...›» Verblüfft schaut Paul seine Lisa an, genauso stellt er sich das vor, genau das wird er sagen, will sagen, so wird es sein ... Aber Lisa ist noch nicht fertig: «Dann steht der Grossvater auf, zieht eine lange Friedenspfeife hervor, woher auch immer, zündet sie an, nimmt drei Züge, bläst den Rauch nach Osten und Westen und sagt dann gemessen: ‹So soll es sein, so wird es sein.› Und gibt die Pfeife weiter, und einer nach dem andern, und eine nach der andern, nimmt die Pfeife und macht drei Züge, bläst den Rauch feierlich nach Ost und West, und als Allerletzte auch die kleine Annemarie Strüby. ‹So muss es sein›, sagt sie und blickt entschlossen in die Runde. – So wird es sein, mein lieber Paul. Du siehst, wenn es sein muss, kann ich mich durchaus in deine Lage versetzen. Ich bin einverstanden mit dieser Tauftafel, ich freue mich sogar darauf. Ob ich sprechen werde, weiss ich noch nicht, vielleicht lese ich den beiden ihr Lebensglück aus ein paar Vogelknochen, oder ich schlachte ein Lamm und lese aus dem Gekröse.»

Paul schluckt leer. Seine Lisa schlachtet ein Lamm. Die uralte Bedeutung dieses Rituals packt ihn, regt seine Fantasie an: das kleine Lamm, das Messer, das Blut. Und das alles an seiner Tauftafel. Er schluckt noch einmal leer, schaut seine Lisa an. «Du bist ein durchtriebenes ...» « Miststück?», sagt Lisa, «willst du sagen Miststück? Hüte deine Zunge, Paul Amm» «Grosshirn», fährt Paul unbeirrt fort, «du hast und bist ein durchtriebener Verstand, des bin ich froh. Man vergisst es nur gerne hinter deiner Tatkraft.» Und dann kehrt er zu seiner Fata Morgana zurück, zu seiner Vision, zu seinem Plan.

«So wird es sein», sagt Paul zufrieden.

Johannes.Markt.

Zollbrück, Samstag, 21. Oktober 1989. Die Zwillinge sind zweieinhalb Monate alt.
Wie Paul sich einkleidet für eine grosse Unternehmung.

Und am nächsten Samstag nimmt Paul den Bummler nach Zollbrück.

«Warum nach Zollbrück?», fragt sich der geneigte Leser und erweist sich dadurch als der ortsunkundige Leser, «warum fährt er nicht nach Langnau oder nach Burgdorf oder nach Thun oder nach Bern, kurz an einen richtigen Ort?» Weil es in Zollbrück den Johannes-Markt gibt, und weil es im Johannes-Markt einfach alles gibt, was der Mensch anziehen will, oder doch immerhin – und das ist völlig genügend – alles, was der Emmentaler anziehen will. Das gilt auch für die geneigte Leserin, die ortsunkundige Leserin, die dort alles findet, was die Mensch anziehen will, oder doch immerhin – und das ist völlig genügend – alles, was die Emmentalerin anziehen will.

Und so betritt Paul den Johannes-Markt, kommt sich vor wie ein Freier, der seine Hochzeitskleidung kauft, streift durch die Herrenabteilung, vielmehr die Mannenabteilung, bis er fündig wird, verlässt die Herrenabteilung, vielmehr die Mannenabteilung mit einem grossen Packen. Er hat sich alles zusammen in braunes Packpapier einwickeln lassen, den Packen dann verschnüren lassen, so passt es in das Bild, das er von sich sieht; ein gewöhnlicher Plastiksack würde nicht in dieses Bild passen.

Der Verkäufer hat sich nicht gross gewundert; beim Johannes-Markt ist man es sich gewohnt, dass die Leute ihren Gring haben. Und einer, der einen schwarzen Manchesteranzug kauft, der schwarze währschafte Halbschuhe kauft, der einen schwarzen flachen Hut kauft, der hat auf jeden Fall einen Gring. Paul aber kehrt stolz nach Hause zurück.

Schwarzer.Mann.

Trubschachen, Montag, 23. Oktober 1989.
Wie Paul zu Gevatter bittet.

Und am Montagmorgen hisst er die gelbe Flagge an der Fahnenstange neben dem Wohnhaus: das Signal für den Chauffeur des Einachsers, wenn der seine morgendliche Tour macht: Lehrer miteinsammeln.

Es gibt mehrere Flaggen. Die grüne Flagge bedeutet: Der Unterricht findet im Freien statt, unten an der Ilfis; die rote Flagge: Heute Unterrichtsbeginn ohne Lehrer, er hat noch etwas zu tun, kommt später; die weisse Flagge: heute kein Unterricht; die schwarze Flagge: Achtung, der Lehrer hat schlechte Laune, aber diese Fahne hat noch nie geweht.

Um zehn vor acht fährt der Einachser auf den Hof, alle Schüler sind bereits auf der Ladefläche, auch Annemarie. Am Steuer sitzt diese Woche Thomas. Der Einachser hält vor dem Eingang, und Thomas betätigt die Feuerwehrhupe: kurz-kurz-lang, Abfahrt in zehn Sekunden.

Die Haustür öffnet sich und heraus kommt, heraus tritt, heraus schreitet, heraus stolziert der Fremde, der Kleinklassenlehrer, der Doppelvater Paul Ammann, ganz in Schwarz und ganz in Gemessenheit kommt er auf den Einachser zu, ganz in Ernst und ganz in Würde schüttelt er einem nach dem andern die Hand, ganz in Ruhe und ganz in Erhabenheit setzt er sich hinten auf die Ladefläche, ganz in Majestät und ganz in Ehre gibt er das Zeichen zur Abfahrt.

Die Schüler sind verwundert, verblüfft, erstaunt. Noch vor einem Jahr hätte ein solcher Moment ihre Handlungsfähigkeit für einen halben Tag blockiert. Inzwischen haben sie schon manches gelernt; vor allem haben sie schon manches erlebt mit diesem Wesen, mit diesem Menschen, mit diesem Lehrer, mit diesem Paul Ammann.

So üben sie sich in der ersten Tugend, die ihnen Paul beigebracht hat: lassen ihrer Neugier freien Lauf, ohne ein einziges Wort zu sagen, denn sprechen wäre bei dieser Übung falsch; lassen ihre Fragen, ihre Vermutungen auf diesen schwarzen Hut, diesen schwarzen Anzug herabprasseln, dass diese ordentlich durchnässt würden, wären sie nicht so vollkommen imprägniert mit der Mission ihres Trägers. Üben sich ferner in der zweiten Tugend, Geduld: warten können auf den richtigen Moment, unbeweglich, stoisch. So fahren nun acht stumme, in Holz gehauene Apachen und ein Medizinmann ganz in Schwarz zu Tal.

Und diese Kombination von Neugier und Geduld setzt derart viel Energie frei, dass der Einachser ein ganz klein wenig abhebt und nun einige Zentimeter über dem Boden dahinschwebt, gelenkt nicht mehr vom Einschlagswinkel der Motorachse, angetrieben nicht mehr vom 5-PS-Einzylindermotor, sondern gelenkt und getrieben vom puren Willen seiner Passagiere.

Als das Gefährt im Schulhof aufsetzt und zu stehen kommt, als die Passagiere alle in ihrem Schulzimmer sind, die Schüler an ihren Plätzen, der Mann in Schwarz aber in seiner ganzen Pracht vorne vor der Wandtafel Aufstellung genommen hat, spricht er und sagt:

«Sehr geschätzte Kleinklasse, liebe Annemarie, ich, Paul Ammann, habe, wie ihr wisst, habe ich zwei Söhne, haben wir zwei Söhne, Louis und Leo Leibundgut, und wie ihr nicht wisst, möchten wir die beiden nun taufen, und deshalb stehe ich heute hier vor euch und möchte euch zu Gevatter bitten, möchte euch alle, die Kleinklasse bitten, dass ihr der Götti werdet von meinem Sohn, von unserem Sohn Louis.»

«Ich auch? Gehöre ich auch dazu?», fragt eine Stimme, für einmal gar nicht keck, sondern piepsig und etwas bang.

«Dich aber, o Annemarie, frage ich, ob du uns die Ehre erweist, die Gotte unseres Sohnes Louis Leibundgut zu werden? Für den Leo werde ich den Pfarrer zu Gevatter bitten und als Gotte die Hebamme, die Marianne.» Und jetzt schweigt der Schwarze endlich.

Endlich, so kommt es der Kleinklasse, den Schülern vor, können sie wieder Luft holen, atmen, schnaufen, schniefen, schnorzen, und endlich können sie ihrem Gehirn wieder Sauerstoff zuführen; Sauerstoff zunächst nur, für Gedanken reicht es noch nicht, es reicht knapp für einige Fragewörter: «Wus? Wor? Winn? Wuram? Wuzo? Wurum?» So wetterleuchtet es in den Köpfen, bis es langsam etwas aufhellt und ein «Was? Wie? Wir? Wann?» möglich wird und schliesslich einer «ja, aber» sagen kann, weiter weiss er nicht, und bis eine «ja, geht das denn?» fragen kann.

«Alles geht», sagt der Lehrer, «das haben wir doch herausgefunden. Wenn ihr es wollt, wenn ich es will, wenn wir es wollen, dann geht alles.»

Und jetzt, als wäre sie ansteckend, breitet sich Zuversicht aus, Freude, Lachen.

«Wollt ihr?», fragt Paul, fragt es aber nur zum Abrunden; dass sie wollen, sieht man, ein Blinder würde es sehen.

Und nun kommen sie nach vorne, eines nach dem andern, und reichen ihm die Hand. Der Pakt ist besiegelt.

Und Paul spürt tief in seinem Innern dieses Gefühl, dieses seltene Gefühl, wenn etwas ganz und gar stimmt, wenn die Welt in Ordnung ist, wenn der Unsinn die Macht der Gewohnheit überwunden hat. Paul ist zufrieden.

Reden.Silber.

Trubschachen, Schönbrunnen, Sonntag, 29. Oktober 1989. Die Zwillinge sind drei Monate alt.
Wie es mit der Taufe gegangen ist ...

Die Zwillinge sind also getauft, ganz wie Lisa es beschrieben hat. Eine epische Feier hat stattgefunden. An einer langen Tafel haben sie im Hof gesessen mit vielen Ansprachen, mit Pauls Verschwörung, mit Jakobs Friedenspfeife.

Schweigen.Gold.

... und was Lisa dazu beigetragen hat.

Ein Lamm hat Lisa zwar nicht geschlachtet, aber sie hat mitgeholfen, dass diese Taufe allen unvergesslich bleibt.

«An diesem heiteren und sonnigen Tag», hat Lisa gesagt und zur Sonne hinaufgeschaut – es ist inzwischen später Nachmittag –, «will auch ich ein Zeichen setzen für meine Söhne.» Dann dreht sie sich um, hat nun die Sonne im Rücken, schaut in die Gegenrichtung, hebt den Arm und schnipst kräftig mit den Fingern – dass sie gleichzeitig mit der andern Hand in ihrem Hosensack auf den kleinen Funkpiepser drückt, merkt niemand – und dann, und dann ... und dann steigt am Himmel über dem Wald ein kleiner, aber wunderbar klarer Regenbogen auf. Einen kurzen Moment hat es gedauert, aber nun steht er da. Und dann, nur einen Augenblick später, darüber noch einer, ein zweiter, etwas weniger stark und mit den umgekehrten Farben, das Rot ist innen, das Violett aussen. Vier, fünf Minuten, genug lang, damit in den Emmentalerköpfen «Ooohs» und «Aaahs» entstehen können, stumm zwar, nicht hörbar, allen steigen sie aus der Brust, alle nehmen sie wahr, obwohl kein Laut zu hören ist. Und wieder einmal sind eine Menge offener Münder zu sehen. Und dann lösen sich die beiden Regenbogen langsam auf und die Münder schliessen sich.

Hinten im Wald, der sich östlich vom Haus und etwas erhöht über eine Kuppe zieht, wischen sich die Mannen von der freiwilligen Feuerwehr Trubschachen den Schweiss von der Stirn. In einer nicht protokollarischen Feuerwehrübung haben sie die beiden alten Handspritzenwagen hier im Wald auf dem höchsten Punkt aufgestellt, haben die Schläuche mit einem Verzweigstück an Jegerlehners neues Druckfass angeschlossen. Die beiden Rohrführer sitzen zuoberst in den Wipfeln der beiden grössten Tannen. Wie sind sie dort hinaufgekommen? Dafür haben sie den alten Leiterwagen reaktiviert mit der langen Auszugsleiter, die hat gerade gereicht. Nun sitzen die beiden also oben in den Tannen. Mit einer Ledergurte haben sie sich festgeschnallt, den Spritzschlauch mit dem Wendrohr halten sie aufwärts gerichtet, und am Mundstück seines Wendrohrs hat jeder mit zwei starken Schlauchbriden das breite Sprühstück einer Giesskanne festgeschraubt und dann das Stück eines währschaften Damenstrumpfs darübergespannt. Und nun warten sie auf das Zeichen. Und als der Kommandant das Funkzeichen von Lisa erhält, beginnen sie zu pumpen, vier Mann an jeder Spritze, zwei und zwei einander gegenüberstehend, legen sich ins Zeug und pumpen und pumpen so schnell und so fest sie nur irgend können. Und so steigt Regen in den Himmel, steigt etwa fünfzig Meter über die Baumwipfel und fällt dann, nun als ordentlicher und richtiger Regen vom Himmel; wie feiner Staub fallen die Wassertropfen.

Und dann passiert genau das, was sich Lisa vorgestellt und was sie geplant hat: Ein Doppelregenbogen spannt sich auf.

Alle staunen. Manche lassen es als Wunder gelten, als Zeichen des Himmels für die Zwillinge. Andere schauen Lisa bewundernd an. Thomas aber ist überzeugt, dass Lisa eine Hexe ist, dass Lisa hexen kann. Und ist damit nicht allein. Als sich die Geschichte im Dorf herumspricht, gibt es noch mehr Leute, die das glauben. Thomas aber hat nun nicht etwa Angst vor Lisa, vielmehr hat er in Zukunft keine Angst mehr vor Hexen.

Vielleicht ist Lisa ja tatsächlich eine Hexe, wenn sie fähig ist, Naturphänomene zu manipulieren und damit alle andern zu verblüffen. Sie aber hat sich nur die Gesetze der Optik in Erinnerung gerufen, die in einem Winkel ihres Gehirns genau für diesen Moment gespeichert worden sind: Der Regenbogen entsteht aus der einfachen Reflexion und Brechung der Sonnenstrahlen in den Regentropfen. An der gekrümmten Tropfenoberfläche werden die einzelnen Lichtstrahlen unterschiedlich stark gebrochen: Violett am wenigsten, Rot am stärksten. Nach einer dreimaligen Brechung werden die Lichtstrahlen unter einem Winkel von annähernd 42 Grad zurückgeworfen. Dieser wird als Regenbogenwinkel bezeichnet. Das Zentrum des Regenbogens steht im Sonnengegenpunkt. Dieser Punkt wird festgelegt durch eine verlängerte Linie, die zwischen dem Kopf des Beobachters und dessen Schattenkopfes gezogen wird und die in der Gegenrichtung genau auf die Sonne zeigt. Der Winkel zwischen dieser Linie und dem Austrittsstrahl des Regentropfens ist der gleich grosse Gegenwinkel zum Regenbogenwinkel, also ebenfalls 42 Grad. Folglich blickt der Beobachter genau dann in das vom Tropfen im Maximalwinkel abgestrahlte Licht, wenn er den Schatten seines Kopfs fixiert und dann um 42 Grad nach oben schaut. Hier erscheint für ihn dann, solange er die Sonne genau im Rücken hat, der Regenbogen, der sich halbkreisförmig um den Sonnengegenpunkt erstreckt. Je höher die Sonne steht, umso kürzer wird der Schatten, umso steiler steht die Linie. Wenn die Sonne senkrecht am Himmel steht, ist der Sonnengegenpunkt genau zu Füssen des Beobachters, bei Sonnenuntergang genau am Horizont.

Wie aber entsteht der zweite Regenbogen? Wenn die Tropfen schön rund und klar genug sind, reflektieren sie nicht nur die am oberen Teil des Tropfens auftreffenden Lichtstrahlen mit dem Winkel von 42 Grad, sie reflektieren auch die am unteren Teil des Tropfens auftreffenden Lichtstrahlen, diese allerdings mit einem Winkel von 51 Grad, was zur Folge hat, dass der zweite Regenbogen etwas höher steht und – da die Brechung in die umgekehrte Richtung wirkt – die umgekehrte Farbfolge aufweist.

Warum aber ist Lisas Doppelregenbogen so viel klarer als die üblichen Regenbogen? Das Geheimnis liegt im Wasser, das die freiwillige Feuerwehr versprüht hat.

Wasser.Spiel.

Zollbrück, Weissenburg, Trubschachen, Freitag, 27. Oktober 1989 bis Sonntag, 29. Oktober 1989. Die Zwillinge sind drei Monate alt. Wie der Bauer Erwin Jegerlehner mithilft, der Physik ein Schnippchen zu schlagen.

Jegerlehner hat am Freitag beim Landmaschinenhändler Ramseier in Zollbrück ein nagelneues 8000-Liter-Druckfass ausgelehnt. Er wolle es Probe fahren, hat er gesagt.

Und der Verkäufer war einverstanden. «Du kannst es auch ausprobieren, aber bitte mit Wasser, nicht mit Bschütti», hat er gesagt.

«Genau», hat Jegerlehner gesagt, «mit Wasser, das meine ich auch.» Dann hat er gefragt, ob er auch einen schnellen Traktor habe, er möchte einfach gerne mal einen schnellen Traktor ausprobieren.

Und auch das hat der Verkäufer gehabt: «Bei diesem da, bei diesem Same 909 XT stimmt etwas mit der Plombierung nicht, der kommt locker auf sechzig; das ist aber dein Risiko, wenn du in eine Kontrolle kommst, ich weiss dann von nichts.»

«Schon recht», hat Jegerlehner gesagt, «den probiere ich aus.» Dann hat er das 8000-Liter-Druckfass am Same 909 XT angehängt, hat sich ans Steuer dieses entfesselten Traktors gesetzt und ist davongefahren, allerdings schön gemächlich.

Zurück in Trubschachen – auf der Landstrasse hat er schon mal den Sechziger ausprobiert; tatsächlich, das ist dann schon ein bisschen mehr als der gewohnte Dreissiger seines alten Hürlimanns –, zurück in Trubschachen, hat er bei der Käserei angehalten und gefragt, ob er schnell den Hochdruckreiniger benutzen könne. Dann hat er das nagelneue

Druckfass geöffnet und innen mit dem Hochdruckreiniger solange geputzt, bis jeder Hauch von Schmutz, jedes Atom von Dreck weg war.

«Was hast du vor?», hat Schütz, der Dorfkäser, gefragt, «willst du Milch einfüllen oder Bier oder Wein? Und wenn ich grad schon am Fragen bin, seit wann hast du denn einen neuen Traktor?»

«Frag nicht», hat der Jegerlehner gebrummt, «dann muss ich dich nicht anlügen», hat ihm gedankt und ist davongefahren. Zu Hause hat er den Traktor und das Druckfass in seiner Scheune parkiert.

Der Schütz aber muss jetzt in den «Bären», ausserplanmässig, das muss besprochen werden.

Am nächsten Morgen um halb acht Uhr, gleich nach dem Melken und – ja, das muss schon sein – gleich nach dem Frühstück, ist Jegerlehner losgefahren. Um Viertel nach acht ist er schon in Thun. Jegerlehner lacht das Herz im Leib, fast macht sich so etwas wie Geschwindigkeitsrausch bei ihm bemerkbar. Dann geht es weiter, dem Thunersee entlang, Wimmis, und mit Vollgas hinein ins Simmental, Latterbach, Erlenbach, Därstetten und schliesslich Weissenburg.

Hier hält Jegerlehner kurz vor neun Uhr bei der Mineralwasserfabrik Weissenburg an, er muss einen Moment verschnaufen, so viel Geschwindigkeit macht ihn fast etwas schwindlig. Schliesslich aber meldet er sich am Empfang. «Ich komme wegen der Frau Doktor Leibundgut», sagt er.

Und der Mann dort lächelt und weiss Bescheid. «Eigentlich ist die Fabrik seit drei Monaten geschlossen», sagt er, «aber die Frau Doktor hat so freundlich gefragt, und ich schaue hier nach dem Rechten, und die meisten Tanks sind auch noch voll. Also fahr den Tankwagen dort hinüber zur hintersten Rampe, dort haben wir eine Schlauchabfüllanlage. Ich öffne dann von innen.»

Und als der Mann die Tür öffnet und auf die Rampe hinaustritt und als er den Traktor und das Druckfass sieht «... hier hinein?», fragt er, «willst du mit Mineralwasser bschütten? Brauchst du dafür Mineralwasser?»

«Bschütten will ich damit nicht», sagt der Jegerlehner, «jedenfalls so nicht. Aber frag nicht oder frag die Frau Doktor Leibundgut.»

«Geht mich ja nichts an», sagt der Mann und schaltet seine Neugierde ab. «Du kannst damit machen, was du willst.»

Und nun schwenkt er die Abfüllanlage aus, während der Jegerlehner bereitsteht, um den Abfüllstutzen mit dem Einfüllstutzen des Druckfasses zu verbinden. «Passt nicht», sagt er enttäuscht, «hätte mich auch gewundert.»

Aber der Mann wirft nur einen Blick auf den Einfüllstutzen. «Storz-Kupplung», sagt er, «da haben wir einen Adapter, wart schnell.» Und kurz darauf kommt er mit einem Verbindungsstück, das tatsächlich passt.

Jegerlehner seufzt erleichtert auf. Und nun strömt Weissenburger Mineral nature in das Fass, gestossen von der Abfüllanlage, gesaugt von der Vakuumpumpe, die der Jegerlehner zusätzlich angelassen hat. Nach nicht einmal fünf Minuten piepst die Überfüllungskontrolle, der Mann stellt die Anlage ab, Jegerlehner stellt die Vakuumpumpe ab, 8000 Liter Mineralwasser sind im Druckfass.

«Das wär's dann», sagt Jegerlehner, «ich habe zu danken.» Und er schüttelt dem Mann die Hand, steigt innerlich pfeifend zurück in den Führerstand seines Traktors – «‹meines› ist falsch», denkt er, «leider nicht meines» –, pfeift innerlich etwas leiser.

Kaum ist er wieder auf der Simmentaler Landstrasse, kaum drückt er aufs Gaspedal – und wenn er drückt, passiert etwas, beschleunigt der Traktor, als wäre die 8000-Liter-Last gar nicht vorhanden –, fühlt er sich wie der Kapitän des schnellsten Schiffes unter der westlichen Sonne. Und je näher er seinem Heimathafen kommt, umso mehr steigert sich dieses Gefühl. Um Viertel nach elf schliesslich geht er an Land, befinden sich Druckfass und Traktor im Dock, will sagen, in der Scheune. Um halb zwölf meldet er Lisa am Telefon: «Auftrag erfüllt.»

Und am nächsten Tag rückt der Jegerlehner also mit der freiwilligen Feuerwehr aus, das Mineralwasser erfüllt seinen Zweck, schönere Regentropfen hat die Welt nie gesehen. Und als der Regenbogen am Himmel steht – zwar kann ihn der Jegerlehner nicht sehen, trotzdem ist es auch ein wenig sein Regenbogen –, als der Regenbogen am Himmel steht, erfüllt ihn ein Stolz, wie das nur ein Emmentaler fühlen kann, ein Stolz, der gleichzeitig bescheiden bleibt, der kein Schulterklopfen braucht, der von innen kommt und sich selbst genügt.

Die ganze freiwillige Feuerwehr fühlt etwas davon, die Mannen schauen einander an, schütteln sich schwer die Hände, keiner sagt etwas, das ist nicht nötig. Dann packen sie ihre Sachen zusammen, bringen alles ins Feuerwehrhaus zurück und gehen nach Hause.

Und Jegerlehner bringt am Montagmorgen den Traktor und das Druckfass zurück zu Ramseier in Zollbrück, voll aufgetankt, versteht sich. «Den nähme ich schon», sagt er zum Verkäufer, «das könnte mir schon gefallen, und das Druckfass auch, aber da muss ich noch etwas sparen oder im Lotto gewinnen.»

«Schon recht», sagt der Verkäufer, «hab ich mir schon gedacht. Komm wieder vorbei, wenn du etwas Luft brauchst, du bist nicht der Einzige. Und denk dann auch an mich, wenn du wirklich etwas kaufen willst.»

So sind die Buben getauft, ganz wie sich das Paul gewünscht hat und sogar noch etwas mehr: Ein klein wenig von dem Weissenburger Mineral nature hat der Südostwind bis über den Hof getragen und die ganze Gesellschaft damit fein bestäubt. Die Buben können also getrost in die Zukunft blicken. Was auch Paul tut. Und Lisa ohnehin.

Wie aber kommt es, dass die Feuerwehr bei all diesem Unsinn mitgemacht hat?

Seit Lisa nach Trubschachen zurückgekehrt ist, kurz nachdem sie die Praxis eröffnet hat, hat es sich ergeben, dass die Feuerwehrmannen nach ihren Übungen bei Lisa einkehren, dass sie sich an ihren langen Tisch setzen, auf dem dann jeweils schon zwei grosse Chiantiflaschen stehen (die grossen bauchigen Zweiliterflaschen mit der Strohhülle), es liegen Brotlaibe auf dem Tisch und Salami und Mortadella. Jedes Mal sind am Schluss die Flaschen leer, die Würste gegessen, das Brot verschwunden. Ein Wunder ist es nur, dass die Frauen und Freundinnen der Mannen nicht eifersüchtig sind auf diese Lisa, diese schöne junge Frau, die die ganze Trubschacher Feuerwehr einfach in den Sack steckt. Eifersüchtig sind sie nicht, weil sie ganz einfach wissen, dass diese Lisa keinen von diesen Schächelern will, dass sie auf etwas ganz anderes wartet, gewartet hat und nun mit diesem Vogel – diesem Paul Ammann – auch gefunden hat.

Dass die Feuerwehr bei Lisa einkehrt, hat seinen Grund in einem Haushaltgegenstand, mit dem Lisa auf Kriegsfuss steht.

Bügel.Eisen.

Trubschachen, Schönbrunnen, Dienstag, 17. Februar 1987, also lange vor Paul und lange vor den Zwillingen.
Wie Lisa neue Freunde gewonnen hat.

Das erste Mal, als die Feuerwehr Lisa aufgesucht hatte, war es keine Übung gewesen, sondern ernst. Es hatte gebrannt. Und zwar in Lisas grosser Wohnküche. Diese Küche ist wirklich gross: Neben der Kochfront und einer Arbeitsinsel hat es Platz für den langen Esstisch mit zwölf Stühlen, acht Wirtschaftsstühlen und vier Taburetten – aus rohem Holz bekanntlich –, hat dann sogar noch Platz für eine gemütliche Sitzecke mit einer langen Bank, zwei alten Sesseln, einem dicken Gabbeh-Teppich und einer Holzkiste als Teetischchen. Dort also hat Lisa das Bügeleisen eingesteckt und will gerade mit Bügeln beginnen, als das Telefon läutet; sie stellt das Bügeleisen auf die Holzkiste, auf der auch das Telefon steht, sagt: «Lisa Leibundgut», und hebt gleichzeitig den Telefonhörer ab.

Der Anrufer auf der andern Seite bekommt – wie jeder andere auch – nur das «...undgut» zu hören, was ihm aber – wie allen andern auch – völlig genügt, mehr will er gar nicht, «...undgut» ist in Ordnung, sagt seinerseits: «Schweizer, Kröschenbrunnen», und schweigt dann.

«Ja?», sagt Lisa in den Hörer hinein, und weiss, dass ein Mann, ein Emmentaler am Apparat ist. Eine Frau, ein anderer, ein Städter zum Beispiel hätte zu reden begonnen. Ein Emmentaler ist am Apparat, es ist klar, der ruft an und schweigt dann und wartet, und so weiss sie, dass sie das Gespräch beginnen muss:

«Wo fehlt es denn?»

«Wisst Ihr, wir haben diese Kuh, die will nicht mehr aufhören mit Husten, vielleicht wäre es besser, wenn Ihr mal vorbeischaut.»

Wieder Pause.

«Ich komme, Herr Schweizer», sagt Lisa, hängt den Hörer auf, packt ihre Tasche, die auf der Sitzbank steht, nimmt den Autoschlüssel und rennt los, das pressiert, sie ahnt es.

Zurück bleibt ein Bügeleisen, das mit der Wärmefläche, der Hitzefläche, der Brandfläche nach unten auf der Holzkiste steht und dabei ist, sich ein Loch in den Kistendeckel zu brennen, das auch einwandfrei schafft, in die Kiste hinunterfällt, glücklich mit der Wärmefläche, der Hitzefläche, der Brandfläche nach unten auf den Kistenboden zu stehen kommt, sich auch durch den Boden der Holzkiste frisst und nun auf den dicken Gabbeh-Teppich stösst und in den Teppichfasern einen Glimmbrand auslöst. Schnell verbreitet sich die Glut auf dem Teppich und es bildet sich eine ungeahnte Menge von Rauch und immer neuem Rauch und immer mehr Rauch, mag noch so viel davon durch das offen stehende Fenster abziehen.

Diesen Rauch sieht zum Glück Lisas Nachbar, der vor dem Haus, also auf der von Lisas Haus abgewandten Seite am Holzspalten ist, der sich aber zum Glück hinter das Haus begibt, um sich dort am alten Apfelbaum in der Hoschtet zu erleichtern, dabei Lisas Haus ins Blickfeld bekommt und den aus dem Fenster aufsteigenden Rauch wahrnimmt. Und dieser Nachbar ist kein anderer als Balthasar Bucher, der Kommandant der freiwilligen Feuerwehr Trubschachen. Er reagiert schnell und professionell – zwar pinkelt er noch fertig, das wäre dann doch etwas zu viel verlangt. Er drückt mit nassen Fingern – vielleicht hat er doch etwas zu schnell eingepackt – auf dem Funksender die Kombination für einen Alarm, Stufe 2 und bietet damit den Pikettzug auf, TLF und

ASG (Tanklöschfahrzeug und Atemschutzgerät für Brandschutzlaien), mittlere Dringlichkeit, das hat ihm sein Kennerblick auf den Rauch verraten: Wo viel Rauch ist, ist wenig Feuer; Löschzug ausrücken, Atemschutzzug ausrücken, mit Blaulicht, aber ohne Sirene. Dann rennt er ins Haus, ruft den Fahrer des TLF an, Sepp Reber, sagt ihm, wo sie hinkommen sollen und rennt dann übers Feld zu Lisas Haus, wo er sich sein Taschentuch vor das Gesicht bindet und in die rauchgefüllte Küche stürmt, eigentlich nicht stürmt, vielmehr tief geduckt – weil am Boden der Rauch weniger dicht ist – auf allen vieren in die Küche hineinkriecht und sofort sieht, wo das Übel liegt: ein Teppichbrand, ein Glimmbrand. «Aber die Lisa raucht doch nicht», denkt er, denn das ist die häufigste Ursache von Teppichbränden. Dann sieht er eher zufällig in den dicken Rauchschwaden, die vom Teppich aufsteigen und gegen das offene Fenster ziehen, das elektrische Kabel, das in der Kiste verschwindet. Er zieht das Kabel aus der Steckdose, verlässt dann aber hustend und möglichst schnell die Küche.

Als der Löschzug mit dem TLF eintrifft, sagt er: «Wir spritzen nicht, wir versuchen, den glimmenden Teppich herauszuholen, so richten wir am wenigsten Schaden an.» Schon dringen zwei Männer vom Atemschutzzug in Vollmontur und Schutzmasken sowie mit zwei Greifzangen versehen in die Küche ein, jeder packt den Teppich an einer Ecke und zusammen beginnen sie zu ziehen; bei der Tür wird es etwas eng, aber da packen schon einige Hände mit Schutzhandschuhen zu, und mit vereinten Kräften zerren sie den Teppich heraus und hinaus auf den Hof, wo er in kurzer Zeit gelöscht ist. Ein kurzer Wasserangriff genügt, dann liegt der tote Gabbeh vor ihnen am Boden. Nachdem sie die Fenster geöffnet haben, hat sich auch der Rauch umgehend verzogen. So können sich die Männer in die Küche setzen und auf Lisa warten.

«Was die Frau Doktor wohl sagt, wenn sie zurückkommt?»

Und die Frau Doktor, als sie zurückkommt, was tut sie? Sie lacht, sie schämt sich gar nicht, sie lacht und sagt: «Nie mehr werde ich Wäsche bügeln», sagt sie, «schon immer habe ich gewusst, dass das blöd ist, jetzt weiss ich aber darüber hinaus, dass es auch schädlich ist.» Dann aber stellt sie Wein auf den Tisch und Wurst und Brot. «Esst», sagt sie, «und trinkt und habt Dank, dass ihr gelöscht habt und dass ihr mir das Haus nicht unter Wasser gesetzt habt.» Und sie schüttelt jedem die Hand.

Und das gefällt den Mannen so gut, dass sie nun immer zu ihr kommen, nach jeder Feuerwehrübung. Und auch Lisa gefällt das.

Die Kiste mit dem Loch oben und unten aber hat sie behalten und das Bügeleisen – zur Strafe – unten in der Kiste stehen lassen. Dass das Ganze kein Zufall, sondern etwas ganz anderes gewesen ist, findet Lisa erst viel später heraus, viele Jahre später. Aber weil wir – so gut als möglich und soweit es geht – Ordnung behalten wollen – so gut es bei Lisas chaotischer Geradlinigkeit möglich ist und soweit es Pauls unbekümmertes Ungestüm zulässt –, so soll das, was viel später geschehen ist, geschehen wird, auch viel später erzählt werden. Dass wir aber diese Ankündigung hier einbauen, dient dem Lesegenuss der Lesenden, die nun Zeit haben, über dieses ganz andere zu spekulieren, dient aber auch dem Buch, weil sich ein Spannungsbogen auftut, der über die nächsten 128 Seiten reichen wird. Kunstliebhabenden bietet sich zudem die Chance, dem Buchtext zuvorzukommen, die Verbindung zu diesem etwas ganz anderem aus dem eigenen Wissensstand herzustellen, was alle Male etwas sehr Befriedigendes, um nicht zu sagen Triumphales hat.

Und noch etwas sei verraten: Das Ganze wird vor allem Paul viel Freude bereiten.

Frage.Stunde.

Trubschachen, Sonntag, 12., dann Montag, 13. November 1989.
Die Zwillinge sind dreieinhalb Monate alt.
Wie Paul sich Unterstützung holt.

Leo und Louis sind eineiige Zwillinge, sie sehen genau gleich aus, aber Paul könnte es nie passieren, dass er die beiden verwechselt, auch Lisa nicht, nicht einmal Jakob.

«Warum ist das so?», fragt sich Paul. Und um diese Frage zu klären, ruft er sein Expertengremium zusammen, muss es nicht zusammenrufen, er ist ohnehin fünf Tage die Woche mit ihm zusammen. Zum ersten Mal greift nun sein Gevatterplan. «Morgen sind dann die Zwillinge nicht da», sagt er zu Lisa.

Und am Montagmorgen weht schon wieder die gelbe Flagge am Haus, und als der Einachser kommt, steht Paul vor dem Haus mit einem grossen Korb, darin liegen die Zwillinge. Einen Kinderwagen hat Paul nicht, etwas am Prinzip des Kinderwagens leuchtet ihm nicht ein, er verachtet Kinderwagen, genauso, wie er einige andere Dinge verachtet, Regenschirme zum Beispiel. Dafür ist er ein grosser Bewunderer von andern Dingen, Blätterteig zum Beispiel. Demjenigen, der den Blätterteig erfunden hat, bringt er uneingeschränkte Hochachtung entgegen, fast ist er ihm dieser Erfindung etwas neidisch. Kinderwagen findet er also blöd, vor allem diese neumodischen, die jetzt alle haben: Buggys, mit diesen kleinen Rädern, zusammenklappbar zwar, aber auch das nötigt ihm keine Hochachtung ab. «Dann sehen sie aus wie Regenschirme», sagt er, und die verachtet er ja eben auch. «Nein, diese kleinen Räder, die an jeder Unebenheit hängen bleiben, die jede Bodenunebenheit als Erschütterung bis in die hinterste Gehirnwindung der Kleinkinder übertragen. Das werden wahrscheinlich alles Kleinklässler», sagt er, «ich bin jedenfalls in der richtigen Schulsparte, mir geht die Arbeit sicher nicht aus.»

So steht Paul also mit dem grossen Korb vor dem Haus und dann fährt er mit seinen Söhnen zur Schule. Zwar sind die Erschütterungen des Einachsers jedem Buggy auf Kopfsteinpflaster ebenbürtig, wären die Buben noch in dem Korb auf der Ladefläche. Sind sie aber nicht mehr: Der Louis ist schon in den starken Armen der Margrit und der Leo in denjenigen der Dora. Und dort fahren sie so sanft, dass es beiden vorkommt, als schwebten sie, jedenfalls sehen sie so aus.

«Euer erster Schultag», sagt Paul zu seinen Söhnen, als sie das Schulzimmer betreten haben. «Ich muss euch etwas fragen», sagt er zu seinen Schülern. «Louis und Leo sind Zwillinge, beide sehen genau gleich aus, welcher ist denn nun der Louis und welcher der Leo?»

«Die sehen überhaupt nicht gleich aus», sagt Martin, «für mich jedenfalls nicht. Das ist Leo, der schaut immer so. Und das ist Louis, der leuchtet immer so. Aber sonst stimmt es schon», sagt er grosszügig zu Paul, «da hast du recht, da stimmt es schon, dass sie gleich aussehen, einfach anders gleich.»

Haben wir richtig gehört? Kann es sein, dass der Schüler Martin Streit seinen Lehrer duzt? Es stimmt, alle seine Schüler duzen ihn. Es ist aber nicht so, dass Paul ihnen das Du angeboten hat. Das hat sich im Sprachunterricht ergeben, als Paul gemerkt hat, dass seine Schüler mit allen Dorfbewohnern ausser dem Pfarrer und den Lehrern per Du sind, sogar mit dem Notar Schindler. Und als er dann herausgefunden hat, dass im alten Emmental alle Leute eines Dorfes einander geduzt haben, auch die Kinder die Erwachsenen, da war er davon so begeistert, dass er sich mit seinen Schülern darauf geeinigt hat, dass diese alte Sitte auch für ihn gilt.

Und seither bietet Paul niemandem im Dorf mehr das Du an, er duzt einfach alle. Ausser den Widmer natürlich, aber das ist schon seit seinem ersten Tag in Trubschachen geklärt.

«Der Louis leuchtet also so, und der Leo schaut also so, das ist der Unterschied zwischen den beiden», sagt Paul, «aber warum ist das so?»

«Die sind halt nur aussen gleich, innen nicht», sagt Thomas, sagt es wie ein Mechaniker, der von Geräten spricht. «Innen funktionieren die verschieden; der eine ist wie ein Aufnahmegerät, der will möglichst viel aufnehmen und dann in seinem Kopf verarbeiten, der horcht und schaut und riecht, und dann denkt es in seinem Kopf ganz stark, deshalb schaut er dann so finster, weil sich so viel dreht in seinem Kopf. Der andere, der ist halt eine Lampe, die leuchtet. Aber du siehst nicht, wo sie den Strom hernimmt.» – «Genau», sagt Trudi, «wenn dich der Leo anschaut, dann denkt er nachher etwas, das ist ganz sicher. Und wenn dich der Louis anschaut, dann denkt er nachher nichts, aber das macht nichts, du bist trotzdem zufrieden, wenn er dich anschaut.» – «Wart mal!», ruft Annemarie, dann geht sie ganz nah zu Louis, der immer noch auf den Armen von Margrit sitzt – oder in ihrem Schoss thront, je nach Betrachtungsweise –, und streckt ihm die Zunge heraus: einmal, zweimal, dreimal. Nichts passiert. Louis leuchtet weiter. Nun geht Annemarie zu Leo, der bei Dora sitzt, und macht dort das Gleiche. Und schon beim ersten Herausstrecken muss Leo lächeln, dann runzelt er kurz die Stirn, dann gluckst und giggelt er. Und gleichzeitig gluckst und giggelt auch Louis. Als aber Annemarie zu Louis zurückkehrt, hört das Lachen auf. Bei beiden.

«Also der Louis lacht nur, wenn der Leo lacht», sagt Bänz, «das habe ich ganz genau gesehen, vielleicht denkt er auch nur, wenn der Leo denkt.» – «Und scheisst nur, wenn der Leo scheisst», kommt es von Samuel, der das ganz praktisch anschaut.

Paul überlegt. Klar, er wechselt meistens beiden die Windeln, aber das ist fast mehr Gewohnheit. «Ob die beiden wirklich synchron scheissen?», denkt er.

«Scheissen», dieser Ausdruck stört ihn, auf Berndeutsch geht es ja noch, aber auf Hochdeutsch? Diese Woche ist Hochdeutsch Unterrichtssprache, das wechselt, eine Woche ist es Hochdeutsch, die nächste Berndeutsch. Einmal haben sie auch eine französische Woche probiert, das war zwar sehr lustig, aber eignet sich nur ab und zu, da waren sie sich einig. Diese Woche ist Hochdeutsch Amtssprache, und so überlegt Paul auch auf Hochdeutsch; aber in Hochdeutsch ist «scheissen» vulgär, tönt unschön, und Paul sucht Varianten: «‹kacken› ist zu gross für Kleinkinder und auch derb, ‹stuhlen› ist absurd, ‹entlasten› akademisch, ‹defäkieren› ist medizinisch und ‹koten› ist zoologisch, ‹sich entleeren› tönt defekt, ‹seine Notdurft verrichten› ist bürokratisch, ‹Stuhlgang haben› ist lehrerhaft, ‹sich ausmachen› tönt salopp, ‹eine Wurst machen› tönt lustig, ‹gross machen› tönt idiotisch, ‹abprotzen› versteht niemand, ‹ein Ei legen, einen Haufen machen, sein grosses Geschäft erledigen/verrichten/machen› – nichts passt, ich muss mal an die Duden-Redaktion schreiben, damit sie sich darum kümmert und einen vernünftigen Ausdruck erfindet», denkt er, und dann sieht er all die wartenden Köpfe. Er ist auf Abwege geraten.

«Tut mir leid, da ist mir etwas durch den Ko» «Das haben wir gesehen», fällt ihm Margrit ins Wort. «Da hat es gespukt in deinem Kopf, ein Wetterleuchten, fast wie ein Gewitter.»

«Das war sehr interessant», bestätigt Trudi.

«Ich weiss nicht, ob die beiden ihr Geschäft synchron machen, scheissen», sagt Paul, als er in lauter fragende Gesichter schaut, «aber ich werde mal darauf achten, ihr habt mir sehr geholfen. Ich weiss schon, warum ich euch gefragt habe. Ich danke euch.»

Und dann wenden sie sich dem üblichen Unterricht zu und rechnen ein bisschen und schreiben ein bisschen, auch etwas Zeichnen und etwas von Geschichte und Chemie gibt es, wie das bei Paul üblich ist. Die Zwillinge machen ein Nickerchen in ihrem Korb und sind ganz zufrieden mit ihrem ersten Schultag.

Paul aber hat tatsächlich einen neuen Ansatz in seinem Hinterkopf, wie seine beiden Söhne zu begreifen sind, und wird das auch gründlich ausprobieren. Synchron defäkieren allerdings tun sie nicht, das stellt er umgehend fest, als er zu Hause die Windeln wechselt. Louis hat gross gemacht, Leo hingegen nur klein, Louis hat abgeprotzt, Leo hat nur gepinkelt, Louis hat eine Wurst gemacht und Leo ein Seelein.

Stell.Vertretung.

Trubschachen, Schönbrunnen, Mittwoch, 29. November 1989. Die Zwillinge sind vier Monate alt.
Wie der Bauern Hartnäckigkeit gewinnt.

Das Telefon läutet.

«Leibundgut-Ammann, Schönbrunnen.»

«Moser, Liebegg ...», dann Stille ...

Lisa wartet, hat gelernt zu warten.

«Dieses Kalb trinkt nicht ...», dann Stille ...

«Ja, da müsst Ihr nicht bei mir zu Hause anrufen, Ihr müsst in der Praxis anrufen, bei Doktor Grogg, wisst Ihr, das ist doch mein Stellvertreter.»

«Eben ...», sagt der Moser, «lieber verreckt mir das Kalb, als dass mir dieser Siebengescheite noch einmal auf den Hof kommt ...», dann Stille ...

«Aha», sagt Lisa, «das arme Kalb», und es ist nicht klar, ob sie das Kuhkalb meint oder das andere drüben in ihrer Praxis, den Doktor Grogg, ihren Stellvertreter für ein halbes Jahr.

«Für meinen Mutterschaftsurlaub», hatte Lisa gedacht, «gebe ich einem jungen, erst seit kurzem diplomierten Tierarzt eine Chance, damit er Erfahrungen sammeln kann.» Und bei der Einführung hatte sie gemerkt, dass es diesem Jean-Marc Grogg tatsächlich an jeder Erfahrung, auch Lebenserfahrung fehlte. «Wird schon gut kommen», hatte Lisa gedacht und ihm zu erklären versucht, wie man im Emmental doktert: «Geh nie in einen Stall, ohne dass du vom Bauern formell aufgefordert wirst. Dann lässt er dir den Vortritt. Du gehst als Erster hinein, im Türrahmen drehst du dich um und sagst zum Bauern: ‹Glück im Stall›. Ohne das betrittst du keinen Stall.»

«Okay», hatte der Stellvertreter gesagt, gedacht aber hatte er: «Das ist doch Gotthelf, was soll ich mit dieser Folklore?»

«Ich komme», sagt sie, packt die Zwillinge ins Auto, fährt beim Bahnhof vorbei. Jakob hat Dienst, kann die Zwillinge nicht nehmen. Fährt weiter zur Schule. Paul hat auch Dienst, nimmt aber die Zwillinge ohne Weiteres, schon sitzt einer bei Dora auf dem Schoss, der andere bei Sämi.

Die Telefonanrufe bei ihr zu Hause häufen sich: Hier ein Bauer, der nur Lisa will und nur sie, und da ein Hund, der Lisa und nur Lisa braucht, und hier ein Schwein, das Lisa und nur Lisa und nur Lisa quiekt.

«Vielleicht solltest du den Stellvertreter schmeissen», sagt Paul eines Tages, «wieder deine Arbeit tun, und wir stellen dafür eine stellvertretende Mutter an, das würde der Situation, wie sie jetzt ist, besser entsprechen. Die Zwillinge sind wahrscheinlich flexibler als die Trubschacher Bauern und Tiere», sagt es aber nicht vorwurfsvoll oder sarkastisch; Sarkasmus kennt Paul gar nicht, er meint es so, wie er es sagt.

So wird es gemacht. Der Stellvertreter verlässt die Gegend, erleichtert und kopfschüttelnd. Dass es eine solche Rückständigkeit noch gibt, hätte er sich nicht vorstellen können. Viel Vorstellungskraft hat er allerdings nicht, vielleicht liegt es daran. Jedenfalls ist er froh, dass er wegkommt vom Land. Und so wird er eine Kleintierpraxis in Muri eröffnen, wo die Leute verstehen, was er meint, wenn er von «sensibel» spricht, von «allergen» oder von «hypertonisch».

Lisa ist wieder auf dem Posten. In der Käserei hängt ein Zettel: «Kinderbetreuung gesucht, sanft resolute Person mit doppeltem Aktionsradius.»

Die erste Bewerberin ist Annemarie. Paul aber macht ihr klar, dass sie bereits einen Job hat, schliesslich ist sie seine Assistentin. Schweren Herzens verzichtet sie, erklärt aber, dass sie schon die Richtige finden werde, schliesslich kenne sie viele Leute.

Paul und Lisa freuen sich über diese Ankündigung, Paul uneingeschränkt, er hat volles Vertrauen, Lisa mit ganz leichter Besorgnis. Und doch ist es Annemarie, die dann eines Tages die Lösung findet.

Haus.Halt.

Wie die Dinge in Ammann-Leibundguts Alltag wieder ins Lot kommen.

«Weisst du, meine Tante bekommt einfach keine Kinder. Also mein Onkel auch nicht, aber das ist nicht so schlimm, der ist Besamer und hat immer viel zu tun. Aber sie ist zu Hause und manchmal weint sie. Mein Vater hat gesagt, es sei schon ein Hohn, dass der Besamer es nicht fertigbringe, Kinder zu machen. Aber dann hat er gelacht und den Rest nur noch geflüstert, das habe ich nicht mehr verstanden. Also, jedenfalls wäre es am gescheitesten, wenn ihr meine Tante anstellt. Sie ist lieb, und sie hat genug Zeit», sagt Annemarie.

Tatsächlich ist alles so, wie es Annemarie gesagt hat, und bald schon übernimmt Klara.

Klara kommt am Morgen, wenn Lisa in die Praxis und Paul zur Schule geht. Klara macht die Buben: füttert sie, putzt sie, unterhält sie, erzieht sie, und Klara macht die Küche: putzt sie, lüftet sie, räumt sie auf, und Klara macht die Wäsche: wäscht sie, trocknet sie, bügelt sie, versorgt sie, und Klara macht ...

... bis Paul sie eines Tages zwingt, an den Küchentisch zu sitzen; die Buben liegen dabei auf einem grossen Tuch auf dem Küchenboden.

Und bis Paul mit ernster Miene sagt: «Klara, du musst wissen, das ist kein normaler Haushalt. Wenn hier alles in vollkommenster Ordnung ist, dann findet Lisa nichts mehr, ihr Geist funktioniert dann nicht. Bei mir fehlt es nicht daran, ein grosser Geist stösst sich nicht an ein bisschen Ordnung. Aber ich will nicht, dass meine Söhne mit dem Gefühl aufwachsen, dass jedes Ding seinen bestimmten Platz haben müsse. Ich will, dass sie in einer improvisierten Welt leben, in der alles sich jederzeit ändern kann. Ich will nicht, dass sie sich erst wohl fühlen, wenn alles genau richtig ist. Ich will, dass sie sich wohl fühlen, ob sie wissen oder ob sie nicht wissen, wann es die nächste Mahlzeit gibt.»

Klara hat den Mund offen.

Paul überlegt, ob er etwas hineinschnippen soll, einen Kirschenstein oder so. Aber es liegt nichts herum, kein Kirschenstein und auch sonst nichts. Also lässt er das bleiben, sagt nur: «Klara». Der Mund klappt zu. Sagt nicht mehr Klara, sonst klappt er wieder auf. Sagt: «Ich weiss, dass das ganz anders ist als bei dir zu Hause, aber ich frage dich, ob du bereit bist, in zwei Welten zu leben, zu Hause in deiner Welt und hier in unserer Welt?»

Klara sagt: «Ich muss darüber nachdenken, ich weiss nicht, ob ich das verstehen kann, ich gebe dann Bescheid.»

Und zwei Tage später stellt sich heraus, dass Klara nicht von ungefähr Annemaries Tante ist, und dass sie durchaus flexibel ist. Dass sie bereit und fähig ist, Ammann-Leibundguts Haushalt im Improvisierten zu belassen. Und sogar Freude daran gewinnt, Überraschungsmomente für die Buben, aber auch für Lisa und Paul einzubauen, etwa, wenn sie den halben Tisch schruppt und dann wachst und poliert, die andere Hälfte aber im Zustand der Krümel, Flecken und Zeichen belässt. Oder wenn Paul sich auf das Mittagessen gefreut hat, weil er am Morgen einige Koteletts auf der Küchenablage gesehen hat, und es am Mittag dann nur Kartoffelstock und Bohnen gibt, nix Koteletts. Bis Paul, der enttäuscht in seinem Kartoffelstock zu stochern beginnt, auf etwas Festes und schliesslich auf das Kotelett stösst, das die Köchin dort versteckt hat. Und wenn Paul dann aufschaut, begegnet er einem schalkhaften Blick, den er bei einer gestandenen Trubschacherin so nie vermutet hätte, und der ihm den Gedanken «Aha» in den Kopf ruft, und der nun seinen Mund öffnet, dass man das Kotelett fast unverschnitten hineinschieben könnte.

Klara blüht auf. Wenn auch ihr Haushalt zu Hause weiterhin perfekt aufgeräumt und geputzt ist – sie will Hansueli ja nicht aus dem Ruder bringen –, so hat ihr Alltag nun seine Würze in diesem komischen Haushalt und – natürlich – mit diesen beiden Buben, die jeder für sich, aber mehr noch zusammen ihr Herz gewonnen haben.

Klara kommt unter der Woche jeden Morgen, kocht und isst zu Mittag, geht dann nach Hause. Am Nachmittag schaut entweder Lisa oder Paul zu den Zwillingen; Lisas Praxis ist an drei Nachmittagen geschlossen, Paul hat am Mittwoch- und am Freitagnachmittag frei.

Die Dinge sind also im Lot, fast zu sehr für Pauls Geschmack. Zum Glück gibt es ab und zu einen Notfall in Lisas Praxis. Oder Klaras Mann ist krank und bedarf der Pflege. Oder Paul muss mit seinen Schülern genau am Mittwochnachmittag etwas erledigen, was nur dann möglich ist. Und dann kommt jedes Mal das Improvisations- und Organisationskarussell ins Drehen, wie Paul es liebt.

Herz.Schlag.

Trubschachen, Schönbrunnen, Boston, Dienstag, 26. Dezember 1989. Die Zwillinge sind fünf Monate alt.
Wie Paul den Eintakt entdeckt und wie Lisa Besuch bekommt.

Weihnachten ist vorbei. «Endlich», denkt Lisa. «Zum Glück», denkt Paul.

Die ganze Familie liegt an diesem Morgen faul im Bett, ein Durcheinander von Leibern, Köpfen, Beinen, Armen. Den

Zwillingen gefällt es offensichtlich. Louis ist ganz unten bei Pauls linkem Fuss und versucht, die grosse Zehe zu fressen, irgendetwas hat es ihm angetan. Leo liegt weiter oben, steckt den Zeigefinger so tief er kann in Lisas Ohr, versucht herauszufinden, wohin diese Höhle wohl führt. Schliesslich wird es Lisa zu viel. Sie dreht sich zur Seite und weiter, bis sie aus dem Bett fällt, aber mit viel Übung und Eleganz das Manöver so steuert, dass sie rechtzeitig aus der Achse kippt und mit den Beinen voran am Boden landet und neben dem Bett zu stehen kommt. Paul hat wie jedes Mal, wenn sie so das Bett verlässt, bewundernd zugeschaut. In erster Linie bewundert er ihre Schönheit, dann aber bewundert er auch ihre Spannkraft. Nicht zuletzt ist da aber auch immer ein Spannungselement. Wahrscheinlich hofft er, dass sie doch einmal flach neben dem Bett auf dem Rücken landet, und ist dann immer ganz leicht enttäuscht, wenn es wieder nicht passiert, auch jetzt.

Einige Zeit später. Lisa hat geduscht und macht jetzt in der Küche Frühstück. Dass Klara schon mehrere Tage nicht mehr da war, zeichnet sich gut ab. Beim Küchentisch, bei der Küchenablage, beim Spülbereich, überall hat sich die Skyline verändert, ist höher geworden, akzentuierter. Lisa macht Kaffee, Schoppen, beides gleichzeitig. «Il ne faut pas confondre», denkt sie dabei und lacht, weil sie ein Bild sieht: Paul trinkt seinen Kaffee aus dem Schoppen. Lisa lacht, summt zufrieden «Stille Nacht, heilige Nacht, alles schläft ...» – ein Schrei aus dem Schlafzimmer. Oder ist es ein Ruf?

«Lisa!»

Lisa eilt.

«Stethoskop!», hört sie nun, «Lisa, bring ein Stethoskop!» Und nun fährt auch der coolen Lisa ein Schrecken ins Gemüt. Was ist passiert?

«Nein, besser, bring gleich zwei Stethoskope!», hört sie Pauls Stimme. Und entspannt sich, atmet auf. Wenn er zwei Stethoskope braucht, kann es sich kaum um einen Notfall handeln. Die Dringlichkeit seiner Tonlage muss einen andern Grund haben. «Paul ist aufgeregt», denkt sie und wird nun neugierig. Sie kommt ins Schlafzimmer und sieht Paul auf allen vieren im Bett kniend, die Decken und Kissen hat er weggeräumt, zu Boden geworfen, Platz gemacht. Vor ihm liegen die beiden Buben. Auf dem Rücken, nackt liegen sie da. Und Paul hat gerade sein Ohr auf Leos Brust gelegt, hört angestrengt und schwenkt dann hinüber zu Louis und hört dessen Brust ab. Den beiden gefällt das, sie packen Pauls Strähnen und ziehen daran. Er merkt nichts davon.

«Lisa!», sagt er, schreit er.

«Ein Wunder, dass die Buben nicht zu weinen beginnen», denkt Lisa. Aber Leo schaut nur etwas besorgt, keinesfalls ängstlich. Und Louis schon gar nicht.

«Hast du zwei Stethoskope?», wiederholt Paul seine Frage. «Wir müssen etwas herausfinden.»

«In der Arzttasche ist immer eins, und eins ist im Auto und eins in der Praxis. Du kannst auch drei haben, wenn du willst», sagt sie, stolz auf ihren Organisationsstand und ihre Übersicht. «Aber holen musst du sie selber», sagt sie, «ich bin noch nicht angekleidet, und draussen ist Winter.» Tatsächlich hat sie – wie immer – nur ein T-Shirt übergestreift, das ihr – wie immer – halb über die Hüften fällt. Was Paul – wie immer – ungeheuer gut gefällt. Aber heute hat er keine Zeit. Er schlüpft in die Hose, in den Pullover oder in ein Hemd, er weiss es nicht, hat mehr Glück als Verstand, dass das richtige Kleidungsstück an den richtigen Ort kommt – er hat jetzt keine Zeit für Fisimatenten –, rennt hinaus, öffnet im Korridor die braune Arzttasche, wühlt, zieht an einem Stück

Schlauch, zieht, kämpft: Es ist ein Katheter. Wühlt weiter, zieht wieder an einem Stück Schlauch und tatsächlich, ein Stethoskop kommt zum Vorschein, hängt es sich um den Hals, rennt hinaus auf den Hof und zum Auto, wirft einen Blick hinein, verwirft den Gedanken, in dieser Ablagerung von Dingen etwas zu suchen – da mischen sich Behandlungssachen, Schulsachen, Spielsachen, sodass es archäologischen Instinkt braucht, um etwas zu finden, und den hat in diesem Haushalt nur Lisa –, rennt hinüber zur Praxis, wo, oh Wunder, am Haken hinter der Tür fein säuberlich der weisse Arztkittel hängt, aus dessen Seitentasche, oh Wunder, das Stethoskop herausschaut.

Paul packt es – «hab ich dich», Triumph wie immer –, hängt es sich zum andern um den Hals, will gerade ... Da packt ihn der Schalk, und das ist noch stärker als alles und jede Neugier und jede Ungeduld, packt ihn also der Schalk und er schlüpft in den weissen Arztkittel und sieht nun mit dem Kittel und den beiden Stethoskopen um den Hals aus wie einer der Fernsehärzte aus der Schwarzwaldklinik: «Doktor Ammann übernehmen Sie!», und Doktor Ammann übernimmt, rennt hinaus aus der Praxis und über den Hof und hinein ins Haus und in den Korridor und dann stopp! – langsam und gemessen ins Schlafzimmer, wo Lisa ihm erwartungsvoll entgegenblickt.

«Also», sagt Doktor Ammann, «dann werden wir jetzt mal das Herz abhören.» Und er greift nach dem Stethoskop, wie das ein kompetenter Arzt zu tun pflegt, verheddert sich und gerät aus dem Takt.

«Kann ich helfen, Doktor Ammann?», fragt die reizende Krankenschwester und klimpert mit den Wimpern.

«Du willst dir nur einen Gott in Weiss angeln, du kleine Intrigantin», steht auf dem kompetenten und überragend gescheiten und ach so charmanten Gesicht von Doktor Ammann geschrieben, «nur zu», und lässt sich gnädig helfen und beklimpern und sogar ein wenig anschmachten. Dann ruft er sich zur Ordnung.

«Denken wir an den Eid des Hippokrates», sagt er ernst und feierlich, «widmen wir unser Leben dem Wohl und dem Segen der Menschheit.» Und ignoriert das Wimpernklimpern, das an Stärke noch zugenommen hat und inzwischen die Vorhänge wehen lässt.

Doktor Ammann klemmt sich je ein Ende des Hörbügels der beiden Stethoskope in ein Ohr, das andere Ende steckt je irgendwo in der Nähe des andern Ohrs, am Ohrläppchen fest, damit das Ganze hält. «Der Mensch hat leider nicht vier Ohren», denkt Paul. «Wenn man Zwillinge hat, wäre das praktisch. Und dann Musik hören, Quadrofonie, wow, welch ein Genuss!», nimmt nun je eines der Bruststücke, das ist die runde Metallplatte am Ende des Schlauchs, die eine Membran enthält, welche den Schall aufnehmen, verstärken und durch den Schlauch an die Ohren an den Enden des Hörbügels weitergeben kann, nimmt also je eines der Bruststücke in jede Hand und setzt das eine dem Leo, das andere dem Louis aufs Herz, respektive dorthin, wo er das Herz vermutet.

Die Assistentin, die erraten hat, was Doktor Ammann vorhat, korrigiert sanft die Position. Und nun sieht sie, wie Doktor Ammann angestrengt hinhört. Förmlich ist zu sehen, wie er mal mit dem linken Ohr, mal mit dem rechten, mal mit beiden Ohren zusammen hinhört. Schliesslich blickt er auf, blickt zu Lisa, wirft ihr einen merkwürdig nachdenklichen, merkwürdig tiefen, merkwürdig staunenden Blick zu, streift die Stethoskope ab und hält sie Lisa hin. Diese nimmt sie, steckt die Ohrbügel auf gleiche Weise überquer wie vorher Paul, nimmt die Membrane und hört die beiden Buben ab, was bei ihr nur einen Moment dauert, und dreht sich dann zu ihm. «Eintakt», sagt sie, «ihre Herzen schlagen im Eintakt. Ich verstehe das nicht», sagt sie und überlegt, überlegt lange.

Paul steht daneben, staunt, denken kann er nicht.

«Das habe ich noch nie gehört», sagt Lisa.

«Ferngespräch», sagt sie, «ich muss jemanden anrufen.» Und sie geht zur Küche. Kommt nach etwa zwanzig Minuten zurück. Wo Paul immer noch staunt.

«Ein Kollege aus meiner Studienzeit in Boston von meiner Universität, aber kein Tierarzt, ein gescheiter Mensch, ein Herzspezialist», sagt Lisa, «ich habe ihn angerufen. Er war etwas erstaunt, um drei Uhr morgens angerufen zu werden, aber dann wollte er gleich herüberfliegen, um sich die Sache anzuschauen.»

«Nein», ruft Paul, «kommt nicht in Frage!»

«Ruhig, ganz ruhig», sagt Lisa. «Das habe ich ihm auch gesagt. Er kommt trotzdem. Er hat gesagt, das habe er noch nie mit eigenen Augen gesehen.»

«Gehört wäre logischer», brummt Paul.

Aber Lisa geht nicht darauf ein, redet weiter: «Das habe er noch nie mit eigenen Augen gesehen, hat Peter gesagt, er habe aber schon davon gehört. In seinem Fachbereich geistere das herum. Jeder forschende Kardiologe träume davon, einem solchen Paar zu begegnen.»

Und so hat sich das weitere Telefongespräch angehört: «Das kommt überhaupt nicht in Frage, meine Söhne sind keine Forschungsobjekte, Peter. Ich habe dich angerufen als Freund, weil ich dachte, du kannst mir das erklären.»

«Ich kann dir das nicht erklären, Lisa, weil das noch nicht beschrieben ist. Ich muss das mit eigenen Augen sehen. Ich komme in die Schweiz.»

«Du kommst nicht.»

«Ich komme in die Schweiz, Lisa. Ich mache nichts, was ihr nicht wollt. Ich kann das nicht mitten in der Nacht in einem transatlantischen Telefongespräch klären, Lisa.»

«Du kommst, aber du tust genau nichts, Peter, sonst schneide ich dir die Eier ab. Das mache ich ungefähr fünf Mal die Woche, das sage ich dir, da kenne ich mich aus.»

«Ich komme.»

«Gut, ich freue mich, dich wiederzusehen.»

«Er kommt», sagt Lisa. «Und ich freue mich, ihn wieder einmal zu sehen. Er ist ein guter Kerl, du wirst sehen, Paul. Und ich habe am Telefon gespürt, wie sich seine Hoden zusammengezogen haben, er hat begriffen.»

Peter Kline hat tatsächlich begriffen, und seine Hoden haben sich bei Lisas unmissverständlicher Drohung tatsächlich zusammengezogen, auch wenn Peter Kline eh nichts getan hätte gegen den Willen von Lisa, die er jederzeit und jederorts und ohne jeden Vorbehalt geheiratet hätte. Sie hatte aber dreimal «nein» gesagt, und das hat er schliesslich akzeptiert, weil und obwohl er Herzspezialist war und ist. Es gibt solche und solche Herzspezialisten; die einen sehen das Herz nur als Muskel, als Apparat, der einen Körper betreibt, für die andern gibt es da noch mehr in diesem Herzen, gibt es auch Geheimnisse, für sie hat jedes Herz einen Charakter – es gibt gute und böse Herzen, auch schöne und hässliche, feinfühlige und grobschlächtige –, und wenn sie eine Herztransplantation machen, ist es wie eine Heirat, und sie warten dann gespannt, ob der Mensch sich mit seinem neuen Herzen verträgt.

Peter gehört also zu dieser Sorte von Herzspezialisten. Und er hat dann begriffen, dass Lisas Herz nicht für ihn schlägt. Dass diese Lisa offenbar nun geheiratet und Kinder hat – Zwillinge – bedeutet auch, dass sie einen Mann hat. Und wer dieser Mann ist, dem sich Lisas Herz zugewendet hat, das macht ihn fast so neugierig wie der Herzschlag dieser Zwillinge.

Und so macht sich ein sehr aufgewühlter Mensch auf die Reise in die Schweiz. Kein Fackeln, einen Flug buchen kann man auch nachts. Und, oh Wunder, obwohl es Weihnachtszeit ist, hat es noch Platz auf dem nächstmöglichen Direktflug von Boston nach Zürich. Und es ist sogar ein Swissairflug. Und das findet der Peter Kline sehr passend, wenn er zu Lisa fliegt.

Aber erst nach einem ordentlichen Arbeitstag im Massachusetts General Hospital MGH, der an diesem Tag mehr einem unordentlichen gleicht, denn im Spital wird auch über die Festtage gearbeitet, auch und gerade in der Kardiologie, fliegt Peter mit dem Swissair-Direktflug BOS–ZRH (Boston Logan Airport, Abflug 20.45 Uhr, Zürich Airport, Landung 10.55 Uhr, Boeing 747, 6011 km, 8:10, eigentlich sind es 14:10 – die Zeitverschiebung), wie ein Götterbote durch die Nacht und über den Atlantik und in die Vergangenheit und landet pünktlich (im Jahr 1989 waren 85 % aller Swissair-Flüge pünktlich [+/- 10 Minuten], 4 % der Maschinen landeten zu früh, die andern 11 % zu spät, wovon aber nur 1 % eine Verspätung von mehr als einer Stunde hatte) in Zürich und in der Gegenwart, steigt aus dem Flugzeug, passiert die Grenzkontrolle und steigt in den Intercity (Zürich-Flughafen ab 12.13 Uhr, Bern Hauptbahnhof an 13.28 Uhr), bestellt im Speisewagen «something typical Swiss», erhält eine Bratwurst mit Rösti, hat das Gefühl, schon etwas Schweizer zu sein, steigt in Bern aus dem Zug, schaut sich um in der Perronhalle, findet sich nicht gleich zurecht, und tut, was die Schweizer in einer solchen Situation niemals tun, ist also noch in keiner Weise Schweizer: Er fragt einen Passanten: «Sorry, how can I get to Troopshawken?», hat beim fünften dann endlich einen, bei dem sich Englisch- und Geografiekenntnisse treffen, und erreicht glücklich den Regionalzug nach Luzern (Bern Hauptbahnhof ab 13.56 Uhr, Trubschachen an 14.42 Uhr).

«Boomler» nennen sich diese Züge hier, hat er soeben gelernt. Die sind offenbar sehr beliebt, wenn sie so heissen. Dieser «Boomler» ist aber fast leer. Ein leiser – feiner wäre in diesem Zusammenhang eher falsch –, ein leiser Duft von Landwirtschaft hängt im Abteil, schwach, aber unverkennbar: der Geruch von Kuhstall, Kuhmist. Peter Kline stört es nicht eigentlich. Aus reiner Neugier geht er durch die Verbindungstür ins nächste Abteil, in den nächsten Wagen. Der Geruch hängt auch dort. «Okay», denkt Peter Kline, «nun geht es aufs Land.» Und der Zug setzt sich in Bewegung. Und mit der gebührenden Verlangsamung und mit Halt in Ostermundigen, Gümligen, Worb, Tägertschi, Konolfingen, Zäziwil, Bowil, Signau, Emmenmatt und Langnau kann er sich nun seinem Ziel nähern, das sich, wie er bei seiner Ankunft etwas erstaunt feststellt, ganz anders schreibt als in seiner Vorstellung. Und hat er auf dieser Fahrt schon manchen Hoger und Graben gesehen, manchen Kirchturm und manchen Bauernhof, sodass er nun schon etwas Emmental in sich hat, als er um 14.42 Uhr pünktlich (siehe dazu die Erläuterung auf Seite 9) in Trubschachen aus dem Zug steigt. Auf dem obersten Tritt des Ausstiegs bleibt er einen Moment stehen, um zu sehen, wo er da gelandet ist. Er blickt sich um, spürt dabei den prüfenden und fragenden Blick des Stationsbeamten auf seinem Gesicht, auf seinem Anzug, auf seinen Schuhen, auf seiner ledernen Reisetasche und zuletzt tief auf seiner rechten Hüfte. Wie in einem Western kommt sich Peter Kline vor; fast greift er dorthin, wo in solchen Fällen der perlmutt- und silberbeschlagene Colt in seinem Holster zu hängen pflegt, fasst sich stattdessen an den Kopf, an die Stirn, steigt nun wirklich aus, überquert das zweite Gleis und will schräg an dem dort postierten Stationsbeamten vorbei zum Bahnhofplatz hinübergehen, besinnt sich anders, bleibt stehen und sagt: «Excuse me, where can I catch a cab?»

Kopfschütteln, Kopfkratzen seines Gegenübers. «Hat er verstanden oder hat er nicht verstanden?», fragt sich Peter Kline und betrachtet ihn genauer. Ein älterer Mann in Uniform mit Kelle, die Mütze unter den Arm geklemmt, ein Bahnbeamter, nicht allzu gross, aber viereckig und kräftig. «Hat er verstanden oder hat er nicht verstanden?» Doch, er hat verstanden, denn nun spricht er:

«Also Taxi, das haben wir hier nicht, hier braucht niemand ein Taxi. Wenn du in Trubschachen dein Leben als Taxifahrer verdienen möchtest, dann ...» Er muss lachen bei dieser Vorstellung, denn es fällt ihm nichts ein, das Bild ist einfach leer, es gibt kein «Dann».

Peter Kline runzelt die Stirn. «An wen bin ich da geraten?», denkt er. «Wenn die Schweizer so sind, dann Achtung. Aber wie haben sie dann all die genialen Dinge erfunden? Uhren und Banken und so. Das kann doch nicht sein.»

Inzwischen hat aber Jakob Leibundgut, Bahnhofvorstand von Trubschachen, sich auf seine Aufgabe besonnen: «No Taxi here, no Cab», sagt er und wedelt zur Sicherheit mit dem gestreckten Zeigefinger vor dem Kopf hin und her. «Where want you to go?», fragt er. Und gerät wieder einen Moment auf Sendepause, als er «I am looking for Lisa Lybuendgoot» hört und dann auch versteht.

«Das ist mei ... that is my daughter!», sagt er, ruft er, und fast wird er ein bisschen aufgeregt. «Wait», sagt er, denn er muss überlegen – Kopfkratzen, Bauchkratzen, (kein

Arschkratzen im Dienst) –, «wait!» Und er schaut sich um. Weit und breit kein Auto, niemand. Nur drüben vor dem Bahnhofkiosk steht der Traktor von Strübys, der grüne Fendt mit der Heckschaufel. Und tatsächlich sieht er den alten Strüby am Kiosk stehen. «Dem sind wohl die Brissagos ausgegangen», denkt er. Und daneben sieht er Annemarie. «Und das ist jetzt ein Glücksfall», denkt er. Und schon ruft er: «Annemarie, komm schnell, ich muss dich etwas fragen!»

«Dieser Mann hier ...», sagt er. Denn schon steht Annemarie lächelnd vor ihm, betrachtet neugierig den grossen Mann mit der ledernen Reisetasche, den zerzausten Haaren, den klugen Augen. «Ich muss dich etwas fragen», sagt Jakob Leibundgut, «könntet ihr nicht diesen Mann zu Lisa hinaufführen? Er wollte mit dem Taxi dorthin», sagt er.

Und Annemarie lacht hellauf. «Er kann mit uns fahren», sagt sie, «hinten auf der Schaufel hat es genug Platz.»

«Grossvater!», ruft sie. Denn der alte Strüby hat seinen Tabakhandel beendigt, steht nun vor dem Traktor und zündet sich gerade eine Brissago an. «Wir müssen noch schnell auf Schönbrunnen vorbei», ruft Annemarie. Und der alte Strüby zuckt mit den Schultern – was bedeutet: «schon recht» –, grüsst Jakob Leibundgut mit einem Heben der rechten Hand und des Kopfes und schaut, was da auf ihn zukommt.

Annemarie hat den Fremden an der Hand genommen und führt ihn hinüber zum Traktor. Gerade kann er noch mit einem Blick über die Schultern dem Bahnhofvorstand zunicken, danken, grüssen. Der nickt zurück. Dann stehen sie hinter dem Traktor. Und Annemarie zeigt so bestimmt auf die Heckschaufel, dass Peter Kline nichts anderes übrig bliebt, als zu gehorchen, ob er will oder nicht will. Er stellt seine Tasche auf die Ladefläche der Heckschaufel und setzt sich daneben. Der alte Strüby ist inzwischen auch auf dem

Traktor. Annemarie auf dem Seitensitz, der mit einem halbrund gebogenen Metallrohr auf dem Kotflügel des grossen Rades markiert ist. Der alte Strüby hebt die Heckschaufel an, dass sich die baumelnden Beine des Mannes nun gut vierzig Zentimeter über dem Boden befinden. Und nun fahren sie los, auf die Bahnhofstrasse, dann die Dorfstrasse, dann rechts ab, über einen Fluss quer über den Talboden, dann geht es bergauf, meistens im Wald windet sich die Strasse hinauf auf den nächsten Boden.

«Es ist schon interessant», denkt Peter Kline hinten auf dem Traktor, denkt auch der Autor, auch hinten auf dem Traktor, «wie das Reisen funktioniert: Je kleiner die Etappen werden, umso länger und ausführlicher werden sie, umso deutlicher nehmen wir sie wahr, umso stärker erleben wir sie.» In der Tat: Der 6000-km-Flug über den Atlantik besteht aus einem halben Satz, eigentlich aus nichts als nichts; die 120-km-Zugfahrt von Zürich nach Bern haben schon mehr; greifbar wird die Reise aber erst auf den 40 Kilometern von Bern nach Trubschachen, wo die Zugfahrt nicht nur Bild produziert – richtiges Bild, Landschaftsfilm, Roadmovie, im Gegensatz zu der Strecke Bern–Zürich, wo es oft Bildausfall gibt, wo die Strecke immer wieder unter Tag geführt wird –, sondern auch Ton erzeugt – richtigen Ton: das charakteristische und sympathische Tatac-tatac ... Tatac-tatac ... Tatac-tatac ... Tatac-tatac der Doppelachsen beim Überfahren der Schienenfugen. Während auf der Strecke Bern–Zürich die Schienen nahtlos zusammengeschweisst sind und somit die Intercityzüge dieses Geräusch nicht mehr erzeugen, das im Übrigen wie alle andern Aussengeräusche kaum mehr in das schallisolierte Zugsinnere eindringen kann, womit die Passagiere auf die im Wageninnern produzierten Geräusche zurückgeworfen sind, was dem Wohlbefinden kaum zuträglich ist:

dümmliche oder private Konversation aus dem Nebenabteil, Geschwätz also und Geraschel, Geschmatz, Gehuste, ist im «Boomler» noch alles beim Alten und beim Guten und wird die Sinnlichkeit sogar noch erweitert, bietet auch Geruch (siehe oben). Und nun wird alles noch übertroffen auf der letzten Etappe, den fünf Kilometern vom Bahnhof Trubschachen nach «Shonbruennen», die Fahrt auf dem Traktor, wo sich alles verdichtet und verbindet, wo das Bild holpert, wo der Ton dieselt, wo der Geruch blendet und wo im Gehirn alles neu zusammengesetzt wird. Nun findet er sich hinein ins Hier und Jetzt, Peter Kline, und überlässt sich ganz dem, was da kommen mag.

Und nun geht es in längeren Kehren über flaches, dann wieder ansteigendes Weideland, auch etwas Ackerland, noch einmal steil durch ein Waldstück, dann kommen sie nun schon recht hoch über dem Dorf wieder ins Freie. Wellig liegen die Matten da, und bald kommen sie zu einem Hof mit mehreren Gebäuden: rechts ein Wohnhaus, links ein zweites Gebäude, mehrere Gebäude sogar, eine Art Bauernhof, aber nicht ganz. «Das muss die Praxis von Lisa sein», denkt Peter Kline – logisch denken kann er also noch, auch mit neuem Verstand. Der Traktor biegt von der Strasse ab, macht vor dem Wohnhaus eine scharfe Wende, hält. Sie sind angekommen. Peter Kline springt ab, packt seine Tasche, will nach vorne gehen, um dem Fahrer zu danken, aber der hat bereits den Gang eingelegt – wieder dieses knappe Winken mit der knapp vom Steuerrad gehobenen Hand und mit dem Kopf, eigentlich ist es nur das Kinn, das sich ein wenig hebt – und gibt jetzt Gas, sodass auch das Mädchen nicht winken kann. Es muss sich mit beiden Händen am Rohrbogen des Sitzes festhalten, winkt stattdessen mit den wippenden Zöpfen und den leuchtenden Augen.

«Charming», denkt Peter Kline und wendet sich verzagt entschlossen dem Eingang zu, klopft an die Tür.

Es dauert, aber schliesslich nähern sich Schritte, öffnet sich die Tür, steht da ein junger reifer Mann, zerzaust lockiges Haar, gelassen energiegeladen, munter ruhig. «Alles an diesem Mann ist zwiespältig», denkt Peter Kline, «aber zwiespältig nicht im üblichen Sinn, eher vielfältig. Ob das Lisas Mann ist?»

«Paul», sagt Paul und streckt dem Fremden – er schaut auf zu einem zwei Meter grossen Riesen mit wildem Haar, einer altmodischen Brille, forschenden Augen dahinter, «der könnte ... der könnte ... Old Firehand sein», denkt Paul,

sein Anblick mahnt mich an jene alten Recken, von denen ich als Knabe so oft und mit Begeisterung gelesen. Mit gespreizten Beinen steht er grad und aufrecht da mit dem Schlachtbeil in der riesenstarken Faust, bei jedem Schlage zerschmetternd den Kopf eines Feindes. Die langen, mähnenartigen Haare wehen ihm ums entblösste Haupt und in seinem Angesichte spricht sich ein Gefühl des Mutes aus, welches den Zügen einen verwegenen Ausdruck gibt.

«Old Firehand», denkt Paul, streckt dem Fremden die Hand hin.

«Peter», sagt Peter und ergreift die Hand und schüttelt sie.

Die beiden Männer tauschen einen festen Händedruck aus, einen prüfenden Blick über eine schräge Achse – «Achtung, ich weiss, wer du bist» –, dann sagt Paul: «Come in Peter, welkommen in the Emmental.» Und packt ihn am Arm, zieht ihn ins Haus. Durch den Korridor gelangen sie in die Küche, wo Lisa schon gewartet hat und nun dem fremden Vertrauten um den Hals fällt und dort bleibt, während der ihr eine seiner Pranken auf den Rücken legt.

Paul aber muss lächeln. Weil sic seine Lisa so freut. Und auch, weil ihm dieser Kerl gefällt: Der schaut gerade in die

Welt und er riecht auch so. Aber dann lösen sich die beiden voneinander. Und Paul versteht kein Wort, als sie jetzt beide gleichzeitig und in rasendem Tempo aufeinander einsprechen, Englisch wahrscheinlich; ungefähr fünf Minuten dauert das, als wäre es ein Wolkenbruch, ein Gewitter, dann ist offenbar das Wichtigste ausgetauscht.

Denn nun – erst jetzt – zieht Peter seinen Mantel aus, stellt seine Tasche ab, die er die ganze Zeit noch in der Hand gehalten hat, setzt sich mit einem wohligen Seufzer auf die Küchenbank, schaut sich um im Raum, lächelt anerkennend; offenbar gefällt ihm, was er sieht. Dann aber wandelt sich sein Blick, wird forschend, suchend. «They sleep», sagt Paul. Und zu Lisa sagt er: «Das ist gut so, dann kannst du ihm erklären, dass die Buben nicht als medizinische Versuchskaninchen zur Verfügung stehen und dass es keine Publikationen geben wird, in welchen ein Louis-Leo-Phänomen beschrieben wird, Punkt.» – «Hoppla», denkt Lisa, «das war deutlich.» Dass Paul «Punkt» sagt, hat sie auch schon erlebt, aber nur, wenn er in einer Diskussion einen Gedanken zum Abschluss gebracht hat und das mit einem Punkt unterstreichen wollte. Heute aber – jetzt – steckt mehr in diesem Punkt. Es ist eine Grundsatzerklärung. «Mit der», denkt Lisa erleichtert, «ich zum Glück hundertprozentig einverstanden bin.» Und verfällt wieder in ihr rasendes Englisch, in das sich dasjenige von Peter nur ab und zu und nur kurz einfügt. Schliesslich ist Lisa fertig und steht Peter auf und geht hinüber zu Paul. «My lips are sealed», sagt er feierlich und hält sich mit der Hand die Lippen zu und fährt dann fort: «But I have to see that, and I have to hear it, just for me and my soul.» Und Paul nickt und schaut zu Lisa, die auch nickt, und feierlich reicht er Peter die Hand. Dann setzen sie sich an den Küchentisch und warten, bis die Zwillinge erwachen.

In den nächsten Tagen liegt Peter meistens irgendwo am Boden in der Wohnung und lässt die Zwillinge über sich krabbeln, an sich zerren, mit sich hantieren. Ab und zu greift Peter einen der beiden, knutscht und knubbelt ihn, dass der vor lauter Wonne hellauf quietscht. Und dazwischen – als wäre es Teil des Spiels – setzt er bei einem wie dem andern das Stethoskop auf die Brust, hört beiläufig ab, beobachtet dabei aber meistens den andern ganz genau, hört ab und zu auch beide gleichzeitig ab, nickt dann befriedigt und spielt weiter. Und es ist ganz offensichtlich, dass das Spielen und Forschen bei ihm Hand in Hand gehen und dass beides gleich viel Spass macht. Schon am Abend des ersten Tages sagt er, als die Buben im Bett sind und schlafen und er und Paul und Lisa sich einen Schlummertrunk gönnen: «Die Herzen der beiden scheinen synchron zu schlagen, es lässt sich kein Unterschied feststellen.»

Am Abend des zweiten Tages sagt Peter das Gleiche. «Ob sie das Gleiche tun oder zwei ganz verschiedene Sachen, die Herzen schlagen gleich. Der Blutdruck aber», sagt er, «der ist verschieden. Warum dieser Herzschlag den gleichen Takt hat, weiss ich auch nicht. Wenn einer wie wild zappelt und der andere liegt ruhig da, haben beide die gleiche Herzfrequenz, was unlogisch und somit phänomenal ist.»

Und am Abend des dritten Tages sagt Peter: «Also wir wissen, dass das phänomenal ist und somit ausserhalb der gängigen Gesetzlichkeiten», sagt Peter, der Amerikaner. Gesetzlichkeiten? Natürlich nicht, er spricht ja englisch, will sagen amerikanisch, das wir der Einfachheit halber auf Deutsch präsentieren. Es macht ja wenig Sinn, wenn der Autor alle diese Dialoge schlecht und recht mit seinem Schulenglisch zu übersetzen versucht und die geneigten Leser, the dear readers have to try to understand and to retranslate, and who knows, they might understand something totally different, so, to say the truth, in the head of the writer he says ausserhalb der gängigen Gesetzlichkeiten, but as an American, says my dictionnary, he would say: «We know that this is phenomenal and therefore beyond the established legalities. Aber auch dann bleibt die Frage: Wer gibt den Takt vor, respektive wer von beiden folgt mit seiner Herzfrequenz derjenigen des andern? Und wisst ihr, ich kann das nicht beweisen und will das auch gar nicht. Ich bin einfach sehr zufrieden, dass ich das habe hören und sehen dürfen. Also ich habe den Eindruck, dass keiner der beiden der Führende ist, sondern dass jeweils der intensivere Frequenzbedarf den Takt vorgibt. Derjenige, der also im Moment intensiver lebt, gibt den Takt vor. Des anderen Herz folgt unweigerlich und in jeder Situation, die ich beobachtet habe. Aus physiologischer Sicht bietet sich keine Erklärung an. Das Ganze kommt einem Wunder gleich. Aber», sagt er, «und jetzt komme ich zum Punkt: Das wirkliche Wunder scheint mir zu sein, wie verschieden gleich die zwei Kerle sind. Wie es sich für Zwillinge gehört, sehen sie genau gleich aus, von der Wesensart her sind sie aber völlig verschieden. Und ich habe den Eindruck, dass Leo für die Denkprozesse zuständig ist. Für was Louis zuständig ist, habe ich noch nicht herausgefunden. Aber», sagt Peter, «und jetzt komme ich zu noch einem Punkt und dann kehre ich zurück nach Amerika: Auch wenn ich mit den beiden den Nobelpreis gewinnen könnte, so täte ich das nicht, auch dann nicht, wenn ich keine Angst um meine Testikel hätte. Ich möchte euch einfach bitten, dass ich euch jedes Jahr einige Tage besuchen darf, damit ich sehen kann, wie sich die Zwillinge verändern. Im Übrigen kehre ich nun augenblicklich nach Amerika zurück und suche mir eine Frau und mache selber ein paar Kinder – top priority. Vielleicht fange ich schon im Flugzeug an. Mit der Suche meine ich.» Lautes Lachen.

Lisa aber sagt – und es hat eine ganz kleine Denkpause gegeben, bevor sie zu sprechen begonnen hat, und Paul hat das gemerkt, weil das so untypisch für Lisa ist, und fragt sich nun, was sie im Schilde führt –: «Dann ist also heute dein Abschiedsabend. Da müssen wir ein Abschiedsessen machen. Ich koche uns etwas Feines, und» – wieder eine kleine Pause – «wir könnten ja noch jemanden dazu einladen.»

«Den Pfarrer vielleicht», lacht Paul und zwinkert Lisa hinter Peters Rücken zu, «oder den Jakob.»

«Oder die Marianne», sagt Lisa gänzlich unbeirrt und unschuldig. «Weisst du, Peter, das ist die Hebamme, die mir bei der Geburt der Zwillinge zur Seite stand.»

Peter sieht eine sechzigjährige beleibte und resolute Frau vor sich, ist aber einverstanden. «Eine Hebamme, warum nicht», denkt er, «die hat sicher schon viel erlebt.» Obwohl, wenn er es sich genau überlegt, wäre er schon lieber mit den beiden allein geblieben. Mit Paul ist er inzwischen gut befreundet. Und Lisa, die umkreist er weiterhin wie der Mond die Erde, ohne die Aussicht, ihr näherzukommen, und trotzdem zufrieden leuchtend.

Und nun ist Abend und es läutet an der Tür. Lisa ist mit Kochtöpfen und Bratpfannen beschäftigt. Paul ist irgendwo oben mit den Zwillingen.

«Kannst du die Tür öffnen, Peter?», ruft Lisa; die Verschwörerin hat alles genau richtig hingekriegt. Und so geht Peter zur Tür, um diese alte Frau, die Hebamme, hereinzubitten.

Und so öffnet Peter die Tür und sieht sich einer jungen Frau gegenüber, die – wie sein Herz ihm unaufgefordert und sofort mitteilt – genauso aussieht wie die Mutter seiner

Kinder, die Frau seiner Träume, die Liebe seines Lebens.

Und das wiederum macht ihn so schüchtern und sprachlos, dass er einfach dasteht in seiner ganzen Grösse und den Eingang versperrt, als wäre der Zutritt streng verboten.

Die Marianne aber lässt sich nicht beeindrucken, wenn sie sich den komischen Amerikaner auch nicht ganz so imposant vorgestellt hat, sondern lacht ihn von unten an und sagt: «You know, it is a dark and cold world out here, may I come in?»

Und sie kommt herein, und am nächsten Tag fliegt Peter nach Hause. Eine Woche später aber fliegt auch Marianne. Und Trubschachen muss sich eine neue Hebamme suchen.

Lauf.Schritt.

Trubschachen, Schönbrunnen, Dienstag, 15. Mai 1990. Die Zwillinge sind neuneinhalb Monate alt.
Wie der eine will und der andere kann.

Leo richtet sich auf, steht am Esstisch, hält sich am Tischbein fest, schwankt und fällt hin, ganz offensichtlich ist er auf etwas aus. Louis dagegen sitzt einfach da, strahlt, tut nichts. Früher, vor drei Monaten, hat sich das ähnlich abgespielt: Beide sind dagelegen, Louis ruhig, Leo unruhig. Wenn man die beiden mitten auf ein grosses Tuch gelegt hat, ist Louis nach einer Weile immer noch mitten auf dem Tuch, Leo dagegen, kein Mensch weiss wie, ist dann jeweils am Rand. Vor zwei Monaten: Louis ruhig daliegend, auf dem Rücken; Leo hin und her, Leo auf dem Bauch, Leo auf allen vieren, Leo, der versucht, vorwärtszukommen, der nicht aufgibt, Leo, der nach vielen ohnmächtigen Versuchen es schafft und nun wirklich krabbelt. Und dann krabbelt plötzlich und ganz einfach auch Louis. Und nicht nur das, er krabbelt schneller, gewandter, er krabbelt, als sei das die natürliche Fortbewegungsart des Menschen. Allerdings krabbelt er nicht auf Händen und Knien, wie das Leo tut. Er geht auf Händen und Füssen, das Hinterteil hoch in die Luft ragend. Das sieht nun erstens allerliebst aus, und zweitens ist dieser Gang auch sehr schnell. Er schlägt Leo um Längen. Dabei machen die beiden gar keine Rennen. Immer ist es Leo, der das Ziel vorgibt, Louis ist einfach schneller dort.

Während Louis das Gehen auf allen vieren als seine Fortbewegungsart ansieht, ist Leo noch nicht zufrieden. Er richtet sich auf, steht am Esstisch, hält sich am Tischbein fest, schwankt und fällt hin, richtet sich wieder auf, versucht es noch einmal und noch einmal und schafft es zu stehen, steht schwankend, steht fest, lässt eine Hand los, steht schwankend, steht fest. All dies geschieht nicht in einer einzigen Stunde, sondern über Tage hin, während der Vierfüssler Louis munter, aber ziellos in der Wohnung herumdüst. Wieder und wieder steht Leo, wieder und wieder lässt er los, nun auch die zweite Hand, schwankt, steht fest, hebt einen Fuss, schwankt, fällt, rappelt sich auf und beginnt von vorne, hartnäckig, als wäre es eine Arbeit, die ihm aufgetragen worden ist. Manchmal bleibt er einen Moment sitzen, scheint nachzudenken, denkt nach, steht auf und probiert es von Neuem. Ob es das Denken ist oder das hartnäckige Üben, jedenfalls macht er Fortschritte im wahrsten Sinn des Wortes; einen Fortschritt setzt er und bald einen zweiten, und schliesslich geht er vom Tischbein hinüber zur Küchenbank, wendet dort und schafft auch den Rückweg, gluckst vergnügt, und strahlt jetzt fast, wie es Louis einfach so tut, fast immer.

Und als Leo das Gehen verstanden und begriffen und gelernt hat und sich daran macht, das Laufen zu lernen, da gesellt sich Louis zu ihm. Wieder braucht er keine Übungsphase, er kann einfach gehen. Was die Geschwindigkeit betrifft, so gibt es diesmal keinen Unterschied. Wenn mal Louis ein paar Tage mit natürlicher Eleganz und Souplesse zu bestechen scheint, so gleicht sich das bald aus, gibt es dann einen Zeitraum, in dem Leo jeweils schneller am Ziel ist, als hätte er seine Gangart analysiert, eine Schwäche erkannt und ausgemerzt.

Was aber auffällt, ist die Freude, welche die beiden Buben beim Laufen und Rennen ausstrahlen. Dabei ist klar, dass diese Freude von Leo ausgeht. Es scheint, dass dieses erste Stück Autonomie ihm eine ungeheure Befriedigung verschafft. «Wenn ich irgendwohin will, dann gehe ich dorthin», scheint er sich zu sagen. Dass dann auch Louis meistens ans gleiche Ziel will, scheint ihn nicht zu stören, auch dann nicht, wenn dieser schneller dort ist.

Starr.Sinn.

Trubschachen, Dorfschulhaus und nicht, Donnerstag, 23. August 1990. Die Zwillinge sind gut einjährig.
Wie die Dinge auch sein können.

Ein Mann steigt eine Treppe empor, schreitet durch einen Korridor, auf knarrenden Sohlen, der Staub zieht sich in die Ritzen zurück, der Geruch, der sonst alles überlagert, kapituliert vor einem stärkeren Geruch, ein korrekter Mann, unterwegs in einer Mission, angetrieben von Pflichtgefühl und frei von jedem Zweifel, ein fehlerloser Mann wird jetzt einen Unterricht einer Kleinklasse A inspizieren, wird von Amtes wegen kontrollieren, ob die seit eineinhalb Jahren diese

Klasse unterrichtende Lehrkraft ihr Amt korrekt ausübt. Ganz neutral, gänzlich unvoreingenommen wird er schauen, ob alles seine Ordnung hat, noch zwanzig Schritte, noch fünfzehn, noch zehn, noch fünf, drei, zwei, noch ein Schritt, er klopft an die Tür, klopft ins Leere. Das ist so ungewohnt, dass ihn der Knöchel, der hartes Klopfen auf harte Unterlage gewohnt ist und der das und nur das erwartet hat, dass ihn der Knöchel nun schmerzt – ein sogenannter Entlastungsschmerz. Die Tür ist offen. «Warum ist die Tür offen, wenn Unterricht stattfindet?»

Inspektor Hans Brand horcht, hört nichts, dreht den Kopf und horcht in die Leere. Da stimmt etwas nicht, nicht einmal, als er selbst noch Lehrer war, hatte er es jemals geschafft, dass in seiner Klasse absolute Stille herrschte, etwas hatte immer ein Geräusch gegeben. Er horcht diese Stille ab, hört ganz feines Gemurmel: Das kommt aus den andern Klassenzimmern; er filtert es weg, hört Wispern: Das sind die Geister der früheren Schulinspektoren, die ihn immer begleiten. Er filtert auch das weg, es bleibt diese Stille, unheimlich, ungewohnt, unkorrekt. Hans Brand reisst sich zusammen. Fast hätte er noch einmal geklopft. Gerade schafft er es noch, aus der Klopfbewegung einen Griff an die Brille zu machen. Er schaut jetzt durch diese Brille, es ist das sogenannte Autoritätsmodell, so wird das in Optikerkreisen genannt: dickes Brillengestell, schwarz, Form unbeschreibbar, grosse Fläche, sonst so charakterlos wie möglich. Dass er mit dieser Brille zu seinem eigenen Klischee wird, merkt er nicht, noch könnte es ihn davon abhalten, gerade diese Brille zu tragen. Wenn man Inspektor ist, trägt man eine solche Brille, wie man auch, wenn man Inspektor ist, Schuhe mit knarrenden Sohlen trägt. Obwohl es im Sinne der Wahrscheinlichkeit und Logik auch sein könnte, dass man, wenn man eine solche Brille und solche Schuhe trägt, gar nichts anderes werden kann als Inspektor.

Gibt es wohl Kinder, die als Traumberuf «Schulinspektor» nennen? Wenige nur. Aber Hans Brand war ein solches Kind gewesen. Als er in der fünften Klasse gesehen und erlebt hatte, wie sein strenger und unnachgiebiger, wie ein Gott in seinem Schulzimmer herrschender Mathematiklehrer vor Ehrfurcht erstarrt war, als es an die Tür geklopft hatte, als dieser Lehrer schon bei diesem Klopfen erstarrt war, weil dieses Klopfen seinen Herrn unmissverständlich ankündigte, und der Lehrer während der ganzen auf dieses Klopfen folgenden Inspektion steif wie ein Brett geblieben war – es war gewesen, als müsste der Dompteur, der sonst seine Tiger und Löwen bändigt und zu Kunststücken zwingt, nun selbst durch den Ring springen, selbst Männchen machen und noch allerhand andere Kunststücke –, das hatte Hans Brand so gut gefallen, dass er erstens von diesem Tag an keine Angst mehr hatte vor dem Lehrer und zweitens an diesem Tag beschloss, Schulinspektor zu werden. Dass er zuerst Lehrer werden musste, um sein Ziel zu erreichen, hatte er in Kauf genommen.

Und er führte denn auch mehrere Jahre lang einen zermürbend korrekten Unterricht an der Primarschule Utzenstorf. Schliesslich setzte sich das ganze dortige Kollegium dafür ein, dass er zum Inspektor berufen werde, damit endlich wieder Ruhe und Frieden in dieses Schulhaus einkehren konnten. Manche beteten, andere versuchten, Beziehungen spielen zu lassen, wieder andere erwogen, eine Petition in Umlauf zu setzen. Schliesslich aber war es das pure Glück, war es eine Praktikantin, die das für sie schaffte, weil ihr Götti der Erziehungsdirektor des Kantons Bern war.

Seit manchem Jahr ist dieser Hans Brand nun ein strenger und gefürchteter Inspektor. Viel Schaden hat er angerichtet. Manch jungem Lehrer hat er die Flügel gestutzt. Unbeirrt von jedem Zweifel übt er seinen Beruf aus, unnachgiebig; so war es schon immer, so ist es heute, so muss es sein, so schreitet Hans Brand zur Tat, so schaut der Inspektor durch die Brille, sieht nichts, sein Opfer ist nicht da, das Klassenzimmer ist leer. Der Inspektor öffnet seine dünne schwarze Ledermappe, zieht ein Blatt Papier heraus, den Stundenplan: «Mittwoch, 10.00 bis 10.45 Uhr: Mathematik», liest der Inspektor, jetzt hat hier von Amtes wegen Mathematik stattzufinden. Etwas stimmt da nicht, der Inspektor geht zurück, die Treppe hinunter zum Schulzimmer der ersten bis dritten Klasse. Hier hat der Inspektor vor zwei Monaten inspiziert, da war alles, wie es sein musste, wie von jeher, wie immer, auch jetzt hört er das beruhigende Gemurmel von ordentlichem Unterricht. Wieder hebt der Inspektor den Arm, einen kleinen Moment zaudert die Hand, Hans Brand ruft sie energisch zur Ordnung, dann schnellt sie vor, der Knöchel klopft herrisch an die Tür. Das Gemurmel verstummt, Schritte nähern sich, die Tür öffnet sich, Frau Jaberg steckt ihren fragenden Kopf heraus. Der nimmt den Inspektor wahr. Mit Befriedigung nimmt Brand das Erschrecken der Lehrerin wahr.

«Herr Inspektor», sagt sie erschrocken. «Der war doch erst vor zwei Monaten bei mir», denkt sie, «das kann doch nicht sein.» Brand lässt Frau Jaberg noch etwas schmoren, dann gibt er sich väterlich, er hat heute ein anderes Ziel. «Ich komme nicht zu Ihnen, Frau Jaberg.»

Aufatmen, Entspannung.

«Ich suche die Kleinklasse A, aber das Schulzimmer ist leer, wissen Sie, was los ist?» – «Der Herr Ammann ist draussen», sagt Frau Jaberg, «der unterrichtet oft draussen.» Und etwas klingt dabei in ihrer Stimme mit, vieles sogar, etwas Missbilligung, aber auch etwas Neid und viel Bewunderung.

Der Inspektor hat aber kein Gespür für Schwingungen und Zwischentöne. «Soso», sagt er, und das tönt nun schon so bedrohlich, dass Frau Jaberg sichtlich kleiner wird. Das hingegen nimmt der Brand war, und das ist es, was ihm an seinem Beruf gefällt. «Wo finde ich ihn?», fragt er.

«Wahrscheinlich ist er unten an der Ilfis gleich neben der Holzbrücke, dort ist er oft. Auf Wiedersehen, Herr Inspektor», sagt sie zu dem Rücken.

Denn Brand hat sich, hat knapp genickt, hat sich schon umgedreht und steuert bereits sein neues Ziel an.

Dieses «Auf Wiedersehen» ist eine der typischen Lügen, die uns im Alltag passieren, alles andere als ein Wiedersehen ist Frau Jaberg lieber. Nicht einmal die unhöfliche Art der Verabschiedung nimmt sie wahr, so erleichtert ist sie, dass sie nun seinen Rücken sieht, dem stechenden Blick entronnen ist.

Als Brand endlich zur Holzbrücke findet – dreimal hat er fragen müssen, zweimal war die Antwort so einsilbig, dass er damit nichts anfangen konnte, das dritte Mal war es vor allem ein ausgestreckter Arm, der ihm die Richtung gewiesen hatte –, als Brand endlich zur Holzbrücke findet – ein solches Bauwerk hat ja so viele charakteristische Merkmale, dass sie auch ein Inspektor anordnen, abordnen, beiordnen, einordnen, umordnen, verordnen, zuordnen kann –, als Brand endlich zur Holzbrücke findet und sich von dort einen Anblick, Ausblick, Einblick, Umblick, Überblick, Verblick, Zublick verschafft ... «Was ist mit mir los?», denkt er, «was sind das für unsinnige Wortfolgen?» Er schiebt sie energisch zur Seite. Als er nach der Kleinklasse Ausschau hält, sieht er unten am Fluss auf einer frisch gemähten Wiese acht Gestalten, sieben am Boden liegend, eine stehend, das muss die Kleinklasse sein. Energisch macht Brand sich auf den Weg. Dem wird er nun auf den Grund gehen.

«Was geht da vor sich?», fragt er, sobald er vor dem Mann steht, und schaut sich dabei um. «Die schlafen ja, was geht da vor sich??», fragt er noch einmal, der Fragegehalt hat sich dabei mindestens verdoppelt. Was Brand da sieht, überschreitet seinen Horizont bei weitem.

«Wir haben Schlafen», sagt der Mann, der vor Brand steht, die mutmassliche Lehrkraft Paul Ammann.

«Haben Sie denn jetzt nicht Mathematik? Gemäss dem Stundenplan haben Sie jetzt Mathematik zu haben.»

«Ach, damit nehmen wir es nicht so genau. Wir machen das, was wichtig ist. Schlafen ist wichtig, das Wichtigste überhaupt. Wir lernen hier einzuschlafen. Jederzeit und überall einschlafen zu können, ist eine Kunst und sehr nützlich.»

Hätte der Inspektor hier eingehakt und nachgefragt, auf was sich diese Behauptung abstütze, hätte Paul Ammann den Nachweis bei Karl May geliefert. Zum Glück ist der Inspektor baff und fragt nicht.

Nun klatscht Paul Ammann in die Hände. Die Schüler erwachen, stehen auf, sind munter. «Kinder, vor der nächsten Einschlafrunde etwas Bewegung: Achtung, ab auf die Bäume!»

«Wusch» macht es, und die Kinder sind im Nu auf den Bäumen, die am Rand der kleinen Wiese stehen, jedes auf einem andern Baum, jedes hoch oben.

Als ich begonnen habe, schafften das nur zwei Schüler, nun können es alle, Pippi Langstrumpf sei Dank. Auf Bäume klettern ist etwas vom Wichtigsten, da kommt ganz viel Wesentliches zusammen: nach oben streben, die Schwerkraft überwinden, einen Plan fassen und in die Tat umsetzen, Angst überwinden, die Welt aus einer andern Perspektive betrachten, eigentlich ist da der halbe Lehrplan drin.»

Der Inspektor ist immer noch baff, wundert sich, traut seinen Ohren nicht, traut seinen Augen nicht, blinzelt, klatscht in die Hände, kneift sich ins Ohrläppchen, alles bleibt, wie es ist. «Ich bin der Inspektor Hans Brand», donnert er schliesslich. «Ich mache hier einen Schulbesuch», trompetet er. «Eine Inspektion!», röhrt er. Er ist schon ganz rot im Gesicht, will aber jetzt zuschauen, wie sein Gegenüber einknickt. Wenn die Lehrer schon im Schulzimmer beim ordentlichen Unterricht sich ducken, wenn er kommt, um wie viel mehr muss sich dieser Lehrer hier ducken, wenn er auf frischer Tat ertappt wird.

Welcher sich aber keineswegs duckt, gar keine Anzeichen von Erschrecken zeigt, auch wenig oder eigentlich gar keinen Respekt. «Oh, einen Moment», sagt er, steckt die Finger in den Mund und pfeift zweimal laut. In den Bäumen raschelt es. Wie reife Früchte regnet es Schüler; da springt einer von einem Baum herab, dort baumelt eine einen Moment am untersten Ast, lässt sich dann ins Gras fallen. Im Handumdrehen stehen sie im Kreis um den Inspektor herum. Wobei, es ist klar, das Zentrum dieses Kreises ist nicht der Inspektor, sondern dieser andere, der mutmassliche Kleinklassenlehrer.

«Also Kinder», sagt dieses Individuum, «ich muss da wohl etwas besprechen. Lasst euch nicht stören, ihr schlaft jetzt wieder ein, diesmal solltet ihr das in drei Minuten schaffen.»

Und baff und immer baffer sieht der Inspektor, wie sich die Kinder ins Gras legen, manche drehen sich auf die Seite, rollen sich ein, einer legt sich auf den Rücken, streckt alle viere von sich, eine liegt auf dem Bauch, den Kopf auf den verschränkten Armen.

«Also Manno, um was geht es», sagt der Mann und wendet sich ihm zu, freundlich, offen, entspannt.

«Es geht um Ihren Unterricht», will Brand sagen, sagt aber stattdessen «Unternicht, es geht um Ihre Unterpflicht, Untergicht, Untersticht, Unterwicht, Unterbricht, Unterschicht ...» Was ist nur los? Nun sind die Wortketten schon in seinem Mund, nicht nur in seinem Kopf. Er reisst sich zusammen, er schiebt all das Unbekannte zur Seite, er ist jetzt wieder der Inspektor.

«Ich erwarte Sie in fünf Minuten in Ihrem Klassenzimmer», sagt er, dreht sich um, überzeugt, dass nun wieder Ordnung einkehrt. Stürmt davon. Will davonstürmen. Stolpert dabei über Bänz, der daliegt und tief schläft. Geht mit Getöse zu Boden, dass die Erde zittert.

Im seismografischen Institut in Balsthal wird diese Erschütterung mit einer Stärke von 4,2 auf der nach oben offenen Richterskala erfasst und eingetragen. Noch heute wundern sich die Seismologen und können sich nicht erklären, wie ein Erdbeben sein Epizentrum in Trubschachen haben kann, scheint dies doch geologisch – und nicht nur geologisch – vollkommen unverrückbares Terrain zu sein. Dass diese Erschütterung nicht so sehr auf den Aufprall von Brands Körper auf die Erdoberfläche zurückgeht, sondern auf die massive Erschütterung seines Inspektorenweltbilds, können ihre Geräte nicht anzeigen.

Jedenfalls hat die Erde so gebebt, dass das alle in Trubschachen gemerkt haben. Ausser Ammanns Schulkinder. Die schlafen friedlich.

Brand bleibt einen Moment am Boden liegen, müde, müder als jemals in seinem Leben. Am liebsten würde er liegen bleiben, schlafen, sich ausruhen, einruhen, abruhen, verruhen, zuruhen, vorruhen, beruhen. Doch nur einen Moment dauert das, dann gewinnt der Inspektor in ihm wieder die Oberhand. Befiehlt seinen Gliedern strikten Gehorsam. Verbietet seinem Kopf jeden eigenständigen Gedanken. Verordnet seinem Herzen kaltes Blut. Und tatsächlich: Seine langen Glieder stellen ihn wieder auf die Beine, sein linker Arm ergreift die Ledermappe, sein rechter Arm rückt die Brille zurecht, und sein Mund spricht: «Sie hören von mir, Ammann, das wird noch Folgen haben.» Will sich umdrehen, gerät aber dabei in Unordnung: Die Beine und der Kopf drehen nach links weg, während der Oberkörper nach rechts dreht. Die ganze Figur ist einen Moment so verdreht, dass sich Ammann fragt, ob sie gleich auseinanderbricht. Dann aber kommt die schräge Figur doch in Fahrt. Taumelt etwas nach links, etwas nach rechts und nimmt Kurs auf den Bahnhof. Schlingert aber daran vorbei und steuert den «Bären» an, wo die tragische Figur in der Gaststube verschwindet.

«Kaffe Fertig», murmelt Paul, will die Episode mit einem Lächeln wegwischen, was aber nicht ganz gelingt. Etwas bleibt haften, will sich festhaken. Dann aber kreuzt er die Hände vor der Brust, macht eine Verbeugung Richtung «Bären», schlägt sich mit der Hand an die Stirn, lächelt nun befreit auf. Klatscht in die Hände, dass seine Schüler erwachen, aufspringen, einen Kreis um ihn bilden.

«Also, dann wollen wir mal ein bisschen rechnen», sagt der Kleinklassenlehrer, das gehört auch zum Leben.

Gast.Stube.

Trubschachen, «Bären», immer noch Donnerstag, 23. August 1990, etwas später.
Wie die Verwirrung des Schulinspektors beim Kaffee Fertig zum Delirium wird.

Als um 10.57 Uhr ein Mann in die Gaststube des Restaurants «Bären» taumelt, auf unsicheren Beinen, schwankend, nicht ganz im Gleichgewicht, verstummt das Gespräch am Stammtisch für einen Moment, und wenden vier Köpfe sich dem Eingang zu und betrachten diese Figur, nehmen ein Bild auf, das ihr Verstand zurückweist: anständig (Anzug) und betrunken (Schwanken), gebildet (Brille) und verwirrt (Augen), wichtig (Aktentasche) und aufgelöst (Frisur), verstehen also nicht, auch nicht durch ausdauerndes Anschauen, drehen schliesslich ihre Köpfe zurück, wenden sich wieder ihrem Morgenbier zu und setzen ihr loses Stammtischgespräch ungefähr dort fort, wo sie es unterbrochen haben:

«Die gehört scheints auch dem, dem gehört schon viel.»

«Wenn er dazufahren kann, in Ordnung dazufahren, dann nimmt er sie, dann macht er das selber.»

«Wegen der Beiträge.»

«Nur wegen der Beiträge, das ist nicht sauber.»

Der Mann ist inzwischen am Stammtisch vorbeigewankt – hat er gegrüsst oder hat er nicht gegrüsst? Alles an ihm ist unklar –, hat sich drüben am Ecktisch auf die Sitzbank fallen lassen. «Kaffee Fertig!», ruft er,

«Wenn der nur für das Älplern, weisst schon, dort hinauf geht, dann tut das nichts.»

«Hast du schon gegessen?»

«Ich bin noch nicht dazu gekommen.»

«Bist noch nicht dazu gekommen?»

«Meine hat gesagt, ich solle selber schauen, aber mir tut es hier weh.»

«Schau doch bei Hans im Ried vorbei.»

«Der gibt aber nichts zum Znüni.»

«Von seiner Postur her nimmt der schon mal etwas.»

«Der nimmt mehr als der Franz.»

«Deshalb muss er ab und zu nach Österreich für einen Weiterbildungskurs.»

«Das ist nicht der Doktor für mich.»

«Mich hat er nur gerade wütend gemacht, als ich das erste Mal bei ihm war.»

Die Serviertochter stellt den Kaffee Fertig vor den Mann, der greift danach, greift daneben, greift noch einmal, hat das Glas erwischt, hebt es zum Mund, gerät mit dem Löffel, der im Glas steht zum Rühren, gerät damit in gefährliche Nähe der Augen. Und nur die Brille ist es, die ihn davor bewahrt, sich ein Auge auszustechen. Für einmal im Leben hat er Glück, stürzt den Kaffee Fertig hinunter, als wäre es ein Lebenselixier, und als er keuchend und schnaubend das leere Glas abstellt, wirkt sein Blick schon etwas weniger irr, nur noch glasig und etwas benommen.

«Der Blutdruck. So muss der nicht mit mir anfangen. Das hat mir der Franz dann nie gesagt.»

«Dann ist fertig. Darfst nichts mehr saufen.»

Nun verschwindet der komische Kerl Richtung Toilette, und als er zurückkehrt, sieht er wieder wie er selbst aus: ein Herr, die Haare sind zwar nass, aber wieder in Frisur, die Krawatte zwar immer noch hässlich, aber wieder an ihrem Platz, der schlimmste Schmutz zwar von den Schuhen entfernt, aber wahrscheinlich nun am Handtuch der Herrentoilette. Und nun bestellt er einen Hagebuttentee, den er so siedend heiss trinkt, dass es den vieren am Stammtisch weh tut bis tief durch den Hals und die Speiseröhre in den Magen hinab. Der Herr aber trinkt ihn, ohne die Miene zu verziehen, ohne zu schlucken, ruft: «zahlen!», zahlt – Trinkgeld kennt seinesgleichen natürlich nicht, was die Serviertochter auch erstaunt hätte –, steht auf, klemmt sich die Aktenmappe unter den Arm, verbeugt sich knapp am Stammtisch, «meine Herren», und geht ab.

Andächtiges Schweigen am Stammtisch, fünf Minuten mindestens, dann sagt einer bedächtig: «Dem möchte ich auch nicht mit einer trächtigen Kuh begegnen, potz Donner, die würde auf der Stelle das Kalb verlieren.»

«Oder mit dem Milchwagen», sagt der andere, «da würde auf der Stelle die Milch sauer.»

«Oder mitten im Winter», sagt der dritte, «da würden dir die Eier gefrieren.»

«Oder mit, mit, äähm», sagt der Letzte, aber dem fällt beim besten Willen nichts ein. Ist alles gesagt.

Schweigen.

End.Zug.

Trubschachen, Bahnhof, Dorfschulhaus, Dienstag, 6. November 1990. Die Zwillinge sind eineinvierteljährig.
Wie Korrespondenzen geführt werden.

Ratlos beguckt Jakob Leibundgut um 9.53 Uhr den Zettel, den ihm der Metzgerlehrling Hansueli Moser soeben gebracht hat. Ratlos starrt er auf die gekreuzten Messer und den verschnörkelten Schriftzug «Metzgerei Willy Bieri», die den Kopf des Papiers zieren. Das Papier stammt aus einem Quittungsblock, aus Bieris Metzgerei-Quittungsblock. Jakob hält das Papier unter das saubere und grelle Licht seiner Bürolampe (Bundesbahnen-Bahnhofvorstands-Schreibtischlampe Modell QP-1947). Es muss der dritte oder vierte Durchschlag einer Quittung sein, und das Durchschlagspapier muss schon jahrelang verwendet worden sein. Schriftzeichen stehen da in hellem Grau, jedes unvollständig, als Ganzes mehr zu erraten als zu lesen, und erst als Jakob die Brille aufsetzt, kann er – ungefähr wie ein Erstklässler – entziffern, was da steht. Oben im Adressbereich liest er: «20 uhr, ausserortentliche Schulkomission Sitzung», und dann bei den Linien für die gekauften Artikel: «Tracktandum Paul Ammann wegen

Endzug der unterichts Berechtigung», und schliesslich beim Datum: «heute», und beim Total steht: «püncktlch!», das ist aber mit Rotstift eingetragen, direkt auf dem Durchschlag. «Du Hund», denkt Jakob automatisch, und in die Leere des Stationsbüros sagt er: «Der faule Hund, der Bieri, so hat er den Text nur zweimal schreiben müssen, um ihn an die ganze Schulkommission verteilen zu können.»

Und jetzt erst versucht Jakob zu verstehen, was da steht. «‹Endzug›, was für ein Zug?», denkt er. Und findet so im richtigen Moment in die Realität zurück, um den 9.57er abzufertigen, was er dank seiner Routine auch ohne Weiteres schafft. Dann aber kehrt er zum Schreibtisch zurück und zu dem Zettel und liest: «Endzug ... Entzug der Unterrichtsberechtigung!» Sein Schwiegersohn – als das betrachtet er ihn und als das liebt er ihn, wenn Lisa und Paul auch nicht verheiratet sind –, sein Schwiegersohn ist das Traktandum ... «Herrgottdonner!», macht er sich etwas Luft, «HerrGottDonner, was bedeutet das?» Und nun macht er – auf dem Dienstapparat und vorschriftswidrig – einen Privatanruf. Aber die Lisa nimmt nicht ab, ist wohl unterwegs. Und im Schulhaus kann er nicht anrufen, da nimmt höchstens der Widmer ab, und mit dem will er nun gerade nicht sprechen, mit dem zuletzt. So kratzt Jakob sich am Kopf, reibt sich die Nase, und zu guter Letzt bohrt Jakob – was will man sonst – in der Nase, bleibt aber ratlos. Gerne würde er nach dem Rechten sehen, aber er sitzt hier fest in seinem Bahnhof.

Erst um fünfzehn Uhr wird Fräulein Jolanda Weibel, die Stationsassistentin, ihn ablösen. Diese Woche hat Jakob Frühdienst. Und Jolanda Spätdienst. Nächste Woche ist es dann umgekehrt.

«Da hat der Bieri ja noch Glück gehabt, dass ich nicht arbeiten muss», murmelt Jakob. «Und was soll das bedeuten?», murmelt er weiter und starrt so starr auf den Zettel, als ob dieser unter diesem Blick noch mehr preisgeben würde. Schliesslich gibt er das Denken auf, es nützt ja doch nichts, und wird wieder zum Bahnhofvorstand und tut seine Pflicht, wie es von einem Bahnhofvorstand verlangt wird.

Erst als der Briefträger Alfred Zumbrunn bei ihm eintritt und die Post abgibt, fällt er kurz aus der Rolle.

«Alfred», sagt er, «kannst du mir sagen, was du heute bei dem Bieri abgegeben hast?»

«Ja, das war ein Eingeschriebener von der Erziehungsdirektion», sagt Alfred. «Die Eingeschriebenen bringe ich immer extra, vor der Tour, das sind schliesslich Eingeschriebene, da gehe ich kein Risiko ein. Nicht dass sie mir noch von einer Kuh gefressen werden.»

«Haben Kühe gerne Post?», fragt Jakob und lacht, «das habe ich gar nicht gewusst.»

«Das könnte doch sein», sagt Alfred, «warum nicht? So eine Kuh kann ja nicht lesen, nur fressen und wiederkäuen. Warum sollte sie da nicht Post fressen?»

«Warum nicht?», sagt Jakob, «zum Beispiel meine Steuerrechnung, die könnte sie gerne fressen. Das wäre mir dann auch noch ein Schnäpschen wert», sagt er, und zwinkert dem Alfred zu. «Apropos Schnäpschen», sagt er und schenkt ihm aus der Bätziflasche ein, die von irgendwoher in seinen Händen aufgetaucht ist, «was stand denn in dem Brief von der Erziehungsdirektion?»

«Das weiss ich eben gerade nicht», antwortet Alfred und kippt schnell den Bätzi, man weiss ja nie ... «Der Bieri hat für den Brief unterschrieben, dann hat er ihn geöffnet und zu lesen begonnen, aber leise – ich habe gar nicht gewusst, dass der auch leise lesen kann –, dann ist er bleich geworden, dann rot, gesagt hat er kein Wort, dann ist er nach hinten gestürmt, ans Telefon, und hat dem Widmer telefoniert, das habe ich gerade noch gehört, dann hat er die Tür geschlossen. Mehr weiss ich nicht, nichts für ungut, und danke für den Bätzi.»

Obwohl das rote «püncktlch!» nur auf Jakobs Zettel stand, ist der Schulkommission an diesem Abend bereits um 19.45 Uhr in corpore versammelt. Das ist der Tatsache des Ausserordentlichen zu verdanken.

In der Geschichte der Schulgemeinde von Trubschachen hat es bisher nur zwei ausserordentliche Schulkommissionssitzungen gegeben. Das war zum einen am 8. Mai 1945, als die Schulkommission abwägen musste, ob die Schulkinder am nächsten Tag frei bekommen sollten, um das Ende des Krieges gebührend zu feiern. Zum andern war es am 13. Mai 1974, als plötzlich bekannt worden war, dass Eddy Merckx am nächsten Tag nach Trubschachen komme, um sich hier auf die steilen Tour-de-Suisse-Bergetappen vorzubereiten. Auch hier hatten die Kinder einen schulfreien Tag erhalten, um dem Radrennfahrer am Strassenrand zuzuwinken. Eddy Merckx hatte dreimal die Runde gemacht: Trubschachen–Bärgli–Hegenloch–Blapbach–Chrümpelgraben–Trubschachen. Und jedes Mal hatte er am gleichen Brunnen angehalten und Wasser getrunken. Und dann hatte er tatsächlich die Tour de Suisse gewonnen.

Und mancher und manche aus dem Trubschachen glaubt seither, das sei nur wegen dieses Wassers gewesen, und manch einer und manch eine kommt noch heute vor schwierigen Aufgaben dreimal am Tag an diesen Brunnen, um dort von der Röhre zu trinken.

Einer hatte damals vorgeschlagen, das Wasser auf Flaschen zu ziehen, mit einer Eddy-Merckx-Etikette zu versehen und dann teuer zu verkaufen. Das war aber niemals geschehen.

Irgendwie war allen klar gewesen, dass sich Erfolg nicht in Flaschen abfüllen lässt. «Eben gerade nicht in Flaschen, das ist ein Widerspruch», hatte der damalige Gemeindepräsident gesagt und damit bewiesen, dass er dieses Amt zu Recht ausübte.

Jedenfalls kann die Sitzung bereits jetzt beginnen. Alle sitzen an ihren Plätzen, wie immer drei links, drei rechts. An den Seiten werden heute aber keine Privatgespräche geführt über schnelle und langsame Züge, grosse und kleine Kartoffeln, schwarze und weisse Brote, Damen- und Herrenfahrräder, fertige und andere Kaffees. Heute richten sich alle Blicke nach oben, wo der Bieri mit dem Widmer sitzt. Der Bieri nervös, unter den Blicken immer nervöser. Der Widmer dagegen scheint zu strahlen, als hätte er gerade seine Leibspeise zu sich genommen. Er sieht aus, als reibe er sich den nicht vorhandenen Bauch, was einigermassen komisch, aber auch erschreckend aussieht. Wenn der Widmer so zufrieden ist, ist das kein gutes Zeichen, das ahnen sie, das wissen sie.

Mit einem Seufzer, als ob er für lange Zeit Luft holen würde, erhebt der Bieri so etwas wie das Wort: «Wir sind betrogen worden, hier in unserem Dorf, ich kann es noch jetzt nicht glauben.» Und er schüttelt den Kopf, fassungslos.

«Komm Bieri, der Reihe nach», sagt der Bärenwirt, «damit wir alle wissen, was du meinst.»

Das hilft dem Bieri auf den Sessel zurück, ermannt ihn, richtet ihn auf, nun ist er der Schuhlkomissions Präsident: «Ich eröffne die ausserortentliche Sitzung der Schuhlkomission ... Kollegen, guten Abend ... wir sind vollzälig versammelt ... es fehlt Niemand ... wir sind also Beschlussfähig ... Tracktandum Eins ... Paul Ammann ... Endzug der Unterichts Berechtigung ... heute habe ich diesen Brief von der Erziehungs Direktion erhalten. Kannst du vorlesen, was da geschrieben ist, Albert?»

«Ich lese nicht alles vor, das würde zu lange dauern, ist auch etwas schwer zu verstehen, hier das Wichtigste: ‹Aufgrund eines Hinweises des Schulinspektors Hans Brand wurde festgestellt, dass bei den Personalakten Paul Ammann, zurzeit Kleinklassenlehrer an der Primarschule Trubschachen, der Anhang Lehrerpatent fehlt. Wie ferner und auf lobenswerten Einsatz ebendieses Schulinspektors in enger Zusammenarbeit mit Albert Widmer, dem Schulvorsteher der Primarschule Trubschachen, festgestellt werden konnte, hat dieser Paul Ammann weder im Kanton Bern noch in einem anderen Kanton der Eidgenossenschaft jemals ein Lehrerpatent erlangt. Auch wurde dieses Patent bei der Anstellung nicht genug nachdrücklich eingefordert, respektive ist die versprochene Nachreichung nie erfolgt. Ferner wurde festgestellt, dass dieser Paul Ammann das Lehrerseminar Hofwil in Münchenbuchsee während eineinhalb Jahren besucht hat, dann aber ohne weitere Angabe von Gründen von einem Tag auf den andern den Unterricht nicht mehr besucht hat (siehe Anhang A, Rodel 1984, Seminar Hofwil, Klasse 3A). Aufgrund des fehlenden Patents und aufgrund der schockierenden Zustände, die der Inspektor Hans Brand bei seinem Schulbesuch festgestellt hat (siehe Anhang B, Inspektionsbericht H. Brand vom 25.8.1990), sowie aufgrund der weiteren gesammelten Beanstandungen (siehe Anhang C, Auflistung A. Widmer: schwerwiegende Verstösse gegen die herrschende Schulordnung und gegen die Weisungen der Schulleitung, Februar 1988 bis August 1990) hat die Erziehungsdirektion beschlossen, dem Primarlehrer Paul Ammann die Lehrberechtigung per sofort zu entziehen. Sie befürwortet eine fristlose Kündigung des Anstellungsverhältnisses durch die Anstellungsbehörde, in diesem Fall durch die Schulkommission Trubschachen›.»

«Das sind wir», sagt Bieri ... grosses Schweigen ... ... langes Schweigen ...

«Das kann ja nicht sein», sagt endlich Johnny, «der beste Lehrer, den wir jemals hatten, ein Hochstapler. Was soll das?», sagt er, «in Amerika geben sie nicht so viel auf Zeugnisse, da schauen sie auf den Menschen, was einer kann. Und dass der Paul ein guter Mensch ist, wissen wir, und was er kann, wissen wir auch. Wir behalten ihn einfach. Sollen die bei der Erziehungsdirektion sich den Arsch wischen mit diesem Rodel und diesem Inspektionsbe» «Das kommt nicht ins Protokoll», fällt ihm Widmer ins Wort, «das Protokoll bleibt sauber.»

«Wir behalten ihn einfach», sagt Johnny noch einmal. Und rund um den Tisch nicken alle. Ausser Widmer natürlich. Und ausser Bieri, der weiss gar nichts mehr.

Und nun ist der Damm gebrochen.

«Habe ich richtig gehört?», fragt Sepp Reber, «Auflistung A. Widmer? Bist du das, Widmer? Hast du tatsächlich diese Liste eingereicht?»

Widmer nickt, verstockt, aber auch etwas unbehaglich, nicht einmal in seinem Weltbild ist das ganz korrekt.

«Du hast das also getan? Dass du dich nicht schämst.»

«Da kommt ein junger Mann», fährt Oskar Grunder dazwischen, «der wickelt uns um den Finger, erzählt uns Geschichten. Aber was solls? Haben wir uns nicht bestens unterhalten mit ihm? Klar, vieles, was er tut, ist seltsam. Aber trotzdem, hat er jemals etwas getan, was das Mass überschritten hat? Ich habe jedes Mal Freude, wenn er die Gaststube betritt.»

«Und die Kleinklasse», sagt Fritz, «zum ersten Mal gibt es hier Schüler, die stolz sind, dass sie in die Kleinklasse gehen. Früher haben sie sich geschämt.»

«Und jeder und jede von denen kann einen Platten flicken, haben sie bei mir gelernt», schiebt Sepp ein.

«Bei mir haben sie Brot gebacken.»

«Bei mir haben sie Bratwürste gesto...», mitten im Wort hält Bieri inne, da hat er sich doch glatt anstecken lassen.

«Und du, Jakob, was meinst du?», fragt der Bärenwirt, «du hast noch gar nichts gesagt.»

Jakob muss sich wieder einmal kratzen. Schliesslich aber findet er doch den Anfang. «Dass ich Partei bin, ist klar, versteht sich, schliesslich ist er mein Schwiegerso» «Verheiratet sind die aber nicht», fällt ihm der Widmer ins Wort, kann aber Jakob nicht aus der Ruhe bringen. «Er ist mein Schwiegersohn, Punkt», sagt er. «Schliesslich ist der Pfarrer der Götti von Louis. Wenn also der Pfarrer damit leben kann, sollten es auch die andern können.»

«Vielleicht könntest du eine Auflistung mit den Verfehlungen des Pfarrers machen», wirft Sepp Richtung Widmer dazwischen. «Oder machst du das etwa schon?», fragt er nun, als er sieht, wie der den Kopf einzieht. «Ich glaube es nicht, machst du Auflistungen gegen jedermann, Widmer? Vielleicht auch gegen mich? Spinnst du eigentlich?» – «Das kommt ins Protokoll», zischt Widmer, «das hat noch Folgen, wart nur ab.»

Und dann kann Jakob endlich weiterfahren. «Wisst ihr, Mannen, in den heissesten Momenten gilt es Ruhe zu bewahren. Nur der ruhige Mann findet den richtigen Weg. Und jetzt ist Schlauheit gefragt und List, wenn wir den Feind besiegen wollen.»

«Welchen Feind?», fragt Bieri, «von was redest du?»

«Die Erziehungsdirektion», sagt Jakob, «die wollen den Paul weghaben, und wir wollen ihn behalten.»

... Pause ...

«Also, wartet», sagt er, «ich hab's gleich. Die haben doch geschrieben: ‹dem Primarlehrer Paul Ammann die Lehrberechtigung per sofort zu entziehen.› Einerseits behaupten die, dass es den Primarlehrer Paul Ammann gar nicht gibt, und andererseits wollen die ihm dann plötzlich die Lehrberechtigung entziehen.»

«Die es gar nicht gibt», ruft Johnny dazwischen.

«Ist er nun Primarlehrer oder nicht? Die wissen es ja selber nicht. Und eine Lehrberechtigung kann man nur jemandem entziehen, der eine hat. Also, wir stellen uns einfach auf den Standpunkt, dass es hier keinen Primarlehrer Paul Ammann gibt.»

«Und wenn es einen gäbe, gäbe es keine Lehrberechtigung, die ihm jemand entziehen könnte», nimmt der Bärenwirt den Gedanken auf. Die andern staunen. Widmer schnaubt. Und Bieri glotzt.

«Abstimmen», sagt Fritz, «wir stimmen ab. Komm Bieri, mach die Abstimmung.» Bieri braucht aber Hilfe. Und so diktiert Jakob: «Wir beschliessen, dass die Schulkommission aufgrund widersprüchlicher Tatsachen und formeller Unstimmigkeiten in der Korrespondenz der Erziehungsdirektion sowohl auf die ordentliche wie auf die fristlose Kündigung gegen Paul Ammann verzichtet.»

«Bravo Leibundgut!», ruft es am Tisch. «Wo nimmst du das her? Das hätten wir dir nicht zugetraut.» Und Leibundgut strahlt. «Da staunt ihr. Also, Bieri, stimm ab!» Und automatisch sagt Bieri: «Wer diesen Beschluss annehmen will, bezeuge das mit Handerheben.» Und an den Seitenwänden heben sich sechs Hände. «Gegenmehr», sagt Bieri und hebt seine Hand. Auch die von Widmer geht hoch, wie eine Lanze sticht sie hoch, aber auch gleich wieder und beschämt runter; er darf ja gar nicht stimmen, er macht nur das Protokoll.

«Ja: sechs, Nein: eine, Enthaltungen: keine», meldet Erwin Jegerlehner Kraft seines Amtes als Stimmenzähler. «Schreib das ins Protokoll», sagt er zu Widmer. Und dieser schweigt und schreibt ins Protokoll.

«Die Sitzung ist geschlossen», sagt Grunder, «bei mir gibt es noch ein Bier. Für dich auch», sagt er gleichmütig zu Bieri, «mir scheint, du brauchst es am dringendsten.»

So bleibt Paul vorläufig im Amt.

Der Brief mit dem Beschluss des Schulkommissions, den der Widmer gleich am nächsten Morgen bei der Post einwirft, erreicht die Erziehungsdirektion nie. Es könnte sein, dass der Postsack, der die Richtung Bern gehende Post enthalten hat und mit dem Regionalzug dorthin unterwegs gewesen ist, einen kleinen Riss gehabt hat. Und es könnte sein, dass ebendieser Brief durch diesen Riss gerutscht ist und durch die vorschriftswidrig nicht ganz geschlossene Schiebetür des Gepäckwagens auf dem Lorraineviadukt in Bern hinausgeweht worden ist, worauf er nach einer kurzen flatterigen Flugbahn in der Aare versunken ist.

Was der Kondukteur Ernst Gmür, der in Trubschachen den Postsack vom Stationsvorstand Jakob Leibundgut entgegengenommen hat, mit diesem gesprochen hat, entzieht sich unserer Kenntnis.

Der Frieden bleibt aber ein trügerischer, das weiss auch Jakob und sucht einen Weg, um das drohende Unheil abzuwenden. Paul ist ihm keine Hilfe, der lacht nur. «Wenn sie nicht wollen, haben sie gehabt», sagt er.

Im Dorf aber ist sein Ansehen noch gestiegen. Der Hauch des Gesetzlosen umgibt ihn, das gefällt den Leuten. Sie betrachten ihn als eine Art Wilhelm Tell, der gegen die böse Obrigkeit ankämpft, als einen Winkelried, der sich gegen die amtlichen Speere stellt. Im Geheimen hat man ihm sogar die Leitung des Kirchenchors angeboten. Das hat Paul aber abgelehnt: «Tut mir leid, ich kann keine Noten lesen, wisst ihr, dazu bin ich in Hofwil eben nicht mehr gekommen.»

Und so geht dieser Schlag noch einmal an Widmer vorbei, der aber keine Ahnung hat, wie nah er an seinem Sturz vorbeigegangen ist. Geduldig wartet er auf die Entfernung Ammanns aus dem Schuldienst. Und da er weiss, dass die Amtsmühlen langsam mahlen, dauert es einige Monate, bis er sich zu fragen beginnt, wann denn die Welt nun wieder in den rechten Winkel gerückt wird.

Wort.Spiel.

Trubschachen, Schönbrunnen, Dienstag, 15. Januar bis Mittwoch, 6. März 1991. Die Zwillinge sind eindreivierteljährig.
Wie Leo zu sprechen beginnt und Louis schweigt.

«Warum spricht Louis nicht?», fragt Paul.

«Warum spricht Leo?», fragt Lisa zurück. «Paul, ruhig bleiben. Der Louis spricht dann schon, wenn er Lust dazu hat, und mag das auch noch dauern.»

«Er sieht einfach nicht aus wie einer, der sprechen will», denkt Paul, sagt es aber nicht, mit Lisa lässt sich einfach nicht über solche Sachen sprechen.

Das Wunder ist aber nicht das Schweigen von Louis. Leo spricht. Klar und deutlich benennt er Dinge. «Zug», sagt er, wenn er bei Jakob am Bahnhof ist. «Kuh», sagt er, wenn sie an der Weide vorbeifahren. Wenn ihm aber jemand sagt: «Schau hier das schöne Muuuh, schau dort das herzige Määäh und da, da, da, das lustige Tschutschu», runzelt er die

Stirn, schaut den Jemand fragend an, besorgt. Er, Leo, ruft die Dinge bei ihrem Namen.

«Was ist das?» – «Kuh.»

«Wie macht das?» – «Muh.»

«Was ist das?» – «Auto.»

«Wie macht das?» – «öööÖÖÖÖÖHhm, öHöööÖÖÖhm, öööööööööööööööööööööööööööö ööööööööööööööööhm ÄÄÄÖÖöööhhhhm m m ttttg.»

«Wer ist das?» – «Paul.»

«Nein, nein, das ist dein Papa.»

Besorgtes Stirnrunzeln, Fragezeichen. Paul ist Paul. Und Lisa ist Lisa. Und das findet Paul nun wieder sehr stark. Und auch Lisa gefällt es, dass ihr Erstgeborener sie beim Namen nennt. Und vor allem gefällt ihr, dass sich bei ihm ein unabhängiger Geist abzeichnet. «Das kann man gut gebrauchen», denkt sie, «auch und gerade hier in Trubschachen, im Emmental», denkt sie weiter, «in der Schweiz, auf der Erde, auf der Welt, wahrscheinlich überall», denkt sie den Gedanken zu Ende und fährt dem Jungen sanft über den Kopf.

Bald gesellen sich zu den einzelnen Worten Ergänzungen. Zuerst sind es Adjektive: heilige Kuh – trauriges Haus – müder Wind – schnelles Brot – lustiger Apfel.

Und die sorgfältige und treffliche Wahl dieser Adjektive verstärkt Lisas Eindruck vom unabhängigen Geist, und das freut sie noch mehr und färbt sogar auf sie ab. Sie merkt, dass sie ihre eigenen Adjektive sorgfältiger wählt, präziser wird in ihrem Ausdruck.

Paul aber überlegt, in welcher Form er dieses erlesene Sprachgefühl von Leo in seinen Unterricht einbringen könnte. Bis ihm einfällt – wie mit einer Axt schlägt es ihm auf den Kopf –, dass er gar nicht mehr Kleinklassenlehrer ist, dem Amt enthoben, des Amtes enthoben.

Macht.Wort.

Trubschachen, «Bären» und andernorts, Mittwoch, 6. Februar bis Mittwoch, 6. März 1991. Die Zwillinge sind eindreivierteljährig. Wie die Erziehungsdirektion ein Machtwort spricht, und Paul von der Schule entfernt wird.

Am 6. Februar hat Bieri den nächsten Eingeschriebenen erhalten. Und damit hat sich der Amtsschimmel in Trab – in Galopp geradezu – gesetzt. Der Beschluss des Schulkommissions wird von Bieri, respektive Widmer nachgereicht, diesmal per Einschreiben und in einem unversehrten Postsack. Der Beschluss wird von der Erziehungsdirektion als ungültig erklärt und zusammen mit einer gründlichen und umfassenden Rechtsmittelbelehrung zur Neubeurteilung an die Schulkommission zurückgeschickt, der das gelassen aber ratlos entgegennimmt.

«Was tun wir nun?», fragt Grunder, als der Schulkommission informell tagt, im «Bären», ohne Widmer und ohne Bieri. «Wenn wir uns weigern, dem Ammann zu kündigen, dann wird wohl die Schulkommission aufgelöst, wir erhalten ein Verfahren wegen Amtspflichtverletzung, und dann werden wir von der Erziehungsdirektion bevogtet, bis wir wieder eine anständige Schulkommission haben, wenn ich das richtig verstanden habe in dieser Rechtsmittelbelehrung.»

«Dann treten wir wahrscheinlich zurück», sagen Fritz und Erwin.

«Was heisst denn wahrscheinlich?», fragt Johnny.

«Wir müssen das noch besprechen», sagen die beiden, «zu Hause, mit unserer Regierung. Aber dass wir den Paul nicht verraten, das ist schon klar, da sind wir sauber.»

«Sauber sind wir alle, denke ich», meldet sich der Sepp.

«Zwar bin ich für Ordnung, das muss schon sein, aber man kann auch übertreiben. Und dass der Paul ein guter Lehrer ist, das steht fest, da kann die Erziehungsdirektion sagen, was sie will.»

Der Johnny: «Wir geben nicht nach!», ruft er. «Wir machen eine Gemeindeversammlung und einen Antrag: Die Gemeinde Trubschachen tritt aus dem Kanton Bern aus.»

«Zu wem willst du dann gehören?», ruft einer, «willst du den Vereinigten Staaten von Amerika beitreten?»

«Warum nicht? Dort tun sie in solchen Dingen nicht so blöd wie die in Bern oben.»

Und ein Wind von Aufruhr und Revolution weht durch die Gaststube.

Und genau jetzt, genau vor drei Minuten, hat der Bieri einen Durst gespürt und hat seiner Frau gesagt, er müsse noch etwas erledigen, sie solle einen Moment in der Metzgerei zum Rechten schauen. «Wer schaut wohl hier zum Rechten, wenn der Tag lang ist?», hat die Margrit Bieri gedacht. «Er jedenfalls nicht, ob er da ist oder ob er nicht da ist. Wenn ich nicht zur Sache schauen würde ...» Sagt aber nichts. Schweigt, wie immer, und schaut zum Rechten und zum Linken. Und manch ein Kunde ist froh, wenn die Frau Bieri im Laden steht. Und die Kundinnen sowieso. Der Bieri hat also einen Durst gespürt und betritt genau jetzt den «Bären». «Was geht da vor?», denkt er, als er den Schulkommission sitzen sieht.

«Haben wir heute Schulkommissionssitzung? Ohne mich?», fragt Bieri und ahnt dumpf, dass mit diesem Gedanken etwas nicht ganz stimmt. «Und ohne Widmer?», fragt Bieri trotzdem weiter. «Geht das überhaupt? Gibt es auch Sitzungen ohne den Präsidenten?», fragt er beunruhigt. «Und warum sind wir nicht im Schulhaus, wenn wir doch Sitzung haben?» In seinem Kopf wird es wirr und wirrer.

«Du kommst grad recht», sagt der Johnny, «wenn wir dich schon mal ohne den Widmer haben.»

Und dann wird dem Bieri die Kappe geschrotet, der Kopf gewaschen, das Fell gegerbt und noch manches mehr, was man nur im Emmental kennt, dass sich der Bieri ernsthaft nach seiner Ruhe und seiner Metzgerei zu sehnen beginnt. Man lässt ihn aber nicht los, ein weisser Mann in den Händen der Komantschen, angebunden am Marterpfahl, und rundum tanzen die Krieger, angeführt von diesem seltsamen Krieger, der mit steinharten Brötchen nach ihm wirft.

«Wer kann mir jetzt noch helfen?», fragt sich der Bieri verzweifelt und ahnt nicht, dass die Rettung schon nahe ist, denn in diesem Augenblick steht wie aus dem Boden gewachsen Old Shatterhand mitten unter den Indianern. Mit einem raschen Schnitt seines Bowie Knifes schneidet er den Bieri los, welcher tief aufatmet. Und nun hebt Old Shatterhand an und spricht: «Wenn die edlen und tapferen Krieger der Komantschen, meine Brüder, ausziehen auf Büffeljagd und dann fangen sie nur ein Kaninchen, über wen wird dann gelacht, über das Kaninchen oder über die tapferen Krieger?»

Die Indianer senken die Köpfe und der Schulkommission kommt sich blöd vor, in corpore.

«Wir wollen doch nur, dass du die Kleinklasse behältst», sagt einer.

«Das trägt nichts ab», sagt Paul, «es freut mich, dass ihr mich behalten wollt, aber gegen den weissen Mann kommt ihr nicht an. Aus den Städten kommen sie und befehlen und haben die Macht, und wenn ihr einen von ihnen besiegt, dann steht dahinter noch einer, und hinter dem steht noch einer und hinter jedem noch einer. Die roten Krieger mögen also auf den heldenhaften, aber verlorenen Kampf verzichten. Sie müssen schlau sein und dort angreifen, wo es niemand erwartet.»

So wird es gemacht. Der Bieri wird in Freiheit gesetzt, hat aber so viel Angst ausgestanden und befürchtet einen so starken Umsatzrückgang in seiner Metzgerei, dass er kurzum seinen Rücktritt bekannt gibt.

Der Johnny wird der neue Schulkommissionspräsident, und so kommt es, dass die Gemeinde Trubschachen die erste im Kanton ist, die Frühenglisch auf den Lehrplan setzt, zwar nur als fatulkatives, fakulatives, falutaktives, fakultatives Fach, aber wer daran teilnimmt, dem schenkt der Johnny ab und zu einen Nussgipfel, wenn ihm welche übrig geblieben sind – von vorgestern halt –, aber die sind noch immer fine. Und am Examen gibt es Bagels für alle mit Frühenglisch.

Der Kampf aber, der Angriff, wo es niemand erwartet, erweist sich als schwierig, denn auch im Schulkommission gibt es niemanden, der weiss, wo das sein könnte.

Paul aber, Paul ist seit dem Mittwoch, 20. Februar, mit amtlicher Verfügung und mit sofortiger Wirkung nicht mehr der Kleinklassenlehrer. Zwar ist auf die Schnelle kein Stellvertreter verfügbar, aber lieber kein Unterricht als ein hochgestapelter, muss sich die Erziehungsdirektion gesagt haben. So fällt der Unterricht erst mal eine Woche aus, das heisst, und das ist nun wirklich ein gut gehütetes Geheimnis, von dem niemand weiss: Der Unterricht findet in Lisas Praxis statt, in der Scheune, die wir bereits kennen. Am Donnerstag, 21. Februar, morgens um halb acht rattert der Einachser auf Schönbrunnen zu, die Feuerwehrhupe hupt. Dass das Geheimnis ein Geheimnis blieb, brauchte wirklich sehr viel guten Willen von allen Seiten, auch vom Schicksal.

«Hier sind wir», erklärt Annemarie, «das heisst, ich kann nicht bleiben. Ich muss in meine langweilige zweite Klasse», ruft sie, «aber wenn ich frei habe, komme ich», und springt fort.

Und dann halten Paul und seine Kleinklasse Unterricht wie immer; das ist nicht schwer, sie sind sowieso mehr ausser Haus als im Schulzimmer.

Aber dann spielt das Schicksal doch nicht richtig mit, und Widmers Frau erklärt sich bereit einzuspringen. Im Dienst der Sache, wie sie sagt. Tatsächlich hat sie vor dreissig Jahren das Seminar gemacht und abgeschlossen, dann aber keinen einzigen Tag unterrichtet. Jedenfalls fühlt sie sich befähigt. Und die Erziehungsdirektion fühlt das auch. Und so führt denn Frau Widmer zwei Wochen lang ein Schreckensregiment, das dem ihres Mannes in keiner Weise nachsteht.

Zum Glück hat sich dann jemand gemeldet auf die Stelle und kann auch gleich anfangen, sodass die Kleinklässer dem Schrecken entrinnen, bevor etwas Dummes passiert, wofür wirklich nicht mehr viel gefehlt hat.

Auch wenn er das Gegenteil behauptet, Paul vermisst sein Amt, seine Klasse, seinen Unterricht, seine Schüler. Er, der keine Reue und kein Zurückblicken kennt, der vorwärts schaut, der sich, wenn das eine nicht geht, dem andern zuwendet, er vermisst seine Kleinklasse, wahrscheinlich, weil auch sie ihn vermisst. Ab und zu, mal an einem Mittwochnachmittag, mal an einem Samstagmorgen, taucht ein Schüler und eine Schülerin nach der andern in Schönbrunnen auf, bis alle beisammen sind. Dem sagen sie «Klassenzusammenkunft». Und dann reden sie über die Wahrheit und nichts als die Wahrheit oder über die Dummheit und nichts als die Dummheit oder die Faulheit und nichts als die Faulheit. Und eines Samstags, als sie mitten in einer Debatte über Blödsinn und nichts als Blödsinn sind, klopft es, und es ist der neue Lehrer, der mal seinen Vorgänger besuchen will. Und er ist ziemlich erstaunt, als er seine ganze Klasse antrifft sowie ein kleines Mädchen, das Samuels Schwester zu sein scheint. Jedenfalls nimmt die Debatte über den Blödsinn und nichts als den Blödsinn eine kleine Wende und wird zur Debatte über Unterricht und nichts als Unterricht. Und der neue Lehrer lernt in dieser Stunde ziemlich viel. Und bei jedem «Aha!» macht es in seinem Kopf klick, und bald tönt es wie bei einem Uhrwerk, und am Schluss hat er vieles begriffen. Und nichts davon haben sie am Seminar durchgenommen.

Tatsächlich taucht er dann noch manches Mal bei Paul auf, der ihm gerne mit Rat und Tat zur Seite steht. Der Unterricht kommt auch ganz gut auf die Beine, aber es wird trotzdem nur fast gut. Dem neuen Lehrer fehlt die Kompromisslosigkeit, um mit der Wahrheit und nichts als der Wahrheit umzugehen. Das zeigt sich nur schon daran, dass der Widmer kaum etwas am neuen Lehrer auszusetzen hat.

Satz.Bau.

Mittwoch, 6. März 1991 bis Mittwoch, 15. März 1994. Die Zwillinge sind eindreiviertel- bis vierdreivierteljährig.
Wie Leo immer besser spricht und Louis schweigt.

Amtsenthebung hin oder her, Leo kümmert das nicht, er ist damit beschäftigt, sprechen zu lernen. Bald gesellen sich zu den Einzelworten und zu den erlesenen Adjektiven Sätze, keine Bruchstücke, sondern grammatikalisch richtige Sätze:

«Ich habe wütenden Hunger, Lisa.»

«Wohin fährt der fleissige Zug, Jakob?»

«Ich helfe dir, armer Paul.»

Übers Jahr macht er schon und zunehmend ausgebaute Sätze: «In meinem Bauch wütet ein heisser Hunger, Lisa, und in meinem Mund ein kühler Durst.»

«Ich kann dir bei deinem kühnen Experiment zur Hand gehen, Paul.»

Und bald schon Satzgefüge, deutlich und mit Satzzeichen ausgesprochen: «Mich plagt ein Hunger, Lisa, der nach Schokolade oder Biskuits verlangt, und der ohne Weiteres zum wilden Tier werden könnte, sollte er nicht gestillt werden.»

«Wenn ich auf diesen Schienen weiterfahre und weiterfahre, Jakob, gelange ich dann an einen Ort, an dem die Schienen zu Ende sind? Und falls ja, ist es das Ende der Welt?»

Lisa muss einfach lachen über diese Ausdrucksweise aus dem Mund dieses kleinen Jungen. Paul aber wüsste gerne, woher Leo diese Idee hat und woher er den Wortschatz hat, der ihm scheinbar unbegrenzt zur Verfügung steht. Louis aber schweigt weiter, sagt kein Wort.

Nord.Pol.

1991. Wie Paul dieses und jenes tut und zum Beispiel Formalitäten erledigt.

Was aber tut Paul denn nun, wenn er nicht mehr Lehrer ist? Ein Mensch braucht einen Beruf, sonst ist er nichts im Emmental, das ist dort ein ehernes Gesetz. Also, wir reden hier von den Mannen. Bei den Frauen ist das etwas anderes. Dass die arbeiten und auch Berufe haben, ist inzwischen sogar im Emmental ein Zustand des Möglichen. Aber es muss nicht sein, eine Frau kann auch nur heiraten und den Haushalt machen. Und eine solche war noch nie dem Verdacht der Faulheit ausgesetzt, dem Verdacht, dass sie sich ein schönes Leben mache. Bei den Mannen aber ist das anders. Noch nie hat es in Trubschachen einen gegeben, der nichts tut. Dass einer nichts nutzt, das kommt vor, da redet man nicht laut darüber. Aber dass einer nichts tut, undenkbar. Klar, es hat auch schon Künstler gegeben, die hier gelebt haben, und das ist dann so ähnlich wie nichts tun, aber die sind meistens nicht lange geblieben, und Künstler, das weiss man ja ... Also einen, der nichts tut, einen, der sich von seiner Frau aushalten lässt, das hat es noch nie gegeben.

Nun ist es aber bei Ammann-Leibundguts im Moment so, dass Lisa arbeitet und das Geld verdient, und es scheint nicht, dass dieser Moment in einem näheren Zeitraum ein Ende haben wird. Paul ist zu Hause, macht den Haushalt, hütet die Kinder. Ab und zu kommt noch Klara, die Hütefrau, kommt aber nur noch aus Zuneigung und Liebhaberei und vielleicht ein ganz klein wenig, um nach dem Rechten zu sehen. Aber sie muss es zugeben: Der Paul schmeisst diesen Haushalt recht gut. Natürlich macht er alles anders, aber das muss bei ihm so sein. Etwas anderes kann Klara sich inzwischen gar nicht mehr vorstellen, und was noch viel erstaunlicher ist, sie kann es gelten lassen, und, was noch viel erstaunlicher ist, auch die überwiegende Mehrheit der Schächeler akzeptiert Paul in seinem neuen Leben. Mehr noch, sie finden es genau richtig, wenn auch nicht für sie selbst oder im Allgemeinen, aber für Paul.

Sie finden das so okay, dass Paul ohne zu kandidieren bei den nächsten Wahlen zum Gemeindepräsidenten gewählt wird. Dass das nicht gut gehen kann, dass Paul und der Amtsschimmel zwei komplett verschiedene Dinge sind, werden sie nicht bedacht haben, wie folgender Dialog in der Amtsstube zeigt:

«Paul Ammann?»

«Ich bin der Paul – Pol.»

«Hä?»

«Wie Nordpol oder Südpol.»

«Was sind Sie nun? Nordpol oder Südpol? Beides können Sie nicht sein.»

«Doch», sagt Pol, «das ist der Nordpol», und schwenkt den Kopf, «und das ist der Südpol», dreht sich um und schwenkt den Arsch.

Nach zwei Monaten im Amt wird Paul Würde und Bürde wieder abgeben, sehr zur Erleichterung von einigen Beamten da oben in Bern.

Paul richtet sich ein in seinem neuen Leben. Er macht den Haushalt, er betreut die Kinder. Daneben bleibt ihm noch viel Zeit. Und da er Tun dem Nichtstun vorzieht, macht er sich nützlich, hie und da.

«Frag doch schnell den Paul», sagen die Leute zueinander. Und meistens hilft Paul, wenn das Resultat auch gut und gern anders aussehen kann, als es sich die Leute vorgestellt haben.

Daneben betätigt sich Paul als Erfinder; es gibt ziemlich viele Dinge, die nicht perfekt sind, und es gibt ziemlich viele Probleme, die noch nicht gelöst sind. Dabei geht es Paul aber keineswegs um Effizienz, es geht ihm auch nicht darum, Geld zu verdienen, es sind einfach der Dinge und der Menschen, deren er sich annimmt.

Man muss hinschauen, lautet sein Grundsatz, und weil er – ohne, dass er das so angestrebt hat – frei und ungebunden ist, in kein Pflichtenheft eingebunden, von keinem Chef oder Oberlehrer gegängelt und kontrolliert wird, hat er nun den Kopf frei für das Wesentliche. Und vor allem das Unwesentliche.

Spiel.Zeug.

Trubschachen, Langnau, Mittwoch, 13. Januar 1993, die Zwillinge sind dreieinhalbjährig.
Wie Paul Rat sucht.

Dass jemand nicht spricht, kann Paul schon verstehen. Indianer zum Beispiel, die sprechen fast nichts. Und auch Emmentaler gibt es, die nicht sprechen, kaum sprechen. Aber sein Louis, sein Sohn, das kann er nicht recht verstehen, er sieht nicht aus wie ein Schweiger.

«Vielleicht solltest du mit einer Logopädin sprechen, die kennen sich aus mit dem Spracherwerb», sagt Marianne in Amerika, sagt es am Telefon. Auch sie versteht nicht recht, warum ihr Bauch ihr sagt, dass mit diesem Schweigen alles in Ordnung ist, während ihr Kopf das nicht einordnen kann. Und gibt wieder einmal dem Kopf nach, wo sie doch eigentlich weiss, dass auf den Bauch mehr Verlass ist.

Paul aber geht zur Logopädin Rita Volken, fünfzig, kurze graue Haare. Er nimmt beide mit, den Louis und den Leo, kommt gar nicht auf die Idee, nur mit einem irgendwohin zu gehen. Und nun sitzen sie im Sprechzimmer am Boden: die Logopädin Rita, Paul, die Buben; das gefällt Paul, und den Buben auch.

Leo hat aus dem reichhaltigen Spielsortiment einen Kipplaster genommen, fährt ihn hinüber zu den Holzklötzchen, und da hat sich Louis bereits in Bewegung gesetzt, holt einen Bagger unter einem Berg von Stofftieren hervor, fährt ihn hinüber zu Leo. Dort beginnt er sorgfältig mit dem Beladen des Lastwagens: Jedes Klötzchen wird mit dem Bagger, mit der Baggerschaufel sorgfältig auf die Ladefläche geladen, nicht ein Einziges mit einem schnellen Handgriff, und keines fällt herunter, so genau sind die Bewegungen. Die Logopädin schaut dem Treiben fasziniert zu. Ist es ihrem Fachgeist, dem hier ein Spektakel geboten wird? Dann ist der Lastwagen voll, Leo steigt in den Lastwagen, diesen Eindruck vermittelt er, und fährt quer durchs Zimmer, vorsichtig, umsichtig, ansichtig, vielsichtig.

Und dann – die Buben haben kein Wort gesagt, weder Leo noch Louis – sagt Rita Volken: «Weisst du was, Paul? Mit deinen Buben ist alles in Ordnung, die sprechen miteinander, das ist offensichtlich, wenn auch nicht offenhörbar. Und wenn es Zeit ist, werden sie auch mit andern sprechen.» So überzeugt sagt sie das, dass Paul ihr glaubt, so sehr glaubt, dass er jeden Gedanken an Therapie fallen lässt und sogar das Warten auf diesen Tag fallen lässt. Dass er sich von nun an dem Sprechen des einen und dem Schweigen des andern hingeben kann, ohne das eine gegen das andere abzuwägen. Und so hat für einmal eine Behandlung ihren Zweck erfüllt.

Mehr noch, Paul, selbst ein grosser Sprecher vor dem Herrn, entdeckt den Wert des Schweigens. Nie hätte er früher gedacht, dass etwas schweigen genauso gut sein kann, wie etwas sagen.

Dia.Log.

Im Zug, Dienstag, 6. April 1993, die Zwillinge sind fast vierjährig. Wie es tönt, wenn gesprochen wird, zum Beispiel im Zug. Würden diese Personen besser schweigen? Oder macht ein solcher Dialog genauso viel Sinn wie ein sinnvoller?

Paul war in Bern, hat wieder einmal seinen alten Lehrer besucht, hat mit ihm einen Spaziergang gemacht. Dann haben sie zusammen zu Mittag gegessen, haben über vieles geredet, über vieles gelacht. Nun ist später Nachmittag und er fährt mit dem Zug nach Hause.

Paul sitzt da, denkt über ihr Gespräch nach. Sie haben wieder über die Zwillinge geredet, über Louis‘ Schweigen geredet. Und der Bernhard hat etwas gesagt, etwas Gutes, das er Lisa heute Abend sagen will. Aber es geht nicht, er kann nicht denken, weil im Nebenabteil zwei Frauen, die sich zufällig getroffen haben, die in der Stadt waren, ein Gespräch führen, die eine ist von Signau, die andere ist von Langnau:

Sagt die eine: «Eine Zeit lang waren doch diese Hunde Mode – Pekinesen.»

«Ja, das ist richtig», sagt die andere.

Und die eine: «Mein Schwager hat einen Tschou-Tschu, ich weiss nicht, ich kann das nicht sagen.»

«Chihuahua.»

«Genau, aber der hatte Hängeohren, und der meiner Nachbarin hat spitzige Ohren.»

«Ja, jetzt kommt dann der Sommer.»

«Mein Schwager hat einen Swimmingpool.»

«Aufgestellt?»

«Nein, im Boden.»

«Ja, das habe ich auch lieber. Ja, ihr habt auch nur ein Lädeli bei euch im Dorf, oder?»

«Wir haben einen Volg, und beim Metzger kann man auch.»

«Wie heisst der Metzger?»

«Glauser.»

«Der ist doch von Schüpbach.»

«Ja, ein Einheimischer, der wohnt hinten bei den neuen Einfamilienhäusern.»

«Ja, ihr habt viel gebaut. Wir sind mal vorbeigekommen, um das anzuschauen.»

«Sind eure Jungen schon weg?»

«Nein, der Jüngste nicht, der soll jetzt noch etwas zu Hause bleiben, der fährt jetzt mal ein bisschen Motocross, der soll das geniessen.»

«Das sieht nicht schön aus, das Wetter.»

«Nein, die Kollegin ist letztes Wochenende in Österreich gewesen, zwanzig Zentimeter Schnee – und Sommerpneus.»

«Jesses Gott.»

«Ende Mai. Seid Ihr ein bisschen in der Stadt gewesen?»

«Nein, ich war bei meiner Schwester, wir haben gejasst, die Schwester, der Schwager, eine Freundin und ich.»

«Schieber?»

«Es hat dort auch eine Migros und ein Hallenbad, wir sind dort essen gegangen. Letztes Jahr waren wir zusammen in der Türkei, vor Weihnachten.»

«Ist das etwas? Wir haben uns das auch schon überlegt.»

«Ja, tipptopp, Essen gut. Ende Dezember ist das Baden schon etwas vorbei. Sechshundertvierzig Franken für vierzehn Tage.»

«Halbpension?»

«Nein, Vollpension.»

«So günstig?»

«Ja, ich habe zu meinem Schwager gesagt: ‹Hoffentlich ist mein Zimmer dann nicht zu weit weg von eurem, so allein an einem fremden Ort.› Ich gehe jetzt noch einmal, dann gehe ich nicht mehr.»

«Geniesst es dann! Wo hat es euch am besten gefallen?»

«In Griechenland, Kreta. Und ich war auch an einem andern Ort. Jetzt kann ich gerade nicht sagen, wie der heisst. In Paris bin ich auch schon gewesen. Silberne Hochzeit. Damals hat mein Mann noch gelebt.»

«Paris ist schön. Ja, wenn man denkt, es gibt viele schöne Orte, die man besuchen kann auf der Welt.»

Und Paul hört dem zu und hört dem zu, und nun wird es Paul zu viel, das Denken hat er längst aufgegeben.

«Ja, stellt euch vor, habt ihr gewusst», sagt er, «in Paris, jedes Jahr verschwinden dort zweihundert Touristen, manchmal auch Schweizerinnen, manchmal sogar aus dem Emmental!»

Jetzt herrscht Schweigen. Und Paul kann wieder denken.

Louis.Brot.

Trubschachen, Schönbrunnen, Freitag, 10. Juni 1994, 12.20 Uhr.
Die Zwillinge sind fünfjährig.
Wie Ammann-Leibundguts essen.

«Buben, essen! Mann, essen!», ruft Lisa mit ihrer Kommandostimme, sonst hört das ja niemand.

Die Suppenschüssel steht bereits auf dem Tisch, als Leo voran, Louis im Kielwasser ins Zimmer stürmen, Paul wie immer als Letzter, ruhig, gelassen.

«Hände gewaschen?», fragt Lisa.

Und alle drei begeben sich ins Bad – Louis und Leo ohne Widerrede, Paul etwas zögerlicher, mit einem prüfenden und skeptischen Blick auf seine sauberen Hände. «Immer diese (verdammte) Hygiene», liest Lisa in seinem Kopf und muss lachen.

Der Suppentopf verströmt Karottengeruch, dringt in die Nasen der versammelten Familie. Louis schüttelt den Kopf, ist nicht geneigt, davon zu essen.

«Rüebli sind gut für die Augen», verkündet Leo.

Louis hält sich die seinen mit den Händen zu, blinzelt durch die Fingerspalten, um zu sehen, wie sich die Dinge entwickeln.

«Keine Suppe für Louis», entscheidet Paul, Louis braucht noch etwas Zeit mit den Karotten.

Lisa nickt, gibt ihren Segen zu dieser pädagogisch und protestantisch nicht ganz einwandfreien Haltung.

Leo löffelt zufrieden seine Suppe aus. Als der Teller leer ist, geht er zum Fenster, schaut so weit wie möglich in die Ferne, um sich an seinen umgehend verbesserten Sehfähigkeiten zu erfreuen.

Louis ist schon neben ihm, macht, was Leo macht, schaut ebenfalls in alle Richtungen, schaut dann in den Himmel hinauf, zieht mit dem ausgestreckten Finger die Flugbahn eines nur für ihn sichtbaren Vogels nach.

Leo sieht nichts, reibt sich die Augen, sieht trotzdem nichts, ist konsterniert. Auch für ihn sind die Rüebli ab jetzt vom Speiseplan gestrichen.

«Buben, zu Tisch!», befiehlt Lisa. Der Hauptgang ist inzwischen serviert: Blumenkohl, Kartoffeln, Jägerplätzli.

«Louis.Brot.», sagt eine Stimme. Es ist Louis, dem offenbar auch der Hauptgang nicht zusagt.

Alle lachen, so bestimmt kommt diese Aussage aus dem Mund des kleinen Jungen. Und niemand gerät ins Staunen darüber, dass Louis gesprochen hat, so selbstverständlich sind die Worte aus seinem Mund gekommen.

Erst Stunden später macht es klick bei Paul. Und erst dann gerät er in Verzückung und Aufregung. Und jedes Mal, wenn Louis etwas sagen wird, wird Pauls Herz lachen, umso mehr noch, als es feststellt, dass Louis sich nur mit Doppelwörtern ausdrückt, selten und in ganz wichtigen oder komplexen Angelegenheiten auch mal mit drei Ausdrücken. Niemals aber, nie wird Paul oder wird jemand anders ein Einzelwort aus Louis‘ Mund hören, genau gleich wie niemals Paul oder jemand anders – mit einer einzigen Ausnahme, die an der passenden Stelle ihren grossen Auftritt haben wird, mehr sei nicht verraten – jemals einen ganzen Satz aus Louis‘ Mund hören wird. Aber Louis.Spricht. und Paul ist entzückt und begeistert und möchte aufs Dach steigen und es laut in die Welt hinausrufen. Auch Lisa freut sich, hat viel früher geschaltet als Paul, sowenig sie aber ein Theater aus Louis‘ Schweigen gemacht hat, sowenig macht sie nun eines aus seinem Sprechen.

Tatsächlich und glücklich isst Louis seine Portion Fleisch mit drei Scheiben frischem Schwarzbrot. An jeder Scheibe riecht er zuerst, bohrt seine Nase mitten ins weiche Brot und macht einen tiefen, glücklichen Schnauf, beisst dann hinein, geniesst und lacht sein unwiderstehlich strahlendes Lachen, bricht ein Stück ab, tunkt es in die Sauce, bis es ganz aufgeweicht ist, und bietet es Leo an.

«Leo.Brot.?», fragt er.

Leo öffnet den Mund. Und Louis schiebt das Brot in den Mund. Leo kaut zufrieden.

Paul hat bereits seinen Mund geöffnet, die Augen geschlossen, wartet auf seine Speisung, die Louis mit Andacht durchführt. Nun kaut auch Paul zufrieden. Und Louis‘ Blick wandert zu Lisa. Sie lächelt und nickt. Und Louis schiebt ihr einen ganz kleinen Bissen, nur kurz in die Sauce getippt, zwischen die Lippen, genau wie sie es mag.

Lisa staunt und betrachtet ihren Erstgenannten nachdenklich – Abendmahl an einem gewöhnlichen Mittag.

Brot. wird zum geflügelten Wort in der Familie. Wenn jemand nicht einverstanden ist, sagt er einfach seinen Namen und dazu Brot.

«Leo, du räumst jetzt sofort dein Zimmer auf.» Leo hat aber keine Lust und sagt: «Leo.Brot.»

«Paul, kannst du die Steuererklärung ausfüllen?»
«Paul.Brot.»
«Lisa, backst du uns einen Schokoladekuchen?»
«Lisa.Brot.»

Kunst.Sinn. I

Trubschachen, Schönbrunnen, Dorfschulhaus, Mittwoch, 6. Juli 1994. Louis und Leo sind fünfjährig.
Wie Paul mit den Zwillingen Kunst betrachtet.

«Was ist unserem geliebten Fussball zugestossen?», ruft Leo entrüstet, als er nach dem Mittagessen auf dem Hof mit Louis Fussball spielen will.

Aber Louis lächelt und sagt: «Paul.Cézanne.»

Tatsächlich: Der Ball ist rundum bemalt mit gelben, grünen, blauen Pinselstrichen, auch einigen roten. Es sieht aus wie Sonnenblumen, in einer Vase vielleicht, zerbrochen vielleicht. Es könnten auch Hühner sein, die einen Ausflug machen, oder fliegende Goldfische.

«Paul», ruft Leo nun eher neugierig als wütend, «warum hast du unseren trefflichen Ball bemalt?»

Und schon tritt der schwer beschuldigte Paul aus dem Haus, nimmt den Ball mit der Fussspitze auf, jongliert zweimal und befördert ihn nun hoch in die Luft. Und als der Ball herunterkommt, will er ihn mit einem eleganten Kopfball zu Leo hinüberspielen, tut das auch, nur die Eleganz bleibt auf der Strecke. Dafür hat er nun gelbe und grüne Farbe auf Stirn und Nase. Leo und Louis lachen laut auf.

«Paul.Cézanne.», sagt Louis noch einmal und deutet auf Pauls Stirne.

Paul aber lässt sich nicht beirren. «Der Ball ist bunt», sagt er, «zu Ehren der 14. Gemäldeausstellung Trubschachen, die wir heute Nachmittag mit unserem Besuch beehren.»

Gemäldeausstellung Trubschachen? Kunst auf dem Land? Genau das, und nicht zu knapp. Seit 1964 findet alle drei oder vier Jahre in den beiden Schulhäusern von Trubschachen eine Kunstausstellung, inzwischen die berühmte Kunstausstellung, statt. Dieses Jahr trägt die Ausstellung den Titel «Schweizer Maler im europäischen Raum». Am Samstag war Vernissage.

Und nun ist Paul mit den Zwillingen im Dorfschulhaus angekommen und betritt das Unterstufenschulzimmer.

Cuno Amiet ist der Maler, der hier präsentiert wird. Viel Farbe, grosszügige Malweise, das gefällt Paul: nur nicht zögern.

Die Buben haben sich schon selbstständig gemacht, stehen vor einer Landschaft, deren untere Hälfte rot leuchtet, brennt. Leo geht ganz nah ans Bild, fast berührt er es mit der Nase, schon nähert sich Frau Fankhauser, die hier Aufsicht hat, mit erhobenem Berühren-verboten-Zeigefinger.

«Keine Angst, Frau Fankhauser», erklärt Leo höflich, «ich werde Ihre Bilder nicht berühren, ich muss nur sehen, wie sie gemacht sind.»

Was Frau Fankhauser offensichtlich überzeugt, sie lässt den kleinen Kerl gewähren, behält ihn im Auge.

Leo aber betrachtet das Bild genau, scheint die Schichten zu sezieren, scheint es in einzelne Pinselstriche zu zerlegen, nickt schliesslich zufrieden. Und wendet sich dem grössten Bild im Saal zu, das einen Obstberg zeigt und das er genau gleich seziert. Er fragt sogar sehr höflich bei Frau Fankhauser nach, ob er den Aufsichtsstuhl in der Ecke vor das Bild schieben und sich darauf stellen dürfe, damit er auch den oberen Teil des Gemäldes richtig sehen könne, was Frau Fankhauser, sie hat gar keine Wahl, gnädig erlaubt.

Und so untersucht Leo auch dieses Bild genau, bis er schliesslich auch hier zufrieden nickt, herabsteigt, die Stuhlfläche mit dem Ärmel seines Hemdes sorgfältig abwischt, den Stuhl in die Ecke zurückschiebt und Frau Fankhauser weltmännisch zunickt.

Paul ist amüsiert.

Louis steht aber immer noch vor dieser Landschaft mit dem feuerroten Feld, steht einfach da, sieht aus wie einer, der ein feines Dessert vor sich hat, das beim Essen noch viel feiner ist, als er sich das vorgestellt hat. Paul muss ihn anstossen, damit er mit ihm und Leo in das nächste Zimmer kommt. Das zweite Zimmer lassen sie dann aber aus. Louis hat gleich bei der Tür angehalten, hier will er nicht rein.

«Dann muss der Herr Meyer-Amden halt auf unsere Gesellschaft verzichten», hat Paul gesagt, und sie betreten das dritte Zimmer. Paul Klee.

Und nun ist es Frau Friedli, die von Leos Sehweise überzeugt werden muss. Und auch sie kann nicht anders, als diese zuzulassen und zu gestatten, dass der kleine Bub den Stuhl von Bild zu Bild zieht. Klees Aquarelle betrachtet Leo wieder mit der Nasenspitze, untersucht genau, wie Klee die transparenten Farben neben- und übereinandergeschichtet hat und hört nicht auf, bis er begriffen hat, wie das Bild aufgebaut ist.

«Ist schon wahr», denkt Frau Friedli, «die Werke hängen wirklich viel zu hoch für Kinder. Ob ich mal Frau Traber darauf hinweisen soll?» Und stellt sich – wer hätte ihr so viel Vorstellungskraft zugetraut? –, stellt sich vor, wie es wäre, wenn die Bilder alle einen Meter über ihrem Kopf hängen würden: «Dass man gerade die Genickstarre kriegen würde, wenn man sie anschauen wollte», denkt sie, «und dann müsste man wohl noch zum Doktor, und vielleicht bräuchte es noch Medizin oder Umschläge oder gar beides, und das hätte man dann davon, von der Kunst.» Und so gerät Frau Friedli ins Sinnieren darüber, wie wenig doch fehlt, damit die Welt aus dem Lot gerät, kommt dann später zum überraschenden Schluss, dass vielleicht dieser Klee auch etwas schuld sein könnte an diesen komischen Gedanken. Und dass sie vielleicht die Aufsicht mit Frau Gerber vom Zimmer 4 tauschen könnte, dort hängen Landschaftsgemälde und Porträts und Stillleben. «Komisch», hat Frau Friedli auch noch gedacht, bisher hat sie gemeint, dass man «Stilleben» schreibt, weil das Bilder sind, in welchen Gegenstände mit Stil zu einer Gruppe zusammengestellt sind, damit der Maler daraus ein Bild mit Stil machen kann. Nun hat sie gemerkt, dass man Stillleben schreibt. «Das kommt dann wohl davon, dass die Gegenstände still sind», denkt sie, «und das ist doch noch fast schöner.» Und jetzt will Frau Friedli erst recht tauschen. Bei diesen Stillleben von Albert Pfister wird sie sich wohler fühlen. Und die Frau Gerber ist ja so eine Moderne, der gefällt dieser Klee sicher, und sonst kann sie es wahrscheinlich nicht zugeben, also wird sie sicher auf den Tausch eingehen.

Louis aber wendet sich hierhin und dorthin, geht auf ein Bild zu, als ziehe es ihn an, geht gleich wieder rückwärts, strudelt zu einem andern Bild, noch einem und noch einem, wirbelt im Raum herum, bis er irgendwie in die Nähe der Tür gerät und, so scheint es, aus dem Raum katapultiert wird. Als Paul sich umschaut, ist Louis weg. Schliesslich findet Paul ihn in seinem alten Schulzimmer wieder.

Louis steht vor einem Bild mit drei Figuren, lächelt glücklich. Ganz entspannt steht er da, ganz ruhig. Bis er dann sich umdreht, drei Schritte auf eine blaue Landschaft zu macht und darin zu versinken scheint. Karl Ballmer ist der Künstler, der hier ausstellt. Ölgemälde in sanften Farben, dünn aufgetragen, sieht Paul. Louis sieht mehr, sieht Paul und lässt das so stehen.

In den folgenden Tagen wird jeden Morgen, wenn Paul beim Frühstück sitzt, der bunte Ball durch die Küche rollen, genau auf Paul zu. Und von ferne wird Paul eine Stimme hören, die ihn ruft: «Paul.Sesann.» Und wenn er der Stimme folgt, steht da Louis und will ins Dorf, zu den Bildern. Will zu Amiet, zu Ballmer, zu Taeuber-Arp unbedingt, zu Morgenthaler auch und zu Moser und zu Kobel. Und, wie zur Abwechslung, immer wieder zu Keel und zu Klee. Und hie und da zu Gertsch. Wobei es bei allen Malerinnen und Malern ganz bestimmte Bilder sind, die ihn anziehen. Noch drei Jahre aber wird es dauern; erst bei der nächsten Trubschacher Kunstausstellung wird Paul merken, wie es um Louis' Kunstsinn wirklich bestellt ist.

Und es macht gar nichts, wenn das noch etwas im Verborgenen bleibt. Wie auch andere Fähigkeiten von Louis im Dunkeln gut aufgehoben sind.

Leben.Tod.

Louis spürt den nahen Tod. Wenn er ein Tier oder einen Menschen vor sich hat, der bald sterben wird, muss er diese berühren. Ein Leuchten tritt in seine Augen, ein Strahlen und Staunen. Die Tiere und Menschen spüren danach für einige Zeit einen inneren Frieden, eine grosse Gelassenheit, eine Ahnung von dem, was sein wird. Niemand führt dieses Gefühl jemals auf Louis' Berührung zurück, weil das in diesem Moment und auch später völlig unwichtig ist. So bleibt diese Fähigkeit unbekannt.

Zum Glück für Louis.

Himmel.Fahrt.

Trubschachen, Schönbrunnen, 23. Juli 1996, 11.20 Uhr. Die Zwillinge sind siebenjährig.
Wie die Buben in Ammann-Leibundguts Garten spielen.

Leo und Louis spielen im Garten. «Soll ich auf diesen Baum klettern?», denkt Leo, «bis ganz zuoberst? Dann könnte ich wohl bis nach Amerika sehen.» Er beschaut den Baum, stellt sich vor, wie er einen Harass unter den Baum stellt, darauf die braune Holzkiste und dann verkehrt herum darauf den Wassereimer, dann könnte er wohl den ersten Ast erreichen, und nachher wäre es nur noch ein Kinderspiel bis ganz hinauf. Da sieht er die Giesskanne und beschliesst, damit Muster auf den Terrassenboden zu spritzen. Als er ein Pferd, einen Ritter, einen Drachen und ein Schloss gespritzt hat – fünfmal hat er die Kanne dazu füllen müssen –, ist die Terrasse ganz nass ... «Dass ich völlig ungestört habe spritzen können», denkt Leo, «kein Louis, der auch mal will, kein Louis, der an meinem Arm zieht zu etwas anderem hin. – Wo ist Louis?», fragt sich Leo nun nicht mehr erfreut über ungestörtes Handeln, sondern schon leicht besorgt. Es ist ihm in Fleisch und Blut, dass sein Bruder ständig um ihn herum ist.

«Wo ist Louis?»

Da hört er ein leises Blöken, von hoch oben tönt es. Leo wendet den Blick zum Himmel. Und sieht Louis zuoberst im Baum. In der obersten Astgabelung sitzt er und umarmt den Stamm, der dort nur noch ein Ast ist, kaum armdick. Unten am Fuss des Baumes sieht Leo den Harass, die Holzkiste und den umgekehrten Wassereimer.

«Paul!», ruft er. Schnell rennt er ins Haus, wo Paul in der Küche Kartoffeln schält.

«Louis», sagt er, «Louis», atemlos, «ist im Baum und kann nicht mehr runter.»

Paul legt das Rüstmesser hin. Es handelt sich dabei um den Sparschäler Rex, der im Jahr 1947 von einem Schweizer namens Alfred Neweczerzal erfunden und im selben Jahr patentiert worden ist, und der bis heute in den meisten Schweizer Haushalten verwendet wird, weil er – nicht nur gemäss Werbung – «genial einfach, stabil und unverwüstlich ist, weil die konkav geformten Griffe mit den beiden Griffmulden sehr gut in der Hand sowohl von Links- wie Rechtshändern liegen, weil die sparsam, sauber und aussergewöhnlich gut schneidende Klinge beweglich ist und sich jedem Schälgut anpasst», und der hier so genau und rühmlich beschrieben wird, weil Paul eine ungeheure Bewunderung für schlaue Erfindungen hat, sogar in dramatischen Momenten. Er legt also das Rüstmesser hin, streift die Küchenschürze ab, bleibt ganz ruhig.

«Dann wollen wir mal schauen», sagt er, gibt Leo die Hand, und zusammen gehen sie in den Garten.

«Hast du das aufgebaut?», fragt er Leo, als er den Stapel am Fuss des Baumes sieht. «Darauf kommt doch Louis nie von allein.»

«Ich habe es nur gedacht», erwidert Leo, «nur in meinem Kopf, kein Wort habe ich gesagt.»

Paul schaut Leo lange an, als wolle er in seinen Kopf hineinblicken. Leo wird beinahe schwindlig von dem Blick.

Wieder tönt das Blöken vom Baum.

«Ach ja, Louis», sagt Paul. «Du hast also daran gedacht, auf den Baum zu klettern. Und Louis hat es dann getan. Na, dann denke nun daran, wie du wieder herunterkommst, dann schafft es wohl auch Louis. Wir essen in einer halben Stunde», sagt Paul und geht zurück in die Küche.

Leo schaut hinauf zu Louis, studiert das Astwerk. «Also

zuerst hebst du das rechte Bein, nein, zuerst atmest du fünfmal tief», denkt er. «Dann hebst du das rechte Bein über den Ast und stellst den Fuss auf den Ast darunter. Mit dem linken Fuss tastest du nach dem abgesägten Ast etwas weiter unten. Nun kannst du mit den Armen nach unten rutschen. Aber immer noch gut festhalten.» Alles denkt Leo ganz genau durch. Aber Louis sitzt unverrückt in der Astgabel. Ab und zu ein weiteres klägliches Blöken. Ratlos schaut Leo hinauf in den Baum.

Paul kommt zurück in den Garten. «Noch kein Abstieg?», fragt er.

«Ich habe mir alles ganz genau gedacht, wie er herabsteigen könnte», sagt Leo kläglich, «aber nichts geschieht.»

«Versuch's mal wie beim Aufstieg», rät Paul. «Du hast dir ja vorgestellt, wie du hinaufgestiegen bist, also musst du dir auch vorstellen, wie du wieder heruntersteigst.» Sagt's und kehrt zurück zu seinen Kochtöpfen.

Leo kratzt sich am Kopf und beginnt von vorne. «Also zuerst hebe ich das rechte Bein, nein, zuerst atme ich fünfmal tief», denkt er. «Dann hebe ich das rechte Bein über den Ast und stelle den Fuss auf den Ast darunter. Mit dem linken Fuss taste ich nach dem abgesägten Ast etwas weiter unten. Nun kann ich mit den Armen nach unten rutschen. Aber immer noch gut festhalten.» Alles denkt Leo ganz genau durch. Und staunend sieht er, wie Louis genau das tut, was er, Leo, denkt.

Als Louis glücklich wieder unten ist, am Boden ist, lächelt Louis, schüttelt sich wie ein Hund, läuft fünf Kreise um den Baum, hüpft drei Kreise auf dem einen Bein um den Baum, noch zwei Kreise auf dem andern, bleibt stehen, schaut hinauf zum Baum, zeigt zur Baumspitze: «Louis.Himmel.»

Küchen.Tisch.

Trubschachen, Schönbrunnen, 23. Juli 1996, 21.00 Uhr. Die Zwillinge sind siebenjährig.
Wie Paul und Lisa in der Küche reden.

Die beiden Buben schlafen, wie immer in einem Bett, der eine Kopf oben, der andere Kopf unten, beide unter einem Duvet, das quer über der Bettmitte liegt.

«Wenn sie so weiter wachsen, wenn sie grösser sind, brauchen sie ein extralanges Bett», denkt Paul, als er einen Blick ins Kinderzimmer wirft. Dann geht er durch den dunklen Korridor zu Lisas Arbeitszimmer. Dort ist Licht, aber das Zimmer ist leer. Paul lächelt, er weiss, wo er sie finden wird. Und tatsächlich, Lisa sitzt am Küchentisch, hat ihr Journal, ihr dickes Arbeitsbuch mitten zwischen den Resten vom Nachtessen vor sich aufgeschlagen. Das Journal enthält die Akten zu allen aktuellen, allen pendenten und allen möglichen andern Fällen in ihrem Einzugsbereich. Diese Akten bestehen aus Einträgen in den linierten Seiten des Journals sowie aus eingesteckten Formularen, Notizzetteln, Beipackzetteln, Rezepturdoppeln und amtlichen Mitteilungen. Das Journal hat ein Eigenleben, es wächst und nimmt ab, je nach Aktenlage; heute Abend ist es so dick, wie Paul es noch kaum je gesehen hat. «Aha, Aufräumaktion, Abspeckaktion», denkt Paul.

Dramatische Momente sind jeweils die Übergänge von einem Journal zum nächsten, wenn ein Journal voll ist und durch ein leeres ersetzt wird. Lisa versucht diese Übergänge möglichst selten zu halten, indem sie immer dickere Journale kauft. Inzwischen lässt sie sich die Journale binden nach ihren eigenen Wünschen. Das Format ist gewachsen, ist etwas grösser als A4. Es enthält vierhundert leere linierte Seiten. Es hat eine extrastarke und flexible Bindung, um dem Zuwachs von Blättern zu genügen. Und es hat einen unverwüstlichen schwarzen Einband aus Moleskin, und nicht zu vergessen, ein sehr strapazierfähiges dickes Gummiband, mit dem es geschlossen werden kann. Dieses Journal ist Lisas Ein und Alles. Hier steht alles, was sie wissen muss. Hier steckt alles, was sie noch braucht. Und noch einiges anderes, das von Zeit zu Zeit ausgemistet wird.

«Wie jetzt?», denkt Paul und beginnt mit dem Abwaschen. Nach und nach werden Teile des Tisches frei. Diese werden sofort von Lisa besetzt, die dort die eingesteckten Papiere nach undurchschaubar logischen Kriterien ausbreitet.

Paul ist nun beim Abtrocknen. Jeden Teller, jedes Glas setzt er auf eines von Lisas Papieren. Sie merkt nichts, studiert ihr Journal, zupft Blätter heraus, studiert diese, ergänzt ihre Notizen, bis sie plötzlich merkt, dass der Küchenlärm aufgehört hat und, irritiert durch die plötzliche Stille, langsam aufschaut. Paul steht mit verschränkten Armen am Abwaschtrog und schaut lächelnd zu ihr hinüber. Lisa schaut sich um, betrachtet die Ausstellung rund um ihr Journal.

«Hast du das gemacht?», fragt sie erstaunt.

Damit deine Papiere nicht davonfliegen, wenn plötzlich ein Sturm kommt, sagt Paul. «Weisst du, dass Leo Louis steuern kann?», fragt er und erzählt ihr die Geschichte vom Baum.

«Ich hatte das Gefühl, dass Louis einfach Leo alles nachmacht, ihn imitiert», sagt Lisa nachdenklich.

«Es ist viel komplizierter, denke ich», meint Paul. «Louis hat eine Verbindung zu Leo, er reagiert auf ihn. Ob er auch auf uns reagiert?»

Lisa weiss es nicht. «Ich werde darauf achten», sagt sie, «aber etwas in mir sträubt sich, Experimente mit Louis anzustellen, es kommt mir so vor, als würde ich ihn nicht ernst nehmen.»

«Trotzdem müssen wir herausfinden, wie er denkt und handelt», sagt Paul, «vor allem müssen wir mit Leo reden, damit er sich bewusst wird, wie wichtig er für Louis' Handeln ist.»

Bücher.Gestell.

Trubschachen, Schönbrunnen, Mittwoch, 4. Dezember 1996. Die Zwillinge sind siebeneinhalbjährig.
Wie Paul bei der Durchsicht von Lisas Fachbibliothek eine Einsicht gewinnt.

Leo ist inzwischen ein Meister im Kontrollieren seiner Gedanken, jeder Zen-Buddhist kann neben ihm einpacken. Nicht nur hat er gelernt, absurde Gedanken zu meiden: «Könnte ich wohl auf diesem oder jenem Brückengeländer balancieren? Könnte ich wohl auf dem Sattel eines fahrenden Fahrrads den Kopfstand machen?» – Nichts mehr davon gestattet er sich zu denken, weil er weiss, dass es Louis sofort in die Tat umsetzen würde. Die Kontrolle seines Vorstellungsvermögens geht aber noch viel weiter: Leo kann heute die Auslage in der Bäckerei ansehen, seinen Blick über all die Kuchen und Torten, all die Leckereien schweifen lassen, ohne dass er sich vorstellt, wie es wäre, davon zu essen. Er betrachtet die Schönheit dieser Schwarzwäldertorte und die Vollkommenheit jener Crèmeschnitte, als wären sie Objekte in einem Museum, nur zur Betrachtung ausgestellt, ohne jeden anderen Zweck.

Leo und Paul haben das zusammen gelernt. Lisa hat wenig dazu beigetragen. Lisa ist für solche Sachen nicht geeignet. Ihre Spontanität und ihr Ungestüm gehen regelmässig mit ihr durch, sicher jedes Mal dann, wenn sie sich einem Konzept anschliessen soll.

Paul ist ganz anders. Voller Neugier und voller Bewunderung hat er versucht herauszufinden, wie Louis' Kopf funktioniert. Zuerst hat er Fachliteratur gesucht, um zu lesen, was gescheitere Leute über dieses Phänomen herausgefunden haben. Aber meistens hat er die Bücher schon nach wenigen Seiten wieder weggelegt, entweder mit den Worten: «So ein Mist, das ist mir zu hoch, da versteh ich kein Wort», oder mit den Worten: «So ein Mist, wie kann jemand nur so blöd sein.» Eines Sonntags schliesslich beginnt er, in Lisas umfangreicher veterinärmedizinischer Bibliothek zu stöbern.

Lisa ist dabei, an ihrem Schreibtisch abgefallene Knöpfe an Hemden und Hosen anzunähen.

«Jemand sollte mal ein gescheiteres Schliesssystem erfinden als Knopfloch und Knöpfe», murmelt sie erbost, «aber nicht etwas so Technisches wie einen Reissverschluss oder etwas so Unangenehmes wie einen Klettverschluss, etwas richtig Geniales. Es sollte einen Nobelpreis für die beste Alltagserleichterung geben, echt, das wäre mal ein Fortschritt.»

Paul beschäftigt sich zum ersten Mal mit Lisas Fachbüchern. «Gibt es da eine Ordnung?», fragt er.

«Aber sicher», sagt Lisa, «alle Bücher sind in der Reihenfolge eingeordnet, wie ich sie gekauft habe.»

Paul kratzt sich am Kopf, versucht die Logik zu verstehen, kratzt sich am Hintern, versteht trotzdem nicht, schüttelt resigniert den Kopf und beginnt, mit schräg gestelltem Kopf Buchtitel zu studieren.

«Wann habt ihr denn das erste Mal Verhaltensforschung gehabt?», fragt er.

«Das war im vierten Semester», erklärt Lisa, «ich habe es gehasst.»

Paul rückt drei Tablarreihen weiter. Sein Blick fällt auf ein Buch, das wie neu aus den zerlesenen und strapazierten Buchrücken herausleuchtet – tatsächlich ein Fund: «Houpt, Katherine A., Domestic Animal Behavior for Veterinarians and Animal Scientists», und einige Bücher weiter: «Dawkins, Marian Stamp, Leiden und Wohlbefinden bei Tieren», beide Bücher wie neu. Er zieht dasjenige von Dawkins heraus, blättert darin. «Ungeöffnet, ungelesen, ungewiss», murmelt er und stellt das Buch zurück. Er geht den Reihen entlang. Immer, wenn er auf ein Buch stösst, das wie neu aussieht, gehört es in den wissenschaftlichen Bereich der Ethologie.

«Lisa, was hast du eigentlich in Verhaltensforschung für Zensuren erhalten?»

«Ach», sagt sie und wird sogar etwas rot.

«Oha», murmelt Paul, «mitten ins Zentrum.»

«Ach, bei diesem Fach habe ich etwas improvisieren müssen. Bei den praktischen Übungen habe ich nie das erreicht, was vorgesehen war. Ich habe es nie geschafft, ein Tier zu manipulieren, und der heilige Zweck dieser Übungen blieb mir immer im Dunkeln. Ich habe mich dann einfach auf meine Beobachtungsgabe verlassen und mit etwas Fantasie so viele Ergebnisse von Experimenten gefälscht, dass ich eine passable Note erhielt, na ja, und konsequenterweise habe ich dann auch die Bücher nicht gelesen, damit ich mich nicht noch mehr ärgern musste über all den Blödsinn, der im Namen der Wissenschaft mit Tieren getrieben wird.»

«Dir geht einfach das Spielerische ab, das Nutzlose und das Eventuelle, du gehst zielbewusst deinen Weg, bei dir ist alles Klarheit. Mich interessiert das schon. Wenn du erlaubst, werde ich ein wenig in diesen Büchern über Verhaltensforschung blättern. Es nimmt mich wunder, ob es Erkenntnisse über Gedankenübertragung von Mensch zu Tier gibt.»

«Mach, was du willst», murmelt Lisa, «solange du dir dabei keinen Knopf abreisst, stört mich das nicht.»

Gott.Los.

Trubschachen, Schönbrunnen, Dorfkirche, Freitag, 20. März und Sonntag, 22. März 1997. Louis und Leo sind achtjährig.
Wie Ammann-Leibundguts in die Kirche gehen.

«Ich glaube nicht an Gott, aber ich vermisse ihn.»

Von irgendwo ist Lisa dieser Satz zugeflogen und lässt sie nicht mehr los. Sie, die nicht geneigt ist zu grübeln, sie, die immer ihrer Intuition folgt, ihrem Gefühl, dreht und wendet nun diesen Satz hin und her wie etwas Fremdes, etwas Unbekanntes.

«Am Sonntag gehe ich zur Predigt», verkündet sie am Mittagstisch. «Wer kommt mit?»

Paul spielt den Unerstaunten, fasst sich aber schnell.

«Sonntag, Kirche, klar», sagt er, «ich bin dabei, es wird Zeit, dass wir diesen zwei Ungläubigen zeigen, wo Gott hockt. – Louis und Leo, am Sonntag um Punkt neun Uhr steht ihr hier in der Küche bereit, frisch gewaschen, Sonntagskleider, ein sauberes Nastuch, geputzte Schuhe.»

«Sonntagskleider?», fragt sich Lisa, «saubere Schuhe?», sagt aber nichts, «da bin ich ja mal gespannt, wie die beiden aufkreuzen werden», und wendet sich wieder ihrem Satz zu:

«Ich glaube nicht an Gott, aber ich vermisse ihn», sagt sie halblaut, um ihrem Hirn klarzumachen, dass es gefälligst diesen Satz bis am Sonntag in Ruhe lassen soll. Aber schon hat Paul das gehört, schon hat er diesen Köder aufgenommen. «Ich glaube nicht an Gott, aber ich vermisse ihn», sagt auch er, und man sieht ihm geradezu an, wie er sich auf dieses Paradoxon stürzt. «Ich glaube nicht an Gott, aber ich vermisse ihn. IchglaubenichtanGott,aberichvermisse ihn. Iiich–glaaa–uuu–beee–niiicht–aaan–Gooott,–aaa–beeer–iiich–veeer–miii–sseee–iiihn», deklamiert er. «Aha», sagt er, «variieren: Ich glaube nicht an Gott, aber ich liebe ihn. Da komme ich schon näher dran. Ich glaube nicht an Sex, aber ich liebe ihn. Ich glaube nicht an Sex, aber ich vermisse ihn. Klar», sagt er, «nun kommen wir der Sache noch ein bisschen näher. Ich denke nicht an Sex, aber ich vermisse ihn. Noch besser.» Paul ist schon sehr zufrieden. In seinem Kopf wird es langsam licht. «Ich denke nicht an Gott, aber ich vermisse ihn.»

«Aber denken und glauben sind zwei ganz verschiedene Dinge», denkt Paul.

«Aber denken und glauben sind zwei ganz verschiedene Dinge», glaubt Paul.

«Sex und Gott sind zwei ganz verschiedene Dinge», denkt Paul.

«Sex und Gott sind zwei ganz gleiche Dinge», glaubt Paul.

«Ich glaube nicht, aber ich vermisse es. Ist das so? Und wenn wir schon logisch sind: Ich denke nicht, aber ich vermisse es. Ich fühle nicht, aber ich vermisse es. Wenn ich nicht denken würde, wenn mein Denken, meine Logik ausfallen würde, würde ich es dann vermissen, würde mein Gefühl eine Leere fühlen?», fragt sich Paul und probiert das gleich mal aus.

Und nun ist Sonntag.

Und als Paul um neun Uhr in die Küche kommt, trägt er tatsächlich Anzug.

«Woher hast du diesen Anzug?» Lisa wundert sich. «Ein Mann muss immer etwas in der Hinterhand haben», sagt Paul, und stolziert mit geschwellter Brust durch die Küche. Wie ein Pfau paradiert er vor Lisa hin und her.

«Armani», sagt er, «jeder Mann sollte mindest...» Aber da wird er unterbrochen, die Tür geht auf und Leo voran, Louis keinen ganzen Schritt hintendrein, stolzieren in die Küche. Drei Pfaue im gleichen Raum. Lisa verschränkt die Arme, geht auf Distanz, muss aber doch lächeln.

Leo trägt Sonntagskleidung: Hose und Hemd, wie jeden Tag und wie immer ungebügelt. Darüber aber trägt er einen Umhang, blauglänzend mit gelben Sternen. Das ist einer der beiden Vorhänge aus dem Kinderzimmer, den sich Leo umgebunden hat. Und auf dem Kopf trägt er Pauls Strohhut mit drei Hahnenfedern geschmückt. Alles in allem eine prächtige Erscheinung, vor allem die Schuhe in glänzendstem Schwarz.

«Womit hast du die Schuhe geputzt?», fragt Lisa skeptisch und zieht prüfend die Luft ein. «Rieche ich Terpentin?»

«Nein, ist nur schwarze Farbe, die habe ich im Schopf gefunden», antwortet Leo und blickt zufrieden auf seine schwarzen Schuhe. Und jetzt verdoppelt sich Leos blendende Erscheinung: Vier schwarze Schuhe glänzen, die beiden Vorhänge nebeneinander, leicht hin- und herbewegend wie am Fenster. Nur auf dem Kopf gibt es einen Unterschied: Louis trägt eine UFA-Futtermittelmütze, aber auch diese ist mit Hahnenfedern geschmückt.

«Der arme Güggel!», ruft Lisa. «Habt ihr den Güggel beraubt?», fragt sie entrüstet.

«Ruhig, ganz ruhig», antwortet der kleine Leo. «Das sind Adlerfedern, die sind vom Himmel gefallen für uns.» Und Louis steht daneben, strahlt noch mehr als üblich.

«Also, Lisa, dann wollen wir gehen», sagt Paul. Aus allen Poren strahlt er Schalk aus, Vorfreude. Solche Auftritte liebt er, da werden die Schächeler etwas zu sehen oder wegzusehen, etwas zu reden oder zu schweigen, etwas für ihren Verstand oder Missverstand kriegen.

«Dann wollen wir gehen, nicht dass wir noch zu spät kommen», und reicht ihr in bester Gentlemanmanier den Arm. Sie hakt sich ein, Lisa, locker gekleidet wie immer. Bei ihr gibt es keine Wahrnehmung der Kleidung. Und weil sie selbst keinen Gedanken an die Kleider verschwendet, denkt auch niemand darüber nach, wie sie gekleidet ist. Nicht einmal, wenn sie ein Mini trägt, fällt das den Leuten auf. Ihre Schönheit hängt nicht davon ab, ist stärker als die Hülle, ist absolut. Was sie auch trägt, es steht ihr.

Mit einer solchen Eigenschaft hätte sie eigentlich Model werden müssen. Und tatsächlich war sie auch mehrmals entdeckt worden, gerade in Amerika war ihr das immer wieder passiert. Sie war aber nie auf ein solches Angebot eingegangen, nichts lag ihr ferner, nichts schien ihr langweiliger und nichts schien ihr wertloser. Hingegen hatte sie immer wieder Modell gestanden, gesessen und gelegen, oft für die Studenten des Zeichnungslehrerseminars – worauf die Teilnehmerzahl markant zugenommen hatte, vor allem auf der männlichen Seite –, manchmal für Kunstmaler und einmal für den Künstler Franz Gertsch. Er hatte einen Akt gemalt, mehr als ein Jahr hatte es gedauert. Lisa hatte ihm ungefähr jeden Monat einmal Modell stehen, vielmehr liegen müssen. Dann war das Gemälde fertig. Franz hatte sie eingeladen, zur Tür des Ateliers geführt, dort aber kehrt gemacht, wortlos, und sie allein gelassen. Lisa aber, die niemals über ihr Aussehen nachdachte, hatte mit einem tiefen Gefühl der Ehrfurcht das Bild betrachtet. Und eine tiefe Ahnung von etwas Absolutem hatte ihr Gemüt, ihre Seele und zuletzt auch ihren Verstand erfasst. War sie das? War sie so? Oder war es das, was der Maler gesehen und ausgedrückt hatte? Sie hatte das nicht erkannt. Und auch Franz Gertsch hatte ihr diese Frage nicht beantwortet. «Das ist mein Meisterwerk», hatte er nur gesagt, als er später ins Atelier gekommen war. «Mehr kann ich nicht und besser kann ich nicht und vor allem schöner kann ich nicht.» Ein tiefer Ton von Trauer und Verzweiflung hatte mitgeschwungen, aber auch Widerstand und Auflehnung. Und dann hatte er einen breiten Pinsel genommen, ihn in einen Kessel mit weisser Grundierung getaucht und sorgfältig das ganze Gemälde übermalt, versteckt, aufgehoben. «Das gehört nur dir und mir», hatte er gesagt, «das kann man niemandem zeigen.» Und das war auch das letzte Mal, dass sie Modell gesessen hatte.

Lisa hakt sich bei ihrem Mann ein. Bei der Tür wird es etwas eng, aber sie gelangen glücklich ins Freie und spazieren nun hinunter ins Dorf, würdig und gemessen. Hinter ihnen wogt und schimmert der glänzende Sternenhimmel ihrer Zwillinge.

Als sie ins Dorf gelangen, läuten die Glocken schon. Und nun mischt sich ihre Würde mit Eile. Und mit dem letzten Glockenschlag schaffen sie es gerade noch in die Kirche und in einen der hinteren Bänke. Und als es Paul endlich in den Sinn kommt, dass die Söhne in der Kirche ihre Kopfbedeckungen abnehmen sollten und er das veranlassen wi... haben die beiden das schon lange getan und sitzen nun Hand in Hand in der Kirchenbank, ihre Hüte neben sich, schauen sich aufmerksam in der Kirche um, offen für das ihnen nun zustehende Spektakel des Gottesdienstes.

Und nun beginnt die Orgel zu spielen. Es wird still in der Kirche und die Orgel spielt, wird laut und mächtig. Mehr und mehr Register kommen dazu. Und aus dem vielfältigen Fluss von Akkorden taucht nach und nach eine Melodie auf, schwingt sich auf, leicht, hebt ab und wird zu einem jubelnden Reigen unter der Kirchendecke.

Leo merkt, dass etwas in seinem Bruder vorgeht, etwas bewegt ihn, will aus ihm heraus. Leo legt den Finger an die Lippen. Und mit den letzten Tönen der Orgel vergeht auch Louis‘ Aufruhr.

Und nun betritt der Pfarrer die Kirche: «Ehre sei Gott in der Höhe und Friede auf Erden und den Menschen ein Wohlgefallen.»

«Soweit einverstanden», denkt Paul, «kein Einspruch.»

«Wird er Einspruch erheben, wenn er nicht einverstanden ist?», stellt sich die bange Frage. Wer stellt sich diese Frage? Lisa ist es sicher nicht, die ist immun gegen Peinlichkeit, obwohl sie selbst kaum je in eine Situation kommt, in der Peinlichkeit aufkommt. Somit ist – im Sinne einer strengen Logik – gar nicht klar, ob sie immun ist. Dass Paul hingegen immun gegen Peinlichkeit ist, ist hundertprozentig klar. Er kann gar nicht anders, als immer wieder Dinge tun, die man nicht tut. Das geschieht einerseits unabsichtlich, weil er bei mancher Tat gar nicht auf die Idee kommt, man sollte so etwas nicht tun, andererseits geschieht es aber auch genug oft, weil es einfach stärker ist als er. Wenn er etwas Unsinnigem begegnet, dann muss er sich darüber wegsetzen oder muss es lächerlich machen oder muss es in sein Gegenteil verkehren. Wird er also, so die bange – warum denn bange? –, so die gespannte Frage, wird er Einspruch erheben? Widerspruch, Anspruch, Aufspruch, Zuspruch, Verspruch?

Kein Einspruch. So kann der Pfarrer ungehindert weiterfahren, hat keine Ahnung, dass er sich auf einem scharfen Grat bewegt, dass sein mächtiges und uneingeschränktes Regime der Sonntagspredigt heute angezweifelt werden könnte, kann also ungestört in seiner Schweizer Standardpredigt weiterfahren.

«Mit dem Psalm Nummer neunzehn begrüsse ich Euch zur heutigen Predigt:

Die Himmel erzählen die Ehre Gottes,
und die Feste verkündigt seiner Hände Werk.
Ein Tag sagt's dem andern,
und eine Nacht tut's kund der andern,
ohne Sprache und ohne Worte;
unhörbar ist ihre Stimme.
Ihr Schall geht aus in alle Lande
und ihr Reden bis an die Enden der Welt.
Er hat der Sonne ein Zelt am Himmel gemacht;
sie geht heraus wie ein Bräutigam
aus seiner Kammer und freut sich
wie ein Held, zu laufen ihre Bahn.
Sie geht auf an einem Ende des Himmels
und läuft um bis wieder an sein Ende,
und nichts bleibt vor ihrer Glut verborgen.
Das Gesetz des Herrn ist vollkommen
und erquickt die Seele.
Das Zeugnis des Herrn ist gewiss
und macht die Unverständigen weise.
Die Befehle des Herrn sind richtig
und erfreuen das Herz.
Die Gebote des Herrn sind lauter
und erleuchten die Augen.
Die Furcht des Herrn ist rein
und bleibt ewiglich.
Die Rechte des Herrn sind Wahrheit,
allesamt gerecht.
Sie sind köstlicher als Gold und viel feines Gold,
sie sind süsser als Honig und Honigseim.
Auch lässt dein Knecht sich durch sie warnen;
und wer sie hält, der hat grossen Lohn.
Wer kann merken, wie oft er fehlet?

Verzeihe mir die verborgenen Sünden!
Bewahre auch deinen Knecht vor den Stolzen,
dass sie nicht über mich herrschen;
so werde ich ohne Tadel sein
und rein bleiben von grosser Missetat.
Lass dir wohlgefallen die Rede meines Mundes
und das Gespräch meines Herzens vor dir,
Herr, mein Fels und mein Erlöser.
Amen.

Ehre sei Gott in der Höhe und Friede auf Erden und den Menschen ein Wohlgefallen.

Amen.

So wollen wir nun, liebe Gemeinde, zu unserem Wohlgefallen und zu Ehre von Gott in der Höhe ein Lied singen: Lied zweihundertsiebenundvierzig, Strophen eins bis drei. Wir erheben uns dazu.»

Und schon setzt die Orgel ein mit dem Vorspiel, während die Gemeinde aufsteht, was, wie wir bereits wissen, im Emmental seine Zeit dauert: «Wenn wir sitzen, dann sitzen wir, und wenn wir stehen, dann stehen wir.» Aber das Vorspiel erklingt so schön und lauter, dass das Rücken und Scharren und Schieben und Knarren zu einem Bestandteil der Musik wird, das abgelöst wird vom Rascheln und Knistern beim Suchen der richtigen Liednummer im Kirchengesangbuch.

Und nun stehen alle und nun haben alle an der richtigen Stelle geöffnet und nun endet das Vorspiel, und aus den Kehlen steigt bedächtig und etwas zäh, aber ernsthaft und mit viel Boden der Gesang auf von Lied 247:

«Grosser Gott wir loben dich,
Herr, wir preisen deine Stärke.
Vor dir neigt die Erde sich
und bewundert deine Werke.

Wie du warst vor aller Zeit,
so bleibst du in Ewigkeit.
Alles, was dich preisen kann,
Cherubim und Seraphinen
stimmen dir ein Loblied an;
alle Engel, die dir dienen,
rufen dir stets ohne Ruh:
‹heilig, heilig, heilig!› zu.
Heilig, Herr Gott Zebaoth,
heilig, Herr der Himmelsheere,
starker Helfer in der Not!
Himmel, Erde, Luft und Meere
sind erfüllt von deinem Ruhm;
alles ist dein Eigentum.»

Und während dieser zähe, nicht unschöne Chorgesang sich zusammenballt, der Vorgabe der Orgel folgend, um einen Schlag versetzt, erhebt sich eine reine und klare Stimme und setzt eine Melodie, setzt Laute in den Raum, die niemand versteht, die keine Sprache, aber durchaus Sinn haben, schwingt sich über den Chor, und der Chor verfällt in grosses Staunen, singt aber weiter; der Gesang wird noch etwas voller, das kommt vom Staunen und den darob weiter als üblich geöffneten Mündern, und so schön tönt dieser Gesang, dass nun wirklich alle in Wohlgefallen sind.

Lisa aber, Lisa, die nicht gesungen hat, die nicht singt, betrachtet ihren Erstgenannten, er ist es, der singt aus voller Kehle, aus voller Seele singt, betrachtet ihren Louis. «Wie ein Vogel», denkt sie, «er ist ein Vogel, der jubiliert.» Und ist zufrieden.

Und auch die Gemeinde ist zufrieden. Das grosse Staunen reicht für eine ganze Predigt. Für einmal hätte der Pfarrer ein andächtiges Publikum, ein Publikum, dessen Geist geöffnet ist. Und da auch sein Geist offen ist, sieht er mit Staunen, wie die Standardpredigt, die er jetzt zu halten vorgehabt hätte, wie der langatmige Unsinn, den er für diesen Sonntag aufgeschrieben hat, vor ihm auf dem Papier verblasst, verschwindet. Nur einzelne Worte bleiben sichtbar, und da ihm nichts Gescheiteres einfällt, liest er diese wenigen Worte:

«Liebe Gemeinde!

I

In alle Lande, bis an die Enden der Welt ist ihr Schall und ihr Wort ausgegangen!» Diese Worte aus dem Psalm 19 zitiert der Apostel Paulus im Römerbrief (10,18). Für Paulus ist unwidersprechbar: Alle können hören, was Gott sagen will. Gottes Wort ist nicht eine Wahrheit, die man hier oder dort mühsam suchen muss. Nein, was die Völker erregt und bewegt, was die Generationen im Laufe der Zeiten umgetrieben, erfreut und beunruhigt hat, all das, was auch dich und mich manchmal so traurig und dann wieder so hoffnungsfroh macht – dieses grosses Geheimnis ist überall zu hören. In allen Winkeln und Ecken der Welt klingt uns das Wort Gottes entgegen. Man hört es nur nicht so ohne Weiteres. «Unhörbar ist ihre Stimme», sagt der Psalm. Ohne menschliche Sprache und doch deutlich vernehmbar für alle redet der Schöpfer in der ganzen Welt.

Die Bibel will also sagen: Was Mose und die Propheten Israels verkündet und die Apostel mit dem Evangelium in die Welt hinaus getragen haben, dieses Wort, das wir in der Bibel lesen können, ist dasselbe, was allen Menschen und Völkern unhörbar aus der Schöpfung entgegenklingt – einmal mit, einmal ohne menschliche Worte.

Es liegt nicht an Gott, wenn wir ihn nicht reden hören. Es liegt an uns. Es ist nicht, weil Gott zu Hohes und zu

Schwieriges sagt, wenn wir Menschen Mühe haben mit seiner Botschaft. Es ist, weil wir nicht hören wollen, was er uns so ***Einfaches*** *sagt.*

II

Wir wollen darum einen Moment lang sorgfältig auf das achten, worauf der Psalm mit seinen Worten uns stösst. ‹Ein Tag sagt's dem andern, und eine Nacht tut's kund der anderen›, heisst es. Wohin wir auch gehen, in allen Ländern und Völkern ist das sich gleich: Die Tage wechseln; auf das Licht folgt das Dunkel und dann wieder ein frischer Morgen ... Die Zustände bleiben sich nicht gleich. Es gibt Zeiten voller Mühsal und Tränen, alles scheint nur noch dunkel und leidvoll für die Menschenkinder; man könnte meinen, es werde nie wieder ein fröhliches Lachen geben. Aber dann geht die Sonne auf, die Zeiten ändern sich: eine Krankheit ist überwunden und die Erinnerung an sie verblasst, und bittere Feindschaft wendet sich in ein neues Miteinander ... In allen Landen ist das so. Wir nehmen es als selbstverständlich und merken nicht mehr, wie staunenswert das ist. Unser Leben ist nicht einfach, was es ist. Es verändert sich, bald zum Guten, bald zum Schlechten. Das Dasein ist nicht einfach da – es nimmt seinen Gang von der Finsternis ins Licht und wieder in ein neues Dunkel hinein. Ein Tag sagt es dem andern, eine Nacht verkündet es der nächsten: Das Leben ist nicht abgeschlossen. Die Welt ist kein Zustand, der fest gefügt in sich besteht. Gott ist noch immer am Werk. Er redet und es wird! Seine Ehre erstrahlt, seine Hände greifen ein – da wird ein Neues!

Aber Achtung! Eines ist dabei wichtig. Der Psalm sagt nicht, dass sich alles verändert. So hätte auch ich die Aussagen des Psalms beinahe pauschalisiert. Solche vereinfachenden Urteile liegen uns Menschen nahe. Der Psalm sagt aber nicht, dass noch nichts fertig ist, dass alles variabel und der Veränderung unterworfen ist. So grob denkt man heute oft und sagt dann unbedacht, dass alles noch für alles offen sein müsse. Der Psalm sagt aber deutlich: Ein Tag sagt's dem andern, und eine Nacht tut's kund der anderen. Die Tage sind Tage und reden miteinander. Und die Nächte sind Nächte. Der Tag wird nicht zur Nacht, und die Nacht nicht zum Tag. **Glück** ist nicht dasselbe **wie** Unglück. Freundschaft und Feindschaft sind nicht gleich gültig. Recht und Unrecht sind nicht relativ. Das Licht ist hell, und das Dunkel ist finster. Eines folgt dem andern, die Dinge können sich wandeln … aber nicht beliebig, nicht alles in alles (vgl. 2. Korinther 6, 14.15).

III

Was aber sagt ein Tag dem andern? Achten wir darauf, liebe Gemeinde! Überall ist das Leben so gestaltet, dass eines sich für das andere hingibt und sein Leben für das nächste verschenkt. Pflanzen, Tiere und wir Menschen leben von der opferbereiten Liebe. Jetzt verwelken die Blumen mit ihren letzten Farben. Aber in der Erde ruht ihr Same, und im Frühling werden andere Blumen blühen. Die Blütenpracht des Vergehenden schenkt seine Kraft der Blüte dem neuen Jahr. Die **Vögel** ziehen jetzt in den Süden, und wenn sie zurückkehren, werden wieder die Eltern ruhelos hin- und herfliegen, um ihren Jungen das Futter zu verschaffen. Auch für uns Menschen, liebe Gemeinde, ist das so: Unser Leben erfüllt sich nur, wenn wir unsere Kraft hingeben an andere, an unsere Kinder, an eine nächste Generation oder an andere Menschen, denen wir unsere ungebundene Lebenskraft zufliessen lassen. Überall auf Erden, wo wir auch hinkommen, verkündet *ein Tag nach dem andern diese Wahrheit des Lebens: Nur durch die Liebe wird unser Dasein hell. Nur die Hingabe und der opferbereite Einsatz können der Einsamkeit des Todes etwas entgegensetzen.*

Diese Botschaft, liebe Gemeinde, können wir Menschen überall hören. Überall dringt das an unser Herz: Es gibt die Nacht und ihre Finsternis, die Finsternis der einsamen Eigenliebe und der dunklen Gier. Diese Finsternis ist etwas völlig anderes als das Licht. Wir tun vieles, für das wir uns schämen müssen. Es scheut das Licht.

Aber das andere ist ebenso wirklich und wahr: Vieles steht im Licht besehen wunderbar schön und gut da. Wir achten oft nicht darauf, weil das Beste meistens sehr bescheiden und wie selbstverständlich getan wird. Die Medien berichten nichts davon. Aber es gibt viele bewundernswert gute Werke, geduldig, ohne Neid, barmherzig und verständig – Werke des Lichts! Ein Tag berichtet davon dem andern: Das Licht ist hell und erfreut uns – aber die Finsternis ist dunkel und macht uns Angst.

Gott ist noch am Werk. Er hat das Licht ins Dasein gerufen und hat es von der Finsternis geschieden (1. Mose 1, 3.4). Er ist uns vom Himmel her entgegengekommen und hat uns hier auf Erden feste und unerschütterliche Ordnungen gegeben. Er hat Jesus, seinen Sohn, gesandt und hat uns taufen lassen und geoffenbart, was Liebe ist. Er will uns zu Kindern seines Lichtes machen.

IV

Davon, liebe Gemeinde, handelt der letzte, der dritte Teil des Psalms 19. «Auch», heisst es einleitend, «auch lässt dein Knecht sich durch sie warnen». David hat die Gebote Gottes vor sich, wie er sie in der mosaischen Gesetzessammlung lesen konnte. Er denkt an all das, was Gott an dem Volk Israel getan hat, an die Wunder der uralten Zeiten, an die erschreckende Gegenwart Gottes beim Heiligtum, an die klaren Grenzen der Zehn Gebote, an den Jubel der grossen Feste des Glaubens und die liebevollen, gefügten Ordnungsmuster dieser Welt, die uns Wegleitung und Geborgenheit geben. David denkt an das Gesetz, die Zeugnisse, die Heimsuchungen Gottes ... und freut sich daran und sagt: ›Das alles ist nicht nur wunderbar schön und gut. Es hat auch einen praktischen Zweck. Ausser, dass es uns wohl tut und freut, dient es auch dazu, uns zu warnen. Es macht uns nüchtern und wachsam.‹

Auch in dieser Aussage kommt eine Tatsache zu Wort, die überall präsent ist, die wir aber gerne verdrängen und die uns das Bibelwort eindringlich in Erinnerung ruft. Es ist ein kleiner Schritt von dem Licht in die Finsternis. Es passiert schnell – wir haben gute Absichten, aber dann wollen wir etwas erzwingen und werden böse. Wir möchten gerne Liebe empfangen und Liebe weitergeben –, aber plötzlich ist nur noch die Gier und der Trieb da. In dieser Gefahr, sagt David, sind Gottes Gebote auch sehr nützlich: Sie warnen uns vor dem Fehltritt. Sie wecken das Gebet und die Bitte, dass Gott uns helfe und beistehe.

Der Psalm nennt auch diesbezüglich eine besondere Gefahr sehr differenziert und präzise: ›Bewahre auch deinen Knecht vor den Stolzen, dass sie nicht über mich herrschen, so werde ich ohne Tadel sein‹, sagt David. Wir wissen: Besonders wenn wir von anderen Menschen Böses erdulden müssen, werden wir selbst auch schnell einmal böse. Es ist kaum etwas so erniedrigend, wie wenn Menschen über uns Macht bekommen, wenn wir von anderen Menschen unterdrückt und gedemütigt werden. Viele erleben solche Kränkungen: im Geschäft, im Kollegenkreis, in der staatlichen Fürsorge … sogar auch in unseren Spitälern und Heimen kann es vorkommen, dass hilfsbedürftige Menschen mit einem freundlichen Lächeln gedankenlos hinabgedrückt werden. Wenn das aber geschieht, erwacht der Zorn! Auf einmal erfüllen Hader und Streit das Leben. Schon immer war es dann so: Die Oberen, die Unterdrücker, können ihre Hände in Unschuld waschen und die Schuld auf die Unteren schieben. Seht, sagen sie, wie es geht: Diese rohen Gesellen greifen zur Gewalt. Sie zerstören die Ruhe und Ordnung und bringen das Verderben in unser Leben.

Ein Stück weit geschieht dieses Unglückselige auch jetzt, wenn Menschen hier oder dort das Leben ihrer Mitmenschen zerstören. Ihr wisst, liebe Gemeinde, dass ich die Unterschiede zwischen den Religionen nicht vergleichgültige und der Meinung bin, dass der Koran etwas sehr anderes und weniger Gutes sagt als die Bibel. Aber eines gilt für alle gleich: Wenn Menschen von anderen Menschen **stolz** hinabgedrückt werden, provoziert das gewaltsame und ungerechte Reaktionen. Wir müssen zur Kenntnis nehmen: Viele Menschen in den arabischen Ländern fühlen sich permanent unterdrückt, beherrscht von der stolzen westlichen Zivilisation. Viele Arme auf dem afrikanischen und asiatischen Kontinent empfinden es, dass die westlichen Völker arrogant ihre Macht ausüben, und so greifen sie zur Gewalt und laden grosses Unrecht auf sich. Der Psalm weiss um solche Zusammenhänge. Darum bittet er Gott: ‹Bewahre mich vor den Stolzen, dass sie nicht über mich herrschen, dann werde ich ohne Tadel sein.›

Das Schlimmste aber musste auch David erfahren: Der wirklich Stolze, der ihn beherrscht und ins Verderben geführt hat, war am Ende er selbst. Wir kennen die Geschichte: Als David König geworden war und die Macht fest in seinen Händen hatte, als er niemandem mehr unterworfen und Rechenschaft schuldig war, hat David seinem armen Nachbarn Uria die Frau genommen und hat den unbequemen Mann beiseiteschaffen und töten lassen. Kaum oben angekommen, hat der Stolz David selber erfasst und hat ihn in schreckliche Schuld gestürzt. ‹Bewahre deinen Knecht›, bittet er Gott. Gott muss zuerst und zuletzt uns vor uns selbst bewahren. Wir können uns selbst nicht beherrschen. Darum ist es ein grosser Segen, wenn wir uns nicht vor anderen Menschen demütigen müssen. Aber noch grösser ist der Segen, wenn wir uns vor Gott demütigen und er uns beherrscht. Denn Gott ist nicht stolz. Er hat sich selbst voller Liebe zu uns Menschen gebeugt.

V

Und er führt uns hinein in eine wunderbar reiche und schöne geistige Welt! Der mittlere Teil des Psalms 19 handelt davon. Dieser Mittelteil ist ein grosses Loblied auf die Gesetze, Zeugnisse, Befehle, Gebote und Rechte des Herrn. Mit ungewöhnlich schönen, herzlichen und warmen Worten singt der Psalm das Lob auf das göttliche Wort. Wer zu Herzen nimmt und beständig in seinen Gedanken trägt, was Gott getan hat und noch immer tut, wer sich daran freut, wie wenig und wie Bescheidenes Gott von uns Menschen fordert, lebt in einer wunderbar geordneten, in einer innig bewegten und klar gefügten Welt. Der Psalm betont das sehr: Dass die Gesetze und das Recht Gottes einen Menschen warnen, ist nur eine nützliche Nebensache. Die Hauptsache ist das andere: Das Wort Gottes ist schön! Es tut wohl. Es erleuchtet die Augen und erfreut das Herz. Es schmeckt süsser als Honig *und* ***strahlt*** *wärmer als Gold. Was in der Bibel offen vor uns liegt, diese so unerhört reiche Welt der Erzählungen, Weisungen und Zusagen Gottes, und was aus der ganzen Schöpfung ohne Sprache an unsere Gedanken und Herzen herandrängt – dieses Wort ist ein Kosmos, eine ganze Welt, in der wir leben, geborgen sein, unsere Lebenslust und* ***unsere Freude*** *finden können.*

So sind wir unterwegs, von einem Tag zum anderen. Der Weg führt noch durch manche Nächte. Aber einmal kommt die letzte Nacht über uns. ***Und dann*** *bricht der Tag an, dem keine Nacht mehr folgt. Dann* ***werden wir*** *ihn, Gott,* ***sehen****, wie er ist (1. Johannes 3,2)!*

Amen.»

Nach zwei Minuten ist die Predigt zu Ende. Der Pfarrer weiss nicht, wie ihm geschieht, er muss erst mal nachdenken.

Und seine Gemeinde ist zufrieden, und alle, die da sitzen, lassen die Gedanken tief und ruhig schweifen rund um das, was sie soeben gehört haben:

«Geheimnis uns entgegenklingt
Ohne menschliche Worte
Einfaches Glück wie Vögel
Im Lichte des Lichts
Der Zehn Gebote
Jubelnd stolzes Loblied
Auf das andere: das Herz
Süsser als Honig
Strahlt unsere Freude
Und dann werden wir sehen.
Amen.»

Da gibt es die, die zum ersten Mal die Kraft und die Schönheit spüren des Verborgenen, des Nicht-Benannten.

Und sie versuchen für einmal nicht, es herauszuzerren in Wort und Sinn. Sie lassen es stehen, und das Geheimnis bleibt Geheimnis. Oben in der Kirchenkuppel, im farbigen Licht, das durch das östliche Kirchenfenster einfällt, empfinden andere wie Vögel und haben ihren Frieden. Natürlich gehört auch Thomas zu ihnen, Thomas, der ja fliegen kann. Paul aber, und ist damit ganz allein, kann nicht anders, es ist zu verlockend, beisst in den verlockenden Knochen, der da vor ihm liegt, und in seinem Sinn ordnet sich vieles und alles und er liest und bedenkt der zehn Gebote, seiner zehn Gebote:

I Have spleen not fun.
II Lüge, aber lustvoll. Verwirre, aber fantasievoll.
III Verwirf Optionen. Entscheide dich.
IV Im Zweifelsfall würfle.
V Stelle die wesentlichen Fragen. Höre zu. Schaue hin.
VI Wirf Ballast ab.
VII Immer radikal – nie konsequent.
VIII Mach dir ein Weltbild.
IX Punkt.
X No milk – two sugars.

Während Käthi Lehmann, die heute an der Orgel sitzt, zusammen mit einigen andern stumm und frohlockend ein Loblied anstimmt, wird dieser Augenblick für den Rest der Gemeinde zum wahrhaftigen Herzblick.

Und von nun an geht Louis – Louis, der gerne lange schläft – jeden Sonntag in die Kirche. Er geht jedenfalls. Lisa begleitet ihn oft, manchmal geht auch Leo mit, manchmal geht auch Paul mit. Nicht immer aber singt er, Louis, nur manchmal. Und natürlich möchte Paul gerne wissen, wovon das abhängt. Aber natürlich ist es Leo, der es benennt: Es hängt davon ab, wer die Orgel spielt. In Trubschachen gibt es drei

Personen, die die Kirchenorgel spielen: Die erste ist der Schulvorsteher Albert Widmer. Er spielt korrekt, aber ohne jede Andacht. Die zweite ist Gerda Frieden. Sie spielt andächtig, aber ohne jeden Anschlag. Die dritte aber ist Käthi Lehmann. Sie spielt nicht, sie lässt die Orgel spielen. Nur bei ihr singt Louis. Und nur, wenn sie aus vollem Herzen spielen lässt.

Kunst.Sinn. II

Trubschachen, Schönbrunnen, Dorfschulhaus, Schulhaus Hasenlehn, Mittwoch, 2. Juli 1997. Louis und Leo sind achtjährig.
Wie Louis noch mehr Kunst betrachtet.

«Was ist mit meiner Kaffeetasse los?», ruft Paul entrüstet, als er nach dem Mittagessen seinen üblichen Kaffee trinken will. Tatsächlich: Die Tasse ist rundum bemalt mit gelben, grünen, blauen Pinselstrichen, auch einigen roten. Es sieht aus wie Sonnenblumen, in einer Vase vielleicht, zerbrochen vielleicht. Es könnten auch Hühner sein, die einen Ausflug machen. Oder fliegende Goldfische.

«Louis», ruft Paul, nun eher neugierig als wütend, «warum hast du meine Kaffeetasse bemalt?»

Aber als der schwer beschuldigte Louis.VanGogh. in die Küche tritt, hat Paul endlich – «Werde ich alt?», hat er sich gefragt – begriffen. «Die Tasse ist bunt», sagt er, «zu Ehren der 15. Gemäldeausstellung Trubschachen, die wir heute Nachmittag mit unserem Besuch beehren.»

Genau, der geneigte Leser, die geneigte Leserin weiss Bescheid: die berühmte Gemäldeausstellung Trubschachen! Kunst auf dem Land! Und nicht zu knapp! Seit 1964 findet ... Wer das nicht mehr weiss, sehe nach auf Seite 177.

Dieses Jahr trägt die Ausstellung den Titel «Schweizer Maler von Albert Anker bis heute». Am Samstag war Vernissage mit vielen Auswärtigen und Hochkarätigen.

Und wieder beginnen sie ihren Ausstellungsrundgang im Dorfschulhaus, das heisst, Leo hat sich schon auf den Schulhausplatz absentiert, da findet ein Fussballspiel statt, das ihn, wie er sagt, interessiert. Louis aber will zu den Bildern, betritt das Schulhaus. Paul merkt es an Louis' Hand, die fest in seiner ruht. Louis ist gespannt, aufgeregt, erwartungsvoll.

Und jetzt sind sie bei Zimmer 1. Aber schon an der Türschwelle bleibt Louis stehen. Nicht hier, gibt er zu verstehen, auch nicht in Zimmer 2 und Zimmer 3. Aber dann, in Zimmer 4, zieht es ihn förmlich hinein: Landschaften, Meer, Menschen, Fischer. Louis geht von Bild zu Bild, atmet tief, als atme er Meer, Luft, Wind, Strand, Schiff, Fisch, Farben und Formen. «Er geniesst diese Bilder», denkt Paul, «wie andere Leute ein Dessert oder einen Film.» Und er beschliesst, als sie diesen Raum nach langer kurzer Zeit verlassen, genau auf Louis zu schauen, was er mit den Bildern der andern Kunstmaler anfangen wird.

Und schon betreten sie den nächsten Raum, sein ehemaliges Klassenzimmer. «Hier hängen Emmentaler Landschaften, also das, was Louis jeden Tag sieht», denkt Paul, «schön, aber halb so wild.» Ganz anders Louis. Der kann sich gar nicht mehr lösen von einem Bild mit einem Bauernhof, mit Hoschtet und dahinter Feldern und Högern. «Emmental», liest Paul den Titel, aber wenn er Louis ansieht, dann ist da mehr. Louis sieht aus, als wäre er nach langer Reise irgendwo angekommen: an seinem Ziel.

«Heimat», denkt Paul, «ob das Heimat ist?»

Und weil Louis nun vor einer gelben Landschaft steht und dort stehen zu bleiben wollen scheint, stehen bleiben zu wollen scheint?, stehen bleiben wollen zu scheint?, stehen wollen zu bleiben scheint?, stehen wollen bleiben zu scheint?, stehen zu wollen bleiben zu scheint?, stehen zu bleiben zu wollen zu scheint?, wollen zu scheinen bleiben zu stehn?, beginnt Paul im Ausstellungskatalog zu blättern, und als er zuhinterst auf das Schlusswort des Präsidenten des Kunstvereins, Otto H. Traber, stösst, sticht ihm der Titel «Ausdruck der Seele» ins Auge und er beginnt zu lesen:

Wenn es Kunstwerken manchmal glückt, eine andere, jeder Darstellung entzogene Welt durchschimmern zu lassen, empfinden wir das als Geschenk. Ebenso, wie die Lebensweise und -situation des Künstlers seine Schöpfens- und Ausdruckskraft bestimmen, so wesentlich sind die Empfangsbereitschaft, Beweggründe und Empfindungen des Betrachters für dessen Wahrnehmung. Oft stehen wir gewaltigem Ausdruck des Ewigen unberührt gegenüber, während in gewissen Momenten uns ein schlichtes Bild ein Fenster in eine andere Welt öffnen kann. In solchem Erkennen ist der Mensch mit seinem ganzen Leben einbezogen, wie des Malers ganzes Wesen in seinem Werk sichtbar wird. Es geht um eine Beziehung, um einen Dialog. Künstlerischer Ausdruck und Wahrnehmung schwingen im Gleichklang. Ein verborgener Faden verbindet den Ursprung des Bildes mit dem Innern des Betrachters. Wo uns angemessen, weist er über das Labyrinth unserer blossen Sinneserfahrung hinaus.

So können Bilder das Schöpferische im Menschen wecken. Sie können uns daran erinnern und dafür öffnen, dass es mehr gibt zwischen Himmel und Erde als nur das sinnlich Wahrnehmbare. Sie können ein Sinnzeichen sein der Begegnung und Verbindung zweier Welten. Dazu können nur Künstler Wege weisen, welche in jenem Staunen und jener Freude schaffen, die in Farben und Formen, Klängen und Worten auszudrücken ihnen Lebensinhalt sind. Dasselbe gilt für den Betrachter, indem sich ein solcher Zugang nicht rein kritisch-wissenschaftlich erschliessen lässt, sondern sich nur dem öffnet, der sich als Mensch ganz auf diesen Dialog und auf diese Botschaft einlässt. [...]

Lassen wir so die Bilder der Gemäldeausstellung Trubschachen auf uns einwirken. Auch wenn wir sie später vergessen, werden sie zurückkommen wie Saat, die man in die Erde gibt, wo sie unsichtbar wird; aber dann, nach langer Nacht, wächst sie auf einmal hervor, erblüht und trägt Frucht. Dazu brauchen wir kein kompliziertes Wissen, sondern nur die Ruhe und Empfänglichkeit, die Bereitschaft und das Herz, das Wesentliche zu erkennen und zu leben.

Und da fällt es Paul wie Schuppen von den Augen: Für die Kunst braucht es kein kompliziertes Wissen. Wissen hat Louis nicht, sondern nur die Ruhe und Empfänglichkeit, die Bereitschaft und das Herz, das Wesentliche zu erkennen und zu leben. Herz hat Louis. Ein verborgener Faden verbindet den Ursprung des Bildes mit dem Innern des Betrachters. Diesen Faden kann Paul sehen. Diesen Faden spinnen Bilder, deren Farben und Formen aus jenem grossen und ganzen Staunen und jener grossen und ganzen Freude geschaffen worden sind. Dieser Faden spinnt sich dem, der sich ganz auf diese Botschaft einlässt. Das tut Louis. Künstlerischer Ausdruck und Wahrnehmung schwingen im Gleichklang.

«Ganz klar», denkt Paul.

Und weil nun Louis mit der gelben Landschaft fertig ist, und weil Paul mit seiner Erkenntnis fertig ist, verlassen sie das Dorfschulhaus und gehen hinüber, wie von einem Faden gezogen ins Schulhaus Hasenlehn, wo die andern Bilder ausgestellt sind.

Dort, in der Turnhalle, befindet sich der grosse Albert Anker. Dort hat es auch mehr Leute. Doch Louis geht unbeirrt zwischen den Leuten hindurch, nimmt Verbindung auf mit den Bildern, bleibt diesmal nicht vor einem einzigen Bild stehen, sondern geht hin und her.

Und Paul sieht die Fäden, die sich spinnen. Nicht nur zwischen den Bildern und Louis, sondern auch zwischen den Bildern selbst, vom «Schreibenden Mädchen» etwa zum «Lesenden alten Mann», vom «Kranken Mädchen» zum «Quacksalber» und dann zum «Kinderbegräbnis», von der «Turnstunde» zum «Alten Schnapstrinker», vom «Selbstbildnis» zum «Stillleben Mässigkeit», aber auch zum «Stillleben Unmässigkeit», vom «Flickschuster» zum «Schulspaziergang». Nur ein Bild reiht sich nicht ein in dieses Hin und Her: «Die Taufe».

Und vor diesem bleibt Louis jetzt stehen, runzelt die Stirn, mehr noch, er schüttelt den Kopf. Dann, in einem plötzlichen Entschluss, geht er auf das Bild zu, packt es am Rahmen, will es abhängen. Das gelingt aber nicht, das Bild ist zu schwer. Dafür geht der Alarm los.

Und schon ist die Aufsicht, Hans Allemann, im Zivilleben Forstwart, Burgergemeinden Trubschachen und Eggiwil, zur Stelle. Und der Chef der Aufsicht, Heinz Locher, im Zivilleben Versicherungsvertreter National, Generalagentur Langnau. Und die neugierigen Besucher und ein grosses Gedränge und mitten drin Louis und Paul.

Schliesslich landen sie im Lehrerzimmer, wo der Chef der Aufsicht – «Das geht doch nicht, geht es denn noch, das gibt eine Anzeige!» – seinen Posten hat.

Und dann ist auch die Kantonspolizei da in der Person von Christian Kammermann vom Standort Langnau, und der bringt nun professionelle Ordnung ins Spiel.

«Um was geht es? Versuchter Kunstraub? Aha. Wer gehört dazu? Wer ist der Verdächtige?»

Louis und Paul werden an die linke Seite des grossen Konferenztisches gewiesen.

«Wer ist der Geschädigte?»

Der Aufseher und sein Chef werden an die rechte Seite des grossen Konferenztisches gewiesen. Kammermann setzt sich mit seinem kleinen Notizbuch an die Stirnseite.

«Also, was ist geschehen?», fragt er den Aufseher.

«Der kleine Bub wollte das Bild stehlen, er hat versucht, es abzuhängen.»

Der Polizist schaut verdutzt auf den kleinen Jungen. «Du wolltest ein Bild stehlen?», fragt er. «Am hellen Tag, mitten in den Leuten?»

Jetzt hält Paul den Zeitpunkt für gekommen, sich einzumischen. «Wisst ihr», sagt er, «mit diesem Bild stimmt etwas nicht. Wahrscheinlich ist es gar nicht von Anker. Deshalb wollte es Louis aus dem Anker-Saal, ich meine aus der Anker-Turnhalle entfernen.»

Der Polizist kratzt sich – er ist schliesslich ein echter Emmentaler –, versteht nicht. Auch der Aufsichtschef kratzt sich, auch er ein Emmentaler, auch er versteht nicht. «Woher will der kleine Bub das wissen?», fragt er.

«Bei diesem Bild gibt es keinen Faden», sagt Paul. Und alle starren ihn verdutzt, entgeistert an. Wovon spricht er?

«Habt ihr das gelesen?», fragt Paul und schiebt den Katalog, aufgeschlagen beim Schlusswort, über den Tisch. Aber weder Allemann noch Locher wollen lesen, wollen verstehen.

«Vielleicht könnten wir den Traber bemühen», schlägt Paul vor, «der hat das geschrieben, der wird das begreifen. Otto H. Traber von der Bonbonfabrik», sagt er. Aber Kammermann hat begriffen.

«Ich weiss, wer der Traber ist, den kennt man auch in Langnau.»

Und als keine zwanzig Minuten später Otto H. Traber, ein fünfundvierzigjähriger Mann, schlank, energiegeladen, freundlich, offen und raumgreifend, ein König, ins Lehrerzimmer tritt, sind alle erleichtert: Der ist schlau, der Traber, der riecht, wenn es brennt, und dann macht er vorwärts.

Traber übernimmt sofort das Szepter, versteht auch sofort, und, weil er eben der Traber und der Besitzer und Chef der erfolgreichen Bonbonfabrik Traber ist, der meistens im richtigen Moment das Richtige macht, erkennt er sofort die Problematik. Wenn der Anker echt ist, dann ist eigentlich nicht viel passiert. Ein kleiner Bub hat das Bild verbotenerweise berührt, ohne Schaden. Wenn entgegen aller Wahrscheinlichkeit aber der zweite Fall zutreffen und der Anker gefälscht sein sollte, dann droht der Kunstausstellung ein Skandal und auch dem Besitzer des Bildes. Dieses gehört der Emmentaler Sparkasse, und die lieben dort kein Aufsehen, das weiss er.

Und so sagt Traber: «Wir verzichten auf eine Anzeige, Schaden ist ja keiner entstanden. Ich möchte mit dem Buben unter vier Augen über diesen Anker reden. Ich denke, Sie haben alle viel zu tun, können an Ihre Arbeit zurück – besten Dank für Ihr aufmerksames Handeln.»

Alle stehen auf, schütteln Traber die Hand, gehen hinaus. Nur Paul bleibt sitzen. Und neben ihm Louis.

«Weisst du», sagt Paul – wir erinnern uns: Paul duzt alle Schächeler, also auch den Traber, und später wird er seine Duzfreudigkeit sogar über das Dorf hinaustragen –, «ich denke, mit diesem Ankerbild ‹Die Taufe› gibt es ein Problem und ...»

Aber wir verlassen jetzt die Handlungsebene, weil wir für unsere Geschichte ja nur vierhundert Seiten zur Verfügung haben und wir nicht fünfundsiebzig davon für die Schilderung der weiteren Ereignisse verbrauchen können.

Otto H. Traber ist sofort bereit, auf Louis zu vertrauen, schliesslich hat er das ernst gemeint, was er geschrieben hat. Das Bild wird unter einem Vorwand abgehängt und für eine Expertise nach Bern ins Kunstmuseum geschickt, wo sich zeigt, dass es sich tatsächlich um eine Fälschung handelt. Die Emmentaler Sparkasse ist schockiert; bei einer Prüfung ihres Kunstdepots wird sie noch auf sechs weitere Fälschungen stossen. In der Folge wird die für die Ankäufe zuständige Kunstkommission – ein Prokurist, der Marketingleiter, eine kunstinteressierte Sekretariatsangestellte – aufgelöst. Die Bank richtet ihre kulturelle Tätigkeit neu aus und wechselt ins Sportsponsoring.

Traber aber ist von Louis‘ Fähigkeit fasziniert. Ab und zu lädt er ihn ein zu einer Kunstausstellung, unter anderem in die neu eröffnete Fondation Beyeler. Dabei kommt auch er zum Schluss, dass Louis einen untrüglichen Sinn für die Authentizität eines Werks hat. Wenn er auch nur zu den Werken von bestimmten Künstlern einen gefühlsmässigen Zugang hat, so kann er doch untrüglich sagen, ob zwei Bilder vom gleichen Künstler stammen. Ebenso untrüglich erkennt er, ob ein Bild mit oder ohne Emotionen entstanden ist. Bei allen Gemälden kann er jederzeit sagen, ob es mechanische oder genuine Werke sind, kann aussagen, bei welchen Werken der Maler sich selbst kopiert hat. Für eine Beurteilung muss Louis das Original vor Augen haben, bei Abbildungen passiert nichts, die sind tot. Interessant ist sein Bezug zu Radierungen und Lithografien: Hier ist der Zugang zu Empfindungen des Künstlers durchaus möglich. Enthält ein Abzug mit tiefer Auflagennummer noch eine vielfältige Geschichte, so nimmt der Gehalt mit zunehmender Höhe der Nummer ab; Epreuves d‘artiste hat Louis am liebsten, da steckt alles drin, was eine Druckplatte enthält.

Als Otto H. Traber Louis seine private Kunstsammlung zeigt, gespannt auf dessen Zugang, ist er hocherfreut, dass sich Louis mit der Auswahl bestens zu unterhalten scheint. Dass keine Fälschungen darunter sind, davon war er selbst überzeugt.

In Kunstkreisen haben sich die Fähigkeiten dieses naiven Experten herumgesprochen. Ab und zu wird Louis für eine Echtheitsprüfung beigezogen. Es gibt inzwischen auch einige Galeristen, die Louis einladen, wenn sie nicht sicher sind, ob die Werke eines unbekannten Künstlers Substanz haben. Da Louis nicht genug von Bildern kriegen kann, freut er sich über jede solche Einladung, und Paul, der zum Glück ein freier Mann ist, begleitet ihn gerne bei diesen Unternehmungen.

Noch lieber aber geht Louis als einfacher Besucher in Galerien oder Kunstmuseen. Stundenlang kann er vor Gemälden sitzen und sich der Betrachtung hingeben, die Gefühle und Gedanken nachleben, die der Maler beim Malen hatte. Zu den liebsten Gemälden gehören für ihn die grossen monochromen Farbflächen von Peter Stein. Stein hat sich offenbar selbst sehr gut unterhalten beim Malen dieser Flächen; Louis muss jedenfalls bei der Betrachtung oft schmunzeln, manchmal auch laut lachen. Und jedes dieser ähnlichen Gemälde ist für ihn eine Offenbarung. Der Maler hat diese Gemälde also keinesfalls schematisch angefertigt, sondern jedes Einzelne neu geschaffen.

Blind.Darm.

Trubschachen, Schönbrunnen, Regionalspital Langnau, Donnerstag, 2. April 1998. Louis und Leo sind neunjährig.
Wie Leo sich von einem Stück seines Körpers trennen muss.

Lisa schreckt hoch. Hat sie geträumt? Nein, aus dem Kinderzimmer ertönt Wimmern, Weinen, Wimmern, Schluchzen. «Stereo, nicht mono wie sonst immer», denkt sie, steigt aus dem Bett, zieht sich das nächstbeste Kleidungsstück über, es ist Pauls Sweatshirt. «Gehört in die Wäsche», denkt Lisa beim Überstreifen, und hält die Luft an, bis ihr Kopf oben herausschaut.

Im Kinderzimmer empfangen sie die beiden Buben.

«Lisa, Bauchweh!», ruft Leo.

«Wo tut es weh?», fragt Lisa.

«Hier», sagt Leo und krümmt sich vor Schmerz, «hier», und zeigt auf eine Stelle ganz unten am Bauch.

«Madonna!», fährt es Lisa durch den Kopf, «Blinddarm, ganz klar Blinddarm», und ungefragt liefert ihr Kopf die Fakten: «Die akute Blinddarmentzündung beginnt häufig mit Schmerzen in der Magengegend und im Bereich des Bauchnabels, die sich in den folgenden Stunden zunehmend gegen den rechten Unterbauch verlagern. Bei der klinischen Untersuchung finden sich häufig eine ausgeprägte Druckschmerzhaftigkeit im rechten Unterbauch sowie eine Schmerzzunahme bei Loslassen der eingedrückten Bauchdecke, der sogenannte Loslassschmerz.»

Vorsichtig drückt Lisa rechts unter dem Bauchnabel auf Leos Bauch, Leo und Louis stöhnen, als sie loslässt, wimmern beide.

Lisa wartet ab, bis die beiden etwas ruhiger geworden sind. Als sie nun Louis' Bauch an der gleichen Stelle eindrückt, lässt Louis das ungerührt zu.

«Leo.Blinddarm., Louis.Gesund.», diagnostiziert Lisa mit ihrer Arztstimme, wenn auch mit dem Vokabular ihres Erstgenannten. «Leo muss ins Spital nach Langnau», fährt Lisa fort. «Er muss operiert werden.» Und sie beginnt, Leo Kleider überzustreifen. «Kannst du Paul holen?», sagt sie zu Louis. «Er übernachtet heute bei den Bienen, er will herausfinden, was Bienen nachts tun.» Und zu ihrem Erstaunen geht Louis stracks Richtung Küchentür, durch die man ins Freie, hinters Haus und so auf dem kürzesten Weg zum Bienenhaus gelangt.

Leo lächelt sie an, klopft sich an die Schläfe, offenbar ist sein Denkapparat vom Blinddarm nicht betroffen.

Lisa sieht, wie er sich den Schmerz verbeisst. Wohl auch, um Louis zu schonen. Der ist inzwischen beim Bienenhaus angelangt. «Leo.Spital.!», ruft er durch die Tür. Und schon geht die Tür auf, schon reicht Paul seinem Erstgenannten die Hand, und schon stehen sie zusammen an Leos Bett, schon schauen sie besorgt Leo, dann vertrauensvoll Lisa an.

Zehn Minuten später sind Ammann-Leibundguts unterwegs in Lisas Auto: Lisa am Steuer, Louis neben sich, hinten Paul mit Leo, der auf der Sitzbank liegt, den Kopf in Pauls Schoss.

«Du trägst meinen Pullover», sagt Paul, «trägst du auch meine Unterhosen?»

«Scheisse!», sagt Lisa, denn sie spürt plötzlich das Gewebe des Autositzes an ihrem nackten Hintern, «ich trage gar nichts ausser deinem Pullover.»

«Da werden die Ärzte Augen machen. Ich weiss nicht, ob die dann operieren können», meint Paul, während Lisa eine ihrer schnellen Entscheidungen fällen muss. Umkehren dauert zu lange, sie will nicht, dass Leos Blinddarm platzt, weil sie vergessen hat, sich vollständig anzuziehen. Das Sweatshirt deckt zwar ihre Blösse, doch viel mehr auch nicht. Entschieden kann sie so nicht ins Spital hinein.

«Das Operationsset», sagt Lisa, «im Handschuhfach ist immer ein Operationsset für Notfälle», sagt Lisa, «so wie jetzt.» Sie lehnt sich hinüber zu Louis, steuert mit der linken Hand das Auto, öffnet das Handschuhfach, beginnt zu stöbern, reisst ein Telefonbuch heraus, dann eine Klistierspritze – «na so was», sagt Lisa, «hier steckst du also» –, einen Tischtennisschläger – «na so was, da steckst du also», sagt Paul – und dann tatsächlich einen flachen Plastikbeutel. Die ganze Zeit ist das Auto genau in der Spur weitergefahren.

«Wie machst du das?», fragt Paul, «kannst du schielen?»

«Das ist nur eine Frage des Willens», erklärt Lisa, «ich könnte auch mit geschlossenen Augen fahren.»

«Das versuchen wir ein anderes Mal», meint Paul, «im Moment möchten wir einfach möglichst schnell» – Lisa gibt Gas –, «möchten wir möglichst unbeschadet zum Langnauer Spital». Lisa reduziert die Geschwindigkeit und wirft Paul im Rückspiegel ein Lächeln zu.

«Wie geht es Leo?»

«Er schläft», sagt Paul, «ab und zu zuckt es in ihm.»

Endlich passieren sie das blaue H-Schild am Strassenrand, taucht rechts das helle Licht des Notfalleingangs auf. Lisa fährt direkt vor den Eingang, stellt den Motor ab, löscht die Lichter, packt das Operationsset, steigt aus, reisst die Packung auf und steigt in die sterile grüne Überzugshose. Das Oberteil wechselt sie nicht, behält Pauls streng riechenden Pullover an, ist nun also vollständig, wenn auch speziell angezogen, wendet sich der hinteren Autotür zu, öffnet sie und beugt sich ins Wageninnere, wo Paul immer noch mit Leo sitzt.

Sanft entschlossen greift Lisa unter den Körper des Buben und hebt ihn mühelos. Und wieder einmal staunt Paul, über welche Kraft Lisa verfügt. Dann steigt auch er aus, nimmt Louis an der Hand, und zusammen folgen sie Lisa, die bereits im Eingang verschwunden ist. Louis hat wieder zu wimmern begonnen, offenbar kehren bei Leo die Schmerzen zurück. Als sie Lisa einholen, sehen sie, dass Leo tatsächlich in Lisas Armen unruhig geworden ist.

«Blinddarm!», ruft Lisa der Krankenschwester zu, die hinter der Theke des Notfallempfangs sitzt, «akuter Blinddarm! Rufen Sie bitte den diensttuenden Arzt, es ist dringend.»

Die Krankenschwester beugt sich dieser Entschlossenheit, verzichtet auf Fragen, administrative Erhebungen zieht sie gar nicht erst in Betracht, wählt die Kurznummer von Doktor Kummer, der heute Abend Dienst hat, und wirft nur ein «akuter Blinddarm, Kind, zehnjährig» in die Sprechmuschel und legt auf. Dann kommt sie hinter ihrem Pult hervor und führt die Familie zur ersten Notfallkoje, zieht den Vorhang.

«Legen Sie das Kind hier auf diese Pritsche», sagt sie.

Und es dauert keine zwei Minuten, bis Alex Kummer, diensttuender Oberarzt, siebenunddreissig, verheiratet, drei Kinder, in der Koje erscheint, direkt zur Pritsche geht und auf den unruhigen Leo blickt, dann stutzt, weil seine Ohren ihn in eine andere Richtung dirigieren und er aufblickend den wimmernden, zuweilen aufstöhnenden Louis erblickt.

«Wer ist der Patient?», fragt er.

«Das ist Leo hier auf dem Schragen», sagt Lisa, «er hat eine akute Blinddarmentzündung. Das hier ist sein Zwillingsbruder Louis. Ihm geht es gut, er leidet nur mit Leo mit, empfindet dessen Schmerz; ich erkläre Ihnen das später, wenn Sie den Jungen operiert haben. Wenn Sie mir nicht glauben, dass er nichts hat, können Sie gerne den Blumberg-Test machen.»

«Sind Sie Ärztin?», fragt Kummer interessiert.

Lisa winkt ab, «Tierärztin, Tiere haben auch einen Blinddarm», zeigt dann aber mit einer bestimmten Geste zu Leo hinüber. Gehorsam wendet sich Kummer Leo zu, der ihn mit angstvollen Augen anblickt, die Zähne zusammengebissen, regungslos. Kummer schiebt das T-Shirt hoch, tastet den Bauch ab, drückt, lässt los: der Blumberg-Test. Leo knirscht mit den Zähnen. Louis stöhnt auf.

Kummer hat schon den Telefonhörer in der Hand, wählt eine dreistellige Nummer: «Ops zwei, Operation in zwanzig Minuten, Kind, männlich, zehnjährig, fünfunddreissig Kilo, akute Appendizitis, Appendektomie, Vollnarkose», sagt er, «wir bringen den Patienten jetzt nach unten», hängt auf. «Wir müssen den Jungen sofort operieren. Wie heisst er, hat er Allergien, nimmt er regelmässig Medikamente?», fragt er.

«Leo Ammann, keine Allergien, keine Medikamente, Angst vor der Operation», sagt Lisa. «Wenn Sie ihm erklären, wie das geht, wird er sich beruhigen.»

«Dazu haben wir wohl noch Zeit», meint der Arzt. «Also Leo, wir werden jetzt deinen Bauch öffnen, weil in deinem Bauch ist dieser lange Schlauch, durch den die Reste des Essens gehen, wenn der Magen damit fertig ist ...» – «Sie meinen den Darm», sagt Leo –, «... und dort hat es eine kleine Ausstülpung, die ist nun entzündet, und deshalb werden wir dieses kleine Würstchen herausschneiden, dann wirst du schnell wieder gesund. Damit die Operation gut geht, werden wir dich in Schlaf versetzen.»

«Eine Narkose, das kenne ich von Lisa», sagt Leo. «Was ist mit Louis, bekommt er auch eine Narkose?»

«Was wird mit Louis passieren, wenn Leo in Narkose ist?», fragt sich Paul eher neugierig als besorgt, fragt sich auch Lisa eher besorgt als neugierig.

Kummer blickt irritiert zwischen den vier Personen hin und her. «Können wir nun den Patienten haben?», fragt er Lisa.

Lisa nickt, streicht Leo über den Kopf, beugt sich zu ihm hinunter: «Mach‘s gut mein Sohn, mein Erstgeborener, du kannst das, wir sind hier, wenn die Operation vorbei ist.»

Leo lächelt, etwas schief, umarmt Lisa. «Pass auf Louis auf», flüstert er, winkt Paul und Louis zu und sagt zum Arzt: «Das Skalpell ruft.»

Paul klopft sich mit der rechten Faust auf die Brust: «Ein Indianer kennt keinen Schmerz», sagt er und lächelt Leo zu, schief auch er. Dann wird Leo auf der Pritsche hinausgerollt.

«Leo.Winnetou.», sagt Louis, und Paul weiss, dass sein Sohn begriffen hat.

Wie sich dem besorgten, aber trotzdem neugierigen Paul dann später mitteilt, wird Louis während der Narkose von Leo einfach sehr ruhig und sehr entspannt sein; ab und zu wird wie ein Hauch ein Lächeln über sein Gesicht ziehen. Ganz offensichtlich fühlt Leos Geist sich in der Narkose wohl.

Nach.Denken.

Trubschachen, Schönbrunnen, Mittwoch, 1. Juli 1998. Leo und Louis sind neunjährig.
Wie Ammann-Leibundguts denken.

Je nachdem, was Leo fühlt, weint oder lacht Louis. Wenn Leo Schmerzen hat, empfindet Louis sie. Wenn Leo traurig ist, grämt Louis sich.

Louis fühlt aber nicht nur das, was Leo fühlt, sondern auch das, was Leo denkt.

Leo denkt, dass Louis' Herz in dem Moment aufhören wird zu schlagen, in dem Leos Herz den letzten Schlag tut. Und als Logiker denkt er, dass es umgekehrt auch so sein wird, also auch Leos Herz nicht ohne Louis' Herz schlagen kann.

Sie werden also im gleichen Augenblick, im gleichen Herzschlag sterben, denkt Leo. Und da Leo in diesem gleichzeitigen Sterben keinen Schrecken sieht, fühlt auch Louis keinen Schrecken.

Was aber ist mit Louis eigenen Gefühlen? Ist Louis manchmal für sich allein glücklich und für sich allein traurig?

Paul sitzt in seinem Arbeitszimmer in seinem Armlehnsessel. Meistens, wenn er ins Zimmer kommt, ist der Sessel besetzt, sei es durch Lisa, sei es durch einen der Buben oder den Hund, sei es durch eine der eigenen Katzen, manchmal ist es sogar eine aus der Nachbarschaft. Auch kleinerem und kleinstem Getier scheint der Sessel zu gefallen. Bevor er sich setzen kann, sich hineinlegen kann, muss Paul zuerst Raum schaffen. Er scheucht Hund, Katze hinunter, klopft sanft nachdrücklich mehrmals auf die Sitzfläche, um seine Ansprüche anzumelden, setzt sich hinein, legt sich hinein, pflanzt sich hinein, rankt sich hinein, dröselt sich hinein, schwelgt sich hinein. Wenn er sich in diesen Sessel setzt, vergisst er jeden Gedanken, der auf Handlung ausgerichtet ist, dann merkt er, wie alles von ihm abfällt, wie alles sich ausschaltet ausser seinem Gehirn. Er kann hier so klar denken, wie sonst nirgends. Sein Gehirn öffnet sich, breitet sein Wissen und seine Logik vor seinen Augen aus.

«Ich muss mal herausfinden, woher dieser Sessel stammt», denkt Paul, schiebt diesen Gedanken aber seitlich an den Rand, zuerst will er etwas anderes klären.

Louis ist also manchmal glücklich, wenn Leo glücklich ist, und manchmal, wenn Louis selbst glücklich ist.

Wenn Leo eine Glace isst, ist Louis nicht automatisch auch glücklich, eine Glace muss er schon selbst essen. Offenbar ist ein solches Glück ein zweitrangiges Gefühl. Ein Scheingefühl vielleicht, weil es sich nicht von Leo auf Louis überträgt.

Wenn allerdings Leo Gluscht auf eine Glace hat, an eine Glace denkt, dann bekommt auch Louis einen genau gleichen Gluscht. Offenbar ist das eine starke Empfindung.

Paul geht von folgenden Thesen aus:

These 1: Nur die echten Gefühle, Empfindungen gehen auf Louis über.

These 2: Louis hat auch Zugang zu eigenen Gefühlen, Empfindungen, schliesst Paul gleich an. Das hat sich bei der Musik und der Kunst gezeigt, das zeigt sich aber auch im Alltag.

These 3: Louis hat Intuition; viele Dinge teilen es Louis mit, wie sie zu handhaben sind. Zu sehen, wie sich eine Schere in Louis' Hand verhält, ist ein Vergnügen.

These 4: Louis handelt autonom, aber er bezieht sein logisches Denken, seine Schlussfolgerungen von Leo.

Synthese: Louis hat Leos Weltbild, aber seinen eigenen Weltsinn.

Mit dieser Verdichtung ist Paul am Ende angekommen. Zufrieden, sehr zufrieden rekelt er sich im Sessel zurecht, klopft ihm an die Lehne, als wäre es ein Pferd, das ein gutes Rennen gelaufen ist, reibt ihm die Flanken, wuschelt die Fransen der Kopfstütze. «Schade kann ich ihm keinen Leckerbissen anbieten», denkt Paul. «Soll ich einen fahren lassen?», fragt er sich einen Moment lang, als er sich gerade so richtig tief in den Sessel hineinversetzt. «Wäre das in der Welt der Armlehnsessel ein Leckerbissen?» Er hat aber nicht genug Vertrauen in die intuitive Kraft dieses Gedankens und lässt aus Respekt vor dem Sessel das Fahrenlassen bleiben, lässt aber nun sonst alles fahren und gönnt sich ein Schläfchen.

Lisa aber denkt ganz praktisch: Socken und Unterhosen, Coiffeur und Zahnarzt, Geld und Geist, Brot und Spiele. Vor allem aber ist sie da. Wenn sie in der Praxis ist, ist sie ganz bei den Tieren. Und wenn sie daheim ist, ist sie ganz bei den Buben. Oder ganz bei Paul. Oder ganz bei der schmutzigen Wäsche, bei den Bratwürsten, beim Musikhören, beim Briefschreiben.

Lisa muss nicht nachdenken, braucht keine Thesen. Im richtigen Moment stehen ihr die richtigen Gedanken zur Verfügung. Weder fragt sie sich noch wundert sie sich, woher sie kommen. Sie nimmt das als gegeben. Und so behandelt sie auch ihre ungleich gleichen Zwillinge. Und kommt damit bestens klar. Und die Zwillinge auch.

Zahn.Schmerzen.

Trubschachen, Schönbrunnen, Dienstag, 15. September 1998. Leo und Louis sind neunjährig.
Wie Cervelats jemandem aus der Not helfen.

Wenn Louis nicht bei Leo ist, dann ist er bei Lisas Tieren. Meistens. Es kommt auch vor, dass er zum Bahnhof hinuntergeht, um seinem Grossvater Jakob zur Hand zu gehen. Die beiden verstehen sich prächtig.

Liest Leo Karl May, dann ist Louis mit offenem Mund neben ihm. Schleicht sich Old Shatterhand an ein Lagerfeuer an, so ziehen sich auch Louis‘ Muskeln zu vollkommener Beherrschung zusammen.

Liest Leo dagegen einen der unzähligen Jan-als-Detektiv-Romane, wendet sich Louis nach zwei Minuten weg. Das lässt ihn kalt, ratlos, im schlimmsten Fall macht es ihm Angst.

Noch lieber als Karl May hat Louis die Tierbücher von Jack London. Wenn Leo liest, wie Wolfsblut durch die Schneelandschaft des Yukons streift, strahlt Louis vor Begeisterung.

Ist Wolfsblut gefangen in einem Zwinger, bricht auch für ihn die Welt zusammen.

Louis erlebt also gewisse Handlungen, Beschreibungen eins zu eins mit. Er weiss aber immer, ob sich Leos Gedanken auf die Realität beziehen oder ob diese aus der Fiktion stammen.

Louis zieht es oft zu den Tieren, die in Lisas Obhut sind, um gesund zu werden, oder die unter Beobachtung stehen, um herauszufinden, was ihnen fehlt.

«Wo ist Louis?» Diese Frage stellt sich oft bei Ammann-Leibundguts. Dann wird Leo ausgeschickt, um ihn zu suchen. Einmal, als Leo zu faul war, um das ganze Haus, den ganzen Garten und allenfalls noch das halbe Dorf abzusuchen, hat er einen Trick angewendet: Er hat begonnen, in Karl May zu lesen. Und tatsächlich ist Louis umgehend herbeigeeilt. Allerdings hat Leo dann eine halbe Stunde lang weiterlesen müssen, weil er in Louis' Augen etwas sah, das ihn am Aufhören hinderte. «Keine Tricks mit Louis», hat er sich einmal mehr gesagt.

«Wo ist Louis?», heisst die Frage auch heute. Als Erstes geht Leo in die Praxis. Im gelben Zimmer ist er nicht. Auch nicht im blauen. Dann im dritten Zimmer, im braunen, ist er tatsächlich.

Louis liegt beim Sennenhund, der von Affolters eingeliefert worden ist, weil er nicht mehr fressen will. Louis liegt bei dem Hund. In der Hand hält er einen halben Cervelat, seine Kiefer kauen die andere Hälfte der Wurst. Leo sieht, wie Louis kaut und kaut, minutenlang, ohne jemals zu schlucken. Als er schon fast an der Wurstmasse zu ersticken droht – sein Kopf ist ganz rot –, lässt er schliesslich eine weiche schleimige Masse in seine hohle Hand fallen und hält sie dem Hund hin. Dieser schlabbert die Masse mit der Zunge auf, während Louis bereits die andere Cervelathälfte zu kauen beginnt. Als er Leo sieht, lächelt er ihm zu, sprechen könnte er nicht, was er ohnehin auch nicht wollte, wackelt dafür mit dem Kopf. «Hab einen Moment Geduld», will das sagen. Als der Cervelat gegessen ist – sechzehn Zipfel deuten darauf hin, dass es vier Paar Cervelats waren, die der Hund gegessen hat –, steht Louis auf, streicht dem Hund noch einmal über den Rücken, gibt Leo einen Schubs, und zusammen verlassen sie das braune Zimmer. Draussen, als die Tür hinter ihnen geschlossen ist, macht Louis eine entsetzliche Grimasse, bei der er den Mund so weit verzerrt, wie das nur möglich ist. Der Hund hat furchtbare Zahnschmerzen, versteht Leo, deshalb frisst er nicht. «Der Hund hat furchtbare Zahnschmerzen», sagt er zu Lisa, als sie ins Haus kommen, «deshalb frisst er nicht. Aber nun hat er alle die Cervelats gegessen, die wir heute Abend bräteln wollten.»

Kolben.Schaden.

Trubschachen, Acker, Dienstag, 15. September 1998. Leo und Louis sind neunjährig.
Wie ein Traktor bockt.

Der alte Lehmann war der erste Biobauer in Trubschachen; eigentlich ist er aber eher der letzte, und somit ist er ein lebendiger Beweis für die biblische Redensart «Die Letzten werden die Ersten sein».

Lehmann wirtschaftet nach der Väter Sitte und hat bis heute jeden Fortschritt, jede Veränderung im Anbau und bei der Tierhaltung ausgeschlossen.

Lehmanns bringen die beste Milch in die Käserei. Bei Ammann-Leibundguts ist Leo zuständig fürs Milchholen.

«Du wartest beim Schulhausplatz, bis Urs Lehmann bei der Käserei vorfährt», hat ihm Paul erklärt. «Sobald Lehmanns Milch abgewogen ist, gehst du hinein und verlangst drei Liter Milch.» Nicht nur bei Ammann-Leibundguts hat sich das herumgesprochen. Wenn auch die Lehmanns im Dorf als verschroben gelten, so wollen doch viele Leute am liebsten deren Milch, sodass jeweils nach Lehmanns Milchanlieferung plötzlich von überall her Kinder mit Milchkesseln auftauchen.

Lisa ist die erste Tierärztin, die vom alten Lehmann die Erlaubnis erhalten hat, den Stall zu betreten. Vorher hat er dort selbst zum Rechten gesehen, so wie es ihn seine Grossmutter gelehrt hat.

Diese Grossmutter wiederum war von allen Bauern der Umgebung zu Rate gezogen worden, weil sie «den Blick» hatte.

Lisa hat den alten Lehmann mit Fragen gelöchert, wie seine Grossmutter das und jenes beurteilt habe und was sie gegen und für dieses und jenes gemacht habe. Als der alte Lehmann gemerkt hat, dass Lisa grossen Respekt vor diesem Wissen hat, ist er aufgetaut, und bei langen Gesprächen auf der Holzbank vor dem Kuhstall hat er ihr vieles von dem erzählt, was er von seiner Grossmutter weiss. Nicht alles, ein Emmentaler erzählt nie alles. Etwas behält er immer in der Rückhand. Man weiss ja nie.

«Diese Gespräche sind mehr wert als jede Vorlesung», hat Lisa gesagt. Eigentlich müsste der alte Lehmann an der Uni dozieren. Diese Vorstellung gefällt Lisa ungemein. Und mit dem ihr üblichen Ungestüm will sie den Gedanken in die Tat umsetzen und beginnt eine Korrespondenz mit der veterinär-medizinischen Fakultät. Diese zieht sich nun schon zwei Jahre hin, ohne dass der alte Lehmann jemals hätte nach Bern reisen müssen.

Es gibt aber auch noch den jungen Lehmann, Urs mit Vornamen, gutmütig, gut gelaunt, unkompliziert, nicht gescheit, aber allen Lebenslagen gewachsen, einfach ein Bauer, ein einfacher Bauer, einer, der dann nachdenkt, wenn es nötig ist und dann redet, wenn es nötig ist.

Als der junge Lehmann das Bauernlehrjahr macht, stellt er fest, dass nichts von dem, was im Unterricht behandelt wird, mit dem übereinstimmt, wie es zu Hause gehandhabt wird. Erst als sie sich ganz am Schluss der Ausbildung kurz mit exotischen Landwirtschaftsformen beschäftigen und auch vom biologischen Landbau sprechen, merkt er, dass alles, was gesagt wird, auf seinen Hof zutrifft.

Das war vor acht Jahren gewesen – heute ist natürlich alles anders. Lehmanns sind also die ersten Biobauern: Vater Alfred Lehmann, sechsundfünfzig, verheiratet mit Käthi Lehmann, sechsundvierzig, Sohn Urs Lehmann, siebenundzwanzig. Lehmanns waren die Letzten im Dorf, die einen Traktor angeschafft hatten. Für kurze Zeit hatten sie dann den neusten Traktor im Dorf, das war 1975. Dieses Modell besitzen sie immer noch, und es ist inzwischen mit dreiundzwanzig Jahren auf dem Buckel ein Oldtimer, eine Sehenswürdigkeit, ein Exot, der sich mit seinem langhubigen, klopfenden Motorengeräusch schon von weitem ankündigt, wenn er durchs Dorf fährt. Von manchen Leuten wird er als Schande für das Dorf betrachtet.

Urs Lehmann ist am Pflügen, als plötzlich der Louis dasteht in der Furche des vorherigen Durchgangs. Natürlich kennt Urs den Louis, jeder in Trubschachen kennt den Louis, jeder kennt jeden in Trubschachen.

Urs hält an, deutet auf den Seitensitz, der sich auf dem Schutzblech des grossen Rades befindet.

Louis strahlt, klettert hinauf, lächelt Urs an und sagt: «Louis.Traktor.»

Und zusammen fahren sie das Feld auf und ab, furchenwendig, einmal hinauf und einmal hinab. War es vorher für Urs eintönig, ist es nun vielfältig, ein Erlebnis. Er staunt, und sie fahren hin und her, bis der Motor plötzlich zu husten beginnt, unregelmässig zu klopfen beginnt und schliesslich mit einer mächtigen Fehlzündung zu laufen aufhört.

Urs versucht, den Motor wieder zu starten, aber ausser ein paar weiteren Fehlzündungen geschieht nichts. «Motorschaden», denkt Urs, «aber woran liegt es wohl genau?» Die beiden steigen vom Traktor herab.

Vom Hof her kommt der alte Lehmann mit dem Velo, er hat die Fehlzündungen gehört. Er steigt vom Fahrrad, lässt es zu Boden fallen. «Was ist denn mit dem Hürlimann los?», fragt er.

Vater und Sohn wenden sich dem Traktor, dem Motor zu. Sie heben die seitliche Abdeckung hoch und schauen auf den Motor. Beide kratzen sich synchron am Kopf, dann am Hintern, ohne dass ihnen von hier oder dort Hilfe zukommt.

Louis stellt sich zwischen die beiden und zeigt auf den zweiten Zylinder. «Motor.Tot.», sagt er, dann dreht er sich um und winkt zu seinem Wohnhaus hinüber, dessen Dachspitze zwischen den Bäumen sichtbar ist.

Feld.Stecher.

Trubschachen, Schönbrunnen, Acker, Dienstag, 15. September 1998. Leo und Louis sind neunjährig.
Wie Weitsicht geübt und verstanden wird.

Eines Tages ist Leo wieder auf der Suche nach Louis. Er ist nirgendwo, weder im Haus noch bei einem der Tiere in der Praxis.

«Wo mag er sein?», fragt sich Leo. Auf dem Estrich hat er noch nicht nachgeschaut, das ist der einzige Ort. Und im Keller. Aber im Keller ist es Leo zu dunkel, da mag er nicht nachschauen. «Folglich wird auch Louis nicht dorthin gegangen sein», denkt Leo. Er klettert auf den Estrich. Weit und breit kein Louis.

Leo öffnet den Fensterladen, um Licht hereinzulassen. Durch das Fenster sieht er einen kleinen Ausschnitt der Landschaft; ganz hinten ist ein Stoppelfeld, halb gepflügt. An der Grenze zwischen dem trockenen Gelb der Stoppeln und dem satten Braun der frisch gepflügten Erde steht ein roter Traktor. Darum herum bewegen sich einige Gestalten hin und her. «Was die wohl tun?», fragt sich Leo, rennt hinunter in Pauls Arbeitszimmer, packt dort die Tasche mit dem grossen Feldstecher.

«Warum der wohl Feldstecher heisst?», fragt sich Leo, doch hat er jetzt keine Zeit, der Frage auf den Grund zu gehen, vielmehr muss er zurückrennen auf den Estrich, um zu schauen, was auf diesem Feld vor sich geht. Als er den Feldstecher auf seine Augenbreite zusammengeklappt hat und sich vor die Augen hält, und als etwas verschwommen Rotes in sein Blickfeld gerät, dreht er solange an dem kleinen Rad, wie er das Paul hat tun sehen, bis plötzlich aus dem roten Fleck ein roter Hürlimann-Traktor wird. In den Personen erkennt Leo den alten und den jungen Lehmann, die beide beim Motor des Traktors stehen und so gebannt auf eine bestimmte Stelle des Motors schauen, als machten sie eine stumme Beschwörung.

Und plötzlich sieht Leo eine kleine Gestalt zwischen den beiden, im hellblauen Hemd und der grünen Latzhose seines Bruders. Die kleine Gestalt klopft auf eines der Motorenteile. Auf dieses richten sich nun die starren Blicke der Bauern. Jetzt dreht sich die kleine Gestalt um und schaut Leo gerade ins Gesicht und lächelt. Und ist tatsächlich Louis.

Am Abend aber, als Paul wütend ins Wohnzimmer stapft und der Reihe nach die drei dort anwesenden Verdächtigen mit einem inquisitorischen Blick mustert und dann mit der Stimme des Jüngsten Gerichts fragt: «Wer hat meinen Feldstecher benutzt und nicht mehr zurückgelegt?», da sticht Leo der Teufel. Und er sagt: «Ach ja, ich habe da im Buch gelesen, dass jemand in See sticht, und habe gedacht, dass der das wohl mit einem Seestecher getan hat, und da habe ich gedacht, das ginge vielleicht auch mit einem Feldstecher, und das wollte ich dann am Feuerwehrweiher ausprobieren. Und so habe ich den Feldstecher in den Weiher gestochen, aber er ist einfach versunken.»

Paul schnappt nach Luft, fast wird er blau im Gesicht. Da springt Leo seinem Vater auf den Rücken und lacht vergnügt und sagt: «Du bist so doof, du glaubst jeden Mist, mein Sohn, was soll aus dir noch werden?»

Lisa lacht ebenfalls und sagt zu Paul: «Du bist so doof, dass es schon fast verboten ist.»

«Paul.Vogel.», sagt Louis und bringt die Sache auf den Punkt.

Nur Paul selbst wird das Gefühl nicht los, dass der Vogel eigentlich Leo ist, kehrt aber nun umgehend zum Kern zurück: «Wo ist mein Feldstecher?»

«Du kriegst ihn zurück», erklärt Leo, «wenn du mir erklärt hast, warum das Ding Feldstecher heisst.»

Paul kratzt sich am Kopf, keine Ahnung, kratzt sich am Hintern, trotzdem weiter keine Ahnung, das hilft auch dieses Mal nicht, weiss nicht, wo er noch kratzen soll und schaut Lisa hilfesuchend an.

«Keine Ahnung», sagt Lisa, «wahrscheinlich hat das Ding der Herr Feldstech erfunden, darum heisst es so.»

Niemand gibt sich mit dieser banalen Lösung zufrieden.

«Ich will eine logische Antwort», sagt Leo, «dann kriegst du den Feldstecher zurück und dazu gratis eine Verbesserungsidee.»

«Gut», sagt Paul, «ich gehe der Sache nach und komme darauf zurück, gib mir inzwischen den Feldstecher.»

«Kommt nicht in Frage», erklärt Leo, «das ist mein Pfand.»

«Leo.Auchvogel.», sagt Louis, geht aus dem Zimmer.

Hektisch beginnt Leo, den Feldstecher in seinem Kopf von einem Versteck ins andere zu verschieben, um Louis von der heissen Spur abzulenken. Aber es ist zu spät, da kommt Louis bereits zurück und überreicht Paul den Feldstecher.

«Mist», denkt Leo, «ich muss mir einen Verschlüsselungsmechanismus ausdenken für geheime Gedanken.» Aber als er sieht, wie ihn Louis zufrieden anstrahlt, löscht er dieses gemeine Projekt gleich wieder aus seiner Planungsabteilung.

«Louis.Ratte.», murmelt er. Aber der wirkt in keiner Weise schuldbewusst. Was Leo auch erstaunt hätte.

Multi.Plikation.

Trubschachen, Käserei, Montag, 16. November 1998, Louis und Leo sind neunjährig.
Wie der Käser rechnen lernt.

Seit Louis bei den Lehmanns ein- und ausgeht, kommt ihnen die Milch direkt ins Haus. Zwar hat der Käser einmal eine spitze Bemerkung zu Paul gemacht. Doch Paul hat nur gelacht und ihm erklärt, dass sie Louis bei Lehmanns verdingt und deshalb Anrecht auf Milch und Rahm bis genug hätten sowie auf Blut- und Leberwurst bei jeder Hofschlachtung. Vor so vielen Tatsachen kapituliert der Käser.

«Aber den Käse kaufen wir bei dir», sagt Paul und klopft ihm auf die Schulter. «Und in Zukunft auch die Zigaretten, zum Ausgleich.» Er zeigt ihm das Päckchen Zigaretten, es sind «Laurens Orient», und sagt: «Ich rauche vier Zigaretten pro Tag, ab und zu klaut mir Lisa eine Zigarette, sagen wir zweimal pro Woche, und auch kommt es vor, dass ich ein Päckchen irgendwo liegen lasse, sagen wir einmal pro Monat, jetzt kannst du ausrechnen, wie viel ich rauche, dann weisst du, welchen Vorrat du führen musst.»

Der Käser starrt auf das Päckchen, dann auf Paul. Es raucht in seinem Kopf.

«Im Ernst?», fragt er, «meinst du das so, wie du das sagst?»

«Sicher», sagt Paul, «mit so etwas scherzt man nicht.»

Und so beginnt der Käser zu rechnen. Und da er nicht so geübt im Kopfrechnen ist, kommt er auf einen Jahreskonsum von 50 288 Zigaretten.

«Da müsste ich ja pro Jahr zweihundertfünfzig Stangen bestellen», rechnet er weiter aus. «Manno, du rauchst ja wie ein Schlot», sagt er zu Paul, «fünf Stangen pro Woche.»

Paul legt den Kopf schräg.

Und am geistigen Horizont des Käsers tauchen Nullen auf, und dazwischen tanzen die Dezimalstellen.

«Also, bestell mal ein paar Stangen, dann sehen wir, wie weit das reicht», meint Paul.

Am nächsten Tag trifft Paul den Käser Christian Schütz, so heisst er übrigens, zufällig in der Bäckerei. Dieser zieht einen Zettel aus der Tasche und sagt: «Hier, ich habe es nun ausgerechnet: 4 x 365 = 1460 + 2 x 52 = 104 = 1564 + 12 x 20 = 240 = 1804: 20 = 90,2 Päckchen: 10 = 9,02 Stangen pro Jahr. Ich bestelle also jetzt zehn Stangen, das reicht dann für ein Jahr.»

«Rechnen kannst du», nickt Paul anerkennend, «gib mir Bescheid, wenn du die Zigaretten hast.»

Drei.Rad.

Zug, Trubschachen, Sonntag, 4. April 1999, Dienstag, 27. April 1999. Louis und Leo sind zehnjährig.

Wie Lisa eine interessante Kunstbetrachtung macht und später auch Paul.

Jahresausflug des Damenturnvereins Trubschachen. Dieses Jahr geht es mit dem Zug nach Zug, Picknick am See, dann Kaffee und Kuchen in der Konditorei Ehrlich. Wer sagt da Kuchen? Torte! Zuger Kirschtorte. Dieselbe, die an dieser Stelle, in dieser Konditorei, die damals noch Konditorei Huber hiess, im Jahre 1921 vom Konditormeister Hubi Huber erfunden worden ist und auch heute noch nach dem Originalrezept von Klaus Ehrlich, seinem damaligen Chefkonditor, gebacken wird. Also, hier wundert sich der Autor schon etwas. Zwar weiss er, dass das Leben weitgehend aus Widersprüchlichkeiten und Unsinnigkeiten besteht, aber trotzdem, bitte schön, der Hubi Huber hat die Torte erfunden, das Rezept aber stammt von Klaus Ehrlich? Wie kann das sein? Da muss eine Geschichte dahinterstecken. So muss es gewesen sein: Der Hubi Huber war ein begnadeter Konditor, aber ein Analphabet, konnte also nicht schreiben und hat deshalb das Rezept seinem Chefkonditor diktiert, dem Ehrlich, welcher ein Lump war und seinen eigenen Namen unter das Rezept gesetzt hat, was der Huber, weil er nicht lesen konnte, nicht gemerkt hat, respektive erst dann, als er erfahren hat, dass er fortan entweder für jede Original Zuger Kirschtorte dem Ehrlich eine Lizenzgebühr zu bezahlen habe, oder dass er ihn zum Teilhaber mache und es in Zukunft Konditorei Huber & Ehrlich heisse, was der Huber zähneknirschend akzeptiert hat, darüber aber so unglücklich war, dass er eines Tages so viel von seinem für die Tortenproduktion gelagerten Kirsch trank, dass er von seinem Elend erlöst wurde, und die Konditorei seither Konditorei Ehrlich heisst. So schnell kann es gehen.

Während die sonst turnenden, heute reisenden, essenden, trinkenden Damen also zu Torte und Kuchen schreiten, richtet Lisa ihre Schritte anderwärts, lässt sich durch die Zuger Altstadt treiben, gelangt fast unvermerkt zum – löst einen Eintritt – und ins Kunstmuseum Zug und geht dort von einem Saal zum andern, bis sie, als hätte jemand sie dorthin gelenkt, vor einer Kiste stehen bleibt, einer Kiste, die ihre starke Aufmerksamkeit weckt, sie geradezu elektrisiert. Es ist eine Holzkiste mit einem Loch in der Oberseite, das von einem heissen, weil nicht ausgesteckten Bügeleisen hineingebrannt worden ist, welches nun auf dem Boden der Kiste ruht und durch das Brandloch betrachtet werden kann. Es ist ein

Werk des Künstlers Roman Signer, welches dieser im Februar 1987 angefertigt hat.

«Mein Brand war auch Anfang des Jahres 1987», denkt Lisa, und dieser Gedanke lässt sie nicht mehr los. Die restlichen Werke ignoriert sie, kehrt zu den Damen zurück, isst geistesabwesend sogar ein Stück Zuger Kirschtorte, klinkt sich also wieder ins Programm ein. Für die restliche Zeit des Ausflugs, während des ganzen sorgfältig zusammengestellten Reiseprogramms, das die Damen von einem Höhepunkt zum nächsten führt, während all der Attraktionen, die zu immer mehr Gekicher, Gelächter, zu immer mehr Gezwitscher, Gerede führen, glüht in ihrem Bewusstsein ein Bügeleisen. Während die andern immer munterer und lauter werden, wird ihr im Kopf immer heisser und konfuser. Was andere als Ungeduld kennen und erleben, ist Lisa so fremd, dass sie glaubt, von einer schweren Krankheit befallen zu sein. Dies wiederum geht ihrem Verstand nun doch zu weit und er ruft sie energisch zur Ordnung.

Trotzdem ruft Lisa, als sie endlich – um zwei Uhr morgens – zurück in Trubschachen sind, augenblicklich bei Balts Bucher an.

«Wo brennt's?», fragt der – einmal Feuerwehr, immer Feuerwehr.

«In meinem Kopf», sagt Lisa, «ich brauche unbedingt die Kopie des Feuerwehrrapports von dem Brandfall mit meinem Bügeleisen.»

«Wird gemacht, aber erst morgen früh», brummt Bucher, brummt aber nicht böse. Dass Lisa einen Grund hat für ihren Anruf, glaubt Bucher unbesehen, brummt einfach, weil man das macht, wenn man mitten in der Nacht telefoniert. Am nächsten Tag um Viertel vor acht bringt er schon die Kopie des Rapports. Erstens wird von jedem Brandfall, von jedem Einsatz ein Protokoll angefertigt, nach Vorgabe und nach

Schema; zweitens werden alle diese Protokolle in dreifacher Ausführung gemacht, wobei ein Exemplar auf der Gemeindeverwaltung abgelegt wird; drittens wird dieses Protokoll dort so abgelegt, dass es auch wieder gefunden werden kann, was dem Bucher, der als Feuerwehrkommandant einen Generalschlüssel zu allen gemeindeeigenen Räumen hat, viertens erlaubt hat, diese gewünschte Kopie anzufertigen.

Lisa dankt. Balts geht zufrieden ab: Mission erfüllt.

Mit der Polaroidkamera macht Lisa eine Aufnahme der Holzkiste, steckt Protokoll und Foto in ein Couvert, dazu schreibt sie:

Sehr geehrter Herr Signer

Wie Sie den beigelegten Dokumenten entnehmen können, hat sich mein Bügeleisen am 17. Februar 1987 um 14.15 Uhr ein Denkmal gesetzt. Ich hege den Verdacht, dass es mit dieser Aktion nicht allein war, sondern dass Ihr Bügeleisen dasselbe zum genau gleichen Zeitpunkt getan hat.

Mit freundlichen Grüssen
Lisa Leibundgut

Und einige Wochen später, in Lisas Kopf ist die Sache schon weit nach hinten gerutscht, fährt eine Ape, eines dieser kleinen italienischen, dreirädrigen Lastfahrzeuge, auf den Hof. Aber nur Paul ist zu Hause, mit den Zwillingen.

Ein schlaksiger, etwas älterer Mann steigt aus – graue, etwas wilde Haare, eine braune, etwas grosse Brille –, kommt auf Paul zu.

«Mein Name ist Roman Signer», sagt er.

«Das Bügeleisen», sagt Paul.

Signer lacht. Und dann setzen sie sich auf die Bank neben dem Eingang und beginnen ein Gespräch, eines der Gespräche, wie Paul sie liebt. Ein sich endlos in die Höhe und in die Weite drehendes Gespräch.

Als die Zwillinge auftauchen, um zu sehen, wer denn da gekommen ist, fragt Signer, ob sie mal Ape fahren möchten.

Leo nickt. Und Louis strahlt.

In Kürze hat Signer Leo und damit auch Louis die wenigen Handgriffe gezeigt. Nun wechseln Leo und Louis sich am Lenker ab, der eine ist in der Kabine und steuert, während der andere sich jeweils hinten auf die Ladefläche stellt. So drehen sie Kreise auf dem Hof.

Die beiden Männer setzen ihr Gespräch fort, aber Signer ist sichtlich abgelenkt, schaut der Fahrt intensiv zu. In seinem Kopf scheint etwas mitzudrehen, zu spinnen, fast scheint es zu wetterleuchten.

Und plötzlich – Louis ist am Lenker – gibt Louis Gas, fährt gerade auf Paul und Signer zu, macht dort, ohne zu bremsen, einen satten Schwenker nach links, dass Leo hinten auf der Ladefläche – er hat einen Moment nicht aufgepasst – über Bord fliegt und eine Bauchlandung im Blumenbeet vor dem Haus macht.

Louis aber dreht ab, fährt zurück über den Hof und hinaus auf die Strasse und dann die Strasse hinauf und verschwindet, bis er nach einiger Zeit etwa fünfzig Meter weiter oben, wo die Strasse die nächste Kehre macht, sichtbar wird. Dort wendet sich die Ape von der Strasse weg, hält, reckt ihre Schnauze über den steil abfallenden Strassenrand, hupt drei Mal. Paul, Signer und Leo sind aufgestanden, gehen nun über den Hof, treten auf die Strasse hinaus – zweimaliges Hupen –, machen einige Schritte nach links, wo sie besser nach oben sehen können, schauen zur oberen Strasse, zur Ape hinauf – einmaliges Hupen –, die Ape setzt sich in Bewegung, die Tür schwenkt auf, eine Gestalt – Louis – springt heraus. Und schon kommt die Ape in der Falllinie und mit zunehmender Geschwindigkeit über den Hügel hinab, überquert die Strasse und macht einen hohen weiten Sprung in die wunderbare Emmentaler Landschaft und in die steil von der Strasse abfallende Hoschtet hinaus, bekommt in der Luft Vorlage, dreht sich auf den Rücken und landet verkehrt herum zwischen den Bäumen, wo die drei Räder noch eine Zeit lang weiterdrehen.

Die drei Zuschauer sind baff.

Zuerst kommt Leben in Paul. Er zählt seine Söhne. Louis steht oben am Hügel. Leo steht neben ihm. Beide lebendig.

«Was ist in den Louis gefahren?», denkt Paul. Den Leo trifft keine Schuld. Das sieht Paul auf einen Blick. Erst dann schaut er auf Signer, um zu sehen, wie der auf die Zerstörung seiner Ape reagiert, ist schon am Überlegen, mit welcher abenteuerlichen Rechtfertigung er sich und seine Söhne, seinen Sohn, aus der Schlinge ziehen könnte. Aber sieht er recht? Ist der Signer gar nicht wütend? Sieht er vielmehr so aus, als hätte er gerade etwas fürs Geld bekommen? Als sei er begeistert?

Das ist er tatsächlich. «Schade!», ruft er.

«Also doch schade», denkt Paul.

«Schade», ruft Signer, «habe ich meinen Fotoapparat nicht dabei. Wenn ich das fotografiert hätte. Ich muss das unbedingt noch einmal machen: die Ape über eine Rampe schicken, den Luftsprung. Und ich muss auch unbedingt die Ape einen Looping fliegen lassen und schauen, was passiert.» Und dann schüttelt er Paul die Hand, bedankt sich.

Signer ist so was von zufrieden. Paul aber braucht jetzt Kaffee. «Kaffee Fertig», sagt er. Und Signer nickt. «Kaffee Fertig ist immer gut», sagt er. Sie gehen ins Haus, in die Küche, wo Signer Lisas Bügeleisenkiste bewundert.

Endlich kommt auch Lisa nach Hause. Und dann reden sie zu dritt weiter und weiter. Signer erklärt, dass er unzählige Feuerwehrregister durchforscht habe. Bis jetzt habe er so Kenntnis von elf Bügeleisenbränden erhalten, die sich tatsächlich alle am 17. Februar 1987 um 14.15 Uhr ereignet hätten, alle in der Schweiz, aber schön verstreut, keine zwei am gleichen Ort. Verstehen lasse sich das schon, aber erklären nicht. Ganz offensichtlich sei das ein Zeichen, das damals unerkannt geblieben und erst jetzt von Lisa entdeckt worden sei.

«Das Bügeleisen ist gross», ruft Paul, der auf einen Stuhl geklettert ist, «und Signer ist sein Prophet, und es wird der Tag kommen, da alle Bügeleisen der Welt sich befreien werden von Fron und Joch und nichts anderes tun werden als brennen, und Löcher werden sein sonder Zahl, und die Welt wird sich weiterdrehen und weiter wie bisher, aber anders, denn es wird eine Welt voller Löcher sein.»

Signer aber ruft: «Und aus jedem Loch» – er ist ebenfalls auf einen Stuhl gestiegen –, «aus jedem einzelnen Loch wird auffahren ein Feuerstrahl gen Himmel, und der Himmel wird erleuchtet sein und ... und es wird ein Zeichen am Himmel stehen, und es wird geschrieben stehen nichts anderes als der Sinn des Lebens!»

«No milk, two sugars», kräht Paul.

«Zu viel Kaffee Fertig», denkt Lisa. Und beweist damit, dass Frauen weniger fähig sind, die tiefe Bedeutung banaler Erkenntnisse zu würdigen.

Roman und Paul jedenfalls werden in der Folge und nach verarbeitetem Kater in eine rege Korrespondenz treten: Signers Kunst, seine Sprengungen, sein Umgang mit dem Alltäglichen entsprechen zu hundert Prozent Pauls Denken und Weltbild. In der Folge wird auch Paul sich ein Lager von Sprengstoff, Zündern und Zündschnüren anlegen und die eine oder andere Sprengung vornehmen. Allerdings macht er das nur zu seinem persönlichen Vergnügen, den Auftritt in der Kunstwelt überlässt er völlig neidlos Roman. Immer wieder aber werden sie Ideen austauschen, werden einander um Rat fragen. Immer wieder wird es in Trubschachen mysteriöse Vorfälle geben: zischende Lichtstreifen von kilometerlangen Zündschnüren etwa oder dumpfes Knallen von seriellen Sprengladungen.

Fuss.Ball.

Trubschachen, Langnau, Mittwoch, 26. Mai 1999 und die nächsten drei Jahre. Louis und Leo sind zehn-, dann dreizehnjährig.
Wie der Ball rund ist.

Eines Tages stürmen Leo und Louis in die Praxis. Lisa unterbricht augenblicklich ihre filigrane Näharbeit am Bauchfell eines Meerschweinchens. Die Atmosphäre vibriert, sie ist geladen mit doppelter Energie.

«Wir wollen in den Fussballclub!», schreit Leo. «Wir müssen in den Fussballclub. Wir brauchen Stollenschuhe und Schienbeinschoner und ein Passfoto. Ich habe schon alles abgeklärt. Morgen ist das erste Training der neuen Saison bei den D-Junioren des FC Langnau.»

«Okay Leo, siehst du hier das Meerschweinchen? Es stirbt, wenn ich es nicht fertig operiere.»

Louis ist schon einen ganzen Augenblick beim Tier und schaut es versonnen an.

«Gott sei Dank», denkt Lisa, «das Tier wird überleben.»

Auch Leo ist verstummt. «Sicher Lisa», sagt er, «entschuldige. Ich wünsche mir das so sehr. Wann können wir das besprechen?»

Am Abend wird auch Paul in die Pläne eingeweiht.

«Ich war zwei Jahre Goalie bei den B-Junioren des FC La Neuveville», sagt er, «ich wollte immer Goalie sein.»

«Weil du nicht gerne rennst», sagt Leo.

Und Louis grinst seinen Vater an. In Leos Worten muss etwas Wahrheit gesteckt haben, sinniert Lisa.

«Paul.Faulerhund.», sagt Louis.

Und jetzt fällt es Paul wieder ein: Sein Trainer hatte ihm damals beim Training zugesehen, dann hatte er geseufzt, etwas gemurmelt – fauler Hund muss das gelautet haben – und Richtung Tor gewiesen. So war das gewesen.

«Fussball mit Louis ist einfach und schwierig gleichzeitig», denkt Leo. Leo muss für sich selbst spielen. Simultan muss er sich in seinem Kopf vorstellen, was er als sein Mitspieler täte. Das ist dann das, was Louis tut. Wenn Leo das schafft, hat er einen perfekten Mitspieler, das heisst einen Mitspieler, mit dem er perfekt zusammenspielen kann. Leo übt sich in dieser Doppelrolle. Manchmal fällt er heraus, dann rennt Louis plötzlich synchron mit ihm auf dem Platz herum. Was zwar lustig aussieht, fussballtaktisch aber sinnlos ist.

Mit der Zeit werden sie aber ein gefürchtetes Sturmduo. Leo entwickelt ausgeklügelte Taktiken, Strategien, Spielzüge und setzt sie im Spiel um. Louis' Technik nimmt im selben Mass zu wie die von Leo. Inzwischen hat Leo sogar den Eindruck, dass Louis mehr Begabung hat als er.

Wenn Leo aufs Goal schiesst, ist das manchmal gefährlich, und manchmal geht der Schuss weit daneben.

Lässt er Louis aufs Goal schiessen, so funktioniert das in weitaus höherem Masse.

Leo hat sich so daran gewöhnt, für sie beide zu spielen, dass er noch gar nie darüber nachgedacht hat, ob Louis etwas so Einfaches wie Fussball nicht auch selbst spielen könnte.

Dies offenbart sich eines Tages ganz ohne weiteres Zutun, als Leo mit Fieber im Bett liegt.

Paul ruft bei Marcel Brunner an, dem Fussballtrainer der B-Junioren. «Tut mir leid, Leo und Louis können heute nicht spielen, Leo ist krank», teilt er ihm mit.

«Noch einer», seufzt der Trainer – fluchen tut er nur auf dem Fussballplatz –, «damit habe ich schon fünf Ausfälle. Ist Louis denn auch krank?», fragt er.

«Nein, Louis kann kommen», sagt Paul, «das wird vielleicht interessant. Wann ist das Spiel? Ich bringe Louis, dann schaue ich mir das Spiel an.»

Um dreizehn Uhr fahren sie in Langnau beim Clubhaus vor. Louis strahlt Paul an, wie immer, springt aus dem Auto, packt seine Sporttasche und verschwindet in der Garderobe. Für einen kurzen Moment dringt begeistertes Geheul durch die offene Türspalte, dann schliesst sich die Tür. «Wird schon werden», denkt Paul, parkiert das Auto neben dem Clubhaus, macht sich auf die Suche nach Gesellschaft.

Als die Spieler aus der Kabine kommen, hat sich eine Gruppe von Vätern am Spielfeldrand eingefunden.

Die Spieler rennen mit dem Habitus von gestandenen Fussballprofis aufs Feld. Unter ihnen Louis im Trikot mit der Nummer 9. Daneben aber nicht Leo wie sonst immer. Diesmal trägt Kevin Kohler die 10.

Louis wirkt etwas ratlos, etwas geistesabwesend, bis sich die Mannschaft am Elfmeterpunkt sammelt, sich alle mit verschränkten Armen und aufgerichteter Haltung im Kreis aufstellen und mit konzentriertem Blick auf Felix Kummer, ihren Kapitän, schauen.

Und der fragt: «Was wollen wir?»

«Spielen!», antworten die Spieler.

«Dieses Ritual gefällt mir», denkt Paul.

«Was werden wir?»

«Gewinnen!», antworten die Gewinner.

Und da sieht Paul, wie Louis sich noch mehr aufrichtet und stolz wie die andern die verschränkten Arme bis auf Augenhöhe hebt. Und dann laufen alle durcheinander und schubsen sich mit den Schultern an.

«Was sind wir?»

«Ein Team!», antwortet das Team.

Und jeder begibt sich auf seine Position, Louis zum Mittelkreis, wo er hingehört zusammen mit Kevin. Und mit Kevin führt er den Anstoss aus mit der gelangweilten Routine, die unter Fussballern üblich ist. Und nun läuft er in Position, dreht sich um, wird angespielt und spielt den Ball zurück, alles richtig.

Paul schnauft tief, kann nicht glauben, was er sieht. Dabei hat er genau das erhofft. «Wir müssen mehr von Louis erwarten», denkt er. «Louis kann viel mehr, als wir wissen. Louis spielt also auch allein tollen Fussball.»

Als Leo wieder gesund ist und wieder mitspielt, bemerkt er, dass eine neue Note ins Spiel gekommen ist. Nun beobachtet er Louis intensiv, auch beim Training.

Leo bemerkt, dass Louis alles, was konkret ist, direkt vom Trainer aufnimmt. Alles, was abstrakt ist, taktisch und strategisch, kommt von ihm, Leo. Das merkt Leo sofort, weil sein taktisches Denken durchaus nicht immer mit dem des Trainers übereinstimmt, Louis aber immer mit ihm übereinstimmt. Zum Glück.

In der Folge öffnet sich eine immer grössere taktische Kluft zwischen Leo und dem Trainer. Leo merkt, dass es nichts nützt, wenn er seine ausgefeilte und variantenreiche

Vorstellung von Zusammenspiel und Teamarbeit einbringt. Zuerst denkt er, dass das nur am Trainer liege, der einfach zu wenig vom System Fussball begriffen hat. Aber bald einmal kommt Leo zum Schluss, dass es am System Fussball selbst liegt und dass das System Fussball, damit es wirklich funktioniert, eine enorm hohe Technik und Perfektion von allen Beteiligten fordert. Diesen Stand wird aber eine Juniorenmannschaft in Langnau nie erreichen, auch kaum eine Mannschaft der Aktiven.

Eines Tages stösst Leo in einem Magazin auf einen Bericht über Rugby. Und wie es manchmal geht im Leben, im gleichen Augenblick weiss Leo, dass er die Antwort auf seine Zweifel am Fussball gefunden hat. Er beschafft sich alle Informationen über diesen Sport, er bekniet Paul, bis er mit ihm zu einem Spiel nach Nyon fährt. Weil Rugby in der welschen Schweiz einen viel höheren Stellenwert hat als in der Deutschschweiz, müssen sie so weit fahren, um ein Spiel der höchsten Liga zu besuchen. Leo schaut dem Spiel gebannt zu. Er fühlt sich in seiner Meinung bestätigt; er weiss, das ist sein Spiel, und er kehrt nach Trubschachen zurück mit einem festen Plan: Er wird den ersten Emmentaler Rugbyclub gründen. Gesagt, getan. Bei den Schwingvereinen in Trubschachen und Umgebung sucht er sich die Wendigsten unter den Stärksten heraus, beim Schlittschuhclub Langnau sucht er sich die Stärksten unter den Schnellsten heraus. Dabei geht er mit so viel Elan vor und ist seine Überzeugungskraft so hoch, dass er bald genug Spieler für eine Mannschaft hat. Nun braucht er nur noch einen Platz und braucht er nur noch Geld, und da ist Otto H. Traber genau der Richtige, weiss Leo und bittet den Herrn Direktor Traber um einen Termin in einer geschäftlichen Angelegenheit.

Als er den blonden Jungen sein Büro betreten sieht, weiss Otto H. Traber sofort, dass das der Zwillingsbruder ist. Den Louis kennt Traber von ihren gemeinsamen Kunstausflügen. Dass dieser da nun aber so genau gleich aussehen, aber so verschieden wirken kann, verblüfft ihn derart, dass er – ganz gegen seine Gewohnheit und seine höflichen Umgangsformen – gar nicht aufhört, sein Gegenüber anzustarren.

Dass dieses Gegenüber einen schwarzen Manchesteranzug trägt, weisses Hemd und Krawatte, kurz ausgeliehen aus Pauls Schrank – was der nicht weiss, macht ihn nicht heiss –, spielt dabei keine Rolle. Der Anzug steht dem Jungen vorzüglich und er trägt ihn mit der natürlichen Eleganz eines Gentleman. Und wie ein Gentleman steht er höflich da und wartet, gerät keineswegs in Verlegenheit, trotz des ungebührlichen Anstarrens. «Als wären der Louis und der Leo», denkt der Traber immer noch vertieft in seine Betrachtung, «als wären die beiden die gleiche Person, von zwei verschiedenen Malern gemalt, von guten Malern, die, jeder auf seine Art, dieser Person in ihren Gemälden einen eigenen Ausdruck zugewiesen hätten, und dass so aus der einen Person zwei unverwechselbar gleiche Personen geworden wären.»

Leo wartet einfach. Bis der Traber schliesslich in die Gegenwart zurückkehrt.

«Du bist also der Leo Leibundgut», sagt er. «Was führt dich zu mir?»

Und nun zieht Leo einen ovalen Ball aus einer grossen Sporttasche – die Sporttasche ist schwarz, auf der Seitenfläche stehen gross und weiss die drei Buchstaben RCT.

«Es geht um das da», sagt er. «Wissen Sie, Herr Traber, es stimmt nicht, dass der Ball rund ist. Der Ball ist oval. Aber hier in der Gegend hat sich das noch nicht herumgesprochen, und deshalb komme ich zu Ihnen. Ich werde den RCT gründen», er weist auf die Seitenfläche der Tasche, «den Rugby Club Trubschachen, und da brauche ich Unterstützung und ein Spielfeld. Hier», sagt er und zieht eine Dokumentenmappe aus der Sporttasche, «habe ich eingezeichnet, Register 1, wo man das Spielfeld bauen könnte. Auf dem Ortsplan 1:5000 sehen Sie den genauen Ort. Und hier ist der Bauplan für das Spielfeld. Auf der einen Seite hat es eine kleine Zuschauertribüne, nur drei Reihen, das reicht fürs Erste. Und auf der andern Seite, schön vis-à-vis den Zuschauern hat es eine Werbebande, da könnten Sie dann Werbung machen für Ihre Bonbons. Dann hier, Register 2, sind die Unterlagen für die Vereinsgründung und die Formulare für das Aufnahmegesuch an die Swiss Rugby Federation. Dann folgt Register 3 mit dem Finanzplan. Da ist aufgelistet, was der Verein alles braucht und was das kostet. Ich komme zu Ihnen, Herr Traber, weil das grosse Feld hinter Ihrer Fabrik ideal für ein Spielfeld ist. Aber auch, weil ich mir gedacht habe, dass Sie unser Hauptsponsor werden. Wissen Sie, das sähe doch gut aus auf dem Dress: ‹Es zählt der gute Geschmack – Traber Bonbons›.»

Traber ist sprachlos begeistert. Er kann erkennen, wenn er einen guten Plan sieht. Und das hier ist ein guter Plan. Und er kann erkennen, wenn er einen fähigen Mann sieht. Und das hier ist ein fähiger Mann, Kind, korrigiert er sich, was aber für ihn nichts an den Tatsachen ändert. Dass man Kinder nicht ernst nimmt, hat ihn sein ganzes Leben gestört. Und so nimmt er Leo ernst. Und da er kein Zauderer ist, sagt er und spricht er: «Also, ich bin der Otto und ab sofort duzen wir uns», und reicht ihm die Hand. «Wir schauen uns dieses Rugbyprojekt im Detail an. Fürs Erste aber biete ich dir einen Job an. Du kommst in unsere Marketingabteilung und dort übernimmst du den Bereich Jugend- und Sportsponsoring. Ich gebe dir ein Budget, sagen wir hunderttausend Franken, über das du frei verfügen kannst. Du bestimmst, welche Vereine, Organisationen und Anlässe wie viel Geld bekommen. Bist du interessiert?»

Aber Leo ist nicht interessiert. «Weisst du», sagt er, «erstens will ich Rugby spielen und zweitens habe ich schon einen Job. Ich arbeite mit dem Lehmann Urs, ich helfe ihm mit dem Maisfeld, das er ganz hinten auf der Roteflue angelegt hat. Das kann er nicht allein bewirtschaften, und da hat er mich gefragt.»

Und nun ist Traber wirklich sprachlos. «Roteflue», denkt er, «mein Gott, wenn das auskommt!»

Aber Leo winkt ab. «Du musst keine Angst haben», sagt er, «ich kann schweigen wie ein Grab. Deshalb hat der Urs ja auch mich gefragt. Meinen Vater zum Beispiel, der hätte ja auch Zeit, den hätte Urs nie gefragt, weil der sein Herz auf der Zunge trägt.»

«Wie er sich ausdrückt», denkt Traber, «so klar. Es ist ein Vergnügen, sich mit ihm zu unterhalten.» Und ein guter Teil seines Schreckens fällt von ihm ab.

«Welcher Schrecken?», fragen sich die Leserinnen und Leser. «Warum erschrickt der Traber, wenn man von einem Maisfeld spricht? Was hat es damit auf sich?» Um alle diese Fragezeichen zu erledigen, müssen wir etwas ausholen: Als im Jahr 1952 die Frau des damaligen Bonbonfabrikanten Otto J. Traber an nervösem Reizhusten litt, den weder die traditionellen Silentia Husten- und Halspastillen mit der bewährten Mischung aus Spitzwegerich, Kiefer und Lärche noch die gerade neu lancierten Harmonia Lutschtabletten mit Isländisch-Moos-Beigabe – die beiden Spitzenprodukte der Bonbonfabrik Traber – lindern konnten, hatte dieser Otto J. Traber eines Tages mit seiner Frau einen Spaziergang gemacht, damit vielleicht die gute und frische Emmentaler

Luft ihr etwas Linderung verschaffen könnte, was aber nicht der Fall war. Vielmehr hatte sie auf diesem Spaziergang – der später als Meilenstein in die Firmengeschichte einging – einen so starken Hustenanfall erlitten, dass sie nicht mehr hatte weitergehen können, und zwar genau vor Lehmanns Hof in der Houenenegg.

Und als sie dort standen, hatte der alte Lehmann – also der Vater des heutigen alten Lehmanns – es sogar hinten in der Werkstatt gehört, wo er Messer geschliffen hatte. «Da hustet einer wie ein Ross», hatte er gedacht. Und als es nicht aufhören wollte, war er schauen gegangen, was da los sei, und dann habe er recht gestaunt, dass es eine Dame gewesen sei, die so gehustet habe wie ein Ross, und noch mehr habe er gestaunt, als er festgestellt habe, dass es die Frau Traber war von der Täfelifabrik. Die sollten doch weiss Gott genug Mittel haben, um diesem Husten zu wehren, habe er gedacht. Aber als sie nicht aufgehört habe zu husten, habe er den Traber und seine Frau auf dem Bänkli vor dem Haus sitzen heissen und dann etwas von der Ruschtig geholt, die seine Frau jeweils auf den Winter hin mache und die ihnen immer geholfen hätte gegen den Husten.

Da sei also dieser alte Bauer, pflegte der alte Traber jeweils zu erzählen, mit einem Topf gekommen, habe an dem Holunderstrauch neben der Sitzbank einen Zweig abgebrochen, habe mit dem Sackmesser von diesem Zweig die dünnen Seitentriebe abgeschnitten und habe dann den Zweig in mehrere Stängel von der Länge eines Kaffeelöffels zerteilt, die er dann, zusammen mit dem Sackmesser im Hosensack versorgt habe. Einen Stängel aber habe er in der Hand behalten und die Spitze dieses Stängels in den Topf getaucht und so lange darin gedreht, um und um, bis sich an der Spitze eine kleine weiche kugelige Masse festgesetzt habe. Diesen Stängel habe er dann der Frau Traber gereicht und gesagt, sie solle das unter die Zunge legen, das helfe schnell und dann beruhige es erst noch. Und das habe es tatsächlich getan.

Der Frau Traber sei es schon nach einigen Minuten sehr wohl gewesen, und gehustet habe sie dann fast eine Woche nicht mehr. Natürlich hatte es der alte Traber, der ein Geschäftsmann sondergleichen war, nicht dabei bewenden lassen, dem alten Lehmann zu danken. Vielmehr hatte er ihn und dann seine Frau, die alte Lehmann, in ein Gespräch verwickelt, um herauszufinden, was es mit diesem Hausmittel auf sich habe. Die alten Lehmanns hätten aber einfach nicht mit der Sprache herausrücken wollen.

Und mehrere Monate lang habe er, Fabrikant Traber, immer wieder vorsprechen müssen unter dem Vorwand jeweils, dass seine Frau wieder zu husten begonnen habe und ob er noch einen Stängel haben könne. Dann habe er die Masse in seinem Labor analysieren lassen, um herauszufinden, wie sie zusammengesetzt sei. Sie hätten Goldmelisse, Holunderblüten und Kapuzinerkresse identifiziert, sodann Bärendreck, also Lakritze. Weiter habe es Baumflechten gehabt und dann noch nicht näher identifizierbare Stoffe, wahrscheinlich einfach Bauernhofstoffe, die beim Verarbeiten in die Masse geraten seien und die mit der Wirkung nichts zu tun hätten – womit sie sich übrigens gründlich irrten.

Also nachbauen habe er das Mittel nicht einfach können, auch nicht wollen. Und schliesslich habe ihm die alte Lehmann das Rezept verraten. Vorher aber habe er, Fabrikant Traber, schwören müssen, dass er keiner Menschenseele ein Wort davon verrate, was er auch mehr als zehn Jahre eingehalten habe. Bis er das Rezept mit Einwilligung der alten Lehmann schliesslich seinem Sohn Otto A. Traber habe weitergeben dürfen. Denn als sie diese Hustenstängel – genau so, wie sie die Lehmanns gemacht hätten: eine kleine Kugel an einem Holunderstängel – auf den Markt geworfen hätten, seien sie zuerst belächelt worden. Die Wirkung aber sei so frappant gut gewesen, dass sie ohne spezielle Werbekampagne innerhalb von zwei Jahren zum Umsatzrenner in der Bonbonfabrik geworden seien. Tatsächlich machen die Husten-Holunderstängel noch heute einen Drittel des Umsatzes. Das Rezept ist nach wie vor geheim, geht bei den Trabers vom Vater auf den Sohn und bei den Lehmanns von der Mutter auf die Tochter allenfalls Schwiegertochter über.

Das wirkliche Geheimnis aber ist das Maisfeld. Denn von jeher pflegten die Lehmanns Mais anzubauen, meistens an einer abgelegenen Ecke ihres Anwesens. Und von jeher gab es im Zentrum des Maisfeldes, durch die Maisstauden schön abgeschirmt von allen Blicken, einige Hanfpflanzen. Mit den getrockneten Hanfblättern und zerstossenen Hanfsamen pflegten die Lehmanns ihre Hausmittel anzureichern, was sowohl die lindernde wie die beruhigende Wirkung stark erhöhte. Dass die Chemiker die Hanfzugabe in der Masse nicht entdecken konnten, liegt an den Baumflechten, deren Mikrostruktur fähig ist, diejenige des Hanfs zu integrieren, und die sich somit als ideales Tarnmittel für Hanf anbieten.

Neben einer Lizenzabgabe für die Verwendung des Rezepts geht aber die Zusammenarbeit Traber-Lehmann noch weiter: Seit den Fünfzigerjahren bauen die Lehmanns den Mais in viel grösserem Ausmass an. Nicht nur ist das Feld viel grösser, hat fast die Grösse eines Fussballplatzes, es sind auch nur noch etwa zehn Reihen Mais, die sich um die Aussenränder des Feldes hinziehen. Der ganze Innenteil besteht aus Hanfpflanzen, die von den Lehmanns sorgfältig grossgezogen werden und die sie dann den Trabers zur Herstellung der Hustenstängel liefern.

Dass sich zur Verbindung Traber-Lehmann der Name Leibundgut gesellt hat, liegt daran, weil der heutige alte Lehmann seinen Bauernhof dem jungen Lehmann übergeben hat, dem Urs, und weil der allein nicht zurechtkommt mit der Menge von Arbeit. Und weil er zwar in Louis einen treuen Helfer hat, der ihm nach der Schule oft bei der Arbeit hilft, der Urs aber nicht gewusst hat, wie er Louis den Top-Secret-Status des Feldes klarmachen kann, hat er für das Maisfeld zusätzlich den Leo in seinen Dienst genommen.

Und so arbeiten die drei zweimal pro Woche im Mais-Hanffeld. Jäten, ausdünnen, kupieren, schneiden: all das geschieht hinter den hohen Maisstängeln. Ebenso helfen sie beim getarnten Abtransport. Der Urs fährt dann jeweils mit dem Ladewagen auf einer in die Maishecke geschlagenen Schneise ins Innere des Feldes. Dort werden an den Seitenwänden des Ladewagens Maisstauden drapiert, der Hanf kommt in die Mitte, Maisstauden obendrauf. Dann fährt der Urs mit der Ladung zur Täfelifabrik, während der Leo und der Louis weiter Hanfpflanzen schneiden und zu Bündeln aufschichten.

Dass es Mitwisser gibt, hat also den Traber in diesen grossen Schrecken versetzt. Als er jetzt Vertrauen zu diesem jungen Sports- und Geschäftsmann fasst, kehrt auch seine Ruhe und damit sein Geschäftssinn zurück. In seinem eigenen Gelände will er nicht kämpfen. Er muss sich in das Gelände des Feindes bewegen.

Kämpfe? Feind? Was für ein Vokabular benutzt dieser Traber in Gegenwart eines Kindes? Keine Angst. Der Traber ist keineswegs gewalttätig. Es geht hier um ein Handlungsmodell, das aus dem alten China stammt, das aber dem Traber – und nicht nur ihm – beim erfolgreichen Führen seiner Geschäfte hilft.

Die Kunst des Krieges nach Sun Tsu, dem General und Militärstrategen, der vor mehr als 2500 Jahren im Königreich Wu lebte, kennt neun Arten des Geländes:

Auseinandersprengendes Gelände: das eigene Gelände. Soldaten, die ihren Heimen nahe sind, ergreifen gern die Gelegenheit, die eine Schlacht bietet, um sich in alle Richtungen zu verstreuen. Maxime I: Auf auseinandersprengendem Gelände nicht kämpfe.

Leichtes Gelände: feindliches Gebiet, doch nahe an der Grenze. Maxime II: Auf leichtem Gelände nicht halte.

Umstrittenes Gelände: für beide Seiten sehr vorteilhaft. Maxime III: Auf umstrittenem Gelände nicht angreife.

Offenes Gelände: beide Seiten können sich frei bewegen. Maxime IV: Auf offenem Gelände nicht versuche, dem Feind den Weg zu versperren.

Gelände mit kreuzenden Strassen: Schlüssel zu drei aneinandergrenzenden Staaten: Der Erste, der dieses Gelände besetzt, hat den grössten Teil des Königreichs in seiner Gewalt. Maxime V: Im Gelände mit kreuzenden Strassen Verbündete suche und finde.

Gefährliches Gelände: das Herz des feindlichen Landes, mit einer Anzahl befestigter Städte im Rücken. Maxime VI: In gefährlichem Gelände dich bereichere durch Plünderungen.

Schwieriges Gelände: Bergwälder, zerklüftete Steilhänge, Schwemmland und Moore; jedes Gelände, das schwer zu durchqueren ist. Maxime VII: In schwierigem Gelände stetig weitermarschiere.

Eingeengtes Gelände: nur durch enge Schluchten erreichbar und Rückzug nur auf mühseligen Pfaden möglich. Eine kleine Anzahl von Feinden reicht aus, um eine grosse Abteilung der eigenen Männer zu töten. Maxime VIII: In eingeengtem Gelände Kriegslisten benutze.

Hoffnungsloses Gelände: dem Untergang entgeht nur, wer ohne Zögern kämpft. Maxime IX: In hoffnungslosem Gelände kämpfe.

«Maxime VII, das ist mal sicher», sagt sich Traber. «Also, als Erstes möchte ich mal dem RCT als Mitglied beitreten. Als Aktivmitglied bin ich wohl etwas zu alt, aber als Passivmitglied vielleicht gerade richtig. Als Zweites können wir dann über das Spielfeld reden: Was kriege ich, wenn ihr dieses Feld hinter der Fabrik bekommt? Als Drittes können wir auch vom Sponsoring reden. Da bezahle ich aber erst, wenn ihr mehr als fünfhundert Zuschauer habt an einem Match und nur für diejenigen Spiele, bei welchen die ‹Berner Zeitung› einen Matchbericht schreibt, das Doppelte, wenn es ein Bild hat, auf dem im Hintergrund die Traber-Werbung sichtbar ist. Viertens aber, vom Hanf wird ausserhalb dieses Büros nie gesprochen.»

Leo nickt, steht auf, streckt Traber die Hand hin. «Abgemacht», sagt er.

Und der Traber schlägt ein. «Maxime V», denkt er: «Im Gelände mit kreuzenden Strassen Verbündete suche und finde.»

Der Rugby Club Trubschachen wird gegründet. Mit einer Juniorenmannschaft steigt er in die nationale Meisterschaft ein. Auf dem Traber-Spielfeld, dessen Fläche zwar noch nicht ganz einem englischen Rasen entspricht, der aber vier schöne und hohe Torpfosten und tatsächlich eine kleine Tribüne hat, wird gespielt, am Anfang mehr verloren.

Unter der taktischen Führung von Leo aber steigert sich die Mannschaft, und bald wird es sehr schwierig für die gegnerischen Mannschaften, der rohen Kraft der Forwards, die aus lauter zukunftsträchtigen Schwingern bestehen, sowie der wirbeligen Schnelligkeit der Backs, die herumrennen, als glitten sie auf Hockeykufen, zu widerstehen. Insbesondere nimmt die Schlagkraft der Mannschaft auch zu, weil sie in Leo einen Taktiker haben, der nicht nur die Grundlagen des Systems Rugby begriffen hat, sondern inzwischen, angeleitet von Traber, auch noch die Kunst des Krieges nach Sun Tsu auf Rugby anwendet, und zwar erfolgreich.

Bis der Traber die doppelten Sponsorengelder bezahlen muss, dauert es noch einige Zeit, bis nämlich Leo endlich merkt, dass die Sportfotografen immer so fotografieren, dass das Publikum im Hintergrund ist, dass sie sich also auf jener Seite des Feldes postieren, wo die Werbetafeln stehen und diese folglich nie im Bild sind. Was Leo umgehend korrigieren wird, indem er, nur für die Präsenz auf Pressefotos, auch auf der Zuschauerseite Werbetafeln anbringt. Mit den höheren Sponsorengeldern, die umgehend fällig und auch bezahlt werden, organisiert Leo mit seiner Mannschaft ein Trainingslager. Am liebsten wäre er nach Neuseeland gefahren, wo Rugby die Nationalsportart ist und wo das beste Rugby auf der Welt gespielt wird. Dafür reichen die Gelder allerdings nicht. Aber immerhin für eine Reise nach England und eine Ausbildungswoche im Mutterland dieses Sports. Dort verschaffen sie sich eine gewisse Achtung, weil sie auch in der grössten Niederlage nicht aufgeben und stiernackig und unverdrossen weiterspielen. Und gestählt, gestärkt und bereichert um eine Reihe von englischen Schlachtrufen und Trinkgesängen kehren sie in die Heimat zurück.

Dass der Traber auch seinen Anteil am Erfolg hat, soll auch noch erwähnt werden. Damit ist nicht die finanzielle Unterstützung gemeint, sondern das Ritual, das er eingeführt hat, wenn er die Mannschaft vor dem Match auf der

22er-Linie aufreihen lässt und dann jedem Spieler ein Traber-Spezialbonbon in den Mund schiebt, welches seinen Teil zu der oben erwähnten unverdrossenen und unerschrockenen Spielweise beiträgt. Ob es auch in diesen Bonbons Hanf hat, bleibt aber sein Geheimnis, das weiss nicht einmal Leo.

Apfel.Kuchen.

Trubschachen, Schönbrunnen, Donnerstag, 8. Februar 2001. Die Zwillinge sind elfeinhalbjährig

Wie Paul und Charlie beim Kochen über Gott und die Welt reden.

Die Familie Ammann-Leibundgut hat sich daran gewöhnt, dass literarische Figuren ihren Alltag bevölkern, seien es Karl Mays Westmänner, seien es Jack Londons Goldsucher, seien es Jules Vernes Abenteurer. Lisa und Paul wissen also immer, in welchem Buch die beiden Buben gerade stecken.

Als wieder einmal Old Shatterhand am Küchentisch sitzt, hat Paul eine Idee. Er schiebt die Bohnen rüber zu Old Shatterhand.

«Charlie, könnten Sie die rüsten, das wäre nützlich.» Und fasziniert sieht er zu, wie Old Shatterhand sein Bowie Knife aus dem Gürtel zieht, die Schärfe der Klinge mit dem Daumen prüft und dann die Bohnen rüstet. Ohne Schneidebrett, in der Luft, kappt er den Bohnen die Spitze. Mit höchster Präzision schneidet er jeder Bohne genau das ab, was den Genuss schmälern würde.

Paul ist begeistert. Mit verschränkten Armen sitzt er auf der andern Seite des Tischs und schaut dem Schauspiel zu. Sieht, wie Old Shatterhand, als die Bohnen gerüstet sind, einen Schleifstein aus einer der zahlreichen Taschen seines

Westmannanzugs zieht und das Messer sorgfältig wieder schärft, dann zu ihm hinüberschaut und mit beiden Augen zwinkert.

«Ich wollte doch für später auch noch einen Apfelkuchen machen», erinnert sich Paul.

«Könnten Sie vielleicht auch noch diese Äpfel schälen und in Scheiben schneiden? Hier ist ein Sparschäler», siehe dazu die Bemerkung auf Seite 182, «damit geht das gut.» Wieder sieht er das zweiäugige Zwinkern von Old Shatterhand und wie der den Sparschäler interessiert betrachtet, die gespaltene Klinge prüft, nachsichtig lächelt – «Bleichgesicht schält mit gespaltener Klinge» – und das Werkzeug beiseitelegt. «Schade», denkt Paul, «muss ich halt selber an die Arbeit.»

Aber inzwischen hat Old Shatterhand wieder sein Bowie Knife gezogen und schält nun damit die Äpfel. Die Schale kommt in einer langen Spirale vom Apfel herunter; am Schluss liegen sechs Girlanden auf dem Tisch.

Paul nimmt sie und hängt sie an den Lampenschirm über dem Tisch. Das sieht lustig aus, gefällt ihm. Inzwischen hat sein Gegenüber mit dem Schneiden der Äpfel begonnen. Dazu hält er das Messer waagrecht, macht aus dem Handgelenk eine Serie von sehr schnellen Wippbewegungen, bewegt den Arm dabei etwas aufwärts. Und Paul sieht, wie plötzlich ein fertig tranchierter Apfel dasteht.

Während Old Shatterhand arbeitet, denkt Paul über Gott und die Welt nach, wie er das oft tut. «Wenn ich», denkt er, «Leo und Louis die Bibel gäbe als Lektüre, würde sich dann der liebe Gott hier an den Tisch setzen? Das wäre interessant», denkt Paul, «da hätte ich doch ein paar Fragen, die mich brennend interessieren wie beispielsweise: Was ist der Sinn des Lebens? Und wenn ich dann eine Antwort bekäme ...? Aber wie sähe es aus, wenn der liebe Gott hier hocken und Bohnen und Äpfel rüsten würde», fragt er sich weiter, «sässe hier ein alter Mann mit weissem Bart? Würde er die Äpfel mit einem Messer rüsten oder mit seinem blossen Willen? Unsinn», sagt sich Paul, «den lieben Gott gibt es gar nicht, also könnte er auch nicht hier sitzen.»

«Old Shatterhand gibt es auch nicht», sagt Old Shatterhand.

«Stimmt», sagt Paul, «ein Denkfehler, also werde ich Leo und Louis die Bibel tatsächlich zu lesen geben, dann sehe ich, wer sich hier an den Tisch setzt.»

«Keine Experimente lautet doch die Devise», sagt Old Shatterhand und blickt zu Paul, dass es Paul, sogar Paul, etwas unangenehm wird.

«Stimmt», sagt er, «keine Experimente.»

«Aber etwas Bibellektüre könnte den Buben trotzdem nicht schaden», denkt er und blickt vorsichtig zu seinem Gegenüber. Dieses hat es aber vorgezogen, in seine Jagdgründe zurückzukehren.

«Schade», denkt Paul mit einer gewissen Erleichterung – mit sich widersprechenden Gedankengängen hat er keine Mühe –, «ein netter Kerl dieser Old Shatterhand und so geschickt.» Zufrieden beginnt er, die schönen Apfelscheiben auf dem ausgewallten Teig anzuordnen.

Als sie später, am Abend, den Kuchen essen, hält Lisa plötzlich mitten im Essen inne und blickt genauer auf das Kuchenstück.

«Paul», fragt sie misstrauisch, «hast du eine Apfelschneidemaschine gekauft? Warum sind plötzlich alle Scheiben genau gleich dick? Bisher hast du das ja als kleinkrämerischen Kleinkram abgetan.»

Paul lächelt nur geheimnisvoll. «Keine Maschine», sagt er, «und auch kein Kleinkram, viel besser.» Und zwinkert mit beiden Augen.

«So was», denkt Lisa, «woher hat er denn nun dieses attraktive Zwinkern?» Dann schnauft sie tief, schmeisst jeden Argwohn aus ihrem Herzen und zwinkert versuchsweise zurück.

Louis schaut hin und her zwischen den beiden, schaut Lisa an und sagt: «Lisa.OldShatterhand.»

Muni.Kalb.

Trubschachen, Schulhausplatz, Montag, 1. September 2003. Die Zwillinge sind vierzehnjährig.
Wie Leo für einen kurzen Moment ein ganz anderer wird.

Während er versucht, den wilden Schlägen des Neuntklässlers Beat Bieri auszuweichen ... Dieser Beat Bieri, der mit seinen fünfundachtzig Kilo wie ein Koloss vor ihm aufragt und der seine Arme wie Dreschflügel um sich wirft, bis jetzt aber, zum Glück, nur grosse Löcher in die Luft geschlagen hat.

Während er versucht, an diesen Beat Bieri, dieses Munikalb, heranzukommen, seine Beine zu verwirren, um ihn aus dem Gleichgewicht zu bringen und auf den Rücken zu legen ... Denn wer auf dem Rücken liegt, der hat verloren. Das versteht sogar Bieri, dieser Hornochse.

Während Leo all das tut und all das denkt ...

Der Kampf hat begonnen, weil er dem Bieri gesagt hat, sein Hosenlatz stehe offen, und man sehe dort ein bleiches Wienerli, ob er das verkaufen wolle? Das sehe aber etwas schäbig aus. Und dann hatte der Bieri nachgeschaut, aber der Hosenlatz war gar nicht offen gewesen. Und dann hatte der Bieri begriffen, dass ihn dieser kleine Wicht, dieser Siebtklässler, dieses Nichts, dieser Ammann hereingelegt hatte vor all den andern Schülern. Und dann hat er das gemacht, was er in solcher Situation immer macht, er hat zugeschlagen, zuschlagen wollen, hat aber bis jetzt nicht getroffen.

Während also Leo diesen Schlägen ausweicht, bekommt sein Denken Blüten, dreht sich um 180 Grad. Und nun sieht er ein Kalb und sieht eine Wurst, er sieht ein Schaf, er sieht Fleisch, Speckseiten, Filetstücke, Hohrücken und Brustspitz. Und dazwischen sieht Leo den kleinen Siebtklässler Leo Ammann, der wie ein Gockel steht. Versucht zu verstehen, was der sagt. Versteht zwar die Worte, versteht aber nicht den Sinn.

Und als Leo nun versteht, was er da sieht, muss er so laut lachen, dass er einen Augenblick nicht aufpasst.

Und schon trifft ihn ein gewaltiger Schlag. Er fällt um, auf den Rücken. Das Lachen ist weg. Zurück bleibt ein seliges Lächeln. Leo ist im Paradies. Denken kann er nicht. Das macht nichts. Er ist ja Bieri. Er hat den Kampf gewonnen.

Als seine Augen wieder etwas wahrnehmen, sieht er ein Dutzend Köpfe über sich gebeugt, neugierig, ängstlich oder beides, keiner sagt was, alle staunen ihn nur an.

«Ich bin Beat Bieri. Ich habe den Kampf gewonnen», sagt er in die Gesichter hinein.

In den zwölf Gesichtern öffnen sich zwölf Münder.

Leo kann sich in aller Ruhe ansehen, wer wie viele Plomben hat.

«Er ist verrückt geworden», kommt es dumpf aus einem der Münder.

«Bieri, du hast sein Gehirn kaputt gemacht», sagt ein anderer andächtig.

«Zwei Bieris, das ist zu viel», sagt ein Dritter.

Worauf der grösste Mund – «Das muss Bieris Mund sein»,

denkt Leo – noch weiter aufgeht und nach langer Denkpause sagt: «Ich will keinen zweiten Beat Bieri, ich will meine Ruhe.»

«Ich bin Beat Bieri. Ich habe den Kampf gewonnen», sagt Leo noch einmal, nur um zu schauen, was mit dem Chor der Münder nun passiert.

Wie auf ein Kommando klappen alle zu.

«Beat Bieri», sagt er.

Alle Münder gehen wieder auf.

Leo muss lachen. «Das reicht», sagt er, «fünf Minuten Bieri sind genug fürs ganze Leben. Es waren schöne fünf Minuten», sagt er schnell, als er sieht, wie Bieri die Stirne runzelt.

Dann steht er auf. «Männer», sagt er, «der Ammann hat den Kampf verloren», reicht Bieri die Hand, gratuliert und ist schon fast zu Hause, bis Bieri eine Antwort einfällt.

Der steht fünf Minuten später immer noch an der gleichen Stelle, kratzt sich am Kopf. Bis schliesslich ein Lächeln auf seinem Gesicht erscheint und er seine Füsse in Bewegung setzt: Der stolze Sieger geht nach Hause.

«Warum bekommt Louis nie Streit?», fragt sich Leo später an diesem Tag. «Der Bieri denkt auch nicht selber, trotzdem bekommt er Streit. Der Louis aber streitet nie, kämpft nie. Wie kommt das? Ist es deshalb, weil er ein guter Mensch ist und auch dann nicht schlägt, wenn er wütend ist? Oder ist es, weil er ein guter Mensch ist und niemand seine Stimme gegen ihn erhebt?»

Louis.Bauer.

Trubschachen, Schönbrunnen, Samstag, 22. Januar 2005. Die Zwillinge sind fünfzehneinhalbjährig.
Wie Louis Bauer werden will.

Leo wird das Gymnasium machen. Das ist Paul und Lisa klar. Seine Schulleistungen sind brillant. Er hat ein Gedächtnis wie ein Elefant, er denkt logisch und er kann sich neue Systeme vorstellen. Nach dem Gymnasium wird er sicher studieren, sicher etwas möglichst Komplexes.

Aber was ist mit Louis?

Auch das ist klar. Louis wird Bauer. Bei Lehmanns. Paul hat bereits mit Urs Lehmann gesprochen, auch mit Alfred und Käthi. Sie freuen sich auf den kräftigen Helfer.

«Wir kommen schon klar miteinander», sagt Urs, «auch ohne Sprache. Die Kühe können schliesslich auch nicht reden, aber wir verstehen einander trotzdem.»

Louis wird also bei Lehmanns das Bauernlehrjahr machen. «Aber wie machen wir das mit der Berufsschule?», fragt Paul. «Kein Problem», erwidert Leo, «ich werde mit Louis zusammen die Landwirtschaftsschule besuchen, das ist ein Tag pro Woche. Was ich an diesem Tag im Gymnasium verpasse, kann ich locker wieder aufholen. Und dann lerne ich erst noch etwas Nützliches», sagt Leo und lächelt. Und hinter ihm macht Louis einen Luft.Sprung.

Über.Zeugung.

Münsingen, Schwand, Dienstag, 15. März 2005. Die Zwillinge sind fünfzehneinhalbjährig.
Wie die Landwirtschaftliche Schule Schwand überzeugt wird.

«Aufnahmegespräch (Spezialfall) 10.00–10.30 Uhr», liest Direktor Hansueli Bigler in seiner Agenda. Es ist jetzt 9.30 Uhr, er hat also noch eine halbe Stunde Zeit, um sich auf das Gespräch vorzubereiten. Vor ihm liegt die schmale Akte, in der sich das Bewerbungsschreiben befindet, sowie die restliche Korrespondenz mit diesem potenziellen Schüler. Angeheftet am Personalblatt befindet sich das geforderte Passfoto (4 x 5 cm), blickt ein junger Mann – blondes, widerspenstiges Haar – erstaunt in die Kamera. «Er sieht eher aus wie ein amerikanischer Surfboy als wie ein Emmentaler Bauer», denkt Bigler. «Was ist wohl der Spezialfall? Spricht er nur englisch?» Er überfliegt das Personalblatt:
Louis Ammann von Trubschachen, Mutter Tierärztin, Vater Gelegenheitsarbeiter, ein Bruder, Zwillingsbruder, wie Bigler feststellt, als ihm zwei gleiche Geburtsdaten ins Auge fallen; Zeugnisse: Im Primarschulzeugnis gibt es nur wenige Noteneinträge, Bigler wird aufmerksam: Turnen: immer 6, Singen: immer 6, Naturkunde: schwankend zwischen 4 und 5, ab der 7. Klasse ein halbes Jahr Kleinklasse, dann bis Ende 9. Klasse Besuch der Sekundarschule, Spezialverfügung Erziehungsdirektion vom 14.12.2002. Bigler versteht nichts, blättert weiter zum persönlichen Bewerbungsschreiben: «LUI.BAUER.» steht da, dann hat es eine Reihe Kühe, dann Schweine, Schafe, zwei Pferde, Gänse, Hühner, einen Hund, mehrere Katzen und ganz klein auch noch einige Mäuse, dann einen Traktor, ein alter Hürlimann, erkennt Bigler, auch er kommt schliesslich von

einem Bauernhof, einen Motormäher, einen Anhänger, einen Ladewagen, einen Samro, einen Pflug, einen Heuwender, einen Mistzetter, kurz, einen ganzen Bauernhof, einen alten Bauern, eine Bäuerin, einen jungen Bauern, neben ihm eine junge Frau und mitten in dem allem, mittendrin den blonden Jüngling vom Passfoto: Louis.

«Ein Bauer», denkt Bigler, «ganz klar ein Bauer. – Ach, da ist ja noch ein Begleitschreiben, drei Seiten lang.»

Gerade will Bigler mit der Lektüre beginnen, als seine Sekretärin den Kopf in sein Büro streckt und sagt, die Ammanns seien nun da. Etwas atemlos sagt sie das.

«Gut», sagt Bigler und klappt die Akte zu, «ich lasse bitten.» So sagen das die grossen Chefs in den Filmen immer. Nun hat er das auch mal anwenden können, das freut den Bigler.

Die Tür öffnet sich und ein Menschenstrom dringt in Biglers Büro ein. Zuvorderst ein Mann, vierzig plusminus zehn, schwer einzuschätzen, gut gelaunt, zuversichtlich. Dann zwei blonde Jünglinge, die Zwillinge offenbar. Einer der beiden wird der Louis sein. Dann eine schöne Frau, muss die Mutter sein. Aber es ist noch kein Ende. Es folgt ein älteres Paar, er deutlich älter als sie, sowie ein jüngerer Mann, alle drei ruhig und schrötig. Die Bauern vom Bewerbungsschreiben erkennt Bigler nun. Dahinter folgt ein alter Mann mit weissem Haar. Er trägt eine Eisenbahnermütze. Und hinter diesem, nun wird das Bild etwas undeutlich, folgen noch vier Personen in Lederanzügen. Haben sie Gewehre in der Hand? Jedenfalls kommt es Bigler so vor, und aus seiner Jugendzeit steigt eine Ahnung von Old Shatterhand und Sam Hawkins auf und – «wie hiessen die beiden andern noch mal ...?» Und als sein Blick aus dem Fenster schweift, sieht er – er zwinkert mit den Augen –, doch er sieht Federn, Spitzen von Indianerfedern hinter den Büschen, die den Besucherparkplatz säumen.

«Guten Tag», sagt der Ersteingetretene, «mein Name ist Paul, mein Sohn Louis wird bei euch das Bauernlehrjahr machen. Wir sind alle mitgekommen zum Eintrittsgespräch. Weisst du, Louis spricht kaum oder nur das Wesentliche. So sind wir alle zu seiner Unterstützung mitgekommen und können beginnen. Was möchtest du von uns wissen?»

Und ohne dass Bigler mit einem Wort, geschweige denn mit einer Frage dazwischenfahren kann oder dass er gegen das Duzen protestieren könnte, redet Paul weiter: «Louis kann nicht lesen. Er versteht aber alles Wirkliche, das gemacht wird oder von dem gesprochen wird. Louis ist ein Autist, ein Zwillingsautist. Das ist eine ganz seltene Form von Autismus, die ist noch kaum erforscht. Für Louis ist das aber kein Problem, er und wir können damit umgehen. Dank Leo, seinem Bruder, der funktioniert als Rel»«Entschuldigung, das geht alles etwas schnell.» Bigler schafft es endlich, Pauls Redefluss anzuhalten. «Wie ich hier sehe», er deutet auf das Zeugnis, «hat Louis die Sekundarschule besucht, aber nur Noten in Zeichnen, Singen und Turnen erhalten.»

«Und Handarbeiten», ergänzt Paul.

«Und Handarbeiten», sagt Bigler schnell, um dem nächsten Redeschwall zuvorzukommen. «Und Louis kann nicht lesen, wenn ich das richtig verstehe, und auch nicht sprechen?»

«Doch, er spricht in Doppelwörtern», antwortet Paul.

«Aha, Doppelwörter. Das ist immerhin mehr als nur Einzelwörter. Wissen Sie» – er bleibt lieber beim sicheren «Sie» –, «mit Jungbauern, die nicht sprechen, kaum sprechen, haben wir hier eine gewisse Erfahrung, wir sind schliesslich im Emmental. Aber ohne Lesen und Schreiben geht es wohl nicht, das sehe ich nicht.»

«Wir haben darüber nachgedacht», erklärt Paul, «und haben auch einen Vorschlag.»

«Das kann ich mir denken», meint Bigler. «Sie sehen mir ganz so aus, als hätten Sie allerhand Vorschläge – ich höre.»

«Also, Leo wird Louis zur Schule begleiten, er wird den Stoff erarbeiten und so an Louis weitergeben. Für die schriftlichen Arbeiten müsst ihr Proben vorbereiten mit Mehrfachantworten, unter welchen Louis jeweils die richtigen ankreuzen muss. Leo wird ihm dabei nicht helfen. Du kannst dich auf seine Ehrlichkeit verlassen.»

Bigler ist gefesselt. Sein Blick wandert von Louis zu Leo und zurück. «Das tönt spannend», sagt er. «Probieren wir das mal aus. Ich freue mich auf dieses Experiment», hört er sich sagen. Sagt er das wirklich? Ist er es, Bigler, der da spricht? «Die Einzelheiten besprechen wir ein anderes Mal. Vielleicht etwas weniger zahlreich, wenn das möglich ist», sagt er und lässt den Blick aus dem Fenster schweifen. Die Indianerfedern hinter den Büschen sind weg, zum Glück. Bigler atmet hörbar auf.

Als die Besucher draussen sind, geht er zum Büchergestell, öffnet den Bügelverschluss der dort stehenden grünen Adelbodner Mineralwasserflasche und nimmt einen tüchtigen Schluck. «Manchmal braucht man einen Härdöpfeler», denkt er. «Es gibt Momente, da gibt es nichts anderes. Und jetzt habe ich einen verdient. Zwei», sagt er und nimmt noch einen Schluck, und denkt dabei an die Zwillinge.

Herz.Lieb.

Alles passiert so, wie es sich Leo vorgestellt hat. Louis wird ein erfolgreicher und talentierter Jungbauer, der sich mit Urs Lehmann bestens versteht und mit Leos Hilfe dem Unterricht an der Bauernschule folgen kann. Auch Leo wird, wenn auch nur theoretisch, ein schlauer Bauer, sonst kämpft er sich durch die Langeweile des

Gymnasiums und hält sich schadlos an seinen eigenen Systembaustellen, mit welchen er sich ein Weltbild zusammenzustellen versucht. Und so vergeht die Zeit im Sauseschritt, und schon ist es in Schönbrunnen Sonntag, der 4. Mai 2008. Leo und Louis sind neunzehn.
Wie sich Leo verliebt und was mit Louis passiert.

An einem Sonntagmorgen, als Louis erwacht, stellt er fest, dass das Bett leer ist. Obwohl er im Bett liegt, ist das Bett leer. Das denkt Louis zwar nicht, aber er fühlt es. Es ist auch schon vorgekommen, dass Louis allein aufgewacht ist, weil Leo schon unterwegs war. Das kommt sogar sehr oft vor. Louis schläft gern in den Morgen hinein. Leo nicht, der ist meistens schon auf und unterwegs bei einer seiner zahlreichen Unternehmungen. Heute ist er aber nicht einfach aufgestanden, heute ist er verschwunden. Auch das denkt Louis nicht, er empfindet es. Eine grosse, trostlose Leere. Von dort, wo sonst die Bilder, die Gedanken herkommen, das Verstehen, die Denkwellen seines Bruders, von dort kommt nichts als Rauschen, Flimmern. In Louis' Innerem ist ein Loch. Nicht einmal für Traurigkeit hat es Platz.

Als Leo mit jubelndem Herzen und dem Gefühl eines Helden – zum ersten Mal in seinem Leben ist er bei einem Mädchen gelegen – um neun Uhr pfeifend und wohlgelaunt um die Ecke biegt, sieht er Louis auf der Treppe sitzen, bleibt er stehen, als wäre er gegen eine Wand gelaufen, macht er instinktiv einen Schritt zurück. Da stimmt etwas nicht, das sieht er. Da stimmt etwas ganz und gar nicht, das fühlt er. Und weicht hinter die Hausecke zurück, wo er nicht gesehen werden kann. Zwar wird ihn Louis auch hier finden. Er, Louis, weiss immer, wo er, Leo, ist. Und so wartet er, Leo, hier im Verborgenen. Keineswegs ist er, Leo, ein Feigling.

Genau hier, genau jetzt drängt sich dem Autor eine Frage auf, die ihn seit den ersten Seiten dieses Buchs verfolgt: Kann man ein Buch schreiben, in dem nichts Schlimmes passiert? Eigentlich entspricht das der Idealvorstellung von Lesegenuss. Du tauchst ein in eine Welt, in der die Dinge im Lot sind, in der die Leute anständig, ehrlich, sympathisch, rücksichtsvoll, humorvoll, liebevoll sind, in eine Welt, in der sich Ereignisse abspielen, die alles noch besser werden lassen. Oder braucht es zwingend auch Gegendruck, Tragisches, Böses? Braucht es sogar Langweiliges? Braucht es in einem Buch all das, was zum Leben gehört, was zur Vielfalt und somit zum Wert des Lebens beiträgt?

Kann es sein, muss es vielleicht sogar sein, dass Schlimmes passiert, dass sich Schicksal vollzieht, dass Paul krank wird und stirbt? Oder hat Lisa einen Unfall und stirbt? Oder Leo? Oder gar Louis? Muss überhaupt jemand sterben? Steigt die Glaubwürdigkeit, die Wahrhaftigkeit eines Buchs, wenn der Tod darin vorkommt? Kann man existenzielle Fragen auch behandeln ohne dramatische schicksalhafte Wendungen?

Schwere Fragen, die auf dem Autor lasten. Er dreht und wendet sie, fast wäre er versucht, die Abhandlung über diese Fragen in sein Buch einzubauen. – Warum musste Winnetou sterben? War das für Karl May unumgänglich, und war er traurig, als er das geschrieben hatte? Wenn du ein gottähnliches Gefühl erleben willst, den Ansatz dieses unvorstellbar allmächtigen Gefühls, dann kann das beim Schreiben eines Buchs sein. Die Figuren sind vollständig in deiner Hand. Du kannst mit ihnen machen, was du willst. Du kannst sie leiden lassen. Wenn sie dich nerven, kannst du ihnen übel mitspielen. Du gibst ihnen Übergewicht mit oder eine hässliche Nase. Du kannst sie krank werden lassen. Du kannst sie sterben lassen. Oder noch schlimmer, du kannst sie aus deinem Buch streichen. Alles liegt bei dir, in deiner Macht. Gibt es so etwas wie ein Verantwortungsgefühl für Autoren gegenüber ihren Figuren? Eine Art Rollenethik?

Wenn du sie erfunden hast, bist du für sie verantwortlich. Was wäre mit der Literatur, wenn die Autoren für die Taten ihrer Helden zur Verantwortung gezogen würden? Wenn sie die Parkbussen ihrer Figuren bezahlen müssten? Dann müsste sich der Autor des Gewichts der Handlungen seines Buchs ständig bewusst sein, müsste für jede Szene genau überlegen, ob sie nötig ist und ob er sie sich leisten kann.

Keineswegs ist er, Leo, ein Feigling. Trotzdem weicht er, Leo, zurück. Einen Schritt und noch einen. Alles und mit aller Macht drängt ihn, Leo, umzukehren, davonzulaufen, zurück dorthin, wo sein Herz vor wenigen Stunden so sehr in Aufregung geraten ist, dass es einen kleinen Augenblick lang gestockt hat, als sie, als er, ihren Blick, seinen Mund, als sie, als er, ihr Lächeln, seinen Atem, als sie, als er, ohne Kleider, ohne nichts, als sie, als sie, zusammen, vereinigt, als sie, als er, sich hingab, so voll von Glück war, dass sein Herz einen Sprung machte.

Schon oft hatte sich Leo überlegt, was passieren würde, wenn er, Leo, sich verlieben würde. Würde er, Louis, dann jeden seiner Gedanken teilen, und würde er, Louis, sich dann seinem Gefühl anschliessen und sich auch verlieben? In das gleiche Mädchen? Und könnte er, Leo, überhaupt mit einem Mädchen intim sein, ohne dass er, Louis, daran beteiligt wäre? Müsste er, Leo, ihn, Louis, vorher in Schlaf versetzen, damit er, Leo, ungestört mit einem Mädchen zusammen sein könnte? Schon immer hat er sich gefragt, was denn passieren werde, wenn er mit einer Frau schlafe. Schon in seiner Vorstellung hat er erkannt, dass das etwas tief Persönliches sein werde, etwas nicht Teilbares. Und weil sein Geist alles mit Louis teilt, ist er hier immer stecken geblieben. Dass er seinen Beischlaf mit Louis teilen würde, konnte er sich nicht vorstellen, das kam ihm obszön vor. Er, Leo, der gewohnt ist, dass es auf jede Frage eine richtige Antwort gibt, findet selbst keine, weiss auch nicht recht, an wen er sich damit wenden könnte. Bei Paul, der für jede Frage zu haben ist, hat er, Leo, den Verdacht, dass er für die freie Liebe plädieren würde. Und bei Lisa weiss er, Leo, dass sie ihm raten würde, sich keine Gedanken zu machen, sondern abzuwarten, bis es passiert und dann zu schauen, was passiert. Beides gefällt ihm, Leo, nicht. Er, Leo, will die Dinge klar sehen. Und auch sein logischer Verstand kann ihm nur eine Lösung anbieten, die er zur gleichen Zeit wieder verwirft. Er, Leo, solle doch, flüstert sein Verstand, sich ganz einfach in ein eineiiges Zwillingsmädchen verlieben – und liefert auch gleich die statistischen Daten nach: Weltweit ist im Schnitt jede vierzigste Geburt eine Zwillingsgeburt; eineiige Zwillinge machen etwas weniger als die Hälfte aus, bei vier Millionen hier in Europa Geborenen pro Jahr gibt das 50 000 eineiige Zwillingspaare pro Jahr. Da es etwas mehr Mädchen als Knaben gibt und die gemischten eineiigen Zwillinge selten sind, gibt es folglich jedes Jahr unfgefähr 25 000 weibliche eineiige Zwillingspaare. Bei einer Altersspannweite von plus fünf, minus drei Jahren – nach oben kann es etwas mehr sein, nach unten droht die Altersgrenze unter 16 Jahre zu sinken – gibt es somit eine Auswahl von über 200 000 Paaren. Würde sich die Auswahl auf die Schweiz beschränken, gäbe es bei den 70 000 jährlich Geborenen jedes Jahr rund 450 eineiige weibliche Zwillingspaare, bei einer Altersspanne von 8 Jahren also eine Auswahl von 3600 Zwillingspaaren. Wenn er, Leo, sich ganz einfach in ein eineiiges Zwillingsmädchen verliebt, dann wird ihm, Louis, das Gleiche mit deren Schwester passieren. Und sie, Leo und Louis, werden glücklich mit diesen Schwestern leben, und wenn sie nicht gestorben sind und so weiter ... «Aber», wendet sein Verstand ein, «dann musst du, Leo, wenn du bei der einen liegst, an die andere denken, mit der dann er, Louis, zusammenliegt.» Und davon rät nun Leos Verstand gründlich ab. Dass da die Dinge schwierig und kompliziert sind, ist unbedingt und klar absehbar. «Und überhaupt», denkt er, Leo, und kehrt in die Wirklichkeit zurück.

Er, Leo, liebt Claudia. Claudia ist schön. Claudia hat blonde Haare, wunderbare lange, zu einem Knäuel aufgebundene Dreadlocks. Claudia ist braun. Man sieht, dass sie viel an der frischen Luft ist. Claudia hat Augen, die viel Schönes sehen, das sieht man, wenn man hineinblickt. Claudia hat gerne Bäume und Gedichte.

Leo und Claudia haben sich im Wald kennengelernt auf der Engehalbinsel in Bern. Claudia hat dort in der Zehndermätteli-Gärtnerei eine Lehre als Staudengärtnerin absolviert und im vorigen Jahr abgeschlossen. Nun arbeitet sie als Gärtnerin und Fährfrau; mit der Zehndermätteli-Fähre bringt sie die Leute über die Aare. Diese Arbeit gefällt ihr. Mehr noch als mit den Stauden und den Menschen aber hat sie es mit den Bäumen und den Gedichten. Sie hat ein Lieblingsgedicht, es ist von Christian Morgenstern, aber leicht abgeändert:

Die Täuschung

Menschen stehn vor einem Haus,
nein, nicht Menschen – Bäume.
Menschen, folgert Mensch daraus,
sind drum nichts als Träume.
Alles ist vielleicht nicht klar,
nichts vielleicht erklärlich
und somit, was ist, wird, war,
schlimmstenfalls entbehrlich.

Was aber hat Leo auf die Engehalbinsel gebracht? Es war eines seiner vielen verschiedenen Forschungsprojekte. Bei diesem handelt es sich um den Nachweis des Persönlichkeitsgebundenen Koordinatensystems PGKS. Leo will aufzeigen, dass die Lebensorte einer Person sich in einer bestimmten Ordnung zueinander befinden. Zu diesem Zweck steckt Leo auf einer Landkarte gemäss Biografie einer Person die Lebenspunkte ab und stellt dann Verbindungslinien her. Ganz besonders interessieren ihn die dabei entstehende Gesamtfläche, die Anzahl und Flächenverhältnisse der Schnittflächen sowie die sich an den Kreuzungspunkten der verschiedenen Linien befindenden Orte. Nun gibt es ganz verschiedene Biografien. Manche spielen sich auf engstem Raum ab – Emmental mit zwei oder drei Ausreissern ins Berner Oberland, ins Seeland, nach Bern. Andere erstrecken sich über mehrere Erdteile. Wieder andere haben so viele Punkte, dass das System verfeinert werden muss. So hat Leo beim PGKS von Karl May die Lebensorte aufteilen müssen; einerseits hat er dessen freiwillige Lebensorte Ernstthal, Waldenburg, Plauen, Dresden und Radebeul in Beziehung gesetzt, und andererseits die unfreiwilligen Lebensorte Zwickau, Niederalgersdorf, Waldheim, Stollberg und Leipzig.

Auf die Engehalbinsel gerät Leo, als er das PGKS von Jeremias Gotthelf untersucht. Dessen Lebensorte sind Murten, Utzenstorf, Bern, Göttingen, Herzogenbuchsee, Lützelflüh. Wenn man diese Orte untereinander verbindet, ergeben sich drei markante Kreuzungspunkte: die Kleinstgemeinde Rumendingen in der Nähe von Ersigen, das Wankdorf und die Engehalbinsel. Als Leo vor Ort geht, um herauszufinden, was die Engehalbinsel mit Jeremias Gotthelf zu tun hat, trifft er dort Claudia. Mit dem schönsten Buch liegt die Schönste unter der schönsten Buche und liest mit der schönsten Stimme laut die schönsten Gedichte. Dass Leo vom ersten Augenblick im Bann ist. Bis heute. Bis jetzt. Er, Leo, liebt Claudia, Punkt. Aber keineswegs ist er, Leo, ein Feigling.

Und jetzt macht er, Leo, einen Schritt vorwärts. Und noch einen. Will alles ins Lot bringen, wie auch immer. Ist plötzlich voller Zuversicht. Alles wird gut, und er, Leo, biegt um die Ecke. Und will auf ihn, seinen Bruder, Louis, zugehen. Aber die Treppe ist leer. Er, Louis, ist weg.

III. BUCH

Auto.Stopp.

Richigen, Worb, Autobahn, Pontarlier, Montag, 5. Mai 2008. Louis ist neunzehn.
Wie eine grosse Reise beginnt.

Erst fünfzig Meter nachdem Brigitte Zimmerli (fünfunddreissig, Handarbeitslehrerin in Biglen, wohnhaft in Biglen, aufgewachsen in Biglen, verheiratet, zwei Kinder, munter, optimistisch, sechzig Kilo leicht plus vierzig Kilo Übergewicht), den Mann am Strassenrand (Richigen, Ortseingang Ost) passiert hat, kapiert sie, was auf dem Schild gestanden hat: «Ireland.Stopp.» Bremspedal, Blinker rechts, noch mehr Bremspedal, rechts raus. Hinter ihr lautes, empörtes Hupen. Endlich steht der kleine rote Fiat Tipo (Jahrgang 1995, zwei starke Beulen hinten: Parkplatz Migros Worb, Beleuchtungspfosten, und Parkplatz Migros Worb, Absperrpfosten, eine lange Schramme an der Fahrertür: Parkplatz Migros Worb, weisser Toyota Avensis mit roter Schramme; der Autobesitzer ärgert sich bis heute über denjenigen, der einfach Fahrerflucht begangen hat), steht also der kleine Wagen auf dem Trottoir, als wäre er noch zu klein für die Strasse. Kopfschüttelnd, fluchend, hupend, an die Stirn tippend fährt der Sanitär-Binggeli-Lieferwagen an ihr vorbei. «Was hat denn der?», wundert sich Brigitte und blickt in den Rückspiegel. Der Mann mit dem Schild steht immer noch dort, schaut in die Gegenrichtung. Brigitte kurbelt die Scheibe hinunter, blickt aus dem Wagenfenster. Mit Mühe und Not schafft sie es, den Mann in ihr Blickfeld zu kriegen. «Vielleicht sollte ich meine Feldenkraisübungen (Knien Sie sich hin, drehen Sie Ihren Oberkörper nach rechts so weit es geht, aber ohne Anstrengung, wenden Sie nun den Kopf in die Gegenrichtung, und wenn die

Kopfbewegung stoppt, blicken Sie so stark nach links, wie es geht, kommen Sie dann zurück zur Mitte und machen Sie das Gleiche auf die andere Seite.) etwas konsequenter durchführen», denkt sie. Sie will dem Mann etwas zurufen, aber aus diesem verrenkten Hals kommt nichts raus als ein klägliches Blöken. Sie muss lachen über diesen Ton und überlegt, ob sie aussteigen soll. Es ist jedes Mal ein Unterfangen, ihr Gewicht aus dem tiefen Autosessel herauszustemmen, bedeutet jedes Mal einen Kraftakt gegen die Schwerkraft. «Nein, das lasse ich bleiben», denkt sie. «Schade, der sah nett aus, dieser junge Mann. Den hätte ich gerne ein Stück mitgenommen.» Als sie den Zündschlüssel dreht und im Rückspiegel schaut, ob die Strasse frei ist, sieht sie, dass der Mann inzwischen ihr Auto entdeckt und seine Tasche aufgehoben hat und nun auf sie zuschreitet. Seine Gestalt ist von Licht umgeben, schräg hinter ihm steht die Morgensonne.

Brigitte fühlt Vorfreude in sich aufsteigen, spürt, wie einige Kilos von ihr abfallen. Die rechte Autotür öffnet sich, eine rote Puma-Sporttasche, Jahrgang 1985, erscheint in der Öffnung, fliegt auf den Rücksitz. Es folgt der Mann selbst. In einer ungestümen Bewegung schiebt er sich auf den Beifahrersitz. Er knallt die Tür zu. Er schaut sie an. Er ist sehr jung. Kaum mehr als zwanzigjährig. Brigitte staunt.

Da wendet der Mann – auch wenn er so jung ist, kann Brigitte nichts anderes denken als «der Mann» – ihr den Oberkörper zu, klopft sich mit der flachen Faust auf die Brust, «Bong», und sagt: «Louis.Irland.Hund.», strahlt sie an.

Weitere zehn Kilo ihres Gewichts lösen sich auf.

Louis klopft sich noch einmal auf die Brust, «Bong», führt dann die flache Hand von der Nase aus in eine bestimmte Richtung – wahrscheinlich nach Westen. «Irland liegt doch im Westen», fragt sich Brigitte, aber in Geografie war sie nie gut. Louis legt beide Hände wie Schalen an die Ohren, wackelt gleichzeitig mit dem Kopf und den Händen.

Brigitte sieht sofort einen irischen Hütehund vor sich, einen Border Collie, munter, intelligent, diensteifrig, verspielt, alles fügt sich zu einem Bild: Louis will nach Irland, um einen Hund zu holen.

«Brigitte.Migros.Mittagessen.», sagt Brigitte, klopft sich ebenfalls auf die Brust, «boong», schiebt einen imaginären Einkaufswagen vor sich her, schiebt ein paar Fischstäbchen in den Mund.

Louis lacht, wischt sich geniesserisch den Mund, hat verstanden.

«Wie kommen wir nach Irland?», denkt Brigitte und versucht, Ordnung und Plan in ihre Gedanken zu bringen.

Als sie das geschafft hat – neben ihr nickt Louis zufrieden –, greift sie an den Zündschlüssel, startet den Wagen. Blinker raus, Gaspedal, ein weiteres empörtes Hupen, noch ein Autofahrer, der nicht an ihren impulsiven Fahrstil gewöhnt ist.

Migros Worb: Brigitte fährt auf den Parkplatz, sucht einen freien Parkplatz ohne Hindernisse, Gründe dazu siehe oben.

«Louis, du kannst hier warten», sagt sie, «ich bin gleich zurück.» Tatsächlich dauert es keine zwanzig Minuten, bis sie zurück ist, einen Papiersack in der Hand, den sie achtlos auf den Hintersitz wirft. Alles erledigt, drei Pizzas sind per Heimlieferservice unterwegs nach Biglen, dabei liegt ein Notizzettel: «Hier ist euer Mittagessen. Achtung, nicht kalt essen, sondern einige Minuten im Ofen aufbacken! Martin, du musst heute Nachmittag meine zwei Lektionen Handarbeiten übernehmen, du kannst irgendetwas machen, was dir und den Schülern gefällt, ich bin aufgehalten worden, bin bald zurück. Liebe Grüsse. Brigitte.»

«Alles erledigt», sagt sie. «Auf nach Irland», und mit einem kühnen Rückfahrmanöver gewinnt Brigitte Raum. Mit viel Glück vermeidet sie für dieses Mal den Pfosten und fährt auf die Strasse.

Louis strahlt, Brigitte strahlt zurück und gelangt glücklich auf die Autobahn, Muri, Bern, Brünnen, Kerzers, mit 90 km/h unterwegs, laufend überholt von allen andern, aber Brigitte hat immer noch dieses leichte Gefühl.

«Brigitte.Geschichte.», sagt Louis. «Geschichte, welche Geschichte?», denkt Brigitte.

Louis aber wiederholt nur und klopft sich dazu auf die flache Stirn: «Brigitte.Geschichte.»

«Als ich klein war, habe ich gedacht, eines Tages heirate ich den schönsten Bauern des Dorfs», fängt Brigitte ihre Geschichte an, «der auch der beste Tänzer des Dorfs sein wird. Immer habe ich getanzt und gelacht und gewartet. Aber dann hat der schönste Bauer geheiratet. Und der zweitschönste auch. Und auch die guten Tänzer. Und dann habe ich halt den Martin genommen, der ist Architekt und lieb. Aber tanzen kann er nicht. Und wir haben zwei Kinder, die sind lieb. Und wir sind sehr zufrieden. Es geht uns sehr gut. Wir fahren jedes Jahr zweimal in die Ferien. Und wir haben ein eigenes Haus. Und ich esse sehr gern», sagt sie.

«Manchmal habe ich dieses Gefühl, es fehle mir etwas, und dann muss ich etwas essen und noch etwas und noch etwas. Das ist natürlich fatal, aber ich kann nichts dagegen tun. Wenn ich mir überlege, warum ich das tue, wenn ich überlege, was mir fehlt, dann wird es gefährlich. Dann weiss ich, dass ich nicht so lebe, wie ich mir das vorgestellt habe. Und wenn ich dann weiter überlege, was mich denn abgehalten hat, abhält, richtig zu leben, dann geht es immer weiter. Dann müsste ich meinen Mann verlassen und wahrscheinlich meine Kinder. Dann müsste ich einen kleinen Bauernhof kaufen. Dann hätte ich zwei Kühe und ein Pferd und Hühner und jedes Jahr ein Schwein, und ...», sie lacht, «... natürlich einen klugen Hund. Dann müsste ich so viel ändern, das getraue ich mich nicht. Und vielleicht wäre ich dann gar nicht glücklich. Und dann ändere ich nichts, esse stattdessen etwas.»

Und so redet sie weiter und fährt das Auto weiter, als wären die Worte der Treibstoff, der das Auto in Gang hält – Neuchâtel, Rochefort, Brot-Dessous, «... wenn es ein Brot-Dessous gibt, existiert wahrscheinlich auch ein Brot-Dessus», denkt Brigitte, während sie unbeirrt weiterredet, «dann haben wir das zweite Kind bekommen, gerade als wir das Haus gebaut haben, obwohl ich das gar nicht wollte», – «... und dazwischen wahrscheinlich ein Jambon oder ein Fromage, und alles zusammen bildet dann die Gemeinde Sandwich», schiebt aber diesen Gedanken beiseite, sie will jetzt nicht ans Essen denken, «das Haus meine ich, das Kind wollte ich schon, ob mein Mann es wollte, bin ich nicht sicher.»

Travers, Couvet, Fleurier, St-Sulpice, Les Verrières – dass sie die Grenze passieren, merkt sie gar nicht, so vertieft ist sie in ihre Geschichte. Und der Grenzbeamte, der sie aus lauter Langeweile hat kontrollieren wollen, sieht dem Kleinwagen verblüfft nach, der ohne abzubremsen vorbeigerast ist. Er verzichtet aber auf die Verfolgung. Erstens hat die Fahrerin nicht ausgesehen wie eine Terroristin. Zweitens ist die Herausforderung, diese mickrige Schuhschachtel – damit meint er, um jede Political incorrectness zu vermeiden, das Auto, nicht die Fahrerin – einzuholen, einfach zu klein. Drittens müsste er sich ja schämen, wenn herauskäme, dass nicht einmal mehr die Hausfrauen seinem Haltebefehl folgen. Also tut er so, als wäre das Haltezeichen nur eine Geste gewesen, um ein ihn belästigendes Insekt abzuwimmeln – Le Frambourg, Pontarlier. Ziel erreicht, Brigitte schweigt.

Grand.Voyageur.

**Pontarlier, Kunstmuseum, Montag, 5. Mai 2008.
Wie Louis im Kunstmuseum von Pontarlier ein Vorbild findet.**

Ächzend hält Brigittes Kleinwagen an der Place d'Arçon, mitten in der französischen Kleinstadt Pontarlier. So lange Fahrten ist er nicht gewohnt, hält im Parkverbot, das immerhin ist er gewohnt. Brigitte dreht den Zündschlüssel. Der Motor macht noch einen letzten Seufzer, stellt dann erleichtert ab.

Brigitte will sich ans Aussteigen machen, als Louis schon auf ihrer Seite die Tür öffnet, bereits ausgestiegen und um den Wagen herumgegangen ist. Er hilft ihr aber nicht beim Aussteigen, strahlt sie nur an, wartet.

Brigitte schafft den Ausstieg, kommt auf die Beine, muss ihren steifen Gelenken nun zuerst wieder Beweglichkeit zurückgeben, macht zu diesem Zweck einige Rumbaschritte und Rumbabewegungen, Rumbaarmschlenker, wie sie das immer tut.

Da fühlt sie sich plötzlich von Louis' Armen gepackt. Er hält sie, steht da in schönster Rumbagrundstellung und führt sie nun – sie kann die Musik hören –, führt sie übers Parkett, über den Stadtplatz von Pontarlier. Schon sind einige Leute stehen geblieben, schauen staunend zu. Wie der junge, gross gewachsene Mann und die kleine, runde, nicht mehr junge Frau als Paar in eleganten Figuren über den Platz schweben. Im Tanz lässt er sie los, stellt sich hinter sie, ist der Schatten ihrer Bewegungen, kommt zurück, fasst wieder Griff und tanzt mit ihr die geschlossenen Figuren Promenade, Manita a Mano, Spot Turn, Cucaracha. Ab und zu schickt er sie aus für eine Spirale oder ein Damensolo nach rechts oder nach links, lässt sie aber nicht los, holt sie zurück, tut immer genau das, was sie erwartet. Als ihr – es ist wunderbar, es ist wunderschön – die Luft ausgeht, als Brigitte nicht mehr kann, macht Louis einen letzten Spot Turn und hält an, hält sie an.

Die Leute klatschen. Mehr als zwanzig Leute sind stehen geblieben, haben zugeschaut, beeindruckt von der Harmonie dieses ungleichen Paares.

Keuchend verbeugt sich Brigitte, spürt die gleichzeitige Verbeugung von Louis neben sich. «Wenn das in Biglen geschehen wäre oder in Worb», denkt sie, «was würden die Leute denken?» Hier spielt das zum Glück keine Rolle. Noch einmal verbeugt sie sich, verbeugen sie sich.

Brigitte lächelt den Leuten zu. Louis strahlt ohnehin. Dann wendet Brigitte sich dem Kunstmuseum zu, das am Rand der Place d'Arçon steht. Schon kommt ihr eine Frau entgegengerannt, klein wie sie, gleich alt wie sie, aber weniger rund, rennt auf sie zu.

«Brischitte», ruft sie, «qu'est-ce que tu fais? Du tanzt wie eine Göttin!» Es ist Juliette, ihre Freundin, das Ziel ihrer Reise, Juliette Pagnier, die Kuratorin des Kunstmuseums von Pontarlier.

Während die beiden Frauen draussen, dann drinnen miteinander reden – nonstop, beide gleichzeitig –, geht Louis die Treppe hoch und in den Saal mit der ständigen Ausstellung. Sein Blick fällt auf ein Bild ganz hinten an der Wand. Magisch angezogen nähert er sich dem Werk: Ein Mann hebelt mit einem Werkzeug etwas aus dem Boden; es handelt sich um das Bild «L'arracheur de gentiane» von André Roz.

Louis steht lange vor dem Bild. Nach einiger Zeit wendet er sich um, ohne die andern Bilder eines Blicks zu würdigen, geht zurück zur Treppe, geht aber nicht hinunter, wendet sich dort nach links und geht in den grossen Salon direkt auf das Bild zu, das an der rechten Wand hängt: Es zeigt einen älteren Herrn mit seitwärts leicht geneigtem Kopf und mehreren Orden auf der grün bestickten Weste. Louis scheint zu schnuppern, nimmt den Duft auf, atmet tief, richtet sich hoch auf und kommt mit vollem Elan auf Juliette zu, die ihm von der Tür aus zugeschaut hat.

«Xavier Marmier», sagt sie, «poète, écrivain, traducteur, académicien und ...»

«Grand.Voyageur.», sagt Louis in perfektem Französisch. Tatsächlich war dieser Xavier Marmier ein grosser Reisender, viel unterwegs in Skandinavien, aber auch in Afrika, Nord- und Südamerika, damals, als es noch weisse Flecken auf den Landkarten gab.

Louis ist gestärkt, auch er ein Grand voyageur, unbeirrbar, von keinen Zweifeln geplagt, unterwegs nach Irland.

Als Brigitte am Abend um 23 Uhr bei ihrer Familie eintrifft, ist das Glück immer noch in ihr.

In der Folge wird sie ohne Diät oder Massnahmen ihr Gewicht auf fünfundsiebzig Kilo senken. «Das ist so, weil ich mich leicht fühle», sagt sie.

Wo aber ist Louis?

Last.Wagen.

Frankreich, Champlitte, Dienstag, 6. Mai 2008.
Wie Louis bei José und Matilda übernachtet.

Dass die Welt eine ungerechte ist, gehört zu den zwei oder drei wichtigsten Erkenntnissen in José Carvalhos langem Leben. Davon geht er, José Carvalho, aus. Er erwartet gar nichts anderes. Das ist einfach Pech, würde er sagen. Jeder hat mal Pech, manche ab und zu und manche immer.

Wenn José Carvalho ein Internet hätte, und wenn José Carvalho auf Google Maps mit Street View auf der Rue de la République durch Champlitte fahren würde, könnte er sehen, dass genau dort, wo er, José Carvalho, zu sehen sein müsste, dass genau dort, wo er auf der Schlossmauer sitzend zu sehen sein müsste, dass genau dort ein grosser Bus am Strassenrand steht und die Sicht auf den auf der Mauer sitzenden José Carvalho versperrt.

José Carvalho sitzt jeden Tag auf der Schlossmauer des Schlosses von Champlitte. Direkt neben dem Eingang zum Schloss sitzt er auf der flachen alten Steinmauer, lehnt sich an das schmiedeeiserne Gitter. Wenn auf der andern Seite des Tors auch einer wie er sitzen würde, sähen sie aus wie zwei Löwen, die den Eingang bewachen. So aber fehlt ihm die Symmetrie, und er sieht etwas verloren aus, wie er so dasitzt. Dabei ist er keineswegs verloren, auch sitzt er nicht dort wegen des Schlosses. Das Schloss ist ihm egal. Genauso wie das im Schloss beheimatete Heimatmuseum, das sich hochtrabend «Departementsmuseum für Geschichte und Ethnographie» nennt. Er sitzt dort jeden Nachmittag, weil es sich dort bequem sitzen lässt, weil ihm die Sonne ins Gesicht scheint, wenn sie denn scheint, und weil diese Mauer an der D67 liegt, auf welcher der ganze Verkehr durchrollt. Das ist für José viel spannender als jedes Museum. Stundenlang kann er dort sitzen. Im Sommer ist der Verkehr lebhafter: Autos mit Gepäck auf dem Dach, Autos mit Wohnwagen, Wohnmobile. Im Winter ist es ruhiger, nur der Schwerverkehr bleibt sich gleich. Viele Lastwagen, Vierzigtönner vor allem, rollen vorbei, immer wieder die gleichen. Fahren sie heute Richtung Süden, fahren sie zwei, drei Tage später Richtung Norden. Und dann wiederum einige Tage später kommen sie zurück wie alte Bekannte. Viele Chauffeure winken ihm beim Vorbeifahren zu.

José trägt eine grüne Arbeitshose, einen handgestrickten Wollpullover, eine grüne, gefütterte Jacke, ein kariertes Halstuch und eine olivenfarbige Wollmütze. José sieht aus wie ein pensionierter Jäger oder Soldat, nur nicht an den Füssen: Diese tragen Bootsschuhe. Die Füsse sind empfindlich, die wollen kein grobes Schuhwerk.

Auch heute sitzt er da. Geduldig, entspannt in seinem Alltag schaut er dem Verkehr zu. Einige alte Bekannte sind bereits vorbeigerollt. Auch jetzt kommt einer, den er kennt: blauer Scania R500 4x2, weisse Kabine, hinter der Fahrerscheibe ein Stofftier, ein Maskottchen, ein Löwe. Der Fahrer fährt für ABC Plastic in Besançon und ATM Logistique Pontarlier. Zwei- bis dreimal pro Woche fährt er hier vorbei. Auch heute winkt der Fahrer ihm zu, winkt José zurück. Plötzlich aber, nach etwa hundert Metern, bremst der Lastwagen und hält dann weitere hundert Meter weiter vorne an. Auf der rechten Seite öffnet sich die Tür, eine Person klettert aus der Kabine, vielmehr springt aus der Kabine, winkt dem bereits wieder anfahrenden Lastwagen zu, dreht sich um, springt in den Strassengraben, ist weg. Verschwunden. Taucht aber nach einer knappen Minute wieder auf. «Aha, pissen», denkt José. Und nun kommt der Mann auf José zu. In der Hand trägt er eine rote Tasche. Als er näher kommt, sieht José, dass er jung ist, kaum zwanzig, gross gewachsen. Lange blonde Locken umrahmen seinen Kopf. Er trägt einen dunkelblauen Kapuzenpullover, Jeans, Bootsschuhe wie er selbst. «Natürlich kommt er nicht auf mich zu», denkt José, «er kommt einfach in meine Richtung, will ins Städtchen, wird an mir vorbeigehen. Schade», denkt er, einfach «schade», ohne diesem «Schade» eine Kontur zu geben.

Genau vor ihm bleibt der Mann stehen, strahlt ihn an, «Louis.Grandvoyageur.», sagt er, klopft sich auf die Brust und setzt sich neben ihn auf die Schlossmauer, lehnt sich zurück, lässt sich von der Sonne bescheinen, hört zu.

«Er hört mir zu», denkt José. «Ich spreche ja gar nicht. Er hört mir zu», und nun beginnt er, José, zu sprechen: «Also geboren bin ich in Portugal.» In einem rauen Französisch, dem weiche Töne anhaften, dem Abrundungen beigegeben sind, spricht er. «Meine Eltern waren Pächter, haben gearbeitet und gearbeitet, ihnen hat nichts gehört.»

Und nun verfällt José wie von selbst ins Portugiesisch, sein Ton wird noch runder, weicher, und so erzählt er vom harten Leben der Eltern, erzählt, wie er kaum fünfzehnjährig Maurer wird: «Ich werde einfach Arbeiter bei einem Maurer. Mit der Zeit, mit der Arbeit, mit dem Alltag werde ich dann Maurer, ein guter Maurer. Die Arbeit liegt mir. Ich bin gerne im Freien. Ich kenne nichts anderes. Ich baue gerne Mauern. Ein Stein nach dem andern, ein Stein auf den andern, das gefällt mir, das macht Sinn. Eine gute Mauer hält ewig, das gefällt mir. Eines Tages aber, 1965, kommt ein Brief. Die portugiesische Armee braucht mich. Ich werde ausgebildet: marschieren, gehorchen, schiessen. Und dann geht es auf einem Schiff nach Afrika. Dort ziehe ich den Kopf ein, wenn es gefährlich wird. Immer ziehe ich den Kopf ein. Ich will ja keinen töten. Die haben mir nichts getan. Zwei Jahre lang. 1971 komme ich heim. Heirate die Matilda, um den Krieg zu vergessen. Heirate, so schnell ich kann. Ich will eine Familie haben, eine Frau haben, ein Leben haben. Das Leben in Portugal ist so schwierig, dass ich nach Frankreich komme. Mit meiner Frau. Wir finden Arbeit in einer Fabrik, in einer Blechdosenfabrik. Das ist schlimm. Schlimmer als der Krieg. Ich halte es nicht aus. Nach etwas mehr als einem Jahr höre ich mit dieser Arbeit auf.»

Nach und nach ist José ins Französische gefallen. «Zum Glück finde ich dann Arbeit als Maurer. Das habe ich seither gemacht: Mauern. Das, was ich gut kann. Nun habe ich ein Haus in Portugal und ein Haus hier in Champlitte. Und eine gute Frau. Und eine Tochter in Amerika. Und ein Loch im Bein, das nicht mehr zuwachsen will. In Portugal bin ich nicht mehr zu Hause. Und hier bin ich geduldet.»

Und jetzt schweigt José. Er hat alles gesagt. Alles. Wirklich alles?

«José.Lastwagen.», sagt Louis, das sind seine ersten Worte.

«José.Lastwagen.», sagt er noch einmal und mit Nachdruck und zeigt auf einen Sattelschlepper, der soeben mit mächtigem Donnern vorbeifährt.

Und da erkennt José seine Bestimmung. «Ich kaufe einen Lastwagen», sagt José. «Das mache ich. Dann fahre ich auf der D67 auf und ab und betrachte die Welt von oben.»

«Komm», sagt er zu Louis, «wir gehen nach Hause.» Ganz klar, dass der junge Mann ein Bett braucht und gutes Essen. Und zusammen gehen sie über die Strasse. In Jean-Maries Bar genehmigen sie sich einen kleinen Weissen. Dann geht es die Allée du Sainfoin hinauf bis zu dem kleinen Häuschen, wo José mit seiner Frau wohnt. «Wir verkaufen das Haus in Portugal. Wir verkaufen das Haus in Champlitte. Ich kaufe einen Lastwagen. Die Möbel stellen wir hinten in den Laderaum. Dann fahren wir los, wohin wir wollen», sagt er. «Und wo es schön ist, halten wir an.» Dann setzt er sich an den Tisch, bedeutet Louis, Platz zu nehmen. Und die Frau bringt noch ein Gedeck, bringt dann Essen. Zuerst gibt es Suppe.

«Caldo verde», sagt die Frau, stellt vor jeden einen Teller hin, kommt mit einem dritten Teller, setzt sich auch an den Tisch. Schweigend wird gelöffelt, andächtig, weil die Suppe so gut ist. Dann gibt es neue Teller, darauf Fisch, Kartoffeln, Eier, Oliven, Stockfisch. So lecker. So echt. Ein grosser Kabeljau schwimmt durchs Zimmer. Mit langsamen, fast trägen

Bewegungen schwimmt er um den Tisch, um die Tischbeine, schwimmt hinüber zum Sofa und TV-Gerät und kommt zurück zum Tisch, stupst mit der Nase an Louis' Tasche, die neben ihm am Boden steht.

Louis öffnet die Tasche, zieht eine Tafel Schokolade, Schweizer Schokolade, «Torino Noir», feine Schweizer Zartbitter-Schokoladetafel mit Haselnuss- und Mandelcrèmefüllung, heraus, öffnet die Verpackung und füttert den Kabeljau. Ein Stückchen nach dem andern bricht er ab, steckt sie dem Fisch in den Mund, bis ein Viertel der Tafel weg ist. Dann gibt er ihm einen Klaps auf den Kopf. Der Fisch lächelt, lächelt mit seinen Flossen, mit seinem Schwanz, macht eine elegante Wendung, schwimmt zur Tür hinaus.

«Schokolade.Glück.», sagt Louis und legt die angefangene Tafel auf den Tisch.

José strahlt. «Café!», befiehlt er seiner Frau, «und Porto», ruft er ihr nach. Dass die Welt eine ungerechte ist, wenn er befiehlt und sie gehorcht, darüber denkt José nicht nach. In seiner Welt ist das so. Er kennt nichts anderes. Sie kennt nichts anderes. Wenn es ums Wesentliche geht, dann ist sie es, die befiehlt. Deshalb wird auch sie es sein, die entscheidet, ob ein Haus verkauft wird und ob ein Lastwagen gekauft wird. Und so ist die Welt hier dann doch eine gerechte. Auch die Schokolade wird brüderlich – brüderlich? – geteilt. José strahlt, es geht nichts über Schweizer Schokolade.

Dass es in Lissabon ein Restaurant gibt, das mit Schweizer Schokolade gefüllten Stockfisch auf der Speisekarte hat, weiss er nicht, noch lässt er es sich träumen. Es könnte aber sein, dass ihn ein aberwitziges Schicksal in dieses Fünfsternrestaurant führen würde, sagen wir: Er und seine Matilda kaufen diesen Lastwagen, laden ihre Möbel ein, richten im Laderaum ein Wohnzimmer ein, ein Schlafzimmer, eine Küche, ein WC.

Sie verlassen Champlitte, fahren in die Welt hinaus, in die grosse Freiheit, fahren hierhin und dorthin. Am Abend halten sie an, irgendwo, am liebsten am Rand einer grossen Strasse. Und während Matilda das Abendessen kocht, sitzt José auf dem Trittbrett der Fahrerkabine und schaut dem Verkehr zu, jetzt aber nicht mehr als ein Aussenstehender, sondern als ein Dazugehöriger. Und sagen wir, dass eines Tages ein TV-Team von France 1 auf diesen neuartigen Nomaden aufmerksam wird. Dass im Magazin «Au jour le jour» ein Beitrag über José und Matilda kommt. Dass sie berühmt werden. Dass ihr Beispiel Schule macht. Dass sich eine neue Lebensform unter dem Namen Carvival entwickelt. Dass diese Lebensform bald schon einen theoretischen Überbau erhält, den Carvilismus. Dass überall in Frankreich, überall in Europa Rentner den Lastwagenführerschein machen. Dass die Preise für Occasionssattelschlepper anziehen. Dafür die Preise für Seniorenappartements einbrechen. Dass sich das konforme Verhalten einer ganzen Generation komplett verändert. Und dass der Begründer dieser Lebensform, José Carvalho, und seine Frau Matilda vom Präsidenten des Verbandes der portugiesischen Carvilisten in ebendieses Fünfsternrestaurant in Lissabon – Restaurante Tavares, Rua da Misericórdia, Lisboa – eingeladen werden, wo ihnen dann als dritter Gang ebendieser mit Torino-Noir-Schokolade gefüllte Stockfisch serviert wird, was seinen Gaumen entzücken und ihn an den Abend erinnern wird, als er mit diesem komischen lieben Kerl in Champlitte im Wohnzimmer gesessen und zugeschaut hat, wie der diesen Kabeljau mit Schokolade gefüttert hat.

Sie essen also Schokolade, trinken Porto und sind fröhlich.

Am nächsten Morgen ist das Bett noch warm, aber der Fremde ist nicht mehr da, ist weitergezogen. Und José Carvalho muss sein Glück selbst schmieden.

Chante.Coq.

Frankreich, Chantecoq, Donnerstag, 8. Mai 2008, frühmorgens.
Wie Louis frühstückt und jemand auf dem Wasser geht.

Wie jeden Morgen holt Jean-Luc Bayard, sechsundsiebzig, der ehemalige Dorfschmied von Chantecoq, sein Brot in Giffaumont-Champaubert. Wie immer ist er der erste Kunde. Wenn die Boulangerie um 6.30 Uhr öffnet, steht Jean-Luc Bayard da und holt sein tägliches Brot. Heute nicht, zwar ist er pünktlich wie immer, aber heute ist er nicht der Erste. Ein junger Mann steht schon im Laden an der Theke, die Hände auf dem Rücken, aber die Nase so weit vorgestreckt, wie es möglich ist in Richtung des verführerischen Dufts des frischen Brots und Gebäcks. Das ist auch der Grund, warum Jean-Luc Bayard so früh kommt. Nur dann gibt es diesen reinen Duft. Die Nase des jungen Mannes hat sich ausgerichtet, zeigt auf die Croissants au beurre. «Eine gute Wahl», denkt Bayard. Die Verkäuferin schaut fragend. Der Mann nickt. Mit der Zange packt sie ein Croissant, hält es dem Mann hin. Der nimmt es, beisst herzhaft hinein, strahlt, kaut, strahlt, beides gleichzeitig, das Abbild des Geniessens.

«Ein Euro zehn», sagt die Verkäuferin und möchte gerne ihr Geld. «Zuerst zahlen», dann essen. Aber der Mann isst so vertieft, isst einfach weiter. Als er fertig ist, leckt er sich die Mundwinkel, schaut die Verkäuferin erwartungsvoll an. Ganz offensichtlich hat er noch nicht genug.

«Ein Euro zehn», wiederholt diese. Und die Erwartung von Geld spricht nicht nur aus ihren Worten und ihrer Miene, spricht aus ihrer ganzen Person. Der junge Mann aber dreht die leeren Hände nach aussen, drückt die Schultern nach hinten.

«Tut mir leid, Geld habe ich nicht», liest Bayard. Und hält es für geboten, sich einzumischen. «Lass nur Coralie», sagt er, «ich zahle das und auch noch ein Zweites und Drittes. Und zu dem für seinen täglichen Bedarf ausreichenden Baguette kauft er noch ein weiteres, das muss heute sein, er spürt das. Den Papiersack mit den Croissants überreicht er dem Fremden, packt ihn am Arm. Und zusammen verlassen sie die Boulangerie, zusammen gehen sie die Dorfstrasse hinunter bis zum Ufer des Sees, wo sie sich auf eine Bank setzen.

«Louis.Grandvoyageur.», sagt der junge Mann, klopft sich auf die Brust. Dann öffnet er die Tüte, schnuppert wieder, lächelt glücklich, setzt andächtig sein vorhin begonnenes Frühstück fort.

«Jean-Luc.Bayard.Forgeron.et.Inventeur.», sagt Jean-Luc Bayard, «jetzt nicht mehr, aber früher war ich Schmied, dort drüben», und er zeigt auf eine kleine Insel, knapp zweihundert Meter vom Seeufer entfernt; hinter Bäumen lässt sich ein Hausdach erahnen, «dort war damals ein Dorf, das hiess Chantecoq. Dann haben eines Tages so siebengescheite Ingenieure beschlossen, genau dort, genau über meinem Dorf einen Stausee anzulegen. Sie haben einen Damm gebaut, zwei Kilometer weiter unten im Tal, zwei Jahre lang. Dann hat es geheissen: wegziehen. Und alle sind weg. Mein Haus aber, meine Schmiede lag auf dem höchsten Punkt des Dorfs. Es ist das einzige Haus, das nicht überflutet worden ist, das geblieben ist. Alle andern sind im Wasser verschwunden. Und so lebe ich seither allein dort. Den verrückten Bayard nennt man mich. Zu tun habe ich immer gehabt, gute Schmiede sind selten, aber ich habe auch nicht viel gebraucht, weisst du. Ich habe ein Patent für Wasserschuhe, aber das weiss niemand», und er zieht ein dickes Couvert aus der Innentasche seiner Weste; es enthält einen Stapel zusammengefalteter Blätter, die er nun herausnimmt, «damit könnte ich reich werden. Aber ich will nicht. Ich geniesse es, dass ich der einzige Mensch bin, der auf dem Wasser gehen könnte. Es gibt da allerdings noch ein paar technische Probleme. Willst du das sehen?», fragt er Louis, erwartet aber keine Antwort. Und da Louis seine Croissants verzehrt hat, steht der verrückte Bayard auf. Vergewissert sich, dass Louis ihm folgt. Geht der verrückte Bayard zum See hinunter, wo ein kleines Ruderboot am Ufer liegt. Heisst Louis einsteigen. Schiebt das Boot mit überraschend viel Kraft – Schmied ist eben Schmied – ins Wasser und steigt dann ins Boot, ohne sich darum zu kümmern, dass er nun nasse Schuhe und Hosenbeine hat. Mit kraftvollen – wir haben es gesagt: Schmied ist Schmied – Ruderschlägen bringt er das Boot in Fahrt und hält auf die Insel zu, wo die beiden nach etwa zehn Minuten anlegen. Sie gehen zum Haus hinauf – es sind nur ein paar Schritte, die Insel ist wirklich nicht gross –, betreten das Haus durch ein grosses Tor und kommen in die Schmiede: Feuerstätte, Amboss, Werkbank, Werkzeuge, eine Säulenbohrmaschine, die mindestens dreissig Jahre alt ist. Auch sonst wirkt alles, als stamme es aus einer andern Zeit. Sie bleiben aber nicht stehen, verlassen die Werkstatt durch die Seitentür, gelangen in die Wohnküche. Ein grosser Tisch, einige Stühle, ein alter grosser Herd, nicht elektrisch, sondern mit Feuer betrieben, befinden sich im Raum, aber auch ein Schrank und ein Bett. «Was willst du?», sagt Bayard, «in diesem Raum lebe ich, hier ist es gemütlich, hier ist es warm. Das Schlafzimmer, das Wohnzimmer, das Gästezimmer, das Büro brauche ich nicht mehr. Ich mache alles hier.» Dann setzt er den Wasserkessel auf den Herd, und zwei Minuten später beginnt der Kessel zu summen und nach fünf Minuten zu brodeln. Bayard giesst Kaffee auf – nach der alten Filtermethode –, und feiner Duft zieht durch die Küche.

Dann nimmt er zwei Tassen – eine aus dem Spülbecken, eine aus dem Schrank – stellt sie zusammen mit einer Blechdose und zwei Löffeln – einen von der Spüle, einen aus der Schublade – auf den Tisch, schenkt Kaffee ein. Weder hat er Louis gefragt, ob der Kaffee will, noch erwartet er ein Dankeschön. Schiebt einfach die Zuckerdose zu ihm hinüber.

Und Louis will Kaffee, will Zucker, schenkt sich ein, schaufelt zwei Löffel Zucker in die Tasse, rührt, trinkt, schmeckt zu, hört zu, schaut zu, riecht zu.

Auch Bayard trinkt, ruhig und gemächlich, er hat alle Zeit der Welt. Und als der Kaffee getrunken ist, steht er auf, geht zu einer Holztruhe, die in einer Ecke steht, kommt zurück zum Tisch, nimmt die Zuckerdose, öffnet sie, nimmt den Löffel, wühlt in der Dose, rührt von unten nach oben, sagt: «Voilà!», greift hinein und hält nun einen Schlüssel zwischen Daumen und Zeigfinger, geht zurück zur Truhe. Dass die mit einem Vorhängeschloss abgesperrt ist, sieht Louis erst jetzt. Bayard öffnet mit dem Schlüssel das Schloss, klappt die Truhe auf, greift hinein – fast sieht es aus, als klettere er hinein –, zieht aus dem Dunkel der Truhe ein Paar Schuhe ans Licht, kommt damit zum Küchentisch, legt die Schuhe darauf.

«Meine Wasserschuhe», sagt er stolz. Vor Louis stehen zwei währschafte hohe Schnürschuhe aus Leder. Die Sohlen der Schuhe aber bestehen aus je einem Blasebalg, wobei jede der beiden Bodenflächen zehn Noppen enthält wie ein Fussballschuh. An jedem Schuh zieht sich vom hinteren Ende des Blasebalgs ein kurzes Rohrstück der Schuhferse entlang nach oben wie ein Auspuff.

«Soupape d'admission», sagt Bayard und zeigt auf dieses Rohrstück. «Einlassventil», versteht Louis.

«Valves pneumatiques», sagt Bayard und zeigt auf die zehn Noppen. «Druckluftventil», versteht Louis.

«Das sind meine patentierten Wasserschuhe», sagt Bayard. «Zehn Jahre habe ich davon geträumt, auf dem Wasser gehen zu können, zehn Jahre habe ich darüber nachgedacht, zehn Jahre habe ich daran gebaut. Und seit zehn Jahren habe ich mich nicht getraut, sie auszuprobieren. Weisst du, ich bin hydrophob. Wenn es funktioniert, bin ich gerettet, brauche ich keine Angst mehr vor dem Wasser zu haben. Wenn es nicht funktioniert, dann bin ich verloren, versinke ich, un choix cornélien, ein Dilemma», und Bayard stützt den Kopf in die Hände, beginnt zu brüten, sieht aus wie einer, der in einer Falle steckt.

Louis aber steht auf und geht zur Tür, nicht zur Seitentür, die zur Werkstatt führt, sondern zu der grossen Haustür, dreht den rostigen Schlüssel, der – vollkommen aus der Übung, weil er das seit Jahren nicht mehr getan hat – beim Drehen knirscht und quietscht, öffnet die Tür, die – vollkommen aus der Übung, weil sie das seit Jahren nicht mehr getan hat – beim Öffnen ächzt und stöhnt, nun aber offen dasteht, und durch die Öffnung strömt Licht und Luft und Zuversicht.

Als Erster tritt Bayard hinaus in den Tag. Trägt in jeder Hand einen Wasserschuh. Hinter ihm folgt Louis. Zusammen gehen sie zum Wasser hinab, wo sich Bayard – nun ohne weiteres Zaudern und Zögern – ins Boot setzt, die Schuhe auszieht, die Wasserschuhe anzieht, während Louis zu Rudern beginnt, das Boot hinaus auf den See lenkt, dann nach etwa zweihundert Metern die Ruder einzieht.

«Genau hier stand die Kirche», sagt Bayard. Und schon setzt er den einen Fuss, dann den andern Fuss über den Bootsrand, nimmt Augenkontakt mit Louis auf, erhebt sich, vorsichtig zuerst, zuversichtlich dann. Es zischt, als die Blasebälge zusammengedrückt werden und die Luft nach unten ausstossen. Und siehe da, tatsächlich, die ausströmende Luft trägt. Und nun hebt Bayard schnell das rechte Bein, um die Kammer wieder zu füllen, Luft wird angesogen, dann macht er den ersten Schritt, es ist höchste Zeit, die Luftkammer im andern Schuh ist gleich leer. Und nun geht er Schritt für Schritt übers Wasser. Und siehe da, es trägt. Und siehe da, es funktioniert. Nach etwa zwanzig Schritten schaut er zurück. Von Louis sieht er nur noch den Rücken. Der rudert auf das Ufer zu, unterwegs zu seinem eigenen Glück.

Bayard aber ist an seinem Ziel angekommen. Er geht auf dem Wasser.

Und irgendwo singt ein Hahn.

Haus.Boot.

Frankreich, Canal latéral à la Loire, Sonntag, 11. Mai bis Dienstag, 13. Mai 2008.
Wie Louis unter die Kanalschiffer gerät.

Nachdem Louis sich via Pontarlier, Champlitte, Chantecoq stetig Richtung Paris, respektive die hinter Paris liegenden Hafenstädte Le Havre und Cherbourg vorgearbeitet hat, kehrt er plötzlich um, bewegt sich nun Richtung Süden, als hätte Irland von einem Tag auf den andern seinen Platz auf der Weltkarte gewechselt.

Als er müde von langen Stunden des Gehens zu einem Kanal kommt, zieht Louis die Schuhe aus, um seine armen Füsse im Wasser zu baden. So sitzt er und lässt die Füsse und die Seele baumeln, als ein Hausboot sehr langsam an ihm vorbeifährt, so langsam, dass man bequem mit dem Boot Schritt halten könnte. Vorne auf dem Schiff steht ein Mann mit einem mächtigen Fernglas, das er auf Louis gerichtet hat. Plötzlich fängt er an zu fuchteln, macht eine Gebärde zum Steuerhaus hin, wo eine Frau – seine Frau wahrscheinlich – am Steuer steht. Sie hat offenbar begriffen. Jedenfalls macht sie eine Vollbremsung, das heisst das Manöver «Volle Fahrt rückwärts», bis das Schiff auf der Höhe von Louis anhält, dann «Kleinste Fahrt rückwärts», damit es gegen die schwache Strömung des Kanals ankommt und genau vor Ort bleibt.

Der Mann schaut immer noch mit dem Fernglas auf den am Ufer sitzenden Louis, genauer gesagt auf sein linkes Knie. Und als Louis dorthin blickt, sieht er, dass sich dort ein Käfer niedergelassen hat. Ganz ruhig legt Louis seine Hand darüber, schliesst sie, steht auf, packt mit der andern Hand seine rote Tasche, wirft diese aufs Schiff hinüber, und springt dann – als wären zwei Meter nichts – hinüber an die Reling, hält sich mit der freien Hand fest und geht an Deck, geht zum Tisch, der auf dem hinteren Deck steht, nimmt mit der einen Hand ein Wasserglas, das dort steht, trinkt es aus, legt die andere, geschlossene Hand auf den Tisch, öffnet sie langsam, kippt sie langsam, bis der Käfer auf den Tisch krabbelt, und stellt schliesslich das leere Wasserglas verkehrt herum über den Käfer.

Der Mann hat das alles verfolgt. Atemlos beugt er sich über das Glas.

«Ein Scheinrüssler», sagt er, «das ist ein Scheinrüssler, die sind sehr selten. Das habe ich gleich gesehen, ein Lissodema denticolle aus der Familie der Salpingidae, der Scheinrüssler eben, welcher zur Ordnung der Coleoptera, der Käfer gehört, welche wiederum zur Klasse der Insecta, der Insekten gehören, welche wiederum zur Überklasse der Hexapoda, der Sechsfüsser gehören, welche wiederum zum Stamm der

Tracheta, der Tracheentiere gehören, welche wiederum zum Reich der Arthropoda, der Gliederfüsser gehören ...» Ist er jetzt fertig? Ist er nicht, er muss nur mal Luft holen, dann geht es weiter: «Diese Käfer werden bis zu viereinhalb Millimeter gross, meistens sind sie rötlich, schwarz oder metallisch bronzefarben, es gibt sie auch zweifarbig, der hier ist aber dreifarbig, das ist spektakulär, der Kopf ist zu einem breiten, flachen Fortsatz ausgezogen, die Fühler sind elfgliedrig und vor den Augen eingelenkt, sein Halsschild ist länger als breit und vorn und hinten verjüngt, die Flügeldecken sind nahezu parallel, manchmal in der Mitte oder am hinteren Ende verbreitert und mit feinen Punktreihen versehen, die Beine haben die Fussformel fünf-fünf-vier.» Jetzt hat er fertig.

«Die Fliegen und die Wanzen gehören auch zum Ganzen», sagt seine Frau und lächelt Louis an. «Mein Name ist Emma und das ist mein Mann Émile, er ist Insektenforscher, Entomologe, Professor für Entomologie an der Uni Bern, ich bin Gebärdensprecherin beim Bundesamt für Kommunikation, eigentlich machen wir hier auf diesem Hausboot – es heisst übrigens ‹Cléo›, ist das nicht ein lustiger Name für ein Schiff? –, machen wir hier Ferien, und es ist auch ganz schön ruhig und beschaulich, ausser wenn er einen Käfer sieht, dann muss er dem nachgehen, das ist stärker als er, wir kommen aus der Schweiz, aus Bern, habe ich das schon gesagt? Die Berner Käfer kennen wir schon alle, aber hier in der Loire waren wir noch nie, das stimmt nicht, vor dreissig Jahren haben wir mal die Loire-Schlösser besichtigt, das war aber ein Reinfall, in diesen alten Gemäuern müsste es doch massenhaft seltene Käfer geben, hat mein Mann gedacht, in all diesen Ritzen, in diesen staubigen Räumen, in diesen uralten Möbeln und Stoffen und Vorhängen, aber ein Reinfall, es gab nichts, ‹wahrscheinlich›, hat mein Mann gesagt, ‹haben die Franzosen einfach alles, innen und aussen und von oben bis unten, einfach alles desinfiziert›, also Käfer hatte es keine, da blieben nur noch die Schlösser, aber wissen Sie, mein Mann interessiert sich überhaupt nicht für Geschichte, das war also wirklich ein Reinfall, aber sagen Sie doch, haben Sie etwa Hunger und Durst, was frage ich überhaupt, junge Männer haben immer Hunger und Durst, kommen Sie, ich mache Ihnen ein Plättchen bereit.»

Louis strahlt, und keine fünf Minuten später sitzt er vor einem Plättchen mit Käse und Wurst, einem Teller mit Tomatenscheiben und einem daneben liegenden ganzen Baguette, längs aufgeschnitten.

Und während der Professor immer noch seinen Käfer studiert, studiert Emma, seine Gattin, diese Spezies Weib, die zur Gattung der Menschen gehört, zur Familie der Menschenaffen, zur Ordnung der Primaten, zur Klasse der Säugetiere, zum Stamm der Chordatiere, zum Reich der vielzelligen Tiere, schaut Emma voller Freude zu, wie Louis die Tomatenscheiben, den ganzen Käse und die ganze Wurst auf die untere Hälfte des Baguettes legt, mit der oberen Hälfte zudeckt und dann dieses leckere Sandwich mit beiden Händen wie eine Flöte vor seinen Mund hebt und ganz langsam und voller Genuss verschlingt.

Emmas Mundwerk ist verstummt, und stumm schaut sie zu, wie das Sandwich verschwindet, spricht auch nicht, als es weg ist.

Kann es sein, dass das Boot, die «Cléo», während dieser ganzen Zeit steuerlos dahintreibt? Oder gibt es etwa einen Autopiloten auf diesem Boot, wenn die Emma in der Kombüse ist und der Professor vor seinem Käfer sitzt? Nein, gibt es nicht, allenfalls kommt dafür der liebe Gott in Frage, der für diese fünf abgelenkten Minuten das Steuer übernommen hat, wer weiss?

Nun hat sich Emma aber auf ihre Pflicht besonnen und hat das Steuer wieder übernommen. Als Louis neben sie tritt und «Louis.Grandvoyageur.» sagt und Louis sich dabei wie üblich auf die Brust klopft, sagt auch Emma «Emma» und klopft sich hocherfreut ebenfalls auf die Brust. Und fährt dann fort mit weiteren Gebärden: «Mann, viel Arbeit, Frau, viel Arbeit, Ferien, Schiff, Erholung, Schlafen, Essen, Trinken, Insekten, Arbeit, Universität, Sitzungen, Arbeit, Konferenz, Übersetzung, Haus, Garten, Bern, Freunde, Essen, Trinken, Spazieren, Turnen, Gesundheit, Rück»«Emma, bleib auf Kurs!», ruft ihr Mann vom Tisch her, wo er immer noch mit seinem Käfer zusammensitzt. Meint er den Redefluss? Meint er das Boot, das sich dem rechten Flussufer bedrohlich genähert hat? Kommt jedenfalls nun nach vorne ins Steuerhaus, setzt sich die weisse Kapitänsmütze mit dem aufgenähten goldenen Anker auf, übernimmt das Steuer.

«Gleich kommt eine Schleuse», sagt er. Und tatsächlich fahren sie bald darauf zu einer kleinen Schleuse. Louis schaut zu, wie Émile die Fahrt drosselt, wie das Boot vorsichtig in den schmalen metertiefen Schacht einfährt, bis links und rechts nur mehr glatte, feuchte Mauern sind, wie Émile die Lage sondiert und Emma mit ernstem Gesichtsausdruck mitteilt: «Keine Schwimmpoller, keine Nischenpoller, du musst mit der Leine rauf zu den Pollern oben auf dem Quai», und wie Emma, das Seil – pardon, die Leine – zwischen den Zähnen tapfer die in der Wand eingelassene Metallleiter hinaufklettert – wer diesen Kopf mit rollenden Augen und dem zwischen blitzenden Zähnen gequetschten Tau-Ende plötzlich aus dem Nichts auftauchen sehen würde, dem könnte durchaus der Verdacht kommen, dass es sich hier weder um christliche noch um Binnenseefahrt handelt, sondern eher um Piraterie, Seeräuberei – und oben das Seil – zum letzten

Mal, es heisst die Leine – pardon, die Leine festmacht, wie unten Émile die Leine – die Leine! – um die Mittelklampe windet, wie sich das Schleusentor schliesst, wie das Wasser in die Schleuse schiesst, das Schiff zum Wackeln bringt, wie das Wasser und damit auch das Schiff langsam steigt, wie Émile durch Nachziehen die Leine immer schön straff und das Schiff somit schön an seinem Platz behält, wie nach und nach die Welt wieder auftaucht, bis sie ganz oben sind, wie das Schleusentor sich öffnet, wie Émile das Kommando «Leinen los!» gibt, begleitet von einem zweimaligen «Wahrschau, Wahrschau!», welches völlig unnötig ist und von Émile aus reiner Freude an der Schifffahrtsfachsprache gegeben wird, wie Emma die Leine löst und schnell an Deck springt, all das hat Louis genau beobachtet, und bei der nächsten Schleuse – wieder keine Schwimmpoller, keine Nischenpoller – ist er es, der hinaufklettert und die Leine fachmännisch, seemännisch um den Poller windet.

Und nun gehört Louis ganz selbstverständlich zur Mannschaft, erhält drei Mahlzeiten pro Tag sowie die Koje im Bug, schläft aber lieber auf Deck. Und am zweiten Tag ist er es schon, der ab und zu die Kapitänsmütze tragen, das Steuerrad übernehmen darf. Und am Abend ist er es, der in die Schleuse einfährt und das Boot mit der Mittelklampe genau an den ihnen vom Schleusenwärter zugewiesenen zweiten von vier Schwimmpollern setzt, sodass Émile das Boot bequem von der Reling aus festmachen kann.

Émile und Emma haben sich daran gewöhnt, dass ihr Gast nicht oder kaum spricht. Emma ist sich nicht sicher, ob er tatsächlich Gebärdensprache versteht. Aber da er ihrem Gestikulieren mit offensichtlichem Vergnügen zuschaut, bleibt sie dabei. Und auch Émile denkt nicht darüber nach, ob Louis ihn versteht, wenn er ihm die Vorzüge des gemeinen Ölkäfers, die Duftnote des Moschusbocks oder die siebenundzwanzig Unterscheidungsmerkmale zwischen der Langfühlerschrecke und der Kurzfühlerschrecke beschreibt. Jedenfalls hört Louis ihm genau so gern zu, wie er, Émile, doziert. Nur ab und zu springt Louis auf, immer, wenn ihnen ein Boot entgegenkommt. Oft weiss er das schon, bevor das Boot in Sicht kommt. Er stellt sich dann jeweils auf das Oberdeck, ganz vorne, wo der kleine Mast steht. Sobald sich das Schiff nähert, hisst er eine der nautischen Flaggen, stellt sich daneben und grüsst das kreuzende Schiff majestätisch.

Nachdem Louis beim ersten Mal die blau-weiss-blau gestreifte Flagge «Feuer an Bord» gehisst hatte und ein übereifriger Holländer beim Versuch, mit seinem Feuerlöscher von seinem Schiff auf die «Cléo» hinüberzuspringen, über Bord gegangen war, sodass sofort die diagonal gelb-rot geteilte Flagge «Mann über Bord» hatte gehisst werden müssen, worauf der Holländer, nicht aber der Feuerlöscher hatte gerettet werden können und woran sich eine heftige, sich vom Schweizerdeutsch-Holländischen ins Englische verlagernde Konversation angeschlossen hatte, die wie immer, wenn Schweizer beteiligt sind, mit einem Kompromiss geendet hatte; nach diesem Intermezzo also hatte Émile, um weiteren Schwierigkeiten vorzubeugen, einige Flaggen wie die horizontal gelb-blau-gelb gestreifte Flagge «Abstand halten, manövriere unter Schwierigkeiten» und das rote über die Diagonalen laufende Kreuz auf weissem Grund «Ich benötige Hilfe» an einem sicheren Ort verstaut. Womit Louis‘ Kommunikationsradius nun etwas eingeschränkt ist und er sich auf Botschaften wie «Alle Mann an Bord, Schiff läuft aus»: weisses Rechteck auf blauem Grund, oder gelbes Rechteck «An Bord alles gesund, habe noch nicht einklariert», oder vertikal gelb-blau geteilte Flagge «Wünsche mit

Ihnen Verbindung aufzunehmen» beschränken muss, was seiner Freude überhaupt keinen Abbruch tut.

Ab und zu taucht Louis mit einem Insekt auf für Émile, das ihm von irgendwo zugeflogen oder zugekrochen ist, oder das sein Adlerauge irgendwo ausgemacht hat. Manche bringt er auf der offenen Hand, manche in der geschlossenen. Er scheint genau zu wissen, welche schnell sind und welche langsam, welche davonfliegen und welche nicht. Dann übernimmt jeweils Émile in einem komplizierten Prozedere das Insekt. Und während Louis das Steuer übernimmt, kann Émile das Insekt studieren.

Am dritten Tag gegen Abend kommen sie zum Pont-Canal du Guétin, wo der Kanal auf einer langen Brücke die Allier überquert. Über zwei Schleusen gelangen sie auf die Höhe der Kanalbrücke, dann zieht sich das imposante Bauwerk mit sechzehn Bögen und einer Länge von dreihundertsiebzig Metern über den Fluss hin. Alle drei geniessen dieses eigenartige Gefühl, auf Wasser ein anderes Wasser zu überqueren, alle drei auf verschiedene Weise. Als sie drüben angelangt sind, vertäuen sie das Boot an der nächstmöglichen Anlegestelle. Dann machen sie sich fein. Der Professor zieht ein weisses Hemd an und eine Weste, will auch Louis eines ausleihen, was sich aber wegen der Schulterweite als nicht praktikabel erweist. So trägt Louis seine üblichen Kleider, die Emma zum Glück am Abend vorher in einem Eimer mit Waschlauge eingeweicht und dann am Morgen ausgewaschen und zum Trocknen an die Reling gehängt hat, sodass Louis bis am frühen Nachmittag wie ein Römer in einem zu einer Tunika umfunktionierten Tuch hat herumlaufen müssen. Louis trägt also seine üblichen Kleider: Jeans, T-Shirt, Kapuzenpullover – sauber immerhin. Auf dem Kopf aber trägt er die Kapitänsmütze. Auch Emma trägt ein hübsches Kleid, eine Petite Laine und noch zwei, drei weitere Schichten gegen die Abendkühle.

Und so gehen sie guten Mutes und zu Fuss zurück über den Pont-Canal, und in der Auberge du Pont-Canal geben sie sich der Cuisine française hin. Während Louis Velouté de cêpes geniesst, vertilgt der Professor douze Escargots und Emma une Salade de St Jacques rôties aux amandes. Dann erhält sie un Omble chevalier au champagne, während die Herren Fleisch essen: Ris de veau aux morilles der ältere, Charolais Rossini der jüngere. Dann folgt das Plateau de fromage und der Fromage blanc. Und schliesslich noch Dessert und Café. Gefolgt letztlich und endlich und für den guten Abschluss vom Digestif. Und spät erst und mit vollen Bäuchen und Köpfen und rundum zufrieden kehren sie über den Pont-Canal aufs Schiff zurück, wälzen sich in ihre Kojen und widmen sich dem wohlverdienten Schlaf.

Am Morgen aber, als zuerst Emma, dann Émile aufsteht, ist Louis nicht mehr da. Nur die Kapitänsmütze liegt auf dem Tisch und wandert in langsamen Kreisbögen herum. Und als Émile die Mütze hebt, sieht er darunter das Prachtexemplar eines Hirschkäfers, der für dieses Manöver verantwortlich ist. Oben auf Deck hängt die blau-rote Flagge «Ändere Kurs nach Steuerbord». Und so schauen die beiden nach Westen, wohin ihr Louis aufgebrochen ist, und sind ein bisschen traurig.

France.Centre.

Frankreich, Centre de France, Donnerstag, 15. Mai 2008.
Wie ein Gendarme auf dem Mittelpunkt von Frankreich spürt, wie sich die Erde um diesen Punkt dreht, und wie er eine gute Tat vollbringt.

Als der Gendarme Denis Mingeaud, Chef der Patrouille Mingeaud/Lambert im Restaurant der Raststätte Bourges Sainte-Thorette bei Kilometer 105 der Route Nationale A71 eben rituell auf den Kaffee in seinem Pappbecher geblasen hat – er kann es nicht lassen, auch wenn der Kaffee nur lauwarm aus dem Selecta-Automaten kommt –, und als er eben in sein Croissant beissen will, krächzt der Funk an seiner Brusttasche: «Piéton sur l'A71 au kilomètre 140».

«Je m'en occupe», antwortet Mingeaud, froh, dass er nicht den Mund voll hat, und nickt seinem Untergebenen zu, wie es nur ein Franzose kann: Kopf nach hinten, Kinn nach unten, Augenbrauen nach oben: Die Pflicht ruft. Schnell und in synchronen Bewegungen kippen die beiden Gendarmen den Kaffee – schon wieder froh, dass er nicht siedend heiss ist –, schieben das Croissant in geübten drei Stufen nach und gehen in beschleunigtem Einsatzschritt, der automatisch alle entgegenkommenden Fussgänger veranlasst auszuweichen, zu ihren blauen Gendarmerie-Motorrädern.

Mingeaud fährt los. Lambert folgt im vorschriftsmässigen Abstand von fünf Metern. Als sie bei Kilometer 112 auf ein Pannenfahrzeug stossen, weist er Lambert an, sich um diesen Fall zu kümmern. Er wird allein weiterfahren und diesen Fussgänger einsammeln.

Und nun spult er die Kilometer herunter. Da er allein ist, lässt er die Vorschriften Vorschriften sein und reiht Kilometer an Kilometer: 118, 119, 120, am liebsten würde er einfach weiterzählen. Doch da ist er schon bei 139, geht etwas vom Gas, um diesen Piéton nicht zu verpassen, nun bei 140 und 141 – nichts zu sehen. Und jetzt, weiter vorne, sieht er eine Gestalt auf dem Pannenstreifen zielstrebig dahinschreitend. Es ist kein Autostopper. Er versucht nicht, ein Fahrzeug zum Halten zu bewegen. «Geht, wie ein Wanderer. Nein, wie ein Pilger», denkt Mingeaud, «der Mann sieht aus wie ein Pilger.» Nur die rote Sporttasche will nicht so recht passen. Mingeaud ist zuletzt fast im Schritttempo gerollt, um seine Gedanken abzuschliessen. Nun überholt er den Fussgänger, hält zehn Meter weiter vorne, steigt vom Motorrad, baut sich auf dem Pannenstreifen auf.

Der Mann bleibt vor ihm stehen, strahlt ihn an.

«Louis.Grandvoyageur.», sagt er.

Mingeaud ... sagt erst mal nichts. «Grand voyageur?», denkt er. «Eher Petit piéton.» Aber das stimmt nicht, der Mann ist nicht klein, wirkt nicht klein, und er wirkt auch nicht wie ein Piéton, ... es stimmt ... er wirkt wie ein Grand voyageur.

Und die Wirkung der Uniform, der schwarzen Stiefel, der Reiterhosen, des breiten Gürtels, der Schulterklappen, der Abzeichen, des Nationalwappens – alles scheint der Macht beraubt zu sein.

Der Fremde, er ist gross gewachsen, blickt über seine Schulter auf das Motorrad, blickt so intensiv auf das Motorrad, dass Mingeaud eine Geste in Richtung Motorrad macht, als wolle er den Fremden bitten, sich zu bedienen, in eklatanter Verletzung der Vorschriften.

Der Fremde steigt hinten auf. Ohne Helm fahren sie weiter. Und wieder geht es mit Mingeaud durch und sie fahren mit voller Fahrt. Hinter sich hört er seinen Passagier singen. Aber dann, bei Kilometer 154, kommt die nächste Ausfahrt, es ist die Raststätte Centre de la France, und nun kehrt so etwas wie Verantwortungsgefühl in Mingeaud zurück und er biegt ab auf die Raststätte zu, um sich diesen komischen Vogel bei Licht etwas genauer anzusehen.

Der Fremde ist abgestiegen, bleibt vor Mingeaud stehen, verbeugt sich, sagt: «Merci.Beaucoup.», klopft dann Mingeaud anerkennend auf die Schulter und zeigt auf das Motorrad. Dann schaut er sich suchend um, eher sieht es so aus, als nehme er Witterung auf. Und als er gefunden hat, was er sucht, weist er auf die Brücke, die über die Autobahn führt, und macht Mingeaud ein Zeichen, er solle mitkommen. So bestimmt, dass Mingeaud mitgeht. Auf dem schmalen Trottoir gehen sie, der Fremde voran, Mingeaud hintendrein, über die Brücke. Auf der andern Seite ist ein Rond-point mit einem grossen Durchmesser. Der Fremde begibt sich in die Mitte dieses Kreises, stellt sich genau ins Zentrum und schaut nach oben. Nach einem kurzen Augenblick winkt er Mingeaud, der auf dem Trottoir am Ende der Brücke stehen geblieben ist, er solle herbeikommen. Und wie er es inzwischen schon gewohnt ist, macht Mingeaud, was ihm der Fremde befiehlt. «Was ist mit mir los?», fragt er sich kurz, dann begibt er sich in den Kreis und stellt sich neben den Fremden. Der deutet an, Mingeaud solle nach oben schauen, hinauf in den Himmel. Und dann, völlig überraschend, spürt Mingeaud, wie sich die Welt genau um diesen Punkt dreht. Die Erde dreht sich um ihn, unglaublich, er ist überwältigt. Auch der Himmel dreht sich mit. Es ist ein vollkommenes Gefühl, stellt Mingeaud fest, einfach vollkommen.

«France.Centre.», sagt der Fremde.

Und da erkennt Mingeaud die grosse Wahrheit. «Mais oui», ruft er, «das ist das Zentrum von Frankreich! Und auch das Zentrum der Welt!» Und ihn erfüllt ein so unglaublicher Stolz, wie er ihn bisher gar nicht gekannt hat.

Und nun ist Mingeaud so erleuchtet, dass es nicht lange geht, bis er verstanden hat, dass dieser Fremde Louis heisst und unbedingt nach Irland muss. Er macht Louis klar, dass er für den Moment dort, im Zentrum von Frankreich, der Welt, bleiben solle. Nach Dienstschluss kehrt er, immer noch in Uniform, mit einem zweiten Helm zurück, lädt Louis hinten aufs Motorrad und fährt zum Fuhrhof seines Cousins in Orléans, wo er für Louis einen Platz in einem Lastwagen nach Irland aushandelt.

So gelangt Louis mit einem Lastwagen voll Parfum nach Calais und dort, versteckt im Schlafabteil der Lastwagenkabine, kostenlos und ohne Ausweiskontrolle als blinder Passagier auf die Fähre und nach Dover, das allerdings, was ein kleiner Schönheitsfehler ist und auf einer kleinen Bildungslücke von Mingeaud beruht, nicht in Irland, sondern in England liegt. Dort verlässt Louis, wohlriechend wie noch nie in seinem Leben, den Lastwagen, der mit seinem Parfum nach London weiterfährt. Und Louis folgt seiner Nase, die ihn nach Westen weist.

Life.Boat.

England, Littlestone-on-Sea, Sonntag, 18. Mai 2008.
Wie Louis an der englischen Südküste an einem schönen Sonntagmorgen Traktor fährt.

Als Gwen Dearing am Sonntagmorgen um 7.30 Uhr den Strand von Littlestone-on-Sea betritt, ihren Strand betritt, um ihren selbst gewählten Job im Lifeboat-Shop anzutreten, bleibt sie empört stehen: Der Lifeboat-Traktor, der dazu dient, das grosse Lifeboat aus dem Schuppen ans Meer hinunterzubringen, dieser Lifeboat-Traktor, der in den grossen Schuppen der Lifeboat-Station gehört, steht unten am Wasser, im Wasser, knietief. Das Tor zum Schuppen steht offen. Schon wieder haben diese jugendlichen Strolche in der Nacht das Tor zur Lifeboat-Station aufgebrochen, haben diese jugendlichen Strolche den Lifeboat-Traktor herausgefahren – es ist fatal, dass der Zündschlüssel immer stecken muss, damit bei einem Ernstfall keine Zeit verloren geht –, haben diese jugendlichen Strolche mit dem Lifeboat-Traktor am Strand gefuhrwerkt, haben diese jugendlichen Strolche sich mit dem Lifeboat-Traktor vergnügt. Gwen ist empört. Diese jugendlichen Strolche!

Jugendliche Strolche können alle sein, die jünger sind als sie, und somit kann das fast die ganze Menschheit sein, schliesslich ist sie dreiundneunzig Jahre alt. Dass sie sich fühlt wie fünfzig, spielt keine Rolle.

Sie geht zum Lifeboat-Traktor hinunter, bleibt davor stehen; die Hinterräder sind fast doppelt so gross wie sie. Die kleine Alte, die sie ist, blickt hinauf, fragend, aber wild entschlossen. Wie kommt sie nur da hinauf mit ihren steifen Knien und ihren dreiundneunzig Jahren? Aber der Traktor gehört in den Schuppen. Die Dinge müssen ihre Ordnung haben.

Ein Schatten schiebt sich zwischen sie und den Lifeboat-Traktor, dann eine Gestalt.

«Louis.Bauer.», sagt eine Stimme.

Gwen versteht kein Wort, aber die Stimme ist freundlich, die ganze Gestalt ist freundlich.

Der Mann steigt hinauf, setzt sich auf den Sitz, legt die Hände aufs Lenkrad; er sieht so aus, als gehöre er genau dorthin. Er hebt eine Hand vom Lenkrad, winkt Gwen zu, dreht den Zündschlüssel. Der starke Motor beginnt zu brummen. Der Mann lächelt, blickt zu Gwen hinab, erhebt sich vom Sitz und steigt wieder herunter. Auf der letzten Stufe bleibt er stehen, lächelt Gwen an. Sie macht einen Schritt auf ihn zu, ohne dass sie dazu den Entschluss gefasst hätte, noch einen. Der Mann greift ihr unter die Arme und hebt sie, als ob sie aus Papier wäre, hoch und hinauf auf den Seitensitz, der sich auf der linken Radabdeckung befindet. Er setzt sich wieder ans Lenkrad, er legt den Rückwärtsgang ein, fährt ganz behutsam rückwärts aus dem Wasser. Und nun legt er den Vorwärtsgang ein, streckt den Arm aus und ruft etwas, das im Lärm des Motors untergeht. Und nun fährt er schön langsam den Strand entlang, weicht allen Hindernissen aus. Und nun fährt er immer weiter. Gwen strahlt. Eine kleine Ausfahrt am Sonntagmorgen, was will ein Mensch denn mehr im Leben?

Louis aber findet sich am Sonntagabend auf dem Pier von Brighton wieder, wo er sich vorkommt wie auf einem andern Stern, einem Stern, der einzig und allein aus blinkenden Lichtern, sehr lauter Musik und sehr billigen Leuten zu bestehen scheint. Noch am gleichen Abend versucht er, so weit wie möglich davon weg- und so nahe wie möglich an Irland heranzukommen, schafft es auch und immerhin bis nach Wales, wo es schon ein bisschen nach Irland zu riechen beginnt.

Kunst.Flug.

Wales, Carmarthen, Parkplatz des Shopping Center Greyfriars, Montag, 19. Mai 2008, 17.30 Uhr.
Wie Louis an einem unerwarteten Ort Musik begegnet.

Ella James, Klavierlehrerin, fünfundfünfzig, kehrt mit vollem Einkaufswagen zu ihrem Auto zurück. Überall auf dem Parkplatz stehen Leute neben ihren Autos und schauen zum

Himmel. «Als gehörten sie zu einer Sekte und würden beten», denkt Ella. Sie hebt den Kopf und sieht die Starenschwärme. Es sind mehrere Schwärme. Jeder besteht aus abertausenden von Vögeln. Die Schwärme machen ihre abendlichen Flugübungen. Ella kennt das, sieht ihnen, wie die andern Leute auf dem Parkplatz auch, gern dabei zu.

Die flugakrobatischen Stare sind skandinavische oder russische Stare, jedenfalls nicht irische. Diese sind Standvögel, keine Zugvögel. Der Grossteil der Stare Europas überwintert im Mittelmeerraum und in Nordwestafrika sowie im atlantischen Westeuropa. Der Heimzug beginnt normalerweise im Februar und dauert bis Ende März. Dieses Jahr sind sie auch, wie üblich, Mitte März in Carmarthen angekommen. Doch statt wie üblich nach drei bis vier Ruhetagen weiterzuziehen, sind sie hiergeblieben, leben seit zwei Monaten in den Bäumen von Carmarthen, was die lokalen Ornithologen ziemlich durcheinandergebracht und manche von ihnen zu kühnen Spekulationen veranlasst hat, wobei die allermeisten den Grund für dieses Verhalten bei der Klimaveränderung gesucht haben und keiner auf die Idee kam, dass die Vögel hier eine Verabredung haben könnten, die etwas auf sich warten lässt.

Sind die Figuren der Schwärme sonst schon spektakulär, so scheinen die Vögel heute zu tanzen, ja, sie tanzen. Sie folgen einer Melodie, das sieht Ella, das hört Ella. Sie beginnt zu summen, zwei, drei Leute schauen irritiert zu ihr hinüber – ist das eine von den spinnerten Alten? Sie geht ganz an den Rand des Parkplatzes, wo sie allein ist. Sie summt: «Tnn ta td tnn tnn, td tdtd t t t thhhhh td thhh thhh td t.» Die Töne nehmen Form an, Melodie, und werden jetzt sogar zu Wortlauten, denen Ella sich hingibt: «Eaa bee n Emeataa aa lr ouu deasse bee he he n i shtawlz» – eine unbekannte Melodie, unbekannte Laute kommen über ihre Lippen, unbekannt, aber schön.

Sie singt weiter. Die Melodie, die Vögel haben ein Zentrum. Ihre Figuren sind, ihre Melodie ist auf einen bestimmten Punkt gerichtet. Ella dreht sich um. Hinter ihr, hinter dem grossen Parkplatz befindet sich ein kleiner Hügel, darauf ein Baum. Tatsächlich, die Vögel fliegen weiter komplizierte Figuren, und alle diese Figuren haben den Baum auf dem Hügel als Zentrum. Erst jetzt bemerkt sie den Mann, der am Stamm des Baumes lehnt und mit den Armen rudert, nein, nicht rudert, er dirigiert diese seltsame Melodie, die Vögel hören auf ihn.

Die Leute wundern sich, bewundern das Spektakel, keiner von ihnen merkt etwas, alle staunen sie einfältig.

Am nächsten Tag wird im Lokalblatt zu lesen sein, dass aufgrund einer meteorologischen Konstellation die Vögel am Vorabend extrem nervös gewesen seien und in höchster Aufregung am Himmel gekreist seien. Ella wird die Einzige auf der ganzen Welt sein, die das Flugkonzert dieses komischen Kerls und seiner Vögel verstanden haben wird. Jetzt aber wendet sie sich wieder den Vögeln zu, geniesst dieses ausserordentliche Konzert. Erst als die Vögel mit dem Kunstflug aufhören, als die Schwärme in den Baumwipfeln am Stadtrand von Carmarthen gelandet sind, dreht Ella sich wieder um. Sie will sich den Fremden etwas genauer anschauen. Aber dieser ist weg. «Schade», denkt Ella, «den hätte ich gerne kennengelernt.»

Und am nächsten Tag sind auch die Stare weg. Weitergezogen. Nach Hause.

Scheren.Schnitt.

Wales, Fishguard, Dienstag, 20. Mai 2008.
Wie der Fotograf Rees Bevan plötzlich die andere Farbe des roten Drachens sieht.

Er steht in seinem altmodischen Foto- und Souvenirshop in der Hauptgasse von Fishguard wie jeden Tag: Rees Bevan, auch heute, an seinem siebzigsten Geburtstag.

«Am Nachmittag werde ich aber den Laden schliessen und mit meiner Familie feiern», sagt er. Es ist aber gar niemand im Laden. Er spricht mit sich selbst. Das hat er sich angewöhnt, seit seine Frau diese Krankheit hat – Alzheimer – und die Gespräche mit ihr immer weniger Logik und Sinn haben. Seitdem spricht er laut mit sich selbst. Auch jetzt. Im Laden ist er sowieso meistens allein. Die Touristen werden immer spärlicher. Und Passfotos braucht es offenbar auch immer weniger.

«Von meinen beiden Söhnen werde ich ein teures elektronisches Gerät erhalten, das ich gar nicht benutzen will. Ich habe zwar den Schritt ins digitale Zeitalter gemacht, aber nur äusserlich, innerlich bin ich analog geblieben», und in diesem Moment fällt sein Blick auf diesen jungen Mann, der einfach dasteht in seinem Laden und ihm zuschaut, zuhört, zunickt.

Und so spricht Rees einfach weiter, als wäre er immer noch allein: «Meine erste Hasselblad habe ich immer noch, und sie funktioniert immer noch. Ich stamme aus der Dynastie der Zeitungsverleger von Fishguard. Mein Grossvater hat das ‹Fishguard Echo› gegründet. Mein Vater hat die Zeitung übernommen, starb aber früh, als ich gerade sechs Jahre alt war. So wuchs ich ohne Vater auf, aber in einer grossen Sippe. Mein Vater hatte drei Brüder, meine Mutter ebenfalls. Jede

Entscheidung über meine Zukunft führte über eine Familienkonferenz. Das hat mir Respekt vor der Kunst des Debattierens und Verhandelns beigebracht. Gemacht habe ich aber immer das, was ich wollte. Ich bin selbstständiger Fotograf geworden, habe manchmal für die Zeitung gearbeitet, aber nur manchmal. Daneben habe ich Leute porträtiert, das gab es damals noch. Und Werbeaufnahmen habe ich gemacht. Oft habe ich auch als Tonoperateur gearbeitet für Fernsehproduktionen von BBC. Da war ich viel unterwegs. Dann habe ich geheiratet, Familie, zwei Söhne. Beide sind Elektroniker geworden. Der eine ist heute Business Analyst. Der andere hatte einen schweren Autounfall. Seither leidet er an Agoraphobie und kann sich nicht mehr in Gesellschaft von Leuten aufhalten. Damals habe ich diesen Shop gekauft, damit er hier – geschützt durch eine Theke – arbeiten kann. So hat er wieder ein bisschen gelernt, mit Leuten umzugehen. Dann wollte er etwas anderes tun, und so stehe ich nun an seiner Stelle. Er wollte zur See fahren, auf einem Schiff, das sei ein geschlossenes Universum, hat er gesagt, da sei es ihm wohl. Und nun ist er Elektronikoffizier auf einem Autotransporter zwischen Cherbourg und Rosslare. Seine Krankheit hat er im Griff, dafür hat jetzt meine Frau Alzheimer. Das ist der Grund, warum ich ein Handy habe, damit sie mich jederzeit anrufen kann. Mit dieser Absicherung geht es noch gut zu Hause, sonst müsste sie in ein Pflegeheim. Wenn sie in Verwirrung gerät, ruft sie mich an, dann hänge ich das Closed-Schild an die Tür und sehe nach dem Rechten.»

«Ddraig.Gwyn.», sagt Louis. «Der weisse Drache», versteht Rees Bevan und runzelt die Stirn; «Y Ddraig Goch ddyry cychwyn» muss es heissen, das ist der Wahlspruch von Wales: «Der rote Drache geht vor.» Und sein Blick fällt von hinten auf das Stück Stoff, das als Blickfang für Touristen im

Schaufenster hängt. Es ist die Walesflagge mit dem furchtbar schönen roten Drachen auf dem grün-weissen Tudorgrund. Und sein Blick wandert zurück. Der da ist kein Tourist. Trotzdem hat ihn der rote Drache hereingebracht.

Und nun tut dieser junge Mann etwas Seltsames. Er nimmt eine der Flaggen, die für den Verkauf auf einem Stapel liegen, 2 Pfund 75 Cents, die laufen sehr gut, die Touristen kaufen gerne Objekte mit dem roten Drachen wie Teetassen, Mützen, T-Shirts, breitet sie auf der Theke aus, nimmt aus einem Glas eine Schere, 4 Pfund 30 Cents, mit dem Porträt des Prince of Wales im Scharnierpunkt, die laufen weniger gut, nimmt die Schere trotzdem, sticht die Spitze bei der Schwanzspitze des Drachens in den Stoff und beginnt zu schneiden, schneidet der Kontur des Drachens entlang, sorgfältig, genau, scheint dabei aber kaum auf den Stoff zu schauen. Im Handumdrehen ist der Drache ausgeschnitten.

Und nun nimmt der Fremde den roten Drachen und kehrt ihn um, und Rees sieht den weissen Drachen.

«Y Ddraig Gwyn ddyry cychwyn», sagt Rees, «der weisse Drache geht vor», und lacht. «Es kommt also nur auf die Betrachtungsweise an», denkt er. Das passt gut zu einem siebzigsten Geburtstag. «Woher der junge Mann das weiss?», denkt er, und dass einmal ein König war, der einen Turm bauen wollte. Und dass dieser Turm immer wieder einstürzte, ohne dass jemand einen Grund finden konnte, worauf ein kleiner Junge, ein Kind ohne Vater, als Menschenopfer dargebracht werden sollte; dass dieses Kind aber dem König erklärte, dass sein Turm deshalb immer einstürze, weil unter der Erde ein Kampf zwischen einem weissen und einem roten Drachen stattfinde, die sich um den Vorrang stritten, und dass der König daraufhin den Turm an einem andern Ort habe bauen lassen und das Kind nicht geopfert wurde, sondern später der grosse Zauberer Merlin und Lehrmeister von König Artus wurde.

Und nun denkt Rees, dass auch er ein vaterloses Kind gewesen ist. Und er erinnert sich an das Gefühl, als er als Siebenjähriger die erste Familienkonferenz erlebt hatte, die seinetwegen abgehalten worden war, und dass er damals auch das Gefühl gehabt hatte, er solle geopfert werden, und auch bei jeder weiteren solchen Konferenz, wo jedes Mal das Gegenteil von dem entschieden worden war, was er sich gewünscht hatte. Und immer war er der weisse Drache gewesen, und immer war es der rote Drache gewesen, der gesiegt hatte. «Heute aber, ab heute wird der weisse Drache siegen», sagt er zu sich selbst. Und plötzlich freut er sich, kann er sein Geburtstagsfest kaum erwarten.

Und als er dem Fremden danken will, ist der natürlich weg.

Murty.Rabbit's.

Irland, Galway, Mittwoch, 21. und Donnerstag, 22. Mai 2008.
Wie Louis zum ersten Mal irische Musik hört.

Ist Louis etwa bereits in Irland? Genau so ist es. Ohne Probleme und in sehr angenehmer Gesellschaft ist er dorthin gelangt. Im Fährhafen von Fishguard hat er sich in einen Reisebus geschmuggelt, der einen Augenblick einladend offen und ohne eine Menschenseele dastand, weil die Passagiere – es handelt sich um den vollzähligen Bestand eines Damenbridgevereins aus Birmingham – in ebendiesem vollzähligen Bestand in der Hafenkneipe von Fishguard ihren Nine o'clock tea einzunehmen im Begriffe standen, und weil der Chauffeur des Busses, ein Dubliner Ire namens Conor

Brady einen Druck und Drang verspürte, der ihn dazu veranlasste, sich kurz hinter einen Container zurückzuziehen, weshalb, wie gesagt, der Reisebus einen Moment einladend und offen dastand.

Keine fünfzehn Minuten später stellt sich heraus, dass die Damen überaus entzückt sind, einen blinden Passagier an Bord zu haben. Und dass sie es sich zu ihrer gemeinsamen Aufgabe machen, ihn unbemerkt auf die Fähre zu schmuggeln. Was auch ohne Weiteres gelingt – wer wollte sich der gebündelten Taktik von 1080 Jahren Bridgeerfahrung in den Weg stellen? Im Verlauf der Überfahrt finden die Damen dann heraus, dass Louis.Grandvoyageur. Louis heisst. Und das Grandvoyageur wird von der vereinseigenen Französischexpertin übersetzt mit Grand voyager, worunter alle sich etwas vorstellen können. Sie finden ferner heraus, dass Louis nach Irland geht, um einen Hund zu suchen.

In einer breit angelegten und alle Aspekte berücksichtigenden und mehr als zwei Stunden dauernden Konferenz kommen sie zum Schluss, dass Louis einen Irischen Wolfshund brauche. Die kesseste der vierundzwanzig Damen, sie ist einundsechzig und mit Abstand die jüngste von allen, wird ausgeschickt, um einen Bordoffizier zu überreden, mit ihr ein bisschen im Internet zu surfen, das Bild eines Irischen Wolfshundes auszudrucken und herauszufinden, wo ein solcher beschafft werden könnte. Das schafft sie problemlos; der junge Offizier erliegt ihrem zwingenden Charme, die Dame kehrt zurück mit triumphierendem Blick, mit dem Bild eines imposanten Hundes, mit dem Ausdruck eines Kartenausschnittes und eines Zitats:

Ich möchte Dir einen Rüden darreichen, den ich aus Irland bekam. Er hat riesige Gliedmassen und ist als Begleiter einem kampfbereiten Manne gleichzusetzen. Darüber hinaus hat er den Verstand eines Menschen, und er wird Deine Feinde anbellen, niemals aber Deine Freunde. Er wird es einem jeden Menschen am Gesicht ablesen, ob er gegen Dich Gutes oder Schlechtes im Schilde führt. Und er wird sein Leben für Dich lassen.

Zwar ist das Zitat nicht ganz aktuell, es stammt von einem Isländer, der das um das Jahr 1280 schrieb – nach Christus immerhin. Das kann aber niemanden betrüben, denn der Hund auf dem Bild sieht vorzüglich aus. Auf der Karte ist eine Ortschaft markiert. Sie befindet sich ganz am westlichen Rand von Connemara und heisst Clifden. Dort scheint es diesen Hund zu geben. Feierlich werden die drei Dokumente Louis überreicht, der den Hund genau betrachtet, zufrieden nickt, das Bild und das Zitat und die Karte dann in seine rote Tasche steckt, die sonst nicht viel zu enthalten scheint, was aber nicht klar wird, weil keine der neugierigen Damen es schafft, einen Blick hineinzuwerfen.

Der Augenblick der Trennung ist zum Glück noch fern, denn wie sich herausstellt, führt die Rundreise diese Damen ebenfalls nach Westen, wo ihre erste Station Galway sein wird, das Tor zu Connemara. Von dort aus werden sie sich dann nach Süden wenden, wo vielfältige Sehenswürdigkeiten und Abenteuer auf sie und einige Prüfungen auf die einheimische Bevölkerung warten. Louis' Weg aber wird weiter nach Westen weisen, bis es nicht mehr weitergeht.

Jetzt aber ist Donnerstagabend, die Reisegesellschaft ist in Galway angelangt. Im Victoria Hotel haben die Damen ihre standesgemässen und von einer etwas verblichenen Pracht zeugenden Zimmer bezogen. Louis teilt das Zimmer mit Conor, dem Chauffeur. Im Speisesaal des Hotels haben sie irisch und gut gegessen, und nun sind sie bereit für den bunten Abend. Ihren letzten Abend mit Louis wollen die Damen gebührend feiern.

«Murty Rabbit's», sagt Conor, «da gibt es jeden Donnerstag eine Session, irische Musik, so schön, so irisch, dass Sie alle weinen werden. Das ist genau das Richtige für diesen Abend.» Und so fällt die Brigade, gemäss Definition ist eine Brigade der kleinste militärische Grossverband des Heeres, der aufgrund seiner Organisation, Personalstärke und Ausrüstung in der Lage ist, operative Aufgaben ohne substanzielle Verstärkung selbstständig zu lösen – Volltreffer also, in diese Bar ein, wobei, genauso treffend wäre das Bild einer einlaufenden Flotte: ein Lotsenboot gefolgt von einem Verband von vierundzwanzig mächtigen Fregatten, schwerlastigen Galeonen, aufgetakelten Briggs, sturmerprobten Schonern und weit gereisten Karavellen, im Kielwasser gefolgt und beschützt von einer wendigen Korvette, läuft also diese Flotte ein und geht vor Anker entlang von drei aneinandergereihten Tischen seitlich der Bar.

Als der Barmann sich wieder gefasst hat, wieder festen Boden unter den Füssen hat, als er sieht, dass mehrere der Damen aufstehen wollen, um an der Bar die gesammelten Bestellungen aufzugeben, kommt Leben in seine Glieder, seinen Geist. Der Barmann nimmt Notizblock und Stift, klappt ein Stück Theke hoch und kommt an die Tischreihe, um die Bestellung aufzunehmen, erhält auch sofort klare Kommandos: die Fregatten trinken Guinness, ebenso die Galeonen, die Briggs trinken Red Wine, die Schoner Whiskey und die Karavellen Porto, das Lotsenboot trinkt Cider, ebenso die Korvette.

«Die erste Runde geht aufs Haus», sagt der Barmann, er kennt sein Geschäft. Dass die hier für längere Zeit vor Anker gegangen sind, ist offensichtlich. Die Getränke kommen. Wo aber bleibt die Musik?

Es ist noch früh, die Nacht ist noch jung, die Musik kommt später. Jetzt ist es Zeit zum Trinken und Reden und Lachen. Schon folgt die nächste Runde, die Stimmung steigt.

Louis sitzt da, hört zu, lacht, strahlt, schaut sich um. Überall, wie in jeder irischen Bar, hängen TV-Geräte: hier laufen Pferderennen, da der Golf-Channel und dort, über der Bar, ist ein Dart-Match im Gange: Zwei beleibte Herren werfen abwechselnd Pfeile auf eine Zielscheibe. Echtes Dart gibt es auch in der Bar. In einer grossen Nische spielen mehrere Männer, alle tragen das gleiche Shirt mit eingesticktem Logo; Mitglieder eines Dart-Vereins haben hier ihren Trainingsabend.

Nach und nach strömen mehr Leute in die Bar, darunter immer wieder solche mit Instrumententaschen und -koffern. Diese setzen sich im vorderen, zur Strasse gelegenen Gästebereich hin, bilden, auf Hockern sitzend, einen lockeren, sich ständig vergrössernden Kreis. Vorläufig wird nur geredet. Nach und nach packen sie aber ihre Instrumente aus, richten sich ein, erste Töne sind zu hören: Hier wird eine Geige gestimmt, dort eine Flöte probeweise an den Mund geführt, ein Akkordeon gibt einen ersten Seufzer von sich.

Und als das alles gebührend lang gedauert hat, da es nun endlich Zeit ist, beginnt die Musik, beginnt nicht eigentlich, sie beginnt nach und nach, das Akkordeon, eine Geige, eine zweite, eine Flöte, weitere Flöten, anders geformte, grosse und kleine, auch ein Saxofon. Als nähmen sie miteinander Kontakt auf, werden die Klänge dichter, entsteht eine Melodie, und immer ausgeprägter wird die Musik und immer mehr Musiker stossen dazu und immer dichter wird der Klang.

Louis ist gebannt, hat sich ganz und gar der Musik zugewandt, hört mit jeder Faser zu.

Die Musik strahlt einen vollkommenen Frieden aus – Selbstzweck, Harmonie, Lebensfreude. Die Musiker genügen sich selbst, das Publikum ist Staffage. Nach jedem Stück gibt es eine Pause, erfüllt vom Zwitschern von Gesprächen. Wie ein Teppich klingt es in den Ohren, alle Einzelgespräche verweben sich zu einem Ganzen. Durch das Stimmengewirr dringt nun Gesang. Ein einzelner Sänger singt eine Weise, die Musiker hören mit aufgestützten Instrumenten zu. Nur das Publikum redet weiter. Und dann spielen sie wieder zusammen. Manchmal spielen alle zusammen, oft aber spielt nur ein Teil, die andern hören zu.

Der junge Wilde mit schwarzem Haar, schwarzem Bart spielt Flöte.

Der schmächtige Jüngling mit einigen langen Dreadlocks, schüchtern, spielt auch Flöte, trägt auch Bart.

Der mittelalte Mann, gross, kaum mehr Haare, versonnener Blick, aber in der Session sehr präsent mit seinem Banjo.

Neben ihm, ganz offensichtlich das Zentrum dieser Musik, ein Mann, um die sechzig, klein, gedrungen, weisses Haar, ein wortkarger Bauer, spielt Akkordeon und Banjo.

Ihm gegenüber ein älterer Mann, spielt Gitarre, gerötetes irisches Gesicht mit einem nachdenklichen Zug, aber leichtem Blick.

Und dann der junge Mann mit klassischem Profil, musikalisch eher am Anfang stehend, aber begeistert und mit freundlichen Grübchen in den Wangen, wenn er lächelt.

Die etwa vierzigjährige Frau an der Geige, vollkommen zu Hause in dieser Musik, spielt genauso innig, wie sie zuhört.

Die andere Frau, gleich alt, schwerfällig, viel Haar, etwas ungepflegt: Zuerst sitzt sie eine halbe Stunde im Kreis, hört nur zu, dann zieht sie eine kleine Röhrchenpfeife aus der Tasche und spielt mit.

Und schliesslich der Mundharmonikaspieler mit dem freundlichen Ganovengesicht.

Und der Ausländer, mächtiger Körper, ausgeprägtes Profil, ein Gemütsmensch, er spielt Piccolo, das Instrument verschwindet fast in seinen Pranken.

Zwei junge Frauen, nicht schön, aber blühend, lebendig, fiedeln, was ihre Geigen hergeben, um im nächsten Stück zu zeigen, dass sie auch leise Töne kennen.

Der Mann im Anzug, der sein Klarinettenetui aus dem Aktenkoffer hervorgezogen hat. Und der daneben im handgestrickten Pullover, in speckigen Hosen, zieht seines aus einer SuperValu-Tragtasche. Nun aber spielen sie, als wären sie Brüder.

Der junge Mann, der einfach irgendeine Jeans und irgendein Hemd trägt, eine zufällige Frisur, er spielt die Flöte, die man seitlich, aber senkrecht am Mund ansetzt, auch er spielt alles ganz leicht, ga...

Aber jetzt hält es Louis nicht mehr an seinem Platz. Er zwängt sich zwischen den Damen hervor, geht zur Theke, öffnet die Klappe und geht, kommt – zu einem gewissen stoischen Erstaunen des Barmanns: So früh kommen sie sonst nicht hinter die Bar, das gehört eher in den Zeitraum um zwei oder drei Uhr morgens, wenn die Last Orders vorbei sind –, braucht sich gar nicht erst zu orientieren, geht zur Geschirrschublade, nimmt zwei Suppenlöffel heraus, winkt dem Barmann damit zu, lächelt und ist – bevor der Barmann vom Denken zum Handeln kommt – schon wieder dort, wo er, Louis, aus der Sicht des Barmanns hingehört: auf der andern Seite, bleibt aber nicht dort, sondern geht zu den Musikern, wo er sich so offenkundig nach einem Platz umsieht, bis der Gitarrist seinen Instrumentenkoffer von einem Hocker im Innern des Kreises wegnimmt und mit einem Nicken des Kinns einladend auf den Hocker zeigt. Und Louis nimmt diesen, sucht sich eine Lücke, die sich ihm auch sofort auftut, stellt den Hocker dorthin, setzt sich, legt sich die Löffel mit der Laffenwölbung gegeneinander zeigend zwischen die Finger der linken Hand und beginnt nun, im Rhythmus dieser irischen Musik zu löffeln. Dieses trockene Klocken und Klappern passt sich bestens ein; von links und rechts fliegen ihm freundliche Blicke zu.

Und jetzt greift ein stiller Mann mit einem spitzen Bocksbärtchen, der bis jetzt nur zugehört hat, hinter sich und entnimmt einem grossen runden Etui seine Bodhràn, das ist die traditionelle irische Rahmentrommel – aber jetzt ist keine Zeit fürs Klugscheissen, mehr Angaben ein andermal –, klemmt sie seitlich zwischen Knie und Oberarm ein; in der andern Hand, niemand hat gesehen woher, ist der Tipper, der Schläger, aufgetaucht. Und nun mischen sich die dumpfen Töne der Trommel mit den helleren der Löffel. Und die Musik ist um eine Note reicher.

Die englischen Ladies sind begeistert. Haben sie vorher einfach ein bisschen zugehört, ein bisschen geschwatzt, so sind sie nun im Bann der Musik – ihr Louis mit diesen Löffeln: «Amazing!»

Nach einem weiteren Stück aber lässt Louis die Löffel ruhen, um einem ruhigen Stück einfach zuzuhören. Lässt auch das nächste Stück aus, obwohl es schneller und rhythmischer ist, und beweist damit das gleiche Feingefühl, das die andern Musiker in diesem Kreis haben.

Dann deutet der Bodhràn-Spieler auf sein Instrument: «Möchtest du mal darauf spielen?»

Und Louis will. Wie er es gesehen hat, klemmt er die Trommel ein, ebenso den Tipper. Ganz vorsichtig schlägt er an, und wenn das Auge auch einen Rhythmus erkennt, ist doch kein Ton zu hören. Noch nicht. Erst nach und nach beginnen sich feine dumpfe Klänge in die Musik zu mischen. Diese werden stärker, lauter, entschlossener, wie auch die

Musik sich nun steigert, und nehmen dann wieder ab. Louis strahlt. Und nach einem weiteren Stück, wo schon die eine oder andere Variation zu hören ist, gibt er die Trommel zurück mit einer formellen Verbeugung, die nichts von ihrer Würde verliert, obwohl sie im Sitzen ausgeführt wird.

Etwas später steht Louis auf, verbeugt sich nach links und rechts und geht ab, von freundlichem Nicken begleitet. Und dann kehrt ihr Held an den Tisch der englischen Ladies zurück, wo ihm vierundzwanzig Herzen zu Füssen gelegt werden, die er sorgfältig einsammelt und jeder einzelnen beim Abschied mit so viel Charme zurückgeben wird, dass sie sich darüber freuen werden, jede für sich und alle zusammen.

IV. BUCH

Torf.Feuer.

Clifden, «Kingstown House», Freitag, 23. Mai 2008.
Wie Louis nach Clifden kommt.

Als Regina vom Einkaufen zurückkommt und durch die tagsüber immer offen stehende Eingangstür ihres «Kingstown House» tritt, schrickt sie ordentlich zusammen: Auf dem Sofa am offenen Kaminfeuer in ihrem Salon schläft ein Mann.

Es ist Louis. Magisch angezogen zuerst vom schön flackernden Feuer, das durch das Salonfenster sichtbar ist, dann durch den sanften, wohlriechenden Torfrauchgeruch ist er eingetreten und hat sich ans warme Feuer gesetzt, hat dann die Schuhe ausgezogen und sich auf dem Sofa ein Schläfchen gegönnt. Gönnt er sich das Schläfchen jetzt noch.

Regina ist empört über die Zudringlichkeit und Frechheit dieses Fremden. Je länger sie die Gestalt aber betrachtet, umso mehr wird das Gefühl der Empörung verscheucht und ersetzt durch ein anderes Gefühl, das sie aber nicht genau bezeichnen kann. Auf leichten Füssen geht sie weiter in die Küche. «Jim», flüstert sie, «komm schau mal.» Nimmt ihn an der Hand, was sie seit Jahren nicht mehr getan hat, und führt ihn zum Salon.

Louis ist genau der Richtige, das Richtige für Jim und Regina. Sie, die dieses freundliche Bed & Breakfast führen, sie, die keine Kinder haben, sie, die beide schüchtern und etwas unbeholfen sind, für sie ist Louis eine Bereicherung.

Ganz selbstverständlich ist es, dass Louis bei ihnen bleibt. Das B&B ist nicht ausgebucht. So kann Louis in einem der Gästezimmer schlafen. Als jedoch nach einigen Tagen alle Zimmer benötigt werden, macht ihm Jim einen Schlafplatz in der Küche, eine andere Möglichkeit sieht er nicht.

Jim und Regina bewohnen selbst nur ein einziges Zimmer ihres Hauses. Alle andern Zimmer sind Gästezimmer. Im Erdgeschoss befindet sich zur Strasse hin der kleine Salon mit dem Feuer, dann, durch den Korridor und links, der kleine Speisesaal mit den sieben Tischen, daneben der grösste Raum des Hauses: die Küche. Hier spielt sich fast das ganze Leben von Jim und Regina ab. Hier versorgt sie die Gäste mit dem köstlichen Frühstück. Hier wird gewaschen, gebügelt. Hier wird geschrieben und computerisiert. Und hier erhält Louis nun seinen Schlafplatz. Auf einer Matratze liegt er hier, im genauen Zentrum dieses Hauses, und fühlt sich rundum wohl. Vor allem aber wird er am Morgen geweckt – nicht vom Lärm von Reginas früher Emsigkeit, sie kann auch die Gusspfanne fallen lassen, ohne ihn aufzuwecken –, wenn sich der Geruch der frisch gebackenen Scones in der Küche ausbreitet. Dann öffnet Louis – so sieht es aus – die Nasenlöcher, schnuppert und schnuppert und öffnet erst dann die Augen. Und in dem Moment setzt sein Strahlen ein, als ob ein Schalter umgelegt würde. Natürlich ist die Matratze, die da mitten in der Küche liegt, ein Hindernis. Aber Regina geht summend links und rechts um die Matratze herum – ein Schiff, das um eine Trauminsel herum navigiert.

Nach einigen Tagen räumt Jim die untersten zwei Reihen des grossen Wandregals leer, entfernt die Bretter und baut ein grosses Klappbrett ein, auf dem er die Matratze festschnallt. Am Kopfende stellt er eine Holzkiste seitlich auf, montiert ein Brett als Tablar. Darauf stellt er eine kleine Tischlampe, die bis jetzt im Salon auf dem TV gestanden hat, eine kleine Tischlampe, die den Leuchtturm Montauk Point in Long Island, New York, darstellt und die sie auf der Hochzeitsreise gekauft hatten und deren Licht oben in zwei Funktionen brennt, einmal stetig, wie es sich für eine Lampe gehört, beim zweiten Klick aber – und das hat Louis so gut gefallen – wird die Leuchtturmfunktion aktiviert: Der Lichtstrahl wandert einmal im Kreis herum, macht dann fünf Sekunden Pause, wandert wieder im Kreis herum. Dieses Prachtstück also setzt ihm Jim auf das provisorische Nachttischchen. Darunter verstaut Louis seine Puma-Tasche. Später setzt Jim in der Kiste noch ein Tablar ein. Auf dieses legt Regina sechs Unterhosen, sechs Paar Socken und einige T-Shirts, die sie bei Stanleys für Louis gekauft hat.

Seit Louis in der Küche schläft, erwacht Regina am Morgen bereits kurz nach fünf Uhr. Dann liegt sie einfach im Bett, freut sich auf den Tagesanfang. Um sechs Uhr steht sie leise auf, damit Jim nicht erwacht. Der seufzt im Schlaf, warum auch immer, dreht sich tiefer unter die Decke, schläft weiter, während Regina kurz duscht, sich anzieht und nach unten begibt. Von der fernen Küste der Küche kommt ihr ein kurzer Lichtschwenk entgegen, das Leuchtsignal weist ihr den Weg, sie geht hinein.

Der Leuchtturm steht auf dem grossen Kühlschrank und schickt alle fünf Sekunden sein Licht über den grossen Herd, die Grillplatte, den Spültisch, den langen Küchentisch, den Schrank, den Bücherschrank und schliesslich über das grosse Wandregal, wo Louis in seinem Klappbett liegt.

Regina schaltet die Lampe über dem Tisch ein und beginnt mit dem Teigmachen für die Scones, formt dann die Brötchen und schiebt sie in den Ofen. Und wie jeden Tag erwacht Louis, sobald der Backgeruch stark genug ist. Dann macht er Toilette: Am Spültrog hält er den Kopf unter den Kaltwasserstrahl, spült sich den Mund gründlich aus. Regina verlässt jeweils die Küche für einen Moment, tritt vors Haus hinaus, um herauszufinden, was Wetter ist. Und wenn sie zurückkehrt, ist Louis angezogen, Hose, T-Shirt, Kapuzenpullover.

Und nun arbeiten sie zusammen weiter.

Louis formt Butterröllchen, die er mit dem Löffel von einem grossen Stück Butter abschabt. Dann füllt er Konfitüre und Marmelade in kleine Schalen. Dann gehen sie beide in den Speisesaal, und nun – bevor die ersten Gäste kommen – beginnt ihr Spiel: Louis geht von einem Platz zum nächsten, durch ein Zeichen zeigt er an, welches Frühstück der Gast an diesem Platz bestellen wird: Beans on Toast, er tippt sich auf die empfindliche Nase; Full Irish Breakfast, er klopft sich auf den vollen Bauch; Pancakes, er reibt sich die flachen Hände; Fruit Salad, er rollt die grossen Augen. Regina zeigt jeweils an, ob sie einverstanden ist mit der Wahl des Frühstücks, oder ob sie auf etwas anderes tippt.

Natürlich neigen die Gäste dazu, sich immer wieder an den gleichen Tisch zu setzen und natürlich haben die Gäste ihre Vorlieben beim Essen, trotzdem gibt es keinen Verlass. Auch hat es immer einige Gäste, die ihre erste Nacht im «Kingstown House» verbringen, also noch nie im Speisesaal gewesen sind.

Wenn dann ab acht Uhr die Gäste nach und nach eintreffen, beginnt das Lotto. Gespannt folgen Louis und Regina der Platzwahl, gespannt nehmen sie die Bestellungen auf, für jede richtige Bestellung gibt es einen Punkt. Regina gewinnt nie, trotz ihrer langen Erfahrung. Louis' Intuition ist fast unfehlbar, wird nur von den Unentschlossenen gestört, manchmal auch von denjenigen, die nicht das nehmen, was sie gerne möchten. Regina aber liebt dieses Spiel, sie liebt diese Komplizenschaft, mit der sie und Louis über ihre Gäste zu triumphieren scheinen.

Das Frühstück bekommt eine neue Note. Auch die Gäste werden von der dichten Stimmung angeregt; nicht selten entwickeln sich Unterhaltungen, die über mehrere Tische hinweggehen.

Wenn Jim dann auftaucht, ausgeschlafen, auch er gut gelaunt, ist das Spiel meistens schon zu Ende. Jim fragt, wer heute gewonnen hat, gratuliert Louis zum Sieg. Mitspielen will er selbst nie, ist froh, dass er seiner Frau nicht mehr helfen muss.

Jims Revier ist die Buchhaltung. Dafür sitzt er stundenlang am Computer und tippt – unfehlbar, aber in Zeitlupe – Zahlen und Ziffern in Tabellen und Kolonnen. Daneben ist er zuständig für die Instandhaltung des Hauses, der Möbel, der Installationen. Wenn er auf Reparatur geht, begleitet ihn Louis: Das Lavabo in Zimmer 3 ist verstopft, das Wasser fliesst schlecht ab; Jim steckt unter dem Lavabo und schraubt den Siphon auseinander. Hinter ihm steht Louis, neben sich den geöffneten Werkzeugkoffer. Jedes Mal, wenn Jim ein anderes Werkzeug braucht, hält es Louis schon bereit und legt es ihm in die Hand. Jim kommt sich vor wie der Chirurg in einer TV-Serie.

«You know, Louis», fängt Jim dann jeweils zu sprechen an in seinem breiten amerikanischen Englisch und in seiner umständlichen Art, die fünf oder auch sechs Anläufe braucht, um auf den Punkt zu kommen,« I don't know», und erzählt ihm dann, was er, Jim, sich gedacht habe, damals, als er in New York Account Manager gewesen sei, als er Kreditgesuche hätte behandeln sollen; vier pro Stunde sei die Vorgabe gewesen, aber, «you know», da habe es einfach mehr zu bedenken gegeben, eine Viertelstunde habe nicht gereicht, weil doch nicht alles geklärt gewesen sei. Und «you know», es sei doch schwer, einen Entscheid zu fällen. Und jetzt wolle er dann die Zimmer neu streichen, das sei nötig. Eines nach dem andern. Und die Website des «Kingstown House» sei auch nicht mehr aktuell. Also, er müsse jetzt einfach alles genau überlegen. Und wenn er dann Louis von allem erzählt, was bedacht werden müsse, und wenn der Siphon endlich wieder funktioniert – das Wasser fliesst wieder ab, alles ist dicht –, dann kehrt in seinem Kopf die Ruhe ein, die er sich immer zu haben wünscht.

Und am nächsten Morgen findet Jim heraus, dass das Zimmer 4 hellblau gestrichen werden soll. Und am Freitag entscheidet er sich für ein blasses Gelb in Zimmer 7. Und alles andere, das weiss Jim jetzt auch, eilt nicht.

Und schon zwei Wochen später beginnt Jim mit der Malerei. Und wenn Regina bei der Arbeit summt, dann pfeift Jim dabei.

Louis.Freund.

Clifden, «Lavelle Gallery», Samstag, 24. Mai 2008.
Wie Louis einen Freund findet.

Gavin Lavelle sitzt am Verkaufstisch in seiner Galerie, grantig, mürrisch, ganz gegen seine übliche Stimmungslage. Das passiert ihm nur, wenn er versucht, eine Bildbeschreibung für eines seiner Werke zu schreiben für die Präsentation auf seiner Website. «Es wäre nicht schlecht, wieder mal eines der eignen Bilder zu verkaufen», denkt er. Wie immer nimmt er instinktiv das Geschehen um sich herum war. Vor dem Schaufenster steht eine Person, steht da schon lange, viel länger, als es üblich ist.

Die Person geht weg, aber zwei Minuten später steht sie schon wieder dort. Das Gesicht kann Gavin nicht sehen, es ist von einem der ausgestellten Gemälde verdeckt. Er sieht aber ein Stück von einem breiten Körper, einen wilden Haarbüschel, ein Stück Kapuzenpullover, ein Stück Ledergurt in einem Stück Jeans. Das entspricht nicht dem üblichen Kunstliebhaber, eher dem Gegenteil, dem durchschnittlichen Besucher von Murphy's Pub schräg gegenüber. Gavin wird neugierig. Im gleichen Moment, in dem er aufsteht, schiebt sich die Gestalt zur Tür und kommt herein. «Ich habe kein Bargeld in der Kasse», will Gavin sagen, halb im Ernst, halb zum Scherz.

«Louis.Hund.», sagt der Mann, klopft sich auf die Brust, wackelt mit Kopf und an die Ohren gelegten Händen.

«My life as a dog», denkt Gavin. «Was für einen Vogel haben wir denn da?» Er muss lächeln, und zurück kommt ein Gegenlächeln, das die ganze Galerie füllt.

Der komische Vogel packt ihn am Ärmel, zerrt ihn zur Tür, hinaus, aufs Trottoir, vors Schaufenster.

«Louis.Hund.», sagt er wieder und zeigt auf einen kleinen grauen Fleck auf einer irischen Landschaft.

Gavin will genauer hinschauen. Ohne Brille sieht er aber gar nichts. «Ich muss meine Brille holen», sagt Gavin, und legt zur Sicherheit die beiden Hände, je mit Daumen und Zeigfinger einen Ring bildend vor die Augen.

Der Mann lacht, macht die gleiche Handbewegung, allerdings legt er die beiden Ringe oben auf die Stirnhaare und schiebt sie erst dann vor die Augen.

Automatisch greift Gavin dorthin. Tatsächlich findet er dort seine Brille, schiebt sie auf die Nase, zwinkert dem Mann zu, klopft sich seitlich an die Stirn und hat gute Laune. Der kleine graue Fleck könnte tatsächlich ein Hund sein, schliesslich sind die kleinen weissen Flecke ja Schafe.

«Dog.», sagt er und zeigt auf den Fleck.

«Hund.Lacht.», sagt der Mann und wedelt wieder mit den Ohren.

«Gavin.», sagt Gavin und zeigt auf seine Brust.

«Louis.Dog.», sagt Louis und klopft sich auf die Brust.

«Nice to meet you», sagt Gavin, kreuzt die Arme vor der Brust und verbeugt sich.

«Louis.Freund.», sagt Louis, legt seine Arme um Gavin und klopft ihm auf den Rücken.

«Ein neuer Freund», denkt Gavin, «passiert nicht alle Tage», und freut sich.

Mad.Dog.

Clifden, Computer-Shop, Montag, 26. Mai 2008.
Wie Louis keinen Hund findet.

Louis betritt den kleinen Laden mit dem Schild «Mad Dog Computers».

Dass das kein Kunde ist, sieht Tom Moreno auf den ersten Blick. Der hat mit Computern so wenig am Hut, wie er, Tom, mit Schafen zum Beispiel oder mit Hunden. Ein wenig wundert er sich schon über diesen komischen Vogel, aber er hat jetzt keine Zeit, will seine Ruhe, will arbeiten. Und so schmeisst er ihn raus. Der andere aber geht nicht. «Louis. Dog.», sagt er und macht ein Hundegesicht.

Auch wenn Tom sich etwas einbildet auf seinen Kriminalverstand, diesmal dauert es etwas, bis er begreift. Der Fremde glaubt, er handle mit Hunden. Sein Firmenschild ist ihm zum Verhängnis geworden. Als er ihm klar machen will, dass sein Business Computer seien und er auf den PC zeigt, den er soeben zu reparieren versucht, macht der Fremde zwei Schritte vorwärts, legt die Hand auf den Computer. «Don't touch», will Tom sagen, schweigt aber, weil sein Blick auf dem Gesicht des Mannes festklebt.

«Maschine.Tot.», und dabei macht der Fremde ein so endgültiges Gesicht, dass auch jemandem, der kein Deutsch versteht, klar wird, dieser Computer ist tot.

Tom runzelt die Stirn, seine Neugier ist geweckt. Er holt den Toaster, der heute Morgen mit einem Funkenschlag seinen Geist aufgegeben hat.

«Maschine.Tot.», sagt der Fremde auch hier mit dem gleichen Gesichtsausdruck. Bei der Armbanduhr, die seit einiger Zeit stehen geblieben ist, nickt er fröhlich, die ist offenbar noch nicht tot.

Tom Moreno – ein Geschäftsmann vor dem Herrn, wenn bisher auch ein erfolgloser – zieht die Luft zwischen den Lippen ein. An seinem Denkhorizont sieht er einen silbernen, nein einen goldenen Schimmer aufziehen. Er sieht sofort das Potenzial dieser Begabung. Als smarter Geschäftsmann mit einem guten Kern ist er genau der Richtige, um zusammen mit Louis daraus ein anständiges Geschäft zu machen.

Two.Dogs.

Clifden, Computer-Shop, Montag, 26. Mai 2008.
Wie Arbeit Louis findet.

Als der Fremde den Laden verlassen hat – wohin weiss Tom auch nicht, weiss nur, dass er wiederkommen wird –, holt er die Trittleiter, stellt sie vor der Ladentür auf, klettert hinauf und schraubt das Ladenschild los, steigt hinunter und verschwindet mit dem Schild Richtung Gavins Galerie.

Zwei Tage später hängt das korrigierte Schild wieder über der Tür; «Two Dog Computers» heisst es nun, und zwei Hunde sind auf dem Schild sichtbar.

Und als Louis das nächste Mal zum Laden kommt, bleibt er wie angenagelt vor der Tür stehen, blickt zum Schild hinauf, und ein grosses Staunen breitet sich über sein Gesicht. Dann stürmt er in den Laden, um den Schreibtisch herum und auf Tom los, dem gerade noch die Zeit bleibt, vom Bürostuhl aufzustehen. Um dahinter in Deckung zu gehen, reicht die Zeit nicht mehr. So zieht er die Schultern ein und den Kopf dazwischen und wartet auf den Schlag, der nun kommt. Fünf Zentimeter vor Tom bleibt Louis stehen.

«Louis.Dog.», ruft er, und strahlt.

«Tom.Dog.», sagt Tom, fast strahlt er auch – nein, soweit geht ein gestandener und abgebrühter Zyniker natürlich nicht –, aber seine Mürrischkeit hat eine neue Note.

Von nun an kommt Louis jeden Morgen. Sobald das Frühstücksritual im «Kingstown House» vorbei ist, überquert er die Strasse, bleibt am Eingang stehen, schaut zufrieden das Schild an, kommt herein. «Tom.Dog.», sagt er, sobald er im Laden ist. Und Tom antwortet: «Louis.Dog.» Und dann gehen beide aufeinander zu und beschnuppern sich kurz. Anschliessend erledigen sie zusammen die Diagnoseaufträge, die im Verlauf des letzten Tages eingegangen sind.

In Clifden – nein in Connemara, manchmal hat Tom das Gefühl, in ganz Irland – hat es sich schnell herumgesprochen, dass es bei «Two Dog Computers» einen unfehlbaren Reparaturservice gibt. Von überall her bringen Leute ihre Geräte, die eines Tages den Geist aufgegeben haben. Für eine kleine Gebühr erklärt ihnen «Two Dog Computers», ob sich eine Reparatur lohnt. Mit seinem organisatorischen Talent hat Tom einen sauberen Ablauf definiert: Vorne im Eingangsraum, am Desk, sitzt er und nimmt die Apparate entgegen, notiert Name und Adresse und legt die Geräte in einen grossen Korb. Wenn der voll ist, bringt er ihn nach hinten durch eine mit rotem Samttuch verhängte Öffnung ins frühere Office; beim Tuch handelt es sich übrigens um den Theatervorhang, der nur zweimal pro Jahr bei der Aufführung von Father Oswald Brerands Laienschauspiel benutzt wird. Dort befindet sich an beiden Seitenwänden je ein grosses Regal. Links werden die eingehenden fraglichen Geräte gestapelt, rechts die ausgehenden beurteilten. In der Mitte ist ein Tisch, auf dem sich nichts als drei Rollenhalter befinden, im einen eine Rolle mit runden roten Klebern, im andern eine solche mit runden gelben Klebern, im dritten eine mit runden grünen Klebern. Dahinter steht ein alter ehrwürdiger Bürostuhl auf Rädern.

Wenn Louis zur Arbeit erscheint, geht er nach dem Begrüssungsritual nach hinten und setzt sich auf den Bürostuhl, der auf maximale Höhe eingestellt ist. Dann rollt er sich schwungvoll zum linken Gestell, nimmt drei, vier Geräte, rollt zurück zum Tisch, beurteilt dort jedes der Geräte: roter Kleber = Gerät.Tot., gelber Kleber = Gerät.Krank.; diesen Kleber bringt Louis so an, dass er zeigt, an welcher Stelle sich der Defekt befindet, grüner Kleber = Gerät.Gesund., da muss der Schaden beim Besitzer liegen, sei es, dass er die Bedienungsanleitung nicht befolgt hat, sei es, dass das Gerät eine Abneigung gegen ihn hat. Anschliessend rollt der Bürostuhl nach rechts, und Louis legt die Geräte in das dortige Gestell, wo sie später von Tom abgeholt und den Kunden wieder ausgehändigt werden.

Louis gefällt diese Arbeit, nicht zuletzt oder vor allem das schwungvolle Hin-und-her-Rollen auf dem Bürostuhl. Auch Tom ist sehr zufrieden mit diesem Kleinkram.

Big.Business.

Clifden, Welt, Donnerstag, 14. August 2008.
Wie mehr Arbeit Louis findet.

Tom und Louis machen das Gleiche auch im grossen Stil: Ab und zu, vielleicht zweimal pro Monat, haben sie Einsätze bei grossen Firmen oder Behörden, wo sie bei Ausfällen von Systemen, Rechenzentren, Server Clouds beigezogen werden.

Louis' Genie besteht darin, dass er unfehlbar herausfinden kann, wo in einem Rechenzentrum, in einem System etwas nicht stimmt. Er geht durch den Raum mit den Servern und Geräten, bis er genau dort stehen bleibt, wo etwas klemmt. Öfter aber steckt das Problem in den Anwendungen, den Programmen. Wenn Louis einen Stapel mit Programmiercode erhält, blättert er Seite um Seite um, bis er plötzlich anhält und auf eine Stelle zeigt: Hier liegt der Fehler oder einer der Fehler. Er kann diese Fehlersuche auch am Bildschirm machen, wo er solange mit Page Down dem Programmiercode entlang nach unten scrollt, bis er plötzlich «Stopp.Käfer.!» ruft, strahlt. Er hat seine Freude an diesem Ausdruck, den er von Tom erhalten hat, der extra in einem Wörterbuch die deutsche Übersetzung für «Bug» gesucht hat.

Tom aber hat den Verdacht, dass Louis tatsächlich einen Käfer sieht, der dort im Code herumkrabbelt und Unordnung macht. Wenn Tom zu verstehen versucht, worauf sich Louis' Fähigkeit gründet, scheint ihm am plausibelsten, dass Louis eine Wahrnehmung hat für Logik. Dabei muss er diese Logik in keiner Weise verstehen; diese ist wie ein Bild, und er sieht, wo das Bild einen Schaden hat. Apparaturen dagegen scheinen für ihn Organismen zu sein, in die er sich durch Berührung hineinfühlen kann.

Wenn Tom und Louis bei einem Unternehmen eintreffen, besteht Tom darauf, dass sie für ihre Arbeit allein gelassen werden, besteht auch darauf, dass alle Überwachungskameras ausgeschaltet werden.

Als ein Betriebsleiter mal meint, er könne diesen Wunsch ignorieren und die beiden bei ihrer Arbeit beobachten, fixiert ihn auf dem Bildschirm plötzlich der durchdringende Blick des jungen Blonden, dann blinzelt der ihm so zu, dass den Betriebsleiter ein grosser Schrecken befällt. Dann aber schiebt sich der Kopf des andern, des Älteren, ins Bild, gefolgt von dessen Hand, deren Finger von fünf an rückwärts zählen – ganz offensichtlich ein Countdown zum Abstellen der Kamera –, was der Betriebsleiter dann auch sofort, und von seiner Neugier gründlich geheilt, tut.

So verrichten die beiden ihre Arbeit im Dunkeln. Tom hat das Gefühl, dass er Louis davor schützen müsse, dass sein Genie erkannt werde. Dieses Gefühl ist noch stärker als sein ausgeprägter Geschäftssinn. Eine Goldgrube ist ihr Geschäft natürlich, aber dieses Gefühl ist weniger stark als das Gefühl der Kameradschaft, das ihn bei diesen Unternehmen mit Louis verbindet. Er, Tom, der von jeher ein Eigenbrötler war, staunt über sich selbst.

Sie verdienen einen Haufen Geld. Louis aber braucht kein Geld. Geht er in eine Bar, ist meistens jemand dort, der ihm ein Getränk offeriert, sonst wird er vom Barman freigehalten. Das passiert so selbstverständlich, dass niemand darüber nachdenkt, ob da jemand profitiere. Im Gegenteil, Louis einzuladen, gibt einem ein gutes Gefühl. Das ist nicht nur in der Bar so, auch bei andern Alltagsdingen. Geht Louis zum Beispiel zum Coiffeur, kostet das nichts. So fügt sich Louis ins Dorfleben ein. Hier isst er eine Suppe, dort trinkt er ein

Guinness. Sein Lieblingsgetränk aber ist Chai Latte. Und sein Lieblingsgeruch ist Torfrauch. Dann schnuppert er wie ein Hund, und ganz sichtbar macht sich ein Wohlbehagen in ihm breit. Und so fühlt er sich magisch angezogen von den alten Cottages, wo mit Feuer im Kamin geheizt, manchmal sogar gekocht wird, und wo die Haustür immer offen steht, sei es wegen der Luft, sei es aus alter Gewohnheit. Louis jedenfalls fühlt sich von diesen offenen Türen eingeladen und betritt hier und da ein solches Cottage und setzt sich ans Torffeuer.

Geld hingegen leuchtet ihm nicht ein. Dieses System ist ihm fremd. Er hat nie Geld im Sack, nimmt kein Geld an. Auch nicht von Tom, für den er bereitwillig arbeitet.

Tom aber führt sorgfältig Buch über ihre gemeinsamen Geschäfte und zahlt Louis seinen Fünfzigprozentanteil auf ein Konto ein, wo sich schon bald eine stattliche Summe ansammelt.

Wenn sie Auto fahren, dann ist es Tom, der redet. Er hat Louis schon alles erzählt auf diesen Fahrten quer durch Irland. Sie sind auch schon mit der Fähre hinüber nach England und dann quer durch Wales, quer durch England gefahren.

Tom hat von seiner Jugend in Spanien geredet, von seiner Zeit in Amerika, seiner Ankunft in Irland. Oft lacht Louis an den unerwartetsten Stellen. Etwa, wenn er ihm vom Konkurs seines Waschsalonimperiums in Cincinnati erzählt hat. Und Tom dann völlig überrascht feststellt, dass auch er Freude daran hat, wie spektakulär dieses Unternehmen gescheitert ist.

Wenn die beiden aber fliegen, setzt sich Louis selten neben Tom. Er schaut sich interessiert die Mitpassagiere in der ersten Klasse an und geht dann so zielstrebig auf einen leeren Platz zu, als sei es ein Heimkommen. Bevor er sich setzt, macht er sich mit seinem Sitznachbarn bekannt. «Louis.

Grandvoyageur.», sagt er und klopft sich auf die Brust, worauf sich jedes Mal ein Gespräch entspinnt.

Louis löst die Zungen. Die Leute erzählen ihm ihre Geschichte – er hört zu, andächtig, unterhält sich gut, sie unterhalten sich gut. Noch keiner der Passagiere hat versucht, Louis zum Reden zu bringen. Das findet Tom faszinierend.

Und das Pendeln zwischen grosser und kleiner Welt gefällt dem Zyniker und Anarchisten Tom so richtig, ebenso wie es dem Absurdisten – Absurdismus stellt eine Spielform von Anarchismus dar, mehr darüber ein andermal – Gavin gefallen wird, sobald er an ihren Reisen teilnehmen wird.

Für das Herumfliegen in der Weltgeschichte hat Tom für Louis einen Pass besorgt. Dieser Pass lautet auf den Namen Ludwig Huond und macht diesen zu einem Bürger des Fürstentums Lichtenstein. Tom ist von der Überlegung ausgegangen, dass es sinnvoll ist, ein kleines Land zu wählen. Je weniger Bewohner ein Land zählt, desto weniger Reisende gibt es, desto unbekannter sind den Zollbeamten deren Pässe, und da niemand Ignoranz gerne zugibt, werden sie umso weniger genau kontrollieren, was im Übrigen gar keine Rolle spielt, noch nie sind sie ernsthaft geprüft worden. Jedes Mal, wenn Tom mit Louis eine Grenzkontrolle passiert, werden sie mit einem freundlichen Lächlen durchgewinkt, während Tom, jedes Mal, wenn er allein unterwegs ist, sein Gepäck öffnen muss, weiss der Himmel, was das bedeuten soll.

Wenn Tom mit Louis zu einem IT-Notfall fährt oder fliegt, fahren oder fliegen will, wartet er, bis Louis am Eingang des «Kingstown House» auftaucht. Dann tritt Tom aus der Tür seines Geschäfts und winkt ihm zu. Entweder macht er die Geste des Autofahrens – zwei Hände am Lenkrad – oder die des Fliegens – ausgebreitete, etwas schwankende Arme. Dann begreift Louis sofort, dass sie zu einem Einsatz gerufen werden.

Heute aber macht Tom weder die Geste des Fahrens noch die des Fliegens, heute rotiert er mit den Händen über dem Kopf.

Und Louis beginnt zu strahlen wie ein Maikäfer, wie ein Leuchtkäfer. Er wird Helikopter fliegen, das hat er noch nie gemacht. Er geht zurück ins Haus, kommt fünf Minuten später in Anzug, aber ohne Hemd und Krawatte, stattdessen im T-Shirt mit aufgemalter Krawatte wieder heraus, in der Hand seine rote Puma-Tasche, an den Füssen die Bootsschuhe.

«Diese Tasche», denkt Tom, «muss ich etwas Passenderes finden? Oder gehört die ins Bild des Exzentrischen, das ihm sowieso zusteht?»

Immer hat Louis diese Tasche dabei, wenn sie zu einem Einsatz gehen. Was er darin hat, weiss Tom nicht. Weiss nicht, dass sie jedes Mal Louis' ganzen Besitz enthält. Weiss also auch nicht, dass Louis' Welt ein Provisorium ist. Dass er durch keinen Besitz gebunden ist. Dass er offenbar nicht mit Sicherheit damit rechnet, hierher zurückzukehren. Dass er die Unterhosen, Socken und T-Shirts, die Regina ihm gekauft hat, nur als Leihgabe betrachtet, die packt er nicht mit ein.

Wenn Tom und Louis zusammen fliegen – nach Brüssel, nach London, nach Madrid –, dann ist Louis neugierig wie ein junger Hund – na ja, «Two Dog Computers» eben. Auf dem Flughafen, in der Abflughalle überträgt sich die dort herrschende Aufbruchstimmung auf ihn.

«Louis.Grandvoyageur.», sagt er dann.

Manchmal begleitet sie Gavin auf diesen Reisen, wenn er Zeit und Lust hat. Für Tom ist das kein Problem, er meldet dann einfach ein Team von drei Experten an, das schlucken die ohne Widerspruch.

Mit Gavin bekommen ihre Reisen einen zusätzlichen Schwung. Gavin hat es nicht gerne langweilig, und, was

Louis ganz besonders mag, Gavin führt sie dann jeweils in die schönsten Kunstausstellungen und schrägsten Galerien.

Und dort hat Gavin Louis' untrüglichen Kunstsinn entdeckt. So stark Tom einen Riecher für das Computerbusiness hat, so wenig hat Gavin denjenigen für das Kunstbusiness. Es reicht aber doch, dass er das Potenzial von Louis' Gabe erkennt und in sein weitverzweigtes Beziehungsnetz einbringt. Und schon haben sie hier und da eine Fälschung entlarvt, schon spricht sich herum, dass Gavin Lavelle untrügliche Expertisen macht. Schon wächst ihr Ruf, schon verdient auch Gavin gutes Geld, von dem er, da Louis kein Geld annehmen will, die Hälfte auf den gleichen Fonds einzahlt, wie das Tom mit seinen Einnahmen macht.

Gavin kennt aber nicht nur die schrägsten Galerien, er kennt auch die absonderlichsten Restaurants. Er kennt überall Leute, die wiederum Leute kennen. Und alle diese Leute scheinen den Ernst des Lebens nicht ganz so ernst zu nehmen, wie es die Leute der Computerbranche zu tun pflegen.

So bleiben sie manchmal zwei oder drei Tage in einer Stadt. Wenn sich auch das Problem normalerweise innerhalb einer Stunde lösen lässt, macht Tom daraus doch immer zwei oder drei Sessions, damit den Leuten die Höhe der Rechnung gerechtfertigt scheint.

Und als sie nach dem heutigen Einsatz mit dem Heli nach Hause fliegen, zeigt Louis, als sie über die Stadt zu dem als Landeplatz dienenden Rugbyfeld fliegen, hinunter auf das «Kingstown House» und ruft laut durch das Knattern «Louis. Home.!» Da weiss Tom, dass Louis nun richtig und ganz zu Clifden gehört.

Louis.Dog.

Clifden, Frühling, Sommer, Herbst 2008.
Wie Louis einen Hund findet, der aber sich selbst gehört.

In Clifden wohnt seit einigen Jahren ein Hund, Arthur. Er gehört niemandem, gehört sich selbst. Stolz und einsam lebt er hier, allen bekannt und von allen anerkannt. Er ist freundlich, aber er lässt niemanden an sich heran. Streicheln und füttern lässt er sich gern; auf vornehme Weise nimmt er das Essen, das ihm angeboten wird, mit höflicher Geduld lässt er sich übers Fell fahren. Wenn es aber jemand an Respekt fehlen lässt, hebt er den Kopf, schaut diesen Jemand gerade an. Heben sich die Lefzen dabei? – Nicht sichtbar, aber fühlbar.

Und es braucht schon sehr viel Dreistigkeit, um dem Hund weiterhin zuzusetzen. Arthur aber geht dann einfach weg. Stolz und Verachtung sind ihm von hinten anzusehen.

So führt Arthur sein eigenes Leben. Manchmal liegt er einen Tag lang bei Gavin in der Galerie. Manchmal besucht er die Schule. Oder er begleitet Touristen auf dem Sky Walk. Er hat Zutritt zu den Pubs, nicht zu allen. Damit lassen sich die Pubs in Clifden in zwei Gruppen aufteilen, und interessanterweise, wenn auch nicht erstaunlicherweise ist in den Arthur-freundlichen Pubs das Essen besser, die Küche sauberer und der Service freundlicher.

Im Winter legt er sich dort für ein, zwei Stündchen ans offene Feuer, Kopf auf den Pfoten, und träumt sich etwas. Auch in der Stadtbibliothek ist er ein gern gesehener Gast, auf der Post, überall, wo es eine offene Tür hat. Bei der Metzgerei Mannion aber setzt er sich draussen hin, bis der Metzger ihn wahrnimmt und ihm einen Happen Fleisch oder einen Knochen bringt.

Als Louis dem Hund zum ersten Mal begegnet, kommt Arthur auf ihn zu, legt ihm den Kopf in den Schoss und knurrt ganz leise; es ist ein freundliches Grollen.

Louis reibt ihm die Ohren, streicht ihm derb übers Fell, fährt ihm über die Schnauze. Ganz offensichtlich finden die beiden Gefallen aneinander.

«Das ist also der Hund, für den Louis die weite Reise gemacht hat», denken wir jetzt automatisch. «Louis hat also gefunden, was er gesucht hat, jetzt kann er mit Arthur nach Hause zurückkehren.»

Dem ist nicht so. Arthur gehört nach Clifden. Aber das tut Louis inzwischen auch. So sind sie zwei Satelliten, die ihre Bahn ziehen und sich ab und zu und in voller gegenseitiger Sympathie begegnen.

Book.Shop.

«Clifden Bookshop», Frühling, Sommer, Herbst 2008.
Wie Louis sich gut unterhält.

Oft kommt Louis in den kleinen Buchladen von Clifden, kommt einfach hinein, bleibt stehen, strahlt Nicole an, bleibt weiter stehen, schnuppert wie ein Hund hierhin, dorthin, reckt den Kopf vor und geht dann in eine bestimmte Richtung, hält vor einem Regal, fährt die Nase auf und ab, rechts und links, bis sie vor einem bestimmten Buch hält. Noch einmal zieht er tief Luft ein, geniesserisch, dann zieht er das Buch aus dem Regal, betrachtet es aber nicht, kommt damit zu Nicole, die dem inzwischen vertrauten Gast von der Kasse aus zugesehen hat, neugierig darauf, welches Buch es denn diesmal sein werde.

Als dieses Prozedere sich das erste Mal abgespielt hatte, war Nicole Shanahan – die eine der zwei Inhaberinnen des «Clifden Bookshop», die andere ist Maura O'Halloran. Beide sind sie Familienfrauen, beide sind munter und aufgeschlossen, beide lassen nichts anbrennen, haben es gerne lustig, und sie teilen sich die Arbeit im Buchladen – war also Nicole Shanahan ziemlich erschrocken über den seltsamen Gast, der ihr «Kann ich Ihnen helfen?» ignoriert hatte. Sein strahlendes Lächeln, sein lächelndes Strahlen hatte sie aber beruhigt. Nun freut sie sich jedes Mal über sein Erscheinen.

Als der Fremde das erste Mal mit dem erschnupperten Buch zu ihr an die Kasse getreten war, hatte Nicole das Buch genommen, den Preis in die Kasse getippt und gesagt: «Dreiundzwanzig Euro und achtzig Cents bitte schön.»

Der Vogel hatte aber keine Anstalten gemacht zu zahlen, hatte ihr vielmehr das Buch aus der Hand genommen, auf der ersten Textseite geöffnet und ihr so aufgeklappt hingehalten.

«Louis.Geschichte.», hatte er gesagt.

«Louis gay sheek tea», hatte Nicole wiederholt, aber nichts verstanden, ausser dem Anfang. Louis, das war offensichtlich sein Name. Auf seinem Gesicht aber hatte sich der Ausdruck von Zuhören derart klar manifestiert, dass sie dann doch verstanden hatte: Er wollte zuhören. Und so hatte sie begonnen vorzulesen.

Louis hatte sich, seliger Zuhörer, in den Sessel gesetzt, der schräg gegenüber der Kasse stand, als hätte der schon immer auf ihn gewartet. Und Nicole hatte ihm vorgelesen. Eine halbe Stunde hatte es gedauert, bis der nächste Kunde den Laden betreten hatte, was schon sehr erstaunlich war. Da war Louis aufgesprungen, hatte ihr das Buch aus der Hand genommen, an die Brust gelegt, hatte sich verbeugt und «Louis.Merci.» gesagt.

«Mair Sea», hatte auch Nicole gesagt und sich verbeugt.

Louis hatte das Buch ins Regal zurückgetragen und war gegangen mit einem letzten Lächeln unter der Tür.

Am nächsten Tag war Louis wiedergekommen, war zielstrebig zum Regal gegangen, hatte das Buch herausgezogen.

«Louis.Geschichte.»

«Louis.Story.», hatte Nicole gesagt und dort weitergelesen, wo sie stehen geblieben war. Als nach fünf Minuten ein Kunde gekommen war, hatte Nicole angehalten und diesen bedient.

Louis aber war sitzen geblieben. Und so hatte Nicole weitergelesen, eine halbe Stunde, dann war die Geschichte, es war eine Kurzgeschichte, fertig.

Am nächsten Tag hatte es wieder das Ritual des Schnupperns gegeben. Es war allerliebst, ihm dabei zuzuschauen. Und wieder war Louis mit dem ausgewählten Buch zu ihr gekommen.

«Louis.Story.»

Und seither fast jeden Tag, ob bei ihr oder bei ihrer Geschäftspartnerin Maura.

Dabei ist es – darin sind sich die beiden Vorleserinnen vollkommen einig – ein pures Vergnügen, diesem Louis vorzulesen. Er ist ein ausgezeichneter Zuhörer, der mit jeder Faser Anteil zu nehmen scheint an der Handlung, an der Beschreibung. Was für die beiden umso erstaunlicher ist, als sie sich sicher sind, dass er eigentlich kein Englisch kann. Sie lassen das aber so stehen, ist das Vergnügen doch, wie gesagt, gegenseitig.

Eines Tages hatte sich Maura den Spass gemacht, das angefangene Buch an einem andern Ort, in einem andern Regal zu platzieren, um zu schauen, wie Louis sich verhalten würde. Der aber hatte mitten auf dem Weg zum eigentlichen Regal plötzlich die Nase, den Kopf in Richtung des neuen Platzes gedreht, hatte sich prompt dorthin gewendet, das Buch zielsicher herausgezogen, war damit zu Maura gekommen, hatte es ihr überreicht und ihr dabei zugezwinkert, sodass Maura, ertappt und überführt, fast etwas rot geworden war.

Massey.Ferguson.

Connemara, Frühling, Sommer, Herbst 2008.
Wie Louis geht und fährt.

Louis arbeitet beileibe nicht immer. Oft tut er nichts. Manchmal geht er einfach los, wandert auf der Sky Road, geht Richtung Norden, Richtung Süden. Wenn ihm das Gehen verleidet, hält er am Strassenrand an, wartet, bis ein Auto hält. Das geschieht sehr oft, sehr schnell, ist im ländlichen Irland von jeher üblich. Die Leute aber halten auch wegen ihm, wegen Louis. Inzwischen ist er bekannt wie ein bunter Hund. Der nette Kerl, der nicht spricht, der strahlt, der einfach mitfährt.

Was jeder und jede für sich behält, ist die Tatsache, dass sie auf ihren kurzen oder längeren Fahrten ihm ihre Geheimnisse erzählen, erzählt haben. Sein Schweigen ist so offen, dass sie ihm erzählen, was sie sich selbst noch nie erzählt haben. Bei Louis sind die Geheimnisse gut aufgehoben, bei ihm, der schweigt. Trotzdem fühlt man sich getröstet, wenn man mit ihm gefahren ist.

Irgendwann sagt Louis dann: «Louis.Stopp.», und will aussteigen. Dann wandert Louis weiter in dieser weitläufigen, sich zerstreuenden, von unaufdringlich starken Farben und Formen geprägten Landschaft, mit ihrer Luft, die nach Luft riecht, nah am Himmel, der Himmel ist. Wolken, die

Wolken sind, türmen sich auf, ziehen ihre Bahn, spielen mit dem Licht.

Kommt dann noch ein Traktor, kommt ein roter Massey Ferguson dahergerollt, möglichst alt, möglichst wackelig, dann ruht Louis nicht, bis der Fahrer, selten eine Fahrerin, anhält und ihn mitnimmt.

«Louis.Traktor.», sagt er dann und lenkt mit Drehbewegungen. Und es braucht schon sehr viel Verstocktheit, dass man ihm den Platz am Lenkrad verweigert. Und tatsächlich scheint er, wenn er am Lenkrad sitzt, mit der Maschine zu verschmelzen. Nie drehen die Kurbelwellen so rund, nie schlagen die Kolben in ihren Zylindern so weich, der Traktor scheint genauso glücklich wie sein Lenker.

Fängt Louis die meisten Leute mit seinem strahlenden Charme, so fängt er die verstockten irischen Bauern mit seiner Liebe zu ihren Gefährten. Womit diesem Wort für einmal seine vollkommene Bedeutung zukommt. Dazu muss gesagt werden, dass die Iren, im Gegensatz zu den Schweizer Bauern, nicht immer neuer, immer grösser denken. Nicht wer den grössten Traktor fährt, ist selbst der Grösste. Wer den ältesten, schönsten roten Massey Ferguson fährt, geniesst bei den Iren am meisten Ansehen. Allerdings geniessen nur die Arbeitstiere wirklich Achtung. Wer sich einen alten Traktor nur aus Liebhaberei hält, gehört nicht dazu. Der Traktor muss mindestens eine Heckschaufel haben, auf der zwei bis drei Schafe Platz finden oder ein Zentner Torf, einige Kühlschränke, auch mal ein Sofa.

Etwas später aber hält Louis sanft wieder an, legt den Leerlauf ein, geniesst noch einige Takte der schönen Musik, überlässt den Fahrersitz wieder seinem Besitzer, steigt ab, winkt dem zufrieden davonfahrenden Traktor nach und wandert, Louis, weiter, allein, glücklich.

Zwie.Licht.

Clifden, Trubschachen, Donnerstag, 17. Juli 2008.
Wie Louis traurig ist und wie Leo traurig ist, und wie hier und dort ein Rat abgehalten wird.

Eines Tages mitten im Sommer steckt Clifden in dickem Nebel.

Eines Tages mitten im Sommer steckt Trubschachen in dickem Nebel.

Eines Tages ist Louis traurig.

Eines Tages ist Leo traurig.

So, wie seine übliche Lebensfreude allumfassend ist, ist es auch seine Traurigkeit. Er fällt in ein tiefes Loch, sitzt an Reginas Morgentisch, isst nicht, spielt nicht, hilft nicht, tut nicht, ... nicht. Dann steht er auf, geht mit schleppendem Schritt hinaus, weg. «Geht er weg?», fragt sich Regina, und in ihrem Kopf breitet sich Leere aus. Dumpf schwarz bitter schal trüb: So wird das Leben sein, wenn Louis weggeht.
Als Regina später zu SuperValu hinübergeht, um einzukaufen – trotz allem, sie hat ja Gäste –, sieht sie undeutlich, dass Louis auf

Zwar ist er immer noch blind verliebt in seine Claudia, ja seine Gehirnströme können auch jetzt, elf Wochen nach dem grossen Knall, noch kaum etwas anderes senden als Claudia. Er kann sich nicht sattsehen an dieser kräftigen, geschmeidigen, etwas rauen, etwas rotbackigen Frau mit diesen langen, blonden Rastazöpfen. Er muss sie berühren, schmecken, hören, lesen, spielen, singen, rechnen, zerlegen, zusammensetzen. Aber heute ist in seinem Gefühl etwas passiert. Er ist immer noch glücklich wie noch nie in seinem Leben, aber jetzt und

dem Sockel des Stadtplatzdenkmals sitzt.
Louis sieht nichts, hört nichts, schmeckt nichts, riecht nichts, denkt nichts.

Louis ist traurig.
Nebelschwaden ziehen über den Dorfplatz.
Gespenstische Stimmung.

Auf dem Heimweg tritt Regina bei Gavin ein, um sich mit ihm zu beraten. Tom ist schon dort, die Kunde vom traurigen Louis hat ihn bereits erreicht. «Er hat Heimweh», sagt Regina, «als ich in New York war, hatte ich oft Heimweh, ich weiss, wie sich das anfühlt.» «Heimweh nach wo?», fragt Tom. «Wo kommt Louis her?», fragt er. Gavin schüttelt den Kopf. «Keine Ahnung», sagt er. Mit Erstaunen stellen sie fest, dass sie keine Ahnung haben, wo er herkommt. «Er ist ein Ausserirdischer», mutmasst Gavin; in seinem Weltbild hätte das durchaus Platz und er kann sich mit

plötzlich ist er auch traurig wie noch nie in seinem Leben. Und das spürt Claudia, und sie weiss auch, dass das mit Louis' Verschwinden zu tun hat.

Leo ist traurig.
Weil Leo nicht weiss, wo Louis ist.
Gespenstische Stimmung.

Dass Leo sich Sorgen macht um seinen Bruder, genau das ist es nicht. Er macht sich keine Sorgen, von irgendwo hat er die Gewissheit, dass Louis lebt. Aber ihm, Leo, fehlt sein Bruder Louis. «Und wird das von der Liebe aufgewogen?», fragt sein logischer Verstand und stellt ihm die Frage: «Würdest du Claudia gegen Louis eintauschen?» – «Nein», antwortet der Verstand gleich selbst, und auch das Herz und der Bauch. «Claudia ist in Ordnung, das mit Louis ist eine andere Sache.»
Claudia macht sich ebenfalls Sorgen. «Was ist mit Leo los?» Dass er ihr verbunden

dieser Vorstellung anfreunden, auch und gerade wegen ihrer Absurdität. Regina aber weist das entschieden zurück. Auch Tom findet das wenig plausibel. Das Einzige, was sie wissen: seine Muttersprache ist Deutsch. Dessen ist sich Gavin sicher. Das hilft aber auch nicht weiter. Die drei sind ratlos.
Es fällt ihnen nichts ein.

Auch nicht am Nachmittag, als sie sich wieder treffen. Louis sitzt immer noch an der gleichen Stelle. Immer noch dichter Nebel in Clifden.

«Ich gehe zu ihm», sagt Gavin, als sie sich am Abend wieder treffen. Und die beiden andern kommen mit. Als sie um die Ecke biegen, sehen sie, dass schon jemand bei ihm ist. Arthur sitzt bei ihm, hat seine Schnauze in Louis‘ Schoss gelegt.

Und der Nebel ist schon etwas lichter.

ist, spürt sie mit jeder Faser, dass er traurig ist, aber auch. Und als Leo sich in seinen Computer zurückzieht, wo er sich einer komplizierten Berechnung hingibt, deren Ziel nur er selbst kennt, geht Claudia nach unten in die Küche, wo Paul und Lisa Kaffee trinken. Die drei sind ratlos.
Es fällt ihnen nichts ein.

Auch nicht am Nachmittag, als sie wieder Kaffee trinken. Leo steckt immer noch im Computer. Immer noch dichter Nebel in Trubschachen.

«Ich gehe zu ihm», sagt Claudia am Abend in der Küche. Und die beiden andern kommen mit. Als sie zum Zimmer kommen, sehen sie, dass schon jemand bei ihm ist. Bläss sitzt bei ihm, hat seine Schnauze in Leos Schoss gelegt.

Und der Nebel ist schon etwas lichter.

Post.Karten. I

Bern, Schönburg, Mittwoch, 27. Juli 2008.
Wie auch die Post sich Louis' Charme nicht entziehen kann.

In der Abteilung für nicht zustellbare Post in der Generaldirektion in Bern ist André Herz wie jeden Tag an seiner Arbeit.

In einem Grossraumbüro sind dreissig Leute daran, unvollständige Adressen zu vervollständigen. Vorgesehen ist ein Aufwand von einer Minute pro Adresse. Was dann nicht vollständig ist, wird von einem Gruppenleiter geprüft. Dieser entscheidet, ob die Sendung weitergeprüft werden soll (A), oder ob sie als unzustellbar deklariert wird (U). Im Fall U wird die Sendung zurückgeschickt (UZ), falls ein Absender vorhanden ist, vernichtet (UV) oder zu den Kuriosa gelegt (UK), falls sie ein Merkmal von Skurrilität aufweist, sei es, dass sie sich an eine berühmte (UKB), lebende (UKBL) oder tote Person (UKBT) richtet, sei es, dass sie eine orthografische Auffälligkeit hat (UKR) oder optisch lustig gestaltet ist (UKL). Im Fall A wird die Sendung einer zweiten Überarbeitung zugeführt unter Zuweisung einer Dringlichkeitsstufe: A erlaubt einen Aufwand von maximal fünf Minuten, AA einen solchen von maximal fünfzehn Minuten, AAA hingegen einen unbeschränkten Aufwand. Triple-A-Fälle sind sehr selten. Können sie nicht gelöst werden, geht die Sendung an die Polizeibehörden.

Jeder Beamte arbeitet jeweils zwei Stunden im Einminuten-Sektor, dann zwei Stunden im A-Sektor, wobei Juniors die A-Fälle und Seniors die AA-Fälle bearbeiten. Eine kleine Spezialgruppe arbeitet an den AAA-Fällen. Zu dieser gehört André Herz, diesen Status hat er sich hart erarbeitet, nun geniesst er ihn in vollen Zügen; er hat es sogar abgelehnt, Gruppenleiter zu werden, weil er die knifflige AAA-Arbeit so liebt.

Während seiner Zweistundenschicht in der Einminuten-Abteilung flattert eine Postkarte auf seinen Tisch. «LEO LISA POL», steht im Adressbereich, wovon einige Buchstaben spiegelverkehrt stehen, das S liegt auf dem Bauch, darunter ist ein Schweizer Wappen gezeichnet, mehr nicht. Der Poststempel ist irisch, Clifden – wo immer das auch sein mag.

André Herz wirft noch einen kurzen Blick auf den Textbereich, wo eine ganze Herde von Schafen gezeichnet ist, mitten drin ein Mann auf allen vieren und in einem Pullover, auf dem «LUI» geschrieben steht. Die sechzig Sekunden sind um, er wirft die Karte in den Korb mit der Empfehlung UKL und nimmt die nächste Sendung, streicht die Karte aus seinem Bewusstsein.

Am nächsten Tag aber begegnet er der Karte wieder. Sie hängt nun an der Pinnwand neben dem Kaffeeautomaten. Dort sind die schönsten Kuriosa jeweils ausgestellt. Er wirft noch einmal einen Blick auf die Schafe, die so ausnehmend zufrieden aussehen, und wirft dann einen gleichen Blick auf seine Kollegen im Grossraumbüro. Lauter Schafe auch sie, aber insgesamt weniger zufrieden will ihm scheinen.

In der darauffolgenden Woche gesellt sich eine zweite Karte dazu, mit der gleichen Adresse, diesmal mit einer Strandansicht. Der Mann mit dem LUI-Pullover steht diesmal neben einem Steinmann. Auf Brusthöhe steht auf einem Stein «LEO».

In der nächsten Woche folgt eine dritte Karte. In der Nichtzustellabteilung sind die LUI-Karten inzwischen ein Begriff. Die naiven Zeichnungen berühren. Und diesmal ist es Lisa Sterchi, die sie in ihrem Korb findet.

«Ich habe sie!», ruft sie triumphierend in das stille Summen des Fleisses. «Immerhin bin ich ja eine Lisa», ruft sie. Und einige, dann alle, unterbrechen ihre Arbeit, scharen sich um Lisa: Ein Haus mit einer Krone als Dach, im Parterre ein grosses Fenster, darin brennt ein Feuer in einem Cheminée. Vor dem Haus stehen ein Mann und eine Frau, zwischen ihnen LUI, alle drei strahlen. «Haus mit Krone, was heisst das wohl?», fragen sich einige, «das Feuer?», fragen sich andere.

Einer der Gruppenleiter klatscht in die Hände. «Meine Damen und Herren», ruft er, «eure Sechzigerquote ist in Gefahr!» Und so lösen sich die Gruppen widerstrebend auf. Für diesmal siegt die Pflicht über die Neugier.

André Herz aber hat einen Plan. Er will, dass diese Karten ihren oder ihre Empfänger erreichen. Er will, dass POL, LISA und LEO die Botschaften dieses LUI erhalten. Dass sein Gruppenleiter nicht auf ihn hören wird, ist ihm aber auch klar. Der hört nur nach oben. Deshalb hat sich Herz diesen genial einfachen Plan ausgedacht, der nur um genau eine Ecke denkt. Jede Subtilität wäre Verschwendung, würde den Gruppenleiter verwirren und würde dadurch die Erfolgschancen mindern. Verwirrte Gruppenleiter schalten in den Passivmodus. Das hat André Herz schon lange herausgefunden. Damit lässt sich auch spielen. In diesem Fall aber nützt der Passivmodus nichts. Hier muss der schmale Kompetenzbereich eines Gruppenleiters angesprochen werden.

Als er ihn eines Tages vor der Kartensammlung stehen sieht – inzwischen ist eine vierte Karte dazugekommen; auf der Karte ist ein Haus zu sehen, bei dem die Fenster durch Gemälde ersetzt sind; ein grosser Mann steht in der Tür, er füllt die Tür ganz aus, LUI aber befindet sich in einem der Gemälde –, als André Herz seinen Gruppenleiter stehen sieht, sagt er sich: «Jetzt oder nie», und gesellt sich beiläufig zu ihm.

«Es ist schon ganz schön frech», sagt er in wegwerfendem Ton, «wenn jemand meint, er könne die Schweizerische Post mit solchem Blödsinn belästigen und denkt, wir hätten nichts Besseres zu tun, als solchem Mist nachzugehen.»

Und tatsächlich funktioniert der Plan. Der Gruppenleiter sieht ihn mit hochgezogener Braue an. André sieht förmlich, wie es in ihm arbeitet: «Soso, der Herr ist sich zu gut für eine solche Arbeit, da soll sich der Herr nur wundern.»

Und schon am nächsten Tag sind die vier Karten von der Pinnwand verschwunden und landen auf Andrés Schreibtisch.

«AAA. Bitte mit grösster Sorgfalt behandeln, die Schweizerische Post ist ein Dienstleistungsbetrieb.»

André Herz reibt sich die Hände. Sein Herz lacht. Lacht über die Einfalt des Gruppenleiters. Lacht mehr noch in Vorfreude auf die kommende Arbeit.

Post.Karten. II

Trubschachen, Schönbrunnen, Freitag, 22. August 2008.
Wie Ammann-Leibundguts endlich etwas von Louis hören.

Und so bringt eines Tages der Briefträger Alfred Zumbrunn ein amtliches Postcouvert zu Ammann-Leibundguts.

Es ist Paul, der das Couvert entgegennimmt. Lisa ist bei der Arbeit. Leo im Gymnasium.

Paul betrachtet das Couvert skeptisch. Auch der Briefträger bleibt noch stehen, neugierig, möchte gern wissen, was in dem Couvert ist.

«Willst du einen Schnaps?», fragt Paul. Das hilft immer, um Zumbrunn in Fahrt zu kriegen.

Der winkt ab. «Zu früh», sagt er, «habe heute schon zwei gehabt, den nächsten gibt es erst um elf. Dann gebe ich die Post auf der ‹Bäregghöhe› ab. Weisst du», sagt er vertrauensselig, «um sieben Uhr dreissig bringe ich die Post in den ‹Bären›, der Grunder hat es gerne früh, dann nehme ich einen Kaffee

Fertig. Um Punkt neun Uhr bin ich dann im ‹Hirschen›, da nehme ich einen Bätzi, im Sommer auch mal ein kleines Bier. Dann mache ich eine Pause bis um elf Uhr auf der ‹Bäregghöhe›, da nehme ich dann ein Gläschen Weissen, als Aperitiv sozusagen. Also danke schön jedenfalls, ein andermal gern. Am Montag oder Dienstag, da hat der ‹Hirschen› Ruhetag. Jetzt muss ich los», sagt er dann, als er merkt, dass Paul keine Anstalten macht, das geheimnisvolle Couvert zu öffnen.

Kaum ist der Briefträger weg, setzt sich Paul auf die Holzbank neben der Haustür, öffnet das Couvert mit seinem Sackmesser, greift mit der Hand in die Öffnung und zieht ein Bündel Postkarten heraus, sechs an der Zahl, betrachtet eine nach der andern, lächelt bei der Adressierung, leuchtet auf beim Betrachten der Zeichnungen, schaut sich nun auch die Vorderseite der Karten an: eine Dorfstrasse, eindeutig irisch, eine grüne Landschaft mit Schafen, ein Strand, dahinter Klippen, eine Burgruine auf grüner Wiese.

Louis ist in Irland. Plötzlich springt Paul auf. «Lisa», denkt er, «ich muss es Lisa sagen.» Und er rennt über den Hof zur Praxis hinüber. Die Vespa steht da, aber Lisas Auto ist weg, sie ist unterwegs. «Zu einer kranken Kuh, zu einem lahmen Pferd, zu einem armen Schwein, zu einem faulen Hund, zu einer dummen Gans, zu ...» Pauls Enttäuschung macht sich lautstark Luft, dann gehen ihm die Adjektive aus und er murmelt noch: «zu einem ... Esel ... Affen ... Kamel ...», dann schweigt er, setzt sich auf die oberste Stufe des Praxiseingangs und betrachtet wieder die Karten. Louis ist in Irland, sagen die Karten. Louis ist in Clifden, sagt der Poststempel. LUI geht es gut», sagen die Zeichnungen.

Und nun breitet sich eine grosse Freude aus in Paul, etwas fällt von ihm ab. Zwar hat er Leo immer geglaubt, wenn der gesagt hat: «Louis geht es gut. Sonst wüsste ich das.»

Aber seit dem ersten Tag hat ihm Louis gefehlt. Louis fehlt ihm auch jetzt. Seit er weg ist, hat er ihm gefehlt. Als fehle ein Stück von ihm selbst, so hat Paul sich seither gefühlt; «fehlen und fühlen», denkt er jetzt, «das ist ja fast das Gleiche ... interessant», und ist für einen Moment abgelenkt, «wenn ich fühle, dann fehlt mir, wenn ich Glück fühle, dann fehlt mir das Leid, wenn ich Leid fühle, dann fehlt mir das Glück, wenn ich Angst fühle, dann fehlt mir der Mut», und umgekehrt, «wenn mir fehlt, dann fühle ich, wenn mir Brot fehlt, dann fühle ich Hunger, wenn mir Geist fehlt, dann fühle ich Langeweile, wenn mir Louis fehlt, dann fühle ich Leere», und kehrt zurück, «mir fühlt Glück», sagt er laut. «Mir fühlt Louis.» Und er lacht und betrachtet die Zeichnungen. Louis unter den Schafen, das kann er sich gut vorstellen, dass ihm das gefällt, diese Freiheit, diese Geborgenheit unter seinesgleichen. Dann der Steinmann. Erst jetzt sieht er das «LEO». «Aha», denkt er, «AHA, der Leo ist also zu Stein geworden. Mal schauen, was der Leo dazu sagt.» Dann das Haus mit der Krone, «sieht wie ein Zuhause aus», denkt Paul. «Ist das jetzt sein Zuhause?» Und das «Mir fühlt Glück» beginnt etwas zu wackeln. «Sein Zuhause ist doch ...» – «Stopp», sagt sich Paul und versucht, diese Geborgenheit stehen zu lassen, betrachtet die nächste Karte: Der Mann in der Tür des Bilderhauses. «Sieht nett aus», denkt Paul. Und die nächste Karte, auf der fünften Karte, sind zwei Hunde. Und nun lächelt Paul, so genau sieht er, dass der eine Hund Louis ist, LUI. Und auf der letzten Karte winkt LUI aus einem fliegenden Helikopter.

«Mir fühlt LUI», sagt Paul noch einmal laut. Und nun gewinnt das Gefühl der Zufriedenheit Oberhand. Und so sitzt er zufrieden auf der Stufe, bis er Lisas Volkswagen hört, wie sie um die untere Kurve fährt, dann beschleunigt, um die obere Kurve, wieder beschleunigt und einbiegt auf den Hof.

«Formel I», murmelt Paul.

Knirschend hält das Auto. Und schon springt Lisa aus dem Wagen, forsch wie immer. «Paul», fragt sie, «was machst du denn da? Haben wir im Lotto gewonnen? Du strahlst ja wie ein Melolontha.»

«Hier», sagt Paul und streckt ihr die Postkarten hin und das Couvert der Schweizerischen Post.

Lisa nimmt die Karten, betrachtet sie, und auch über ihr Gesicht geht alsbald ein Leuchten. «Von Louis», sagt sie. «Endlich!» Und schnell wie sie ist, sagt sie: «Louis lebt also in Clifden, in einem Haus mit Krone, hat einen Freund in einem Bilderhaus.» Dann blickt sie ins Couvert, zieht ein Blatt Papier heraus:

Liebe Lisa, Paul und Leo

Die Postkarten von Louis können wir Ihnen nun endlich zustellen, nachdem wir herausgefunden haben, wie die richtige Adresse lautet. Hier in der Abteilung für nicht ordentlich zustellbare und unzustellbare Post oder kurz gesagt beim Suchdienst sind alle begeistert von diesen Zeichnungen und von LUI. Weitere Karten werden wir Ihnen gerne sofort zustellen. Mein Name ist André Herz; beim Suchdienst war ich mit diesem Fall betraut, was mich sehr gefreut hat. Gerne würde ich aus diesen Sujets eine Serie von Postkarten herstellen, ich denke, dass es viele Leute gibt, denen diese Karten gefallen könnten. Falls Sie einem solchen Vorschlag nicht ganz abgeneigt sind, lassen Sie mich das bitte wissen, dann werde ich Ihnen gerne einen Besuch abstatten.

Mit herzlichen Grüssen
André Herz

«Später», sagt Lisa, «das schauen wir später an.» Sie hakt Paul unter, aber verkehrt herum, und beginnt um ihn herumzutanzen, dreht ihn mit. Paul nimmt das auf, versucht es wenigstens, tapst vorwärts und rückwärts.

«Du kannst vieles, Paul Ammann», sagt Lisa, «aber tanzen kannst du nicht», hüpft aber trotzdem weiter um ihn herum, zieht ihn weiter mit sich.

Und in schrägen, ovalen, eingedellten, einfach nicht kreisend sein wollenden Bewegungen, mal vorwärts, mal rückwärts tanzen sie, tanzt sie, holpert er über den Hof, bis sie mit einem letzten Schlenker und einem letzten Wippen von Lisas Hüften es irgendwie schaffen – wahrscheinlich ist es ein glücklicher Windstoss –, den Hauseingang zu treffen und ins Haus zu gelangen.

Und dann wird es morgens um elf Uhr Nacht über Schönbrunnen: eine lokale Sonnenfinsternis. Und die Sterne scheinen, funkeln, glänzen um die Wette.

Familien.Rat.

Trubschachen, Schönbrunnen, Samstag, 23. August 2008.
Wie Lisa und Paul und Leo beschliessen, nichts zu tun.

Samstagmorgen. Auch Leo hat die Postkarten gesehen, gelesen, geschmunzelt, leer geschluckt beim Steinmann, alles zusammengezählt, die irischen Briefmarken, den Poststempel. Bereits hat er Clifden im Atlas herausgesucht. «Am äussersten Ende von Europa», hat er gesagt, «als Nächstes käme dann Amerika. Wahrscheinlich war er unterwegs in den Wilden Westen zu den Apachen und ist in Irland hängen geblieben bei Schafen, Hunden, Bildern, Königshäusern und Helikoptern.»

«Was will er uns sagen?», fragt Lisa. Und antwortet gleich selbst: «Dass es ihm gut geht, dort, wo er jetzt ist, dass er dort ein Leben hat. Also lassen wir ihn dort, bis er wieder zurückkehrt oder bis er uns explizit zu sich einlädt.»

«Stimmt schon», sagt Leo, «der Steinmann ist nicht gerade eine Einladung», und schluckt schon wieder leer.

Lisa fährt ihm über den Kopf wie damals, als er ein kleiner Junge war, sanft nachdrücklich gegen den Strich und will auch dem zweiten über den Kopf fahren aus lauter Gewohnheit. Aber eben, der ist ja dort, in Irland.

Paul hat die ganze Zeit geschwiegen, schweigt auch jetzt, als Stille eingekehrt ist. Und das ist so ungewöhnlich, dass nun beide, Lisa und Leo, auf ihn schauen. Sie sehen zu, wie es in ihm arbeitet, fuhrwerkt, wogt. Ein Sturm tobt, bis es schliesslich aus ihm herausbricht: «Einerseits», ruft Paul, und gleich auch noch «andererseits, also» und «obwohl, sofort» und «später, immer» und «nie, jedenfalls» und «allenfalls.» Ganz offensichtlich ist er hin- und hergerissen. Und das ist für ihn genauso ungewohnt wie das Schweigen. Ungewissheiten kennt er, damit kann er umgehen, aber Dilemmas kennt er nicht. Und bevor es ihn zerreisst, greift Lisa ein: «Wir würfeln, ob wir nach Clifden fahren oder nicht.»

Und diese Lösung ist nun so sehr nach seinem Geschmack, dass Paul augenblicklich wieder gute Laune kriegt und sich an die Stirne schlägt. «Natürlich», ruft er, «das vierte Gebot! Wie konnte ich nur so dumm sein und das vergessen?»

Und schon hat Leo den Würfel gebracht. Und schon ist abgemacht: «Eins, drei, fünf: Wir fahren nach Irland; zwei, vier, sechs: Wir bleiben zu Hause.» Und schon ist der Würfel gefallen. Und schon zeigt er die Vier. Und alle wissen, dass es so gut ist. Auch und vor allem Paul.

Blitz.Schlag.

Clifden, «Lavelle Gallery», Samstag, 4. Oktober 2008.
Wie Louis sich verliebt.

Eines Tages tritt Louis in Gavins Galerie, um mit ihm eine ihrer wortlosen Unterhaltungen zu führen. Von allen andern Leuten lässt sich Louis Geschichten erzählen, hört er zu, sagt er meistens nichts, manchmal eines seiner Doppelwörter, wenn es darauf ankommt, auch mal drei Worte. Mit Gavin aber pflegt er sich zu unterhalten, pantomimisch, mit Zeichensprache, mit Lauten, manchmal benutzen sie auch Zeichnungen.

Gavin liebt diese Gespräche. «Hast du deinen doofen Hund immer noch nicht gefunden?», eröffnet er und geht gleich zum Angriff über, indem er zuerst einen dämlichen und begriffsstutzigen Hund darstellt und dann in jede Ecke und hinter jedes Ding in seiner Galerie guckt.

«Nein, hier gibt es nur blinde, taube oder stumme Hunde, das hat wahrscheinlich von euch abgefärbt». Louis ist Hund, tappt blind durch die Galerie, dann taub, ein Hund, der nichts von dem hört, was man ihm sagt, und schliesslich stumm, ein Hund, der vergeblich versucht zu bellen. Und immer sieht der amüsierte Gavin sowohl den Hund wie den Meister.

Mitten in dieser Darstellung aber bleibt Louis stehen, wie vom Blitz getroffen, und starrt auf ein Gemälde, das dort am Boden liegt. Eine ganze Reihe von Gemälden stehen dort hintereinander aufgereiht, verkehrt herum, mit der Rückseite zum Betrachter. Beim Herumtappen ist das vorderste umgefallen, gibt sein Bild frei, auf das Louis nun gebannt schaut. Es ist in Grün- und Blautönen gemalt. Ist es eine Landschaft? Eine Stimmung? Eine Ahnung? Louis steht da und schaut auf das Bild hinunter, den Kopf geneigt, offenbar steht es auf dem Kopf. Vorsichtig bückt er sich, dreht es um 180 Grad, steht wieder auf, betrachtet es weiter, weiter mit schrägem Kopf.

Gavin ist in der Pose des Zuschauers erstarrt, tut nichts, sagt nichts, er, der immer etwas sagt, schaut zu. Was geht da vor sich? Er sieht, wie ein Staunen, ein Verstehen über Louis' Gesicht geht. Da passiert etwas, das sieht er deutlich.

Schliesslich hebt Louis das Bild auf, hält die Leinwand mit beiden Händen vor seine Brust, blickt Gavin fragend an – eine einzige grosse Frage.

«Das ist von Maureen O'Connor», sagt Gavin. «Hat sie heute vorbeigebracht. Sie war zwei Monate weg, auf einer Insel. Hat dort gemalt. Nun ist sie wieder zurück. Wahrscheinlich ist sie noch in der Stadt. Wahrscheinlich im Bookshop bei ihrer Freundin Nicole.»

Louis steht weiter da wie ein Stock, wie ein Stein, wie eine Säule, wie ein Turm, wie ein Fels, wie ein Baum.

«Sie ist auch eine Freundin von mir. Ich stelle ihre Bilder aus, verkaufe sie. Sie wohnt ganz hinten in Cleggan, auf Omey Island. Nein, das ist keine Insel, fast eine Insel. Sie hat dort ein Haus, ein Atelier. Sie hat auch Schafe. Und ein Pferd. Und einen Hund. Sie kommt aus dem Osten, fast von ganz oben, von der Grenze zu Nordirland. Als Kind hörte sie oft Schüsse, wenn es zwischen Katholiken und Protestanten zu Schiessereien kam.» Und nun kommt Leben in Gavin. «Vielleicht ist sie noch dort, in Nicoles Bookshop. Wart hier. Bleib stehen. Rühr dich nicht.» Und schon ist er draussen. Rennt hinüber zum Bookshop, wo Maureen tatsächlich ist, am Reden mit ihrer Freundin.

Gavin stürmt herein, packt sie am Arm, sanft aber ungestüm. «Maureen», sagt er, «komm mit, ich möchte dich jemandem vorstellen.»

Und Maureen kommt mit. Ob sie will oder nicht, spielt keine Rolle, sie ist im Schlepp, im Kielwasser, im Sog von Gavin, gezogen nicht nur von Gavins Arm, vielmehr von Gavins Willen.

So betreten sie die Galerie, wo Louis am gleichen Fleck steht. Dann macht Gavin einen Schritt zur Seite und gibt den beiden den Blick frei aufeinander, will die beiden einander vorstellen: «Maureen, das ist mein Freund Louis, der nicht mit Worten spricht, aber ein grosses Herz hat. Louis, das ist meine gute Freundin Maureen, die diese wundervollen Bilder malt.» Aber er sagt nichts. Kein Wort hat Platz. Der Raum ist gefüllt von etwas anderem, von einer Spannung, die fast greifbar vibriert. Etwas geht hin und her zwischen Maureen und Louis, es ist wie Erkennen.

Während sich über Louis' Gesicht ein Leuchten legt, ein Strahlen, breitet sich über Maureens Gesicht eine tiefe Röte aus. Ein grosser Schrecken scheint sie zu packen. Und plötzlich dreht sie sich um, rennt hinaus auf die Strasse, zu ihrem Auto, nestelt die Schlüssel hervor, steigt ein, fährt los, blind. Zum Glück hat jemand ein Einsehen und lässt den übrigen Verkehr für einen Moment stillstehen, biegt die Kurven gerade, schiebt die Mäuerchen und Hecken beiseite, gibt Hunden, Katzen, Schafen Bescheid, sodass Maureen unbeschadet zur Furt kommt, zum Strand, wo der Übergang ist nach Omey, der bei Flut überschwemmt ist, nur bei Ebbe benutzt werden kann. Aber auch die Flut hat ein Einsehen und gibt an diesem Tag die Furt etwas früher frei.

So erreicht Maureen ihr Cottage, rennt aus dem Auto und steigt ins Haus, verriegelt die Vorhänge und zieht die Türen, legt sich in die Decke und zieht das Bett über den Kopf. Hält die Welt an.

Stopp!

Auch in Gavins Galerie hat die Welt angehalten. Seit dem Moment, als Maureen aus der Galerie gestürmt ist, herrscht hier Leere, ist ein Loch, fehlt ein Bild.

Gavin ist verblüfft. Sogar er, der immer etwas zu sagen weiss, ist jetzt stumm, wird von Maureens Reaktion derart überrascht, dass er keiner Reaktion fähig ist. Nun stehen die zwei da, wortlos, stumm. Als wären sie zwei Louis.

Endlich, nach einer Ewigkeit, kommt Leben in Louis. Das Bild hält er immer noch in den Händen, flach vor sich wie ein Serviertablett, wendet sich Gavin zu, streckt ihm das Bild so auffordernd zu, dass Gavin es nimmt.

Louis zeigt auf den Baum auf dem Bild, sagt: «Louis.», zeigt auf die Lichtquelle, die das Bild beherrscht und überstrahlt, sagt: «Herz.».

So viel Deutsch versteht Gavin allemal, Herzschmerz gehört zu seinem ironischen Wortschatz. Die Ironie lässt er diesmal beiseite. Louis hat sein Herz verloren, so viel ist klar. Was aber ist mit Maureen? Warum ist sie davongerannt?

Endlich findet Gavin sein Mundwerk wieder. «Seltsame Sache», sagt er mehr zu sich selbst als zu Louis, «schauen wir mal. Was ist geschehen? Louis sieht Bild. Louis sieht sein Herz im Bild. Louis sieht Maureen. Maureen sieht Louis und wird von einem biblischen Schrecken», dieser Ausdruck gefällt Gavin: biblischer Schrecken; endlich bekommen die Dinge in Gavins Kopf wieder ihre barocke Gestalt, «von einem biblischen Schrecken erfasst. Sie ergreift die Flucht, rennt weg, fährt weg». Er hat den Ton, das Bild des wegfahrenden Autos noch vor Ohren, vor Augen, zwar nur in der Breite seiner offen stehenden Galerietür, was aber seiner Fantasie längst ausreicht, sich die Fahrt nach Omey vorzustellen.

«Wir müssen mit Maureen reden», sagt Gavin laut. «Jetzt oder später?», fragt er und antwortet gleich: «Jetzt, später ist zu spät.» Warten gehört nicht zu Gavins Handlungsschemen. «Komm!», sagt er zu Louis, «wir gehen zu Maureen, as simple as that», nimmt seine Jacke, hängt das «Back in 15 minutes»-Schild an die Tür, schliesst die Tür ... Stopp, kleines Detail: Wie gelangen sie nach Omey Island? Das sind immerhin zehn Kilometer. Gavin hat nur ein Fahrrad. Er zieht es aus dem Schuppen, zeigt mit einem grossen Fragezeichen darauf.

Louis zeigt auf Gavin und radelt mit den Armen – in Rennfahrerkadenz, mindestens –, zeigt dann auf sich selbst, macht Laufbewegungen, vielmehr Sprintbewegungen.

Hexa.Meter.

Claddaghduff, immer noch Samstag, 18. Oktober 2008.
Wie Louis und Gavin X Prüfungen bestehen müssen.

An dieser Stelle werden nicht nur zwei Personen dieses Buchs einer Prüfung unterzogen, sondern auch der Autor selbst. Das folgende Kapitel muss, um der Dramatik und Bedeutung seines Inhalts gerecht zu werden, in Hexameter gesetzt werden. Zur Erinnerung: Der Hexameter ist der klassische Vers der epischen Dichtung, in welchem zum Beispiel Odysseus seine Abenteuer erlebt hat, in welchem Achilles gekämpft und verloren hat, und in welchem das Trojanische Pferd das erste und glänzendste Mal aufgetreten ist.

I

Also beginnt der Freunde lang und historische Reise,
mühsamer Marsch und Fahrt zu einsamer Insel auf Omey.
Ahnungslos noch sind sie, dass der Prüfungen erste dies darstellt.
Gavin zu Rad und Louis zu Fuss unterwegs nun zur holden

Maid Maureen, und manche Prüfung noch folgen wird. Aber keuchend, halb tot gelangen sie schliesslich und endlich zur Enge. Dort aber setzt die tobende Flut ihrem Drängen ein Ende. Hoch und stürmisch steht das Meer, kein Durchkommen möglich, weder zu Fuss noch zu Boot, denn Gavin wird seekrank zu Schiffe. Nur bei Ebbe gibt das trotzige Meer diesen Weg frei. Warten müssen sie nun, doch warten ist gar nicht so einfach. Warten – das Schlimmste für Louis in seinem herzlichen Sturme jetzt und hier, für Gavin immer und überall. Warten ...

«Stopp!», ruft dem Autor eine mächtige Stimme zu. Ist es Johann Friedrich Klopstock, der Meister der deutschen Anwendung dieses Versmasses, der dem stümperhaften Gereime ein Ende setzen will? Ist es der grosse Homer persönlich, dem die Ohren läuten? Jedenfalls geht das so nicht. Kommt nicht in Frage. Punkt.

Und der Autor wechselt beschämt und in Demut zurück zu gewöhnlicher Prosa: Warten in der jetzigen Situation, in seiner Aufregung, ist für Louis eine Qual. Für Gavin aber immer und überall, der wartet nicht gern auf etwas, er tut gern etwas; warten bereitet ihm körperliches Unbehagen. Trotzdem – was bleibt ihnen anderes übrig – setzen sie sich auf die Bank, die auf einem erhöhten Felsen steht.

Was wollen sie eigentlich auf Omey Island? Was geschieht, wenn sie dort sind? Sie kommen zu Maureens Haus, sie klopfen, Maureen öffnet die Tür, und dann? Die beiden schauen sich lange an, tief in die Augen, tief ins Herz und fallen sich in die Arme, küssen sich, Ende, Happy End, gehen ins Haus. Gavin sieht dieses Bild. Louis strahlt ihn an. Aber Gavin weiss nicht so recht. Zweifel schleichen sich ein. Maureen, die scheue, aber unabhängige Maureen, die noch nie eine Beziehung hatte, jedenfalls keine, von der Gavin etwas weiss. Maureen, die einunddreissig ist, und Louis, der neunzehn ist. Passt das?

«Was soll das?», schimpft Gavin auf sich selbst, «bist du jetzt plötzlich auch ein Spiesser, Gavin Lavelle? Kaum stösst du auf etwas, das nicht genau ins übliche Schema passt, fällst du um.» Und das fordert seine Nonkonformität so sehr heraus, dass er nun ganz ruhig wird, dem Schicksal ergeben, mag da kommen, was kommen will.

II

Wie die beiden ergeben dem Warten sich hingeben und nichts tun, nichts denken, ergiesst aus heiterem Himmel ein Regen sich über sie, der sie in Sekunden von Kopf bis Fuss durchnässt. Das Wasser läuft über sie herab in Bächen und Strömen, kaum haben sie Luft zum Atmen. Die zweite Prüfung, doch bleiben sie fest. Gavin schaut Louis an. Louis schaut Gavin an. Sie bleiben hier, keine Frage, sie harren aus. Und so plötzlich wie er begonnen hat, der Regen, so hört er auf.

III

Inzwischen hat sich eine grosse Hitze entwickelt. Die Wolken haben sich geöffnet über ihnen, und durch das Loch scheint eine stechende Sonne auf sie herab, brennt ihnen auf den Kopf. Ihre nassen Kleider kleben dampfend am Leib, und es wird so unangenehm heiss und stickig, dass sie Pullover und T-Shirt ausziehen. Mit nacktem Oberkörper sitzen sie da und haben trotzdem das Gefühl zu verbrennen. Nicht aber weichen sie, sondern sitzen und schwitzen und harren aus, bis die Hitze sich ausgebrannt und die Sonne weitergewandert ist.

IV

Jetzt, als hätten sie auf diesen Augenblick gewartet, und ohne Vorwarnung fällt ein Schwarm blutsaugender Mücken über sie her. Und sie werden gestochen und gestochen, wie sehr sie auch mit den Armen rudern und um sich schlagen. Nicht aber weichen sie, Louis und Gavin, von der Stelle und von dem Platz, sondern stehen fest und harren aus, bis die stechwütigen Mücken ihr Werk getan haben und sich neuen Aufgaben und Opfern zuwenden. Die beiden, Gavin und Louis, schauen sich an und atmen auf.

V

Schon kommt ein schwarzer Hund daher, übellaunig, argwöhnisch, verschlagen. Nicht von vorne nähert er sich, sondern nach Art dieser Tiere in einem grossen Bogen und schräg von hinten. Und Gavin befällt ein grosser Schrecken, denn seine Radfahrerwaden kennen der Hunde Biss von manchem Male. Doch Louis blickt lächelnd auf des Hundes Wut und Drohung. Und schon wird sein Knurren tief und ruhig und freundlich, und einen Moment schauen die beiden sich an. Der Hund wedelt mit dem Schwanz, er lächelt und er legt sich vor ihre Füsse, legt den Kopf auf die Tatzen. Und nun warten sie zu dritt und warten ruhig. Die Unrast ist abgefallen, auch die Ungeduld.

VI

Kommen da nicht zu zweit auf schönen und schlanken Stelzenbeinen zwei junge und hübsche, adrette, frische, kesse, liebreizende, dralle Mädchen – Frauen seit Jüngstem –, halten vor Gavin und Louis und sprechen sie an: «Ihr Fremden, nicht weit von hier in einer kleinen Bucht mit weissem Sand, geschützt von allen Blicken, möchten wir baden, doch haben wir Angst und brauchen starken Schutz.»

Doch Gavin antwortet in heldenhaftem Verzicht und mit eisernem Willen: «Ihr Schönen müsst euer Glück anderswo suchen, bei uns liegt es nicht. Wir sind verheiratete Männer.»

«Ich bin es. Und Louis wird es bald sein», spricht er in seinem Innern. Doch laut sagt er es nicht, mögen die Dinge einfach sein und möglichst klar, sagt stattdessen: «Zu eurem Schutz nehmt diesen schwarzen Hund hier. Er wird euer Bad bewachen, treuer als jeder Mann es könnte.»

Und die Schönen ziehen davon mit schmollendem Mund, begleitet vom schwarzen Hund und einem letzten, langen Blick von Gavin. Dann sitzen sie wieder zu zweit, Louis und Gavin.

VII

Alsbald wird ihre Zunge trocken im Mund und ein grosser Durst kommt über sie, so schrecklich, dass sie leer schlucken müssen, immer wieder leer. Und selbst vor Gavins Auge, der dem Alkohol abgeschworen hat und niemals trinkt, selbst vor seinem Auge schäumt nun eine, nein schäumen zwei Pint in verlockender Frische, und leer schlucken sie, leer.

Und gehen sie, Gavin und Louis, oder gehen sie nicht dorthin, ins nächste Pub? Nein, gehen sie nicht, sondern sie stehen weiter und heldenhaft ihren Mann hier an der Furt zu Louis' Glück. Und wie er gekommen, so verlässt er sie nun auch, der grosse Durst. Und lässt sie, Louis und Gavin, zurück, ermattet, vertrocknet, aber unverzagt den einen, wild entschlossen den andern.

VIII

Von vorne, von der Furt her, schwappt nun von einem Atemzug zum nächsten ein übler Geruch und sticht so bös in die Nase, dass ihnen der Atem vergeht. Geruch von Fisch, so alt, wie nur irgend denkbar. Und Geruch von Kot, der vom schlimmsten Untier stammen muss. So stark, dass ihre Lungen sich weigern zu atmen. Und ganz blau sind sie schon im Gesicht, Gavin und Louis, und zu ersticken drohen sie nun. Doch mit letzter Kraft zieht Gavin seine Turnschuhe aus und seine Socken. Und den linken hält er nun an seine Nase, den rechten an diejenige von Louis. Und wie Wonne atmen sie tief nun und köstlich ein den Wohlgeruch von Gavins Fussgeruch. Und erst nach langen Minuten und vorsichtig – die Luft ist rein – hebt Gavin die Socken von ihren Nasen weg. Und sitzen die beiden nun da und tun nichts als atmen, und nie war ihnen dabei so wohl als jetzt.

IX

Doch wie sie sitzen und sind und nichts tun, nur sind, nur nichts tun, wird ihnen so lang und wird ihnen so bleiern; ihrer Herr und Meister will werden mit aller müden Macht ein tiefer Schlaf. Und schon klappt ein Auge zu. Zuerst bei Gavin das linke, bei Louis das rechte und nun auch das zweite. Schreckt Gavin hoch: «Kommt nicht in Frage!» Und laut und falsch hebt er an zu singen. Und so sitzt er da und singt und trotzt dem Schlaf. Und Louis steht auf und stampft und dreht sich im Kreis und tanzt zur Melodie. Und so wird der Schlaf besiegt und macht sich jetzt dorthin, wo die Entfernung, die Nässe, die Hitze, die Stiche, die Angst, die Verführung, der Durst und der Gestank schon sind, beschämt und besiegt. Und Gavin der Vielgereiste und Vielgewandte, der Vielbelesene und Vielbedachte zählt nach.

X

So spricht Gavin: «Oh Herkules, neun an der Zahl der Prüfungen sind es, die wir bestanden ohne Tadel, zehn aber, sage ich, zehne müssen es sein, zehn Geisslein, zehn kleine Negerlein und zehn Gebote, Zehn-Buddhisten und im Zehntrum eine Zehntrale, im Zehnith aber reizehnde Herzehn, zehn Zehnts, ihr glotzehnden Bonzehn ...» Und nun kommt Leben in Louis. Er packt Gavin, der mit erhobenen Armen und laut und wirr deklamierend wie ein Priester auf dem Felsen steht, gibt ihm einen Schlag in den Bauch, dass dieser, weiter deklamierend «Unzehn von Weizehn, fuhrzehnde Rezehnsionen» zusammenklappt wie ein Sackmesser, die Hände gen Boden. Und Louis hebt Gavins Füsse und hält ihn kopfüber, schüttelt ihn wie einen offenen Sack. Und nun quillt es aus Gavins Mund, alles aufs Mal: Laute und Vokale und Mist und Sinn und Unsinn und alles purzelt heraus, es gurgelt und ... dann ist Schluss und Stille und Ruhe, und die zehnte und letzte Prüfung, der drohende Wahnsinn, ist bestanden, besiegt.

Ebbe.Flut.

Omey Island, immer noch Samstag, 18. Oktober 2008.
Wie Louis und Gavin die X Prüfungen bestanden haben und sich Maureen nähern.

Und nun ist die Furt offen. Und würdig und langsam und erhaben und wichtig und schweigsam und gemessen, aber auch furchtsam und scheu und ängstlich vor der Zukunft ungewissem Ausgang schreiten Gavin und Louis nun über den Sand und schreiten fort und gelangen auf die Insel, wo Maureen in einem Cottage mit angebautem Atelier wohnt. Und näher kommen sie, mit jedem Schritt näher und näher. Und schliesslich klopft Gavin an die Tür. Und an die andere. Und an die Fensterläden. Doch nichts geschieht. Keine Tür geht auf, weder hier noch hinten bei der Küche, noch seitlich am Atelier. Kein Vorhang bewegt sich hinter keinem Fenster hinter keinem geschlossenen Fensterladen. Gavin klopft und ruft und erhält keine Antwort.

Louis ist stehen geblieben vor der Eingangstür. Sie ist da, er weiss es, er spürt es. Ganz sachte drückt er auf die Türfalle. Die Tür ist abgeschlossen, versperrt. Kein zweites Mal drückt er. Sie öffnet nicht, das weiss er nun, sein Herz sagt ihm das unumwunden und unumstösslich und unumgänglich und unumüberhaupt.

Und als Gavin das Haus um- und unumrundet hat und er vor Louis auftaucht ohne Glück, sieht ihn dieser mit traurigem Blick und leeren Augen an, fern jeden Strahlens, fern jeder Hoffnung und weist gen Clifden und sagt: «Louis.Broke.».

Und so gehen sie zurück, wie sie gekommen sind, über die Furt und dann zu Fuss und zu Rad. Louis trottet dahin wie ein müder Gaul, aufs Fahrrad will er ums Verrecken nicht. So fährt Gavin neben ihm her, zermartert sich das Gehirn, versucht zu begreifen und verstehen: «Maureen ist krampfhaft schüchtern.» Das sagt ihm seine Frauenkenntnis, der zwar jede Tiefe und jede Systematik abgeht, aber hier hat er einen Treffer, und auf dieser wackligen Grundlage spekuliert er weiter: «Maureen ist also krampfhaft schüchtern. Warum aber ist sie so panisch davongerannt? Das kann zwei Gründe haben: Entweder ist sie verletzt, oder ihr Herz ist getroffen und berührt. Beides könnte dazu führen, dass sie sich zurückzieht, einschliesst.» Mit Louis kann Gavin darüber nicht reden, dazu reichen ihre Konversationsmöglichkeiten nicht aus.

Endlich tauchen hinter der letzten Kuppe die beiden schwarzen Kirchturmspitzen von Clifden auf – üblicherweise ein Anblick, der durch seinen düsteren Eindruck Gavins atheistische Seele erleuchtet, heute aber ist er einfach froh, dass sie endlich zurück sind.

Vor der Galerie stellt sich Louis mit hängenden Armen, hängenden Schultern, hängendem Kopf – «Think.Thank. Gavin.», sagt er – vor Gavin hin mit hängendem Blick.

Worauf ihm Gavin den Arm über die Schulter legt und auf den Rücken klopft. «Mutig, mutig lieber Bruder», denkt er, «gib die bangen Sorgen auf, morgen geht die Sonne wieder hinter jenen Hügeln auf.» Dass er diesen Hoffnungsschimmer dem Beresinalied entnimmt, jenem traurigsten aller Lieder, das da lautet:

Unser Leben gleicht der Reise
eines Wandrers in der Nacht;
jeder hat in seinem Gleise
etwas, das ihm Kummer macht.
Aber unerwartet schwindet
vor uns Nacht und Dunkelheit,
und der Schwergedrückte findet
Linderung in seinem Leid.
Mutig, mutig, liebe Brüder,
gebt das bange Sorgen auf;
morgen steigt die Sonne wieder
freundlich an dem Himmel auf.
Darum lasst uns weitergehen;
weichet nicht verzagt zurück!
Hinter jenen fernen Höhen
wartet unser noch ein Glück,

weiss er nicht, doch scheint es zu wirken. Ein ganz klein wenig richtet sich Louis auf.

Und nun legt Gavin den Kopf zur Seite, schliesst die Augen, richtet ihn wieder auf, klopft sich mit dem Handteller an die Schläfe – schlafen, dann denken – und geht ab.

Happy. End.

Omey Island, Samstag, 18. Oktober 2008.
Wie die Geschichte ein gutes Ende findet.

Maureen kommt nicht mehr ins Dorf. Kauft im weit entfernten Letterfrack das Wenige ein, das sie überhaupt braucht. Sie isst kaum, trinkt nicht – aus irischer Sicht gesprochen –, trinkt nur Wasser. Sie malt und malt mit klopfendem Herzen. Es klopft so stark, dass sie nicht denken kann, nur malen.

Und eines Tages, als Maureen das Haus verlässt, steht genau vor ihrer Tür ein Steinmann: sieben Steine, hoch aufgerichtet. Und der zweitoberste Stein ist blau angemalt. Mit knapper Not kommt sie und mit pochendem Herzen ins Freie.

Und am Gartentor steht noch ein Steinmann mit blauem Stein und auf dem Blau ein grosses, weisses «L». Maureen muss lächeln.

Und dann sieht sie unten am Strässchen in der grossen Biegung den nächsten. Und auf dem blauen Stein steht «LUI».

Und von dort sieht sie weit unten, fast am Strand schon, den nächsten Mann, und er scheint zu flattern im Wind. Und als sie näher kommt, sieht sie und lächelt wieder. Er trägt ein blaues T-Shirt.

Und weiter geht Maureen. Und ob sie will oder nicht, um viele Steine und Hindernisse herum geht sie geradewegs hinunter zum Strand. Und auf dem weissen Sand folgt sie den Fussspuren, die hinüberzeigen zur kleinen Bucht hinter dem grossen schwarzen Felsen. Und verzagt und mit zerspringendem Herzen und mit einer Furcht, die ihre Schritte hemmen will, aber getrieben von einer Kraft, die ihr unbekannt vertraut ist, folgt sie der Spur, tritt in die Stapfen, merkt erst jetzt, dass auch sie mit blossen Füssen geht.

Und ihre kleinen Füsse passen genau in diese grossen Abdrücke, die hinüberführen. Und um den schwarzen Felsen herum geht sie nun. Und da steht er, an diesem unberührten Ort steht er da und schläft, steht da mit geschlossenen Augen.

Und näher kommt sie und nah, und nun steht sie vor ihm. Bebend und von ganz nah betrachtet sie ihn. Die grossen Füsse, ruhend im Sand, die Hose, leicht flatternd, ein brauner Ledergürtel, der nackte Oberkörper, jung und stark, nicht bleich, aber viel heller als die braunen Arme, deren Bräune bis mitten an die Oberarme reicht, als wären sie bis genau dort eingetaucht worden in Sonne und Wetter, genau wie der Kopf, dessen Bräune in einem runden Bogen um den Hals beginnt, ein schönes, offenes Gesicht, ganz ruhig, ganz entspannt, ein breiter Mund mit wenig Flaum auf der Oberlippe, noch keine Spur von Bartwuchs, nur etwas blonder Flaum, das Gesicht umgeben von wildem, fast strähnigem lockigem Haar. «Ein junger Gott», denkt Maureen, fühlt Maureen.

Und mitten im Gesicht die geschlossenen Augen. Die ihr Zeit und Raum geben, sich diesen Mann ganz genau anzusehen.

Jetzt geht ein Schnuppern über sein Gesicht, ausgehend von den Nasenflügeln und sich ausbreitend über das ganze Gesicht. Er nimmt Geruch auf, einen Wohlgeruch ganz offensichtlich, denn nun geht ein Strahlen und ein Leuchten über sein Gesicht, eine grosse Freude – jede Spannung fällt ab – macht sich breit, geht über in Körper und Arme und Beine und Füsse, die Zehen rekeln sich, der Bauch entspannt sich, die Brust weitet sich, die Schultern geben nach, die Hände freuen sich.

Und nun, und nun endlich und genau jetzt öffnen sich die Augen, und ohne Blinzeln und ohne Zwinkern schaut Louis sie an und sagt: «Du.» Und sagt es und weiss nicht, was er sagt, aber spürt es und sagt und spricht:

«Anker ist Wort das hält
Und Brücke ist Wort das trägt
Schiff ist Wort das kommt
Und Hafen ist Wort das schützt
Meer ist Wort das sucht
Und Du ist Wort das gilt.»

Und schaut sie an und schweigt jetzt. Und dann wird es still um sie, und es kommt ein sanfter Nebel und hüllt sie ein. Und als sie später, viel später dem Nebel entsteigen, sind sie ein Einziges und ein Ganzes.

Seiten.400.

Und jetzt ist – wäre – die Geschichte fertig. Auf Seite 374 ist das Happy End. Und wer will und damit glücklich ist, kann das Buch jetzt und hier gerne zuklappen.

Im Kopf des Autors aber befinden sich 400 Seiten, und so bleiben nach Adam Riese noch 26 Seiten, welche jetzt noch folgen werden, was dem Autor sehr entgegenkommt. Nicht nur, weil er diese 26 Seiten nicht als Ballast bis ans Ende seiner Tage in seinem Kopf mitschleppen will, sondern und besonders auch, weil es manche wichtige Personen gibt, von welchen die Leserinnen und Leser schon lange nichts mehr gehört haben, und die der Autor nicht einfach im luftleeren Raum schweben lassen kann. Von ihnen soll also auf diesen restlichen Seiten erzählt werden. Aber auch, wie es mit Maureen und Louis weitergeht, und was dann in Clifden alles passiert. Allerdings geht es nicht beliebig lang weiter. Plötzlich ist dann Schluss. Punkt. Ende. Diese Geschichte hat genau 400 Seiten.

Luft.Post.

Clifden, Mittwoch, 21. Januar 2009.
Wie Maureen einen Brief schreibt.

Lieber Leo, liebe Lisa, lieber Paul

Diesen Brief schreibe ich in einer Sprache, die ich nicht kenne. Trotzdem verstehe ich jedes Wort. Das ist komisch, aber ihr seid ja von jeher an komische Dinge gewöhnt. Ihr kennt mich nicht, ich euch aber inzwischen schon. Ihr werdet es erraten haben: Ich kenne euren Louis. Ich kenne ihn bis ins Innerste. Er hat mir alles von sich und euch erzählt. Ich denke, dass ihr froh seid, wenn ihr Neuigkeiten von Louis erhaltet. Also, es geht Louis gut, sehr gut, denke ich, ich halte ihn für glücklich – und seit ich schwanger bin für noch glücklicher. Louis und ich sind ein Paar, bald werden wir eine Familie sein. Wir sind uns vor ein paar Monaten begegnet. Und es ist, als hätten wir uns schon immer gekannt.

Aber ihr wisst ja nichts von mir. Also, ich heisse Maureen O'Connor, ich bin zweiunddreissig Jahre alt, Irin, Kunstmalerin, Schafhalterin. Seit zehn Jahren, seit Abschluss der Kunstschule lebe ich hier in Clifden, das ist ein kleines Küstenstädtchen in Connemara im Westen von Irland. Meine Bilder hängen hier in Clifden in der Lavelle Gallery. Vor einem meiner Bilder haben wir uns das erste Mal getroffen. Seither leben wir zusammen, und Louis hat mir sein ganzes Leben erzählt. Wie hat er das getan? Das weiss ich auch nicht so genau. Aber wenn wir uns berühren, fliessen Gedanken, Bilder, Worte zwischen uns. Auch jetzt, wenn ich diesen Brief schreibe mit meiner rechten Hand, hält Louis meine linke Hand und mir fliessen die deutschen Worte, Wörter zu, die ich hier niederschreibe. Schon als Kind war ich anders als die andern, anders als meine Eltern, anders als meine Mitschüler. Lieb, aber eigenwillig. Schon als Kind bin ich oft traurig gewesen, später habe ich herausgefunden warum. Ich spürte schon als kleines Kind und dann meine ganze Kindheit, dass mir etwas fehlte. Ich wusste nicht was, nur dieses Gefühl der Leere war fassbar. Es war genau die Hälfte von allem. Ich ass Schokolade, sie war genau halb lecker, sie gab nur die Hälfte des Genusses frei. Ich hörte Musik, es war, als hörte ich nur die Hälfte der Töne. Einzig beim Malen war es anders. Es war, als ob mir das ganz allein gehörte. Es war zwar schwierig, zum Resultat zu kommen, aber beim Malen gab ich mich nie mit der Hälfte zufrieden. Ich arbeitete an einem Bild, bis es ganz war. Diese Bilder kamen mir vor wie Botschaften, die ich aussandte nach der fehlenden Hälfte.

Und nun bin ich nicht mehr halb, sondern ganz. Auch Louis ist ganz und gar. Und nun werden wir also eine Familie gründen und heiraten. Louis wird Gavin, seinen Freund von der Lavelle Gallery, zum Trauzeugen bitten. Und ich möchte dich, Leo, fragen, ob du der andere Trauzeuge sein wirst.

Wir heiraten im März und freuen uns, wenn ihr alle dabei seid.

Tha gràdh eadrainn
Maureen und Louis

Gross.Vater.

Trubschachen, Schönbrunnen, Bahnhof, Samstag, 24. Januar 2009.
Wie Paul mit Jakob Whiskey trinkt.

Paul ist vollkommen durch den Wind. «Ich werde Grossvater, ich bin dreiundvierzig, ich bin ein Mann in den besten Jahren und jetzt werde ich zu allem Überfluss und zu aller Freude Grossvater.» Und dann nimmt er eine Flasche Whiskey, irischen Whiskey, Connemara Turf Mór, 58,2 % Alkohol, weiss der Himmel, wie der zu ihm gekommen ist, da muss die Vorsehung ihre Hände im Spiel gehabt haben, und begibt sich zu Jakob, der wird schliesslich Urgrossvater.

Und zusammen setzen sie sich ans Kaminfeuer, das in Jakobs Wohnzimmer brennt. Paul schenkt zwei Gläser halb voll ein, wie sich das gehört für einen ehrlichen Whiskey.

«Jakob, kannst du dir das vorstellen, ich werde Grossvater?!»

Jakob runzelt die Stirn, schaut die Whiskeyflasche an. Sie ist aber noch fast unberührt.

«Du wirst Grossvater, höre ich richtig?», sagt er. «Ja, haben der Leo und die Claudia denn das gewollt, so früh schon?», fragt er, «oder ist ihnen das passiert? Aber ...», sagt er plötzlich und setzt sich gerade auf, «... dann werde ich ja Urgrossvater!» Und nun strahlt er und nimmt den Whiskey und kippt ihn auf einen Schlag. Was er aber besser nicht getan hätte. Denn nun tun die 58,2 Prozent ihre Wirkung und präsentieren ein sehenswertes Spektakel. Zuerst wirft Jakob den Kopf nach hinten, dann öffnet er den Mund, dann läuft er rot an, dunkelrot, violett. Luft kriegt er keine, er röchelt, er ächzt. Dann steigt ein Schmerzensschrei auf, tonlos aber deshalb nicht weniger eindringlich. Die Hände gehen zur Kehle. Ein zweiter Schrei, nicht unähnlich dem Zirpen einer Grille, aber wesentlich intensiver im Ausdruck. Dann kommt Rauch aus der Nase und den Ohren. Und nun beruhigt sich Jakobs System langsam wieder. Und nach zirka fünf Stunden dauernden fünf Minuten ist er wieder in der Lage, etwas zu sagen, wenn es auch noch sehr krächzend tönt. «Was ist das für ein Stoff?», fragt er, «fast hättest du mich getötet. Also von schlechten Eltern ist der nicht. Und einen feinen

Nachgeschmack hat er. Komm, schenk ein», sagt er zu Paul, «wir müssen feiern. Vielleicht trinke ich den nächsten etwas langsamer.»

«Weisst du», sagt Paul, «es ist nicht Leo.» Und bevor bei Jakob die Verwirrung Oberhand gewinnt, sagt er: «Es ist Louis.»

«Louis??», echot Jakob.

«Louis», wiederholt Paul. «Er hat in Irland eine Frau gefunden, sie bekommt ein Kind, sie wollen heiraten.»

«Louis.Kind.», sagt Jakob und staunt und beginnt dann zu strahlen. «Ich freue mich», sagt er, «der Louis wird ein guter Vater.»

Und nun trinken die beiden und schmieden Pläne, wie sie so schnell als möglich nach Irland gelangen könnten. Und bei all dem Reden ist am Ende die Flasche leer, und die beiden sind voll, voll Glück, voll Zukunft.

Irr.Land.

Unterwegs, Mittwoch, 4. März bis Freitag, 6. März 2009, 12 Uhr. Wie Ammann-Leibundguts nach Irland fahren und in Clifden ankommen.

Und so beginnt das Unternehmen «Irrland», wie Paul es nennt: mit dem Zug nach Bern, nach Paris, nach Le Havre. Mit der Fähre nach Rosslare. Mit dem Bus nach Dublin und von dort nach Galway und dann nach Connemara, nach Clifden.

Schon im Zug nach Bern weiss das ganze Zugsabteil, wissen alle Passagiere Bescheid darüber, dass Paul inklusive Familie unterwegs nach Irland ist. Als Nächstes erfahren dann die Passagiere des TGV die Geschichte sowie der

Kondukteur, der hier Chef de train heisst und der auch schon Grossvater ist und sich sehr gut mit Paul versteht.

Auf der Fähre, während Leo zusammen mit Claudia alles genau inspiziert – also er inspiziert, und sie lässt alles auf sich wirken –, und nachdem sie sich innen alles genau angesehen haben, machen sie auch einen Rundgang auf dem Aussendeck. Dabei kommen sie etwa alle zehn Meter an einem in grossen Buchstaben an die Wand gemalten Wort vorbei. Dass es sich um das Funker-ABC handelt, ist Leo klar. Dass es sich um lyrischen Rohstoff handelt, ist Claudia klar. Warum dieses ABC sich aber rund ums Schiff zieht, kann er sich, will sie sich nicht erklären, geraten aber darüber ins Denken, machen noch einige Male die Runde. Bis sich in ihrem Kopf ein Stück konkrete Poesie geformt hat, dann gehen sie zum Board-Shop und kaufen den dicksten Filzstift, den sie dort haben, kehren auf das Aussendeck zurück und schreiben nun sorgfältig zwischen die einzelnen Funkerworte neue Worte rund um das ganze Schiff, sodass es schliesslich heisst:
«ALPHA ruft sie, und BRAVO hört CHARLIE auf dem DELTA als ECHO, wo er FOXTROT tanzt im GOLFHOTEL INDIA mit JULIET, die zwar einige KILO in LIMA gelassen hat, als sie mit MIKE im NOVEMBER den OSCAR gewonnen und dann mit PAPA in QUEBEC und mit ROMEO in der SIERRA TANGO getanzt und in voller UNIFORM mit VICTOR so viel WHISKEY getrunken hat, dass sie ihn durch X-RAY als YANKEE und dann sogar als ZULU gesehen hat.»

Dann nicken sie zufrieden und begeben sich zurück zu ihrer Familie.

Spät nachts gerät Paul an eine Gruppe von Iren. Sie reden, sie trinken, sie lachen. Paul erzählt seine Geschichte. Sie trinken mehr. Alle sind schon Grossvater, und Paul wird feierlich in ihre Mitte aufgenommen. Ein Schweizer, dessen

Sohn nach Connemara gefahren ist, um dort eine Familie zu gründen, das ist ganz nach ihrem Geschmack. «Mit dem Bus nach Connemara, das geht doch nicht», sagt der erste. «Viel zu kompliziert», sagt der zweite. «Nehmt meinen Wagen», sagt der dritte, «ihr könnt ihn bei der Rückreise wieder zurückgeben, ich kann mit einem meiner Kumpel weiterfahren». Und er streckt Paul den Schlüssel hin: «Der blaue Ford auf dem gelben Deck fast zuhinterst. Du rufst mich an, wenn ihr zurückfahrt, dann hole ich den Wagen in Rosslare ab.»

So wird Paul stolzer Autobesitzer und fährt am nächsten Morgen sich und seine Familie stolz vom Schiff und auf die grüne Insel, fährt stolz, bis ihm Lisa sanft, aber nachdrücklich die Hand auf den Arm legt: «Links fahren, Paul, in Irland fahren wir links.» Und auch nach der nächsten Abzweigung muss sie wieder sagen: «Links fahren, Paul, wir Iren fahren links.»

Und Paul hält am rechten Seitenstreifen, steigt aus, geht um den Wagen herum, öffnet die Tür auf Lisas Seite. «Fahr du, du Besserwisserin.»

Und Lisa rutscht hinüber auf den Fahrersitz. Paul setzt sich, rekelt sich auf dem Sitz des Beifahrers, erteilt Lisa gnädig die Starterlaubnis. Im Fond gibt es ein dreifaches Aufatmen, als nun Lisa auf die linke Spur wechselt und den Wagen zu einem Teil des irischen Überlandverkehrs werden lässt.

«Beifahrer, Beischwimmer, Beiflieger, Beigeher, Beiesser, Beitrinker, Beireder, Beihörer, Beimacher, Beischläfer, Beiwohner», zitiert Paul, «that's me. By driver, by swimmer, by flyer, by goer, by eater, by drinker, by talker, by listener, by doer, by sleeper, by liver, by lover», singt er.

Und Lisa muss lachen. Niederlagen gibt es einfach nicht bei Paul. Und überhaupt, er freut sich so unbändig auf das Wiedersehen mit seinem Sohn, dass es nichts gibt, was seiner guten Laune Herr werden könnte.

Auch Lisa freut sich. Dass es Louis gut geht, hat Lisa immer gewusst, war Teil ihres Denkens gewesen. So wie sie weiss, dass es einer Kuh, einem Pferd gut geht. Louis ruht in sich. Dass er weggegangen ist, hat Lisa nie als Flucht verstanden, sondern als Plan, als Weg, den ihr Sohn geht. Wahrscheinlich kein klarer Plan, kein gerader Weg, wahrscheinlich nur mit einem klaren Ziel. Wie es dazu kam, und warum sich dieses Ziel am westlichsten Zipfel von Irland befindet, davon hat sie keine Ahnung, lässt sie einfach stehen. Sie freut sich darauf, diese Maureen kennenzulernen, die ein Leben lang auf ihren Louis gewartet hat.

«Ich glaube nicht ans Schicksal», denkt Lisa, «ich glaube nicht an Gott, an was glaube ich? An was glaubst du?», fragt sie Paul.

Aus heiterem Himmel kommt diese Frage, doch Paul zuckt nicht einmal zusammen. Einen Westmann – schliesslich ist er unterwegs in den Westen, also ist er ein Westmann – kann nichts verblüffen, der ist auf alles gefasst.

«Beifall», sagt er, weil es so schön anschliesst an sein vorheriges Wortspiel, «ich glaube an Beifall», sagt er, meint aber Zufall. Aber wieder geht der heilige Geist mit ihm durch: «Beifall, Abfall, Umfall, Reinfall, Vielfall.»

Und sagt es nun doch und endlich: «Ich glaube an Zufall. Die Dinge fallen dir zu. Und wenn dir vieles zufällt, dann ist es gut: Vielfall und Zufall. Und da gibt es Beifall und Reinfall und Hochfall und Tieffall und Einfall und Ausfall. Und die Summe davon ist der Zufall.»

«Quod erat demonstrandum», sagt eine Stimme aus dem Fond. Es ist Leo. Sein systematischer und logischer Verstand scheint vollkommen einverstanden zu sein mit dieser Beweisführung.

Claudia lächelt, nickt Lisas Blick im Rückspiegel zu.

«Howgh, so sei es», sagt Jakob. Wenn es ums Wesentliche geht, ist er definitiv bei den Indianern angelangt.

Lisa aber schaut hinüber zu ihrem Mann mit einem der langen Blicke, die bei andern Lenkern – nicht bei Lisa – zu einer Landung im Strassengraben führen würden. Lisa schaut diesen Paul an. Hinter diesen Blüten und Trieben, hinter diesen Spässen stecken Geist und Verstand.

«Ich glaube auch an Zufall, Paul, danke schön.»

Und richtet den Blick jetzt wieder auf die Strasse. Claudia atmet auf. Die andern sind so an Lisas Fahrstil gewöhnt, dass ihnen schon gar nichts mehr auffällt – zufällt, will sagen.

Leo aber. Immer noch sitzt Claudia mitten in seinem Kopf, in seinem Bauch, in seinem Ding, noch immer ist er ein Herz und eine Seele mit Claudia.

Leo freut sich auf seinen Bruder, er spürt auch Angst. Wie wird es sein, wenn er vor Louis steht, und wenn er dann etwas denkt und Louis versteht kein Wort? Und so macht Leo wie immer, wenn er zur Ruhe kommen will, eine Auslegeordnung. Gleich, wie das Paul auch macht, aber ganz anders.

Wenn Paul das gegenständlich macht, dann macht er, Leo, das abstrakt. Und so stellt er Punkte in den Raum und in die Zeit, stellt Verbindungen her zwischen diesen sich bewegenden Punkten, und bald entsteht ein Geflecht, nicht starr, sondern sich lösend und ändernd, ein lebendes Gewirr. Und als er alles aufgestellt und errichtet hat, sieht er darauf und sieht, dass es gut ist, und ist zufrieden. Die Verbindung steht noch und hält noch, ist nur etwas verstopft. Und mit jedem Kilometer kommen die Punkte einander näher und näher, nicht nur in Raum und Zeit, auch in Geist und Gefühl.

Und wieder hebt ein Fahrzeug ab, lösen sich Räder vom Asphalt, hebt ein Gefährt ab von der Wirklichkeit und gleitet dahin – Wunsch und Wille –, die Dinge werden weich und blass und unscharf und lösen sich auf ... Und nach kurzer Länge und nach langer Weile setzt der Wagen auf und dann sind da Seen und Moore, Weiden und Schafe, Felsen und Meere, Wolken und Himmel, ein ander Land. Sie sind in Connemara. Und an der nächsten Kreuzung biegt der Wagen ab – «Clifden 25 km» steht auf dem Schild. Und so viel Weg und Zeit brauchen sie schon um anzukommen. Damit auch noch etwas Ungeduld aufkommen kann, was Voraussetzung für das Gefühl des Ankommens ist. Und die Ungeduld wächst und nimmt zu, wird spürbar und greifbar. Sie passieren einen kleinen Fischerort – einige Häuser, ein Hafen in einer Bucht –, und weiter geht es, Kurve reiht sich an Kurve.

Lisa lächelt. «Habt ihr die Schilder montieren lassen?», fragt sie, als sie vor einer weiteren Haarnadelkurve an einem 80-km/h-Schild vorbeifahren und mit der halben Geschwindigkeit bereits an die Grenzen der Physik stossen.

«Die Iren sind mir sympathisch», sagt Paul, «das sind keine Kleinkrämer, die gefallen mir.»

Und nun fahren sie um die letzten vier Kurven und über eine kleine alte Brücke und müssen dann links abbiegen und fahren nun die Dorfstrasse von Clifden hinauf, Lower dann Upper Market Street, kommen zum Dorfplatz, umrunden einen hässlichen Metallobelisken, biegen rechts ab, fahren nun durch die Main Street, links ein Hotel, ein Ausstattungsgeschäft, die Post, rechts Bars, ein Wettbüro, links ein Internet Café, ein Bookstore, eine Galerie.

Sind schon vorbei, als Leo «Stopp!» ruft. «Die Galerie, das Haus mit den Bilderfenstern von der Postkarte.»

«Einbahn», sagt Lisa, «ich kann nicht wenden, ich fahre noch einmal eine Runde.» Sie biegt rechts ab in die Bridge Street, fährt langsam weiter, ein B&B rechts, eines links, noch eines rechts.

«‹Kingstown House›», liest Leo. «Klar!», ruft er, «das Haus mit der Krone.»

Aber auch da ist Lisa bereits vorbeigefahren, und von hinten stösst ein gelber Überlandbus nach, sie kann nicht stehen bleiben. Mit einem kurzen Blick erfasst Leo noch ein Ladenschild mit zwei Hunden, das ihm bekannt vorkommt. «Ob das mit der vierten Postkarte zu tun hat, der Hundekarte?», fragt er sich und hat das Gefühl, er habe schon ein bisschen etwas erfasst von Louis neuer Welt.

Lisa hat nun die zweite Runde begonnen, fährt weiter, bis sie fast bei der Galerie ist, wo tatsächlich eine Parklücke auf sie gewartet hat. Lisa parkiert. Sie steigen aus, schauen sich um, schauen sich an.

Leo geht auf die Galerie zu, deren Tür offen ist. Neugierig, ob dies das Haus von der Postkarte ist, bleibt er in der Tür stehen, späht hinein. Hinten im Raum sitzt ein grosser Mann an einem Tischchen, auf dem vieles steht, auch ein Notebook, von welchem er nun auf und zur Tür schaut, lacht: «Louis, come in, nice to see you.»

Und Leo geht hinein. Und als er näher kommt, schaut der Mann etwas irritiert.

«Louis?», fragt er. Dann rattert es kurz, eindeutig im Kopf des Mannes.

«The twin», sagt der Mann und streckt ihm die Hand hin, «you must be Leo, the twin, nice to meet you, my name is Gavin, the only one, no copy.» Und ein herzhaftes Lachen, so ansteckend, dass auch Leo lachen muss.

Er stellt sich vor: «Genau, Leo heisse ich, wir sind gerade angekommen, mein Vater, meine Mutter, mein Grossvater, meine Freundin.»

«The whole family», lacht Gavin, «eine richtige Invasion. In der Schweiz muss es im Moment richtig leer sein», und wieder grosses Gelächter.

Inzwischen schaut auch Paul zur Tür hinein.

«Kommt herein», ruft Leo, «das ist Gavin, er kennt Louis.»

«Und ob ich Louis kenne», protestiert Gavin, so viel Deutsch versteht er allemal. Und er begrüsst Paul, dann Lisa – mit bewunderndem Blick –, dann Jakob und schliesslich Claudia – noch ein bewundernder Blick.

«Good choice», sagt er zu Leo und zwinkert ihm zu. Wahrscheinlich würde er das auch gerne zu Paul tun, aber dazu ist Lisas Ausstrahlung zu stark, das getraut er sich nicht. Eigentlich hätte er ihr die Hand küssen wollen, aber das hat er verpasst.

«Louis», sagt er und geht zum Wesentlichen über, «Louis ist auf Omey Island bei Maureen, zehn Kilometer von hier. Manchmal kommt er ins Dorf zum Arbeiten, zum Reden, zum Einkaufen, zum Vergnügen. Ob er kommt, hängt von ihm ab, wann er kommt von Ebbe und Flut», sagt er und wühlt in dem Wirrwarr auf seinem Pult. «Got you!», ruft er triumphierend. Paul sieht ihn mit grossen Augen an. «Hoppla», denkt er, «sieh mal an», schaut dann aber auf das kleine Büchlein, in dem Gavin blättert, «Tide Table» steht auf dem Umschlag. Leo ist aber noch schneller, schaut schon über Gavins Schulter. Tabellen liest er wie andere Leute Schlagzeilen. Auf einen Blick erkennt er Aufbau und Struktur, Höhen und Tiefen – hier nun für einmal wortwörtlich. «Ebbe ist um vierzehn Uhr einunddreissig», sagt er, «in zweieinhalb Stunden.» Und dann hat auch Gavin – «vierzehn Uhr einunddreissig ist Ebbe», sagt er – die Tabelle entziffert.

«Genau», sagt Leo, «dann haben wir noch Zeit, eine Unterkunft zu suchen.»

«Wo schlaft ihr denn», fragt Gavin, der offenbar nicht verstanden, aber das Thema erraten hat. «Bei Maureen ist es zu klein, das reicht gerade für zwei, vielleicht drei», sagt er und denkt an die schwangere Maureen, zuckt dabei innerlich zusammen. «Ob sie wissen, dass Louis Vater wird?», fragt er sich. Aber natürlich ist es jetzt zu spät für Diskretion, und die gehört eh nicht zu seinen Stärken.

«Drei, bald drei», sagt Paul und lächelt Gavin zu. «Und dann werde ich Grossvater sein», sagt er und reckt sich stolz.

«Schlafen», sagt Leo.

«Schlafen», sagt Gavin, «müsst ihr unbedingt und jedenfalls bei Regina und Jim im ‹Kingstown House›, das ist hier gleich um die Ecke.»

«‹Kings Townhouse›», ruft Leo, «das Haus mit der Krone!»

«Dort hat Louis am Anfang gelebt, bis er sich Maureen angelacht hat und nach Omey gezogen ist», sagt Gavin. «Noch jetzt ist er oft dort, um Regina beim Frühstück oder Jim bei Reparaturen zu helfen.»

So verlassen sie Gavins Galerie – «see you later, Gavin» –, gehen um die Ecke, bleiben vor der rot gestrichenen Hausfront stehen. Durch das grosse Fenster mit den vielen kleinen Scheiben sieht man das offene Torffeuer im Kamin an der seitlichen Front des schmalen Salons, an dessen Längsseiten sich ein Sofa und zwei Sessel aus Kunstleder gegenüberstehen.

Die Haustür ist offen, sie gehen hinein, Paul voran. Rechts steigt eine teppichgeschmückte Treppe steil an. Links geht es in den besagten Salon. Geradeaus steht ein Empfangspult mit einer Glocke, die Paul – Zaudern kennt er bekanntlich nicht – zweimal nachdrücklich anschlägt, dass es durch das ganze Haus bimmelt.

Aus der Tiefe des Hauses tritt eine Frau auf in einem weiten, weissen und rot geblümten Glockenrock, aus dem unten die Beine in schwarzen Strümpfen herauswachsen und oben ein freundlicher Kopf mit geröteten Wangen, umrahmt von schwarzen Haaren in einer zeitlosen Frisur.

«Hello, my name ist Paul», sagt Paul, «ich bin der Vater von Louis.»

«Louis. Vater.», sagt Regina. Mit offenem Mund steht sie da, macht jedem Emmentaler Konkurrenz, klappt endlich den Mund zu, holt Luft und ruft nach Jim, als rufe sie um Hilfe. Gleichzeitig und im Kontrast zu ihrer Stimmlage geht ein freundliches Willkommen über ihr Gesicht.

Und da jetzt auch Jim herbeischlurft – in Zoccoli, in Arbeitshose, in T-Shirt und mit zerzausten, etwas zu langen Haaren, mit freundlichen, leicht skeptischen Augen hinter einer feinen Brille –, sind sie zu zweit und gewappnet für Überraschungen, gute und schlechte.

«Louis. Vater.», sagt Regina noch einmal. Ganz eindeutig hat sie mit Louis Bekanntschaft gemacht.

Und nun schiebt sich Lisa hinter Paul hervor, und nun beginnt das komplizierte Ritual des Vorstellens und Händeschüttelns, während Jim und Regina diese zweite Ausgabe von Louis anschauen, die so genau gleich, aber ganz anders aussieht.

Und Lisa kommt schliesslich auf den Punkt: «Können wir bei euch schlafen?», fragt sie, zwei Doppelzimmer und ein Einzelzimmer wären ideal.

Und da muss sich Jim kratzen und überlegen und will die Agenda holen, um nachzuschauen. Aber Regina hat die Belegung im Kopf: «Wir haben noch ein Doppelzimmer frei, und den Family Room mit vier Betten.

Und nun Kratzen bei den Schweizer Männern. Aber Lisa entscheidet: «Die Damen ins Doppelzimmer, die Herren in den Family Room», sagt sie. «Das ist das Beste», meint sie zu Claudia, und ein leichter Ton von Verschwörung klingt mit.

Diese nickt jedenfalls sehr zufrieden. Und so nicken auch die Herren. Leo nicht ganz so begeistert wie die andern. «Um vierzehn Uhr fünfzehn ist Abfahrt nach Omey», erklärt er und scheint für das nächste Kapitel das Kommando übernehmen zu wollen.

Wieder.Sehen.

Clifden, Omey Island, Freitag, 6. März 2009, 14.15 Uhr.
Wie der sehen. Wie dersehen. Wieder sehen.

Um 14.15 Uhr fahren sie los. Leo hat in der Zwischenzeit eine genaue Karte besorgt, kennt den Weg, weiss, wo Maureens Cottage liegt. Und sie verlassen Clifden Richtung Norden, zweigen ab auf die Cleggan-Halbinsel, fahren Hecken entlang und Schafweiden und kommen nach Claddaghduff, wo eine hässliche Kirche sie empfängt und wo sie hinabfahren an den Quai und dann hinaus auf und über den Sand hinüber nach Omey Island, folgend den Radspuren und haltend auf einen Pfosten zu, der anzeigt, wo es auf Omey Island weitergeht, geraten endlich wieder auf festes Land und auf ein schmales Strässchen, auf kurvigen Weg, vorbei an staunenden Kühen, vorbei an fragenden Pferden, auch an neugierigen Schafen, um eine Kurve noch und noch eine, bis Leo sagt: «Achtung, da vorne links!» Auch dort geht ein Strässchen hinauf auf eine kleine Kuppe, wo ein altes Cottage steht mit einem schlichten, modernen Anbau.

Paul schnuppert: «Torf!», ruft er, «ich rieche Torf», dreht die Scheibe hinunter, streckt den Kopf hinaus. Und weil das Auto in diesem Moment oben angekommen ist und einen Schwenk nach rechts macht, um seitlich des Hauses zu halten, sieht Louis, der zufällig oder nicht zufällig – man denke an Pauls Philosophie – aus dem Küchenfenster schaut, den Kopf seines Vaters am Fenster vorbeiziehen, runzelt die Stirn.

«Nord.Pol.!», ruft er dann und springt auf und ins Freie und zum Auto, wo Pauls Kopf immer noch wie ein Ball aus dem Fenster ragt und sich hin und her dreht, um alles gleichzeitig zu betrachten und zu beriechen.

Und jetzt steht Louis vor diesem Kopf, geht in die Knie, packt mit jeder Hand eines von Pauls Ohren, stoppt so das Drehen und blickt jetzt Paul ins Gesicht, auf eine Distanz von kaum zehn Zentimetern, lacht und strahlt und kommt noch näher und drückt seine Nase auf diejenige von Paul und reibt sie hin und her und her und hin, bis Paul «Stopp!» ruft, «meine Nase brauche ich noch.»

Und Louis steht auf und sieht nun zu, wie an dem Auto alle Türen gleichzeitig aufgehen und seine ganze Familie ausspucken, hinter dem Auto tauchen die Köpfe von Lisa und Claudia auf, vorne stehen Paul und Jakob. Louis' Kopf wendet sich von einem zum andern, rückt immer ein Stückchen weiter, dann noch ein Stück, ins Leere. Und hier im Leeren passiert nun etwas, es rotiert. Und dann geht er um das Auto herum, bleibt gleichsam im Vorbeigehen stehen, hebt Lisa auf, dreht sich einmal um sich selbst, stellt sie ab, gibt ihr einen dicken Kuss, streift Claudia mit einem Blick, alles in einer einzigen Bewegung, öffnet die Fahrertür, steigt ein, dreht den Zündschlüssel und fährt los, immer noch in der gleichen Bewegung, fährt in einem grossen Bogen um das Haus und davon.

Ein.Takt.

Die Zeit steht still.
Wie auf einer Klippe etwas aufhört und etwas anderes anfängt.

Und die Zurückbleibenden hören das Geräusch des sich entfernenden Autos. Nach einer Weile taucht der Wagen weiter hinten auf einer Kuppe auf, überquert sie und verschwindet.

«Louis und Leo – privates Wiedersehen», sagt Paul.

Die vier stehen immer noch im Viereck, wie sie gestanden

sind, als das Auto losgefahren ist. Doch nun öffnet sich die Haustür, einen Spalt nur, eine Frau schaut heraus. Rotes Haar, rote Backen, etwas scheu, aber auch etwas stark schaut sie, öffnet sie die Tür ganz, steht sie nun im Türrahmen wie in einem Bild. Und alle vier lesen gleichzeitig den Titel dieses Gemäldes: «Die schöne Schwangere.»

«So are you that Maureen?», sagt Paul – der sich als Erster gefasst hat – in seinem Naturlautenglisch. Aber Maureen nickt, also hat sie verstanden. Und nun greift Lisa ein, nicht wegen ihres besseren Englischs, auch nicht, weil sie diese Schwiegertochter gleich auf den ersten Blick ins Herz geschlossen hat – das hat auch Paul getan, für immer –, sondern weil Lisa eine Gleichgesinnte vor sich sieht, eine, die nicht viel sagt, aber alles sieht und macht. Weil Lisa aber durchaus keine Gleiche vor sich sieht, sondern eine gleiche Andere, eine – auch das sieht sie auf den ersten Blick – eine, die zaudert und zweifelt, was ihr, Lisa, ganz fremd ist, wendet sie sich dieser Schwester zu, und mit einem Blick ist ihr Einverständnis besiegelt und ist ein Bündnis geschlossen. Als sie sich umwendet, um wenn möglich auch Claudia in diesen Bund aufzunehmen, sieht sie, dass diese ihren eigenen Verbündeten gefunden hat; die junge Frau hat sich Rücken an Rücken, Wesen an Wesen, Sinn an Sinn unter den Baum gesetzt, der neben dem Haus steht; es ist eine mächtige Eiche, seit Ewigkeiten steht sie schon an dieseser Stelle, fest und unverrückbar.

Bleiben noch die Herren. Die würden wahrscheinlich noch jetzt dort stehen, hätte nicht Lisa mit einer Flasche durchs Fenster gewunken.

«Sieht fast aus wie eine Whiskeyflasche», murmelt Jakob und will zu Paul hinüberschauen. Aber Paul ist schon weg, steht schon an der Tür. «Komm, Bruder», ruft er, «einen Schluck haben wir verdient!»

Unterdessen fährt das Auto über die Insel, kreuz und quer, auf Strassen, auf Wegen manchmal, auf Weiden, auf Steinen, auf Fels, auf Sand, fährt kreuz und quer, fährt hierhin und dorthin, ohne jemals anzuhalten, fährt auf und ab, fährt unaufhaltsam und unbeirrt weiter.

Leo sitzt hinten, sieht, spürt Louis' Blick im Rückspiegel; die ganze Zeit spürt er diesen Blick, während er selbst nach vorne schaut, auf das schmale Strässchen, das sich in engen Windungen Steinmäuerchen und Hecken entlangzieht, auf den Karrenweg, dessen zwei parallele Spuren sich hierhin und dorthin wenden, auf die Felsstücke, die gerade auf sie zukommen und knapp links und knapp rechts vorbeiziehen. Und die ganze Zeit weicht der Blick nicht aus dem Spiegel. Und immer weiter schiesst der Wagen und nun über die hohe Weide und genau jetzt und nach endlos kurzer Zeit gerade auf die Klippe zu, den Abgrund, das Ende und fährt und fährt. Und «Stopp.», denkt Leo. Und der Wagen stoppt. Und jetzt steigen sie beide, Leo und Louis, wie auf Kommando aus, beide auf der gleichen Seite. Und gehen nebeneinander auf die Klippe zu, im gleichen Schritt gehen sie und laufen jetzt und rennen auf die Klippe zu, und wenige Meter fehlen noch bis zum Ende, zum Abgrund, zur Klippe. Als wie aus dem Nichts Louis seitwärts springt, sich auf seinen Bruder wirft, dessen Arme, dessen Rumpf umklammert, umdreht, umwirft – ein perfektes Tackling, im Rugby bekäme er Szenenapplaus. Und Leo fällt und schlägt mit dem Rücken am Boden auf. Und mit ihm fällt und liegt nun obenauf, liegt Brust an Brust mit seinem Bruder Louis und lächelt selig. Denn bei diesem Aufprall, Louis hat es gehört, gespürt, gefühlt, hat es einen ganz kleinen Ruck gegeben in Leos Herz, einen Hopser nur, einen kleinen Sprung, und nun, tatsächlich und endlich, schlägt es wieder in einem Takt, im Eintakt.

Und alles ist gut.

Fried.Hof.

Später. Nachher. Zukunft.
Wie wir am Ende sind.

Uralte Bäume
Moosbewachsene Steine
Laute Rabennester
Verlassene Schneckenhäuser
Bescheidene Buschwindröschen
Verwitterte Inschriften

Hier auf dem Friedhof ...

Wenn Kirchen schöne Orte sind, so gebaut, dass die Leute gerne hingehen, dass sie sich wohlfühlen, dass sie zur Ruhe kommen, zu sich selbst finden, dann ist das gut. Ob es etwas mit Gott zu tun hat, kann jedem zur freien Wahl überlassen werden; die Kirche versteht ihre Gebäude ja nicht als Marketing, als Lockvogel, sondern als Ausdruck ihrer Menschlichkeit. Genau so sollte es auf dem Friedhof sein, sollte der Friedhof ein Ort des Lebens sein, wo ich gerne hingehe, wo ich mich wohlfühle, wo ich Frieden finde und wo ich mich an diejenigen erinnere, die einmal einen Platz in meinem Leben hatten. Mein Leben findet also auf dem Friedhof statt, auch auf dem Friedhof, zum kleinen Teil. Und wenn ich mal tot bin, vor allem auf dem Friedhof. Und im Kopf derjenigen, die mich dort besuchen.

... stehen Leute an einem Grab.

Ich bin gestorben.
Ich liege zur Ruhe.
Spielt es eine Rolle,

wer ich bin?

Bin Louis oder bin Leo, bin Paul oder bin Lisa, bin Claudia oder bin Maureen, bin Tinna, bin Jakob oder bin Charlie, bin Gavin oder bin Tom, bin Regina oder bin Jim, bin Nicole oder bin Maura, bin Marianne oder bin Peter, bin Annemarie oder bin Margrit, Dora, Trudi, Bänz, Thomas, Martin, Samuel, bin Werner oder Verena, bin Ernst oder Klara, bin Jolanda oder bin Willy, Fritz, Erwin, Oskar, Johnny, Sepp, bin Albert oder bin Meieli, bin Erika oder bin Hans, bin Hans, bin Hanna oder bin Margrit, bin Fritz oder bin Alfred oder bin Balts, bin Alfred oder bin Käthi oder bin Urs, bin Klara oder bin Hansueli, bin Beat oder bin Otto, bin Rita oder bin Alex, bin Roman oder bin Franz, bin Marcel, Kevin, Felix, bin Brigitte, André, Lisa, bin Juliette, Xavier, André, bin José oder Matilda, bin Émile oder Emma, bin Denis oder Etienne, bin Gwen, Ellen, Rees, bin Murty oder bin Ken, bin Michaela oder bin Marlies, Barbara, Martina, Elisabeth, Ruth, Myrtha, Denise, Susanne, Edith, bin Verena oder bin Röfe, bin Markus oder Franziska, bin Andreas, bin Anna oder bin André, bin Elisabeth oder bin Kaspar, bin Bea oder bin Tony, bin Claudia, bin Lorenz oder bin Bettina, bin Aglaja, bin Markus, bin Mieke oder bin Laurent, bin Stefan, bin Heidi oder bin Edy, bin Klemens oder bin Andreas, bin Lukas, bin Gertrud oder bin Kari, bin Franco, bin Edi, Ursula, Gabriel, Dominique, Sabrina, bin Monique oder bin Hanspeter, bin Röfe, bin Käthi oder bin Nik, bin Barbara oder bin Sandy, bin Jürg, bin Philip, bin Géraldine oder bin Mark, bin Hans, bin Paul, bin Cornelia, bin Jürg, bin Martin, bin Barbara, bin Hubert oder bin Susanne, bin Christina, bin Heinz, bin Renate oder bin Hanspeter, bin Patrizia oder bin Richard, bin Fredy oder bin Lorenzetta, bin Christian oder bin Anna, bin Lisa oder bin Roland, bin Beatrice, bin Markus oder bin Anita, bin Michele, bin Barbara, bin Andrea oder bin Philipp, bin Fredu, bin Martha, bin Peter oder bin Anita, bin Peter oder bin Marianne, bin Sibylle, bin Thomas, bin Thomas, bin Josette, bin Ilija, bin Frantz oder bin Andri, bin Anita, bin Res.

Epilog.2014.

Was sechs Jahre später ist. Und was die Zukunft bringt.

Louis und Maureen
leben in Clifden. Hier werden sie alt werden. Sie haben am 18. Juli 2009 eine Tochter bekommen, Tinna, die nun bereits fünfjährig ist. Sie redet, sie spricht, sie plappert, wie ihr der Mund gewachsen ist, versteht sich blind, aber nicht wortlos mit ihrem Vater. In ihren Konversationen übernimmt sie wie selbstverständlich beide Gesprächsseiten. Die Fragen, die sie hat, stellt sie und beantwortet sie auch gleich. Und die Fragen, die Louis hat oder haben sollte, stellt sie auch und beantwortet auch diese. Maureen malt in ihrem Atelier, Louis lebt in den Tag hinein, Tinna zirkuliert zwischen den beiden. Geld brauchen sie nicht viel, haben mehr als genug. Ohne sich dessen im Geringsten bewusst zu sein, bilden sie das Zentrum, um welches sich die Welt dreht.
Das Zentrum, um das sich die Welt dreht? Ist das nicht etwas vermessen? Haben wir nicht vor kurzem gelesen, dass sich die Welt um einen Rond-point auf einer Autobahnraststätte in Frankreich dreht? Haben wir hier einen Widerspruch? Haben wir nicht, in keiner Weise. Der Autor wird hier, genau hier und jetzt, das grosse Geheimnis verraten, mit welchem einige Grundgesetze der Physik auf den Kopf gestellt werden. Der Autor sagt es aber auch schon hier und genau jetzt, dass er den Nobelpreis der Physik auf jeden Fall ablehnen wird, auch jeden Ehrendoktor in Physik von jeder Fakultät von jeder Universität der Welt, weil es – und jetzt wird es sehr persönlich –, weil es in der Biografie des Autors dieses Trauma gibt, das «Physik» heisst und sich schon im Gymnasium nur durch Schulschwänzen bekämpfen liess, weshalb

der Autor alles, was er über Physik zu denken in der Lage ist, aus einem schwarzen Loch ziehen muss, also auch dieses grosse Geheimnis, das er jetzt verraten wird:
Punkt 1: Die Welt dreht sich um das Zentrum.
Punkt 2: Das Zentrum ist kein Fixpunkt, es ist eine Vielfalt, die jederzeit und gleichzeitig an beliebig vielen Orten stattfinden kann.
Punkt 3: Die Wahrnehmung des Zentrums erfolgt mit dem Herzen, was – Punkt 4 – sich gesamthaft weder als messbare noch als manipulierbare Grösse weder beschreiben noch erforschen lässt und sich somit jeder gängigen Wissenschaftlichkeit entzieht, quod non erat demonstrandum sed credendum est.
Ohne sich dessen im Geringsten bewusst zu sein, bilden Louis und Maureen also das Zentrum, um das sich die Welt dreht, sei es für Tom, sei es für Gavin, sei es für Regina und Jim oder für Nicole und Maura. Sie alle drehen sich in einem Kreis um die beiden.
Für eine korrekte Beschreibung dieses Phänomens muss der Autor ein letztes Mal die Physik bemühen, von der er, wie oben erwähnt, traumatisiert ist. Fast will es scheinen, dass da jemand versucht, den Teufel mit dem Beelzebub auszutreiben, dass der Autor mit literarphysikalischen Mitteln versucht, dieses Trauma zu verarbeiten. Also: Bei dieser Drehbewegung entsteht nicht nur die allgemein übliche Zentrifugalkraft, bei der die Dinge sich vom Drehpunkt entfernen – man denke zum Beispiel an eine Salatschleuder –, immer und gleichzeitig wirkt hier auch die geheimnisvolle Zentripetalkraft, die diese Fliehbewegung aufhebt, manchmal sogar umkehrt, Punkt.
Die Dorfbewohner von Clifden leben also in dieser zentrifugal-zentripetalen Welt. Nur wenige merken etwas davon. Alle aber merken, dass ihre Welt ein Dorf ist.

Leo und Claudia

werden und sind Weltenbummler, sind mal hier, mal dort, nirgendwo fest angebunden. Leo ist Chaosforscher geworden. Um der inneren Logik seines Wissenschaftsfeldes zu genügen, hat er sich an der Universität ein chaotisches Ausbildungsprogramm zusammengestellt, das sich aus Veranstaltungen und Seminaren in verschiedensten Fakultäten zusammensetzt. Gezielt oder zufällig – im Sinne von Pauls Definition von Zufall – hat er sich hier und da in etwas vertieft, bis er eines Tages «So.» sagt. Nun hat er alles beisammen und geht von der Uni ab, ohne Abschluss. In kurzer Zeit wird er sich einen Namen machen als Strukturarchitekt, als jemand, der Organisationen und Systeme in die ihnen angemessene Form bringen kann. Die beiden Brüder funktionieren letztlich ganz ähnlich: Was Louis mit untrüglicher Intuition erkennt, erkennt Leo mit untrüglichem analytischen Denken.

Lisa und Paul

leben weiterhin in Trubschachen. Zwar haben sie sich überlegt, ebenfalls nach Irland auszuwandern; sie haben auch ein Cottage gekauft, dort verbringen sie mindestens zwei Monate pro Jahr. Aber sie haben gemerkt, dass etwas sie in Trubschachen festhält. Das ist für beide eine erstaunliche Erfahrung. Lisa hat immer noch das Gefühl, dass es in Trubschachen vor allem Holzköpfe gebe. Offenbar aber schaffen diese Holzköpfe einen Boden für die ungeschminkte und gerade Art von Lisa und für die durch keine Konventionen in Schranken gewiesene Tatkraft von Paul. Wie immer lässt Lisa das so stehen, wie es ist. Wie immer ist es Paul, der sich wundert, der sich fragt, und der, zusammen mit dem Autor, zum Schluss kommt, dass die Schächeler im Einzelnen und im Gesamten gar keine Holzköpfe sind, vielmehr sich damit nur gegen

aussen, gegen den Rest der Welt einen Schutzschild gebaut haben, der auch bestens funktioniert, bis er hier und jetzt aufgedeckt wird. Sei's drum, die Schächeler werden sich schon zu helfen wissen.
Viel später, als das Alter nicht nur näher kommt, sondern da ist, beschliesst Lisa, dass sie ihren Paul überleben wird, weil sie erkannt hat, dass er nicht ohne sie wird leben können. Das tut sie auch, ihrem Willen beugt sich das Schicksal. Sie wird Paul um einige Monate überleben; einige Tage hätten auch genügt, wird sie sagen. Paul aber wird auch auf den Tod zugehen, wie er auf die Menschen zugegangen ist.

«Paul», sagt Paul.

Und «Tod», sagt Tod.

Jakob
befindet sich seit kurzem – wenn auch dieser Ausdruck falsch ist, denn Zeit spielt nun keine Rolle mehr –, befindet sich Jakob seit jetzt und seit immer in den ewigen Jagdgründen, wobei wir auch diesem Ausdruck jeden Zeitaspekt absprechen und ihn nur deshalb so gelten lassen, weil ihn auch Karl May benutzt hat. In den ewigen Jagdgründen sitzt er am Lagerfeuer mit Charlie und Winnetou, raucht Friedenspfeife mit Häuptling Grosser Büffel und Häuptling Eisenherz, mit dem dicken Jemmy und dem langen Davy und vielen und allen andern, ist endlich dort angelangt, wo er sich aus seinem Stationsbüro hingesehnt hat.

Die Kleinklasse
gibt es nicht mehr. Die Kinder sind erwachsen geworden und haben genau das getan, was das Ziel der Kleinklasse war: Sie haben sich integriert, sie sind eingetaucht in ihre Umgebung, nicht alle in Trubschachen, aber alle an dem Ort, wo sie

hingehören. Was ihnen geblieben ist und was sie heraushebt? Sie fragen öfters warum, sie betrachten die Dinge genauer, nicht nur von vorne, sondern auch von hinten, sie sehen Möglichkeiten.

Auch den Schulkommission

gibt es nicht mehr, schon lange nicht mehr, weil er schon seit langem wieder die Schulkommission heisst. Nicht etwa, weil die kantonalen Behörden auf ihrem Recht zur korrekten Anwendung der Grammatik der deutschen Hochsprache beharrt hätten, sondern weil es tatsächlich keinen Sinn mehr macht, seitdem die ersten Frauen – natürlich sind es die Schwestern Hanna und Margrit Lüthi – in den Schulkommission eingetreten sind und dort auch sogleich das Kommando übernommen haben, was, es sei hier am Rande vermerkt, der Schule Trubschachen ebenso viel genützt hat wie es den Erziehungsdirektion geärgert hat.

Annemarie Strüby

ist nun einunddreissig. Sie ist Beraterin von Bundesrat Andreas Christen. Später wird sie Bundeskanzlerin und sagt dann von sich selbst, dass sie an ihre Wurzeln zurückgekehrt sei, jetzt sei sie wieder in einer Kleinklasse – und mit einer kleinen Pause –, wo guter Rat teuer sei.
Eine der ersten Neuerungen der Bundeskanzlerin wird es sein, dass sie ab und zu die Bundesräte zwingt, untereinander für einige Wochen die Departemente zu tauschen. Was allen Beteiligten viele interessante und neue Einsichten verschaffen wird.

Marianne und Peter

arbeiten erfolgreich an ihrer Grossfamilie, mal in den USA, mal in der Schweiz. Die Swiss, die jeweils die Ehre hat, die ständig an Grösse, an Menge, an Lautstärke und an Hunger zunehmende Horde zu transportieren, hat inzwischen ein KAK, ein Kline-Aebi-Krisenszenario entwickelt, bei dem eine Sonderzahl von besonders erfahrenen Flight-Attendants eingesetzt wird und die restlichen Passagiere mit einem Ring von leer stehenden Sesseln vor den direkten Immissionen geschützt werden.

Alle
andern Personen kehren ohne weiteres Aufsehen und Auftreten zurück ins Dunkel, aus dem sie für kurze Zeit ans literarische Licht gestiegen sind. Dazu gehört auch

der Pfarrer,
der die einzige Person in diesem Buch bleibt, die keinen Namen erhält, die nur als Funktion auftritt. Dabei belassen wir es; der Pfarrer wird der Pfarrer bleiben, mehr nicht. Ihm aber überlassen wir die Bürde des letzten Wortes, das da lautet: «Grüss die Freunde mit Namen.»

Zitate

Die kursiven Texte im ersten Kapitel und auf Seite 130 sind Originalzitate aus dem Buch «Unter Geiern» von Karl May.

Der graue Text auf den Seiten 198 bis 205 ist die Originalpredigt, die Pfarrer Dr. Paul Bernhard Rothen am 20. Oktober 2002 im Basler Münster gehalten hat und die er anschliessend auf www.predigten.ch online gestellt hat. Dass der Langnauer Pfarrer diese Predigt bereits am Sonntag, 22. März 1997 halten konnte, deutet auf einen gewissen visionären Zug in dessen Wesen hin.

Der kursive Text auf den Seiten 209/210 steht tatsächlich im Ausstellungskatalog der 15. Gemäldeausstellung Trubschachen von 1997. Er stammt aber nicht aus der fiktiven Feder von Otto. H. Traber, sondern aus der sehr realen Feder von Oskar A. Kambly, dem damaligen wie heutigen Präsidenten des Kulturvereins von Trubschachen.

Das Zitat auf den Seiten 315/316 ist die deutsche Übersetzung einer Passage aus «Brennu Njáls saga», einer bekannten isländischen Saga, die um das Jahr 1000 spielt und von einem unbekannten Autor aufgeschrieben wurde, vermutlich zwischen 1270 und 1290.